廣州商館，Lam Qua 繪於一八三五左右，美國皮伯迪．埃塞克斯博物館藏。

廣州風光，S.Davenport 雕版，取自 Kelly 在一八四三年編寫的《新編通用英語詞典》（《New and Universal English Dictionary》）。上圖是該詞典為 Canton（廣州）一詞配的插圖。圖中偏左側的臨江亭子是天字碼頭接官亭，接官亭右面的城門是靖海門。

清代外銷畫：一八三九年三月二十四日至五月二十一日被圍困的廣州商館，畫家佚名，取自美國皮博迪·埃賽克斯博物館。從畫面上看，清軍水師在江面上封鎖了商館，兩隊清軍士兵在商館前巡邏，商館前的各國國旗全都降了下來。

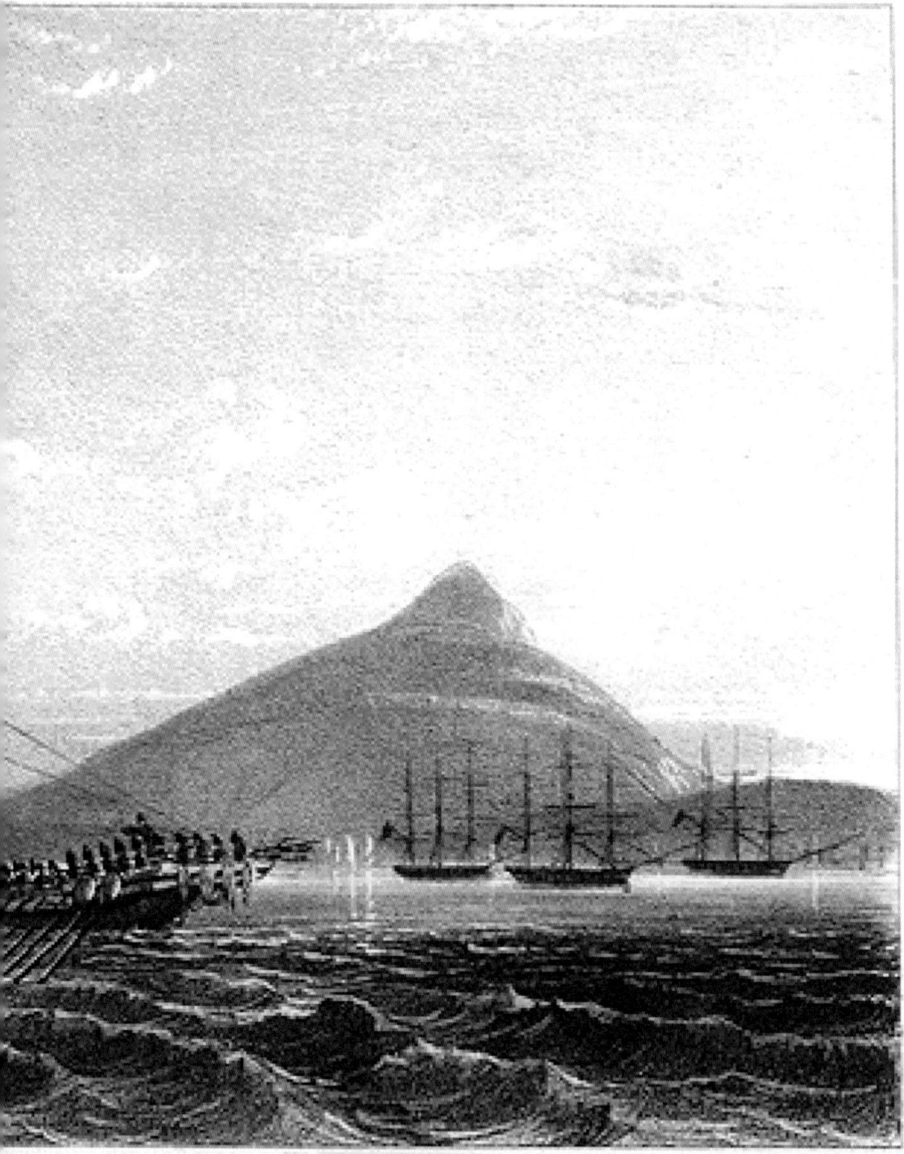

Day & Haghe Lith.rs to the Queen

伶仃洋上的中國走私船（蝕版畫），Louis Haghe 繪於一八四〇年左右，取自澳大利亞悉尼古畫複印室（Antique Print Room）的銷品目錄。從畫面上看，走私船的船艏有一位炮，船上水手眾多，足以與廣東水師抗衡。

虎門攔擊敵船示意圖，取自廣東省東莞市林則徐紀念館。在鴉片戰爭期間，英軍攻佔了虎門炮臺，在水師提督衙門繳獲了幾幅圖畫，左圖是其中之一，描繪了虎門的露天炮位。

清代外銷畫。虎門，大約繪於鴉片戰爭爆發前，畫家佚名，55×44cm，取自英國 Martyn Gregory Gallery 2009 年的拍品目錄。圖中的小島是上橫檔島。島上建有兩座炮臺，炮臺前有碼頭。畫面右側是靖遠炮臺和鎮遠炮臺，兩座炮臺被碟牆連為一體。

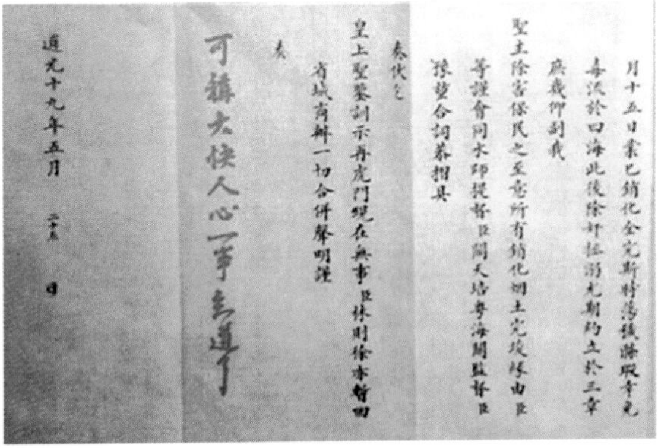

月十五日業已銷化全完斯時蕩滌瑕穢之氣
毒氛於四海此後除奸祛弊尤期約立於三章
庶幾仰副我
聖主除害保民之至意所有銷化烟土完竣緣由臣
等謹會同水師提督臣關天培粵海關監督臣
豫堃合詞恭摺具
奏伏乞
皇上聖鑒訓示再虎門現在無事臣林則徐亦暫回
省城商辦一切合併聲明謹
奏
可稱大快人心一事知道了
道光十九年五月　二十五　日

道光皇帝獲悉虎門銷煙的奏報後，朱批：「可稱大快人心一事，知道了。」

鄧廷楨畫像，取自英軍步兵中尉Alexander Murray的回憶錄《中國行動》（《Doings In China 1843》）。鄧廷楨（1776-1846），字嶰筠，嘉慶六年進士，著有《石硯齋詩抄》。

清宮畫，道光皇帝愛新覺羅·旻寧。

梁廷枏（1796-1861），廣東順德人，精研史學，著有《南漢書》、《南越五主傳》、《廣東海防匯覽》、《粵海關志》、《海國四說》、《夷氛聞記》等數十部著作。《海國四說》是最早介紹英、美歷史和地理的專著之一。
他是鴉片戰爭的目擊者，《夷氛聞記》對鴉片戰爭記述較詳。

林則徐油畫像。
林則徐，字少穆，是中國清朝的政治家、思想家和詩人。因為主張嚴禁鴉片及抵抗西方列強的侵略，在中國有「民族英雄」之美譽。

美國皮伯迪·埃賽克斯博物館收藏的三幅清代行商畫像。

上左圖：Howqua（浩官，即伍秉鑒，錢納利繪於一八三〇）。

上右圖：Maoqua（茂官，可能是盧文蔚，Lam Qua 繪於一八四〇）。

左圖：Tenqua（達官，可能是容有光，Lam Qua 繪於一八四〇）。

qua 可能是葡萄牙語，外國商人稱伍秉鑒家族為浩官，稱盧文蔚家族為茂官，稱容有光家族為達官。

Lam Qua 是關喬昌（1801-1860）的葡萄牙文名，他把這個名字簽在自己作品的背面，通常譯為「林官」。Lam Qua 師從旅居澳門的英國畫家錢納利，是第一位掌握油畫技巧的中國畫家。

威廉· 查頓（William Jardine, 1784-1843）的畫像，旅居澳門的英國畫家錢納利（George Chinnery）繪於一八三九年。查頓是最大的鴉片貿易商，一八四一年他當選為英國下院議員，一八四三年死於肺水腫。

義律（Charles Elliot，1801-1875），出身自貴族世家，十五歲畢業於英國皇家海軍學校，以少尉資格進入英國海軍西印度群島艦隊，二十七歲晉升為上校，而後轉入外交部，一八三四年到中國，一八三五年任駐華商務監督。

推薦序

史學家陳寅恪先生有「以詩證史」說，小說是廣義的詩，亦足證史。王曉秦先生這部新著《鴉片戰爭》，即是充滿詩意的歷史小說。他用如椽大筆，繪形寫神，潑墨重彩地勾畫出一幅鴉片戰爭全景圖：虎門禁煙，英酋遠征，突襲舟山，闗閘事變，廣州內河戰火，廈門島上烽煙，浙江鏖兵，長江大戰，斡旋媾和，簽字《南京條約》等等。其場景廣闊，情節跌宕起伏，可驚可怖之衝突，可歌可泣之故事，紛至沓來，讓人不忍釋卷。

人物從中英兩國帝王將相，到鴻商巨賈、煙民海盜，乃至販夫走卒，個個刻畫生動，個性鮮活。

在宏大敘事中，作者激情迸射，長歌當哭，把一部民族痛史演繹得迴腸蕩氣，著實是一部不可多得的文學佳作，讀之不亦快哉。

好的歷史小說不唯文學性強、有可讀性，還必須有史學品質，即可以證史。這就要求作者具有三方面的準備：一要掌握充分的史料，二要目光如炬，有去偽存真的史識，三要獨立思索，對歷史有自己深湛的見解。

王曉秦先生是優秀的學者，研究並講授英國文學，學風嚴肅，已有多部學術著作面世。然其對清末災難頻仍的歷史情有獨鍾，二十年前即有「以詩證史」之夙願，欲揭示大清帝國崩潰之因由，以警後人。於是，傾盡心力廣泛彙集相關史料。

因其嫻熟英文，在國外得到許多國人罕聞的原始英文資料，且多具當時性和真實性，以是，其作品所涉及的時間、事件、人物、文獻、資料、插圖都有案可考，極具信史意義。如本書所配圖片，大多出自十九世紀畫家和參戰官兵之手，另一部分收集於中國、英國、美國、澳大利亞等國博物館和畫廊。這些圖片首次見諸國人，格外珍貴。在攝影尚不發達的時代，它們準確記錄了當時的事件，不獨可以以圖證史，亦可以增加閱讀的興味。本書史料的詳實，於此可窺一斑矣。

更值得稱道的是王曉秦先生的史見。他不崇權威，不墜時風，堅持獨立思索，敢於質疑曾經的歷史成見。在前幾年出版的歷史長篇小說《鐵血殘陽——李鴻章》中，他就洗刷了李鴻章漢奸、賣國賊的惡名。在學界雖有爭議，畢竟打開了一扇自由思索的窗。如今這部百萬字的新著中，思索的空間更大，識辨的問題更多，需要讀者去發現。

小說畢竟不是說教，乃以不說為說，陳述史實，以形象啟人，是禪悟的公案耳。讀這部小說，你會有傳統良史秉筆直書的感覺，這也正是作者的風骨所在。

歷史塵封在史料裡，不是人人願意翻閱；歷史要說的話，不是人人聽得懂；歷史默默地展示自己，不是人人看得透。這段話是作者的感言，猶如《紅樓夢》作者的一歎：都云作者癡，誰解其中味。

甲午戰爭百二十年紀念日於羊城四方軒遵囑　班瀾謹書

壹 兩總督邂逅相逢

剛下了一場大雪，廣袤的直隸平原白皚皚一大片，土牆灰瓦、茅屋村舍就像蜷縮的枯葉，一動也不動地蟄伏在白雪下面。蜿蜒的鄉路和筆直的驛道被大雪封得嚴嚴實實，要不是驛道兩旁矗立著光禿禿的沖天白楊，人們幾乎分不清哪兒是道路，哪兒是莊稼地。雖然是冬天，卻未到酷寒時節，漫漫蕩蕩的浮雲在淺灰色的天空上吞吞吐吐，移動得十分緩慢。太陽像冰丸子似的若明若暗、若隱若現。

辰時過後，驛道上出現了星星點點的行人。兩匹健騾踏著碎步冒冷衝寒，鼻孔裡噴著溫濕的白氣，拖著一輛景泰藍戧銀絲圓包頂驛車向北趲行，車頂上插著一面寶藍色鑲紅邊三角旗，旗面上有七個小字：「欽命湖廣總督林」。

驛夫搖著鞭子，不時發出「駕——駕——」的吆喝聲，鐵蘑菇頭大輪轂把路上的覆雪壓得桊桊作響，輪子後面留下兩道鮮明的車轍。六個帶刀親兵踢動馬刺隨行扈衛，馬蹄鐵掌在驛道上踏出一片「篤篤篤」的悶響。

銜尾而行的是輛驛車，裡面坐著隨行雜役。景泰藍包頂驛車是兵部清吏司為二品以上大員出行準備的，坐這種車的人不是朝中重臣就是封疆大吏。

湖廣總督林則徐身穿蘇繡仙鶴補服，雙手捧著銅暖爐，斜倚在車廂裡。他五十多歲，一張方圓臉，面色微黑，身體較胖，棕黑色的眸子閃著微光，下巴蓄著棕黑色的鬍鬚。由於連日車馬勞頓、寢食淆亂，他的眼瞼微微發黯，一副心急上火、疲累過度的模樣。

二十多天前，他接到廷寄，道光皇帝要他進京商議禁煙事宜。他不敢耽擱，把衙門裡的事務安排停當後立即出發。依照清吏司的章程，從武昌到北京的驛程是二十七天。林則徐一路催馬趲行，只用二十三天就到達肅安縣（今河北省徐水縣），離北京只剩三天路程。

錢江坐在車廂左側的矮凳上。他是江蘇人，監生出身，二十多歲，他的父親錢韋行官拜山西按察使[1]，與林則徐是同年進士，私交極好。三年前，錢江參加會試名落孫山，一時沒有去處，林則徐將他納入幕中，做了九品知事。會試是三年一次的掄才大典，明年春天又是一次機會。錢江想再試一把，林則徐也有心成全他，特意帶他同行。

錢江是佐貳雜官，照理說不應與林則徐同乘一車，但他頭腦聰明、手腳伶俐，說話、辦事一不拖泥，二不帶水，頗得林則徐的賞識。

---

1 按察使：官名，相當於分管司法的副省長，又稱臬台。

此外，他還是一個消息靈通的角色，當年在國子監讀書時，常去嗷嘈市井閒逛，利用父親的關係夤緣攀附，出入京官私邸，與仕宦之家和三教九流全能搭上話。大事牢記，小事不忘，官場奇聞、民間飛語、天文地理、草木魚蟲，無所不知。平淡無奇的事情經他轉述，立馬變得奇特雜糅、弔詭怪譎，既鮮活又生動。二十多天的驛程單調乏味，有他在身邊佐幕贊畫，忙時差委辦事，閒時講述奇聞，這樣的伴食幕僚打著燈籠都難找。所以，林則徐叫他同乘一車。

林則徐漫不經心地問道：「錢江，你這麼聰明的人，上次會試怎麼會落榜呢？」

錢江一哂，「晦氣唄。那年的策論考題太離譜，我劍走偏鋒，押錯題了。」

林則徐眉毛一翹，「怎麼個錯法？」

錢江道：「您老還不知道，歷科會試的考題都出自四書，舉子們誰不把四書倒背如流？考官們都怕題目流俗，被人猜中，變著法子出偏題怪題，什麼『邦有道則知，邦無道則愚』、『衣敝緼袍，與衣狐貉者立』，這樣的考題是斷然不會出的。考生們也全往艱、險、奇、澀的犄角旮旯裡猜，事先打好腹稿，做上一二十篇。沒想到那年考題流俗得不能再流俗，題目居然是『民可使由之，不可使知之』！」錢江的表情生動，雖是拉扯舊事，卻似乎依舊歷歷在目。

林則徐微微一笑。這個考題確實流俗，是塾館裡的教書先生們拿來考童子的，充其量放在知縣或知府衙門的試題中。國家掄才大典出了一道近於民諺的考題，的確出人預料。但此話出自《論語．泰伯》，誰敢說它不是堂堂正正的會試考題。

錢江眨著眼接著敘講：「我坐在考棚裡反覆琢磨。孔聖人的千古名言簡約濃縮、模糊多義、歧解萬端，要想在幾千舉子裡脫穎出來，非得俗裡求異、舊裡翻新不可。於是我從斷句處著手，將題目斷成『民可使由之？不可，使知之！』頭緒一釐清，心境豁然開朗，下筆如神，洋洋灑灑兩千言大卷很快做成。」

看錢江巧舌如簧，林則徐啞然失笑，「曲解聖人言，還指望金榜題名？」

錢江笑道：「我以為那篇答卷肯定能給考官們留下好印象，滿心歡喜出了考棚。一問左右兩棚的舉子，他們的思路與我大同小異，全要舊裡翻新。左面那位仁兄將考題斷成『民可使，由之，不可使，知之』，右面那位老弟更有新意，將考題斷成『民可，使由之，不可，使知之』。」

林則徐笑得肚皮發顫，「一群舉子郢書燕說，合夥糟蹋聖人言。要是我當考官，也只能當作笑料，打發到廢卷裡。」

錢江一縮脖子，「事後我才明白這叫聰明反被聰明誤，金榜題名沒指望了。」

林則徐斂了笑容，「不過，『民可使，知之』這個說法有道理，總比讓近四億之多的大清臣民渾渾噩噩、無知無識好。錢江呀，這次入京，躍過龍門固然好，但凡事都得有兩手準備，萬一落榜，有何打算？」一次會試就金榜題名的人可謂鳳毛麟角，上了進士榜的，十有八九都是三番五次反覆折騰才躍過龍門。

錢江道：「世伯，坊間流傳一副對聯，出自一個老秀才。那位老先生十九次鎩羽而歸，依然要考。他寫的是『十九屆諸生，壯心不已；一千年不死，老腳還來』。晚生的腿腳還輕靈呢。」一邊說，一邊彈了彈腳上的官靴。

這一席話勾起林則徐的追憶。他年輕時頭懸梁、錐刺股，三更燈火五更雞，歷經了六場文戰才熬下一個紅頂子，對科場競爭之慘烈有切身體會。他把銅手爐往身邊一放，「好，年輕後生就得有志氣！我十四歲考取秀才，二十歲中舉，嘉慶十一年赴京會試，不中，嘉慶十四年再試，又敗北。但我沒有灰心喪氣，嘉慶十六年第三次赴京考取二榜進士，點翰林，熬到現在，封圻一方，代天子牧民。要不是當初咬住根本不放鬆，現在只能當個教書先生。」

錢江仰頭看了林則徐一眼，頑皮一笑，「自古華山一條道，有人到了一百歲依然要考，我才第二次嘛。」

「哦，還有考到一百歲的？」

「有。康熙朝時，廣東順德有個叫黃章的，是個商人，他四十歲考中秀才，六十一歲補廩生，七十二歲把生意交給兒子打理，九十八歲要考舉人。老先生精力過人、體力充沛，先後娶過三妻二妾，生了十三個兒子與十二個女兒，膝下有二十六個孫子、三十八個曾孫，連三個玄孫都開始牙牙學語、蹣跚邁步了。這麼個五世同堂的人瑞，不在家裡含飴弄孫頤養天年，卻以期頤之年操筆上陣，在科場上搏取功名，就是因為那股子無窮無盡的精力沒處宣洩。

「學政大人聽說有九十八歲的老先生要進科場，又驚又奇，親自接見。學政大人年過半百，但在黃老先生面前無法擺官架子，懷著一顆尊老敬老、崇老愛老之心讓座敬茶。他剴切規勸，說科舉是朝廷遴選人才的考試，依照成例，凡有秀才功名者，不論是哪年考取的，都可以參加鄉試，但不是什麼人都能做官，除非皇上特旨加恩留用，四品以下官員六十歲休致，三品以上官員七十歲還鄉。老先生高齡應試難有勝算，即便考中了，也無緣步入仕途。但是，朝廷為了給後生才俊樹立榜樣，鼓勵天下庶民活到老，學到老，明文規定，凡是七十歲以上的耆老前來應試，各省學政衙門可以網開一面，上報禮部，轉請皇上恩賜舉人功名，不必實考。

「但老先生說朝廷雖然限定了做官的年齡，卻沒有限定考試的年齡，自己雖然老手老腳，也要給耆年老儒們爭一口氣。他不要虛號寵優，只要實實在在的真功名。老先生說到做到，鄉試開考那天，他一頭鑽進三尺考棚，任憑蚊叮蟲咬，熬了三天三夜，居然考中了！最令人稱奇的是，黃老先生中舉後還要再上一層樓，參加第二年的會試，要考進士！

「舉子赴京考試，向來由官府安排車馬食宿，費用報銷。從廣州到北京有四千八百里之遙，乘坐公家馬車也得走六十天，要是碰上壞天氣，搞不好得走兩個半月。年輕人走千里路尚且不易，何況九十九歲的老翁？但黃老先生固執得很，不論是家人勸說還是學政大人勸阻，都矢志不移。九十九的人可虛稱百歲，他入考場時提了盞燈籠，上寫『百歲觀場』四個大字，意思是百歲老人做官無指望，考上考不上無所謂，入場考試僅是增加一點兒閱歷而已。

「開科取士有千年歷史，百歲壽星入京應試卻是開天闢地頭一回，把皇上都驚動了。大臣們說這是上天吉照，老先生是人瑞，無論如何要取中。於是黃老先生金榜題名，成了進士。」錢江眉飛色舞，把一則傳說渲染得有聲有色、熱熱鬧鬧。

就在這時，驛車嘎的一聲停了。驛夫拉住手閘，扭轉頭，扯著嗓子大聲問：「林大人，前面有儀仗，要不要讓道？」

林則徐是從一品封疆大吏，走到哪裡都是別人給他讓道，鮮有他給別人讓道的。莫非碰上皇親國戚了？

他將腦袋探出窗外，手搭涼棚一望，果然見一隊儀仗和親兵簇擁著一乘綠呢大官轎，威風凜凜踏雪而來。佇列前有五塊紅底黑字官銜牌，上面赫然寫著「文淵閣大學士」、「一等奉義侯」、「欽命直隸總督」、「兵部尚書」、「都察院右督御史」字樣，後面是一長串大小青扇明黃傘，兵拳旗槍雁翎刀。原來碰上直隸總督琦善了——道光五年，琦善任兩江總督時，林則徐官拜江蘇按察史，琦善是他的上司。

林則徐吩咐道：「遇上琦相了，讓道！」

驛夫把騾車趕到驛道右側，六個親兵翻身下馬，手牽轡繩佇立在道旁。林則徐扶正栽絨紅纓暖帽，貓腰下了驛車。錢江緊跟著鑽出車廂，站在他身後。

直隸總督琦善坐在綠呢大官轎裡，身體微微發福，穿一身洗得發白的江寧細布仙鶴補服。長得寬額廣顙、面目白淨，濃眉兩道，點漆雙眸，嘴唇和下巴蓄著濃重的八字一點式鬍鬚，左手中指戴著一只祖母綠大戒指，胸前的扣眼拴著一條金黃鋥亮的錶鍊，不用說，鍊子的另一頭拴著一塊西洋打簧錶。

琦善出身自名門世家，清聖祖努爾哈赤起兵時，他的先祖恩格得理爾率眾投附，從龍入關，因戰功封為奉義侯，其為第七代世襲侯爵。有這麼深邃的家庭背景，他少年得志，官符如火，十六歲以五品候補員外郎步入仕途，二十一歲正式補官，三十四歲當河南巡撫，成為獨當一面的封疆大吏，七年前榮升直隸總督。直隸是首善之區，直隸總督向來被官場視為疆吏之首。

琦善的腳下有一只悶罐式紫銅炭火爐，把官轎烤得暖洋洋的。他正在悶頭讀邸報，聽到隨行護衛的軍官隔著窗子叫道：「琦爵閣，前面是湖廣總督林則徐大人的驛車，要不要停轎？」那軍官叫白含章，三十出頭，是個頭腦敏捷、手腳利索的人。

琦善撩起擋風簾子一看，前面果然停著輛驛車，車旗上有「欽命湖廣總督林」字樣。他吩咐一聲：「停轎。」

大轎停穩後，琦善貓腰下轎，官靴在雪地上踩出咯吱咯吱的聲響。他笑盈盈朝林則徐走去，「林部堂，久違了。我正從北京回保定，沒想到在荒寒驛道上相遇，幸會、幸會。」

林則徐頷首微笑，拱手致禮，「我也沒想到在這兒遇到侯相了。」

大清不設宰相，設了六個大學士，在頭品大員的官銜前加「文華殿」、「武英殿」、「中和殿」[2]、「保和殿」、「文淵閣」和「東閣」字樣，以示位尊。有這六個頭銜的人官場視同拜相。半年前，朝廷賞琦善文淵閣大學士榮銜，故而林則徐稱他「侯相」。

「不敢當、不敢當，還是叫我琦爵閣吧。」琦善不願自稱「相」，與各省督撫互通諮文[3]時皆自稱「本爵閣部堂」，貌似謙遜，實則透著三分驕矜，氣勢上壓了別人一籌。

琦善笑咪咪道：「林部堂，皇上召你晉京，要你掛欽差大臣銜去廣東查禁鴉片，夠你忙一陣子的。」

林則徐有點兒吃驚，「你怎麼知道？」軍機處的廷寄只說要他晉京商議禁煙事宜，沒說要他去廣東。

---

2 乾隆時改「中和殿大學士」為「體仁閣大學士」。

3 在清朝，上級給下級的公文叫「諭」，下級給上級的公文叫「稟」，同級衙門相互發文叫「諮」。

琦善笑道：「我從京城來，當然知曉京城事。」

「北京有什麼消息？」

「要禁煙，不是弛禁，是嚴禁……哦，荒天雪地不是說話的地方，走，到肅安驛去，我給你擺酒接風，咱們邊飲邊說。」

林則徐拱手推辭，「琦爵閣，我一出武昌就發出傳牌，諭知沿途驛站行館『則徐進京，僅帶隨員一人護衛、六人廚丁、小夫三人，俱系隨人行走，沿途州縣不得另雇轎夫迎送，所有驛站只備家常便飯』。我怎能自壞規矩？」

琦善道：「你的清明廉潔天下皆知。但在直隸地面上，我是主人翁，你是過境客，要是有人說湖廣總督林部堂路過我的地盤，本爵閣部堂連杯酒水都捨不得，人家就要說我吝嗇了。再說，我還有要事相告呢。」

既然有要事相告，林則徐不再推辭，「那就客隨主便。」

琦善踱著方步朝林則徐的驛車走去，一眼瞥見錢江，「喲，這不是錢江嗎，怎麼，給林部堂做幕僚了？」

錢江趕緊屈膝打千，「小侄叩見侯相。」

琦善一擺手，「別叫我侯相。」

錢江稍愣神，立即改口，再次彎膝打千，「小侄給侯閣大人請安。」

琦善呵呵一笑，「也不要叫我『侯閣』。知道的人說『侯閣』是侯爵加文淵閣，不知道的人聽著像『猴哥』，以為我是大鬧天宮的孫猴子呢。」

錢江忍住笑，第三次打千，「小侄跪迎爵閣部堂大人。」

琦善這才滿意，「你這個皮頭皮臉的皮猴子，見面三跪，禮數夠了。」

林則徐詫異道：「咦，你認識他？」

琦善指著錢江，「認識，他是錢韋行的兒子嘛。當年他在國子監讀書，與我兒子和幾個京城紈褲裹在一起瞎胡鬧，還到我家廚房裡偷酒喝。對吧？」一面說一面照錢江的肩頭一拍，「起來吧。」

錢江紅著臉站起身來，「承蒙爵閣部堂大人記得小侄。那時年少不懂事，讓您見笑了。」

琦善道：「跟著林部堂好好歷練幾年，你會有出息的。」說罷，撩開驛車的擋風門簾，「喲，冰天雪地的，驛站就給配一只銅手爐，真不像話！走，上我的暖轎。」

林則徐不再推辭，跟著他鑽進綠呢大官轎，並排坐下。

琦善把頭探出窗外喊了聲：「白含章，你騎馬去肅安驛，告訴驛丞有貴客蒞臨，叫他備四菜一湯與一壺好酒，再燒燙腳水！」

那個叫白含章的武官喳了一聲，翻身上馬，鞭子一揚，踏雪而去。

琦善一跺腳，領班轎夫便拖起長音：「啟——轎——囉——！」八個轎夫倏地一下抬起大轎，在車馬儀仗的簇擁下，不急不徐地朝肅安驛走去。

琦善一撩官袍下襬，開氣棉袍下露出半舊的紅色官褲，膝蓋上有一塊方方正正的補丁，上面繡著一隻鶴。

林則徐有點兒詫異，「琦爵閣，好生生的褲子怎麼打了個補丁，還繡著鶴？」

琦善呵呵一笑，「入境隨俗嘛。這補丁是有來頭的。」

「哦，怎麼講？」

琦善道：「皇上體恤民力維艱，提倡節儉。他有一條褲子穿了多年，膝頭上磨出一個小洞，捨不得換新的，讓太監送到浣衣局，打個補丁繼續穿。」

「有這事？」

琦善點點頭，「有！太監們覺得皇上穿補丁褲子不合適，叫浣衣局的婢女在補丁上繡了一條龍，工本費合二兩銀子。皇上穿補丁褲子，京官們誰敢穿綢披緞？你到京城看就知道，上至皇親貴胄，下至九品末員，多半都穿布袍和補丁褲子。錦繡補丁——這可是京城一大勝景啊！」口氣帶了點揶揄，「到北京覲見皇上，還是儉樸為好。」

天下官員都知道，道光皇帝是儉約自苦到極致的人。他年少時，家裡掛著朱柏廬的治家格言：「一粥一飯，當思來之不易，半絲半縷，恒念物力維艱。」

這種觀念深入他的心脾，繼位後頒佈的第一道諭旨叫《御制聲色貨利諭》，提倡重義輕利，不蓄私財，為百姓省、為國家省、為天下省。下令將宮廷的度支從每年四十萬兩削減到二十萬兩，六品以下官員不得穿綢披緞。八年前，他為皇后佟佳氏舉辦四旬壽誕大宴群臣，臣工們吃驚地發現，堂堂國母的壽宴上，每人竟然只有一碗打滷麵！

林則徐這才明白琦善為什麼穿半舊的布袍，「這麼說，我也得換一套布袍，穿補丁褲子？」

琦善笑道：「穿布袍和補丁褲子是隨俗，穿錦繡官服拜見皇上是恭敬。你看著辦吧。」一番說笑後，兩個人言歸正傳。林則徐側過身子問：「從邸報上看，您在直隸禁煙成效卓著。有何妙計，給我說一說？」

兩個月前，琦善在天津查獲了十三萬兩走私鴉片，數額之大，百年罕見。皇上特旨褒獎，要各省封圻參酌效仿。

琦善搖搖頭，「談不上什麼妙計，只是嚴查密訪，命令所有行棧、店鋪立牌互保，對來自閩粵兩省的商船嚴加稽查，抓了兩條大魚而已。」

二位總督都知道，禁煙是十分困難的事情。自雍正朝以來，朝廷多次頒旨禁煙，每次諭旨初下像罡風厲雨，各級官衙聞風警動，但空氣稍轉霽和，一切復萌如初，走私的照舊走私，開窯口的照舊開窯口，吸食的照舊吸食，致使大量白銀流失海外。雍正朝時，一千個銅子兌換一兩銀子，到了道光朝，得用一千二，如此下去，銅錢兌換白銀非得漲到一千三、一千四不可。

銅賤銀貴達到如此田地，受累的自然是普通百姓。因為依照朝廷的章程，農戶繳納田賦以銀計價，農戶賣穀換銅錢，用銅錢易銀子，再去官府納稅。商人也同樣如此，售貨得錢，納稅卻得用銀。隨著銀價上漲，無力納稅的農戶與年俱增，虧本破產的商人不計其數，國家歲入連年萎縮，各省拖欠的庫銀高達一千多萬兩！於是，解決鴉片問題成了國家的頭等大事。

太常寺少卿許乃濟上了一道《鴉片煙例禁愈嚴流弊愈大應亟請變通辦理折》，主張將鴉片進口合法化，按藥材納稅，以保稅源。並建議朝廷准許內地栽種罌粟，自製鴉片，認為內地製造鴉片，夷商才能減少販運，直至無利可圖。如此一來，鴉片輸入自然減少，白銀外流才會漸漸消失。

鴻臚寺卿黃爵滋則上了一道《嚴塞漏卮以培國本折》。他認為「查拿興販，嚴禁煙館」的禁令有名無實，因為興販開館之人會與地方官員、沿海官兵上下聯手，串通一氣。要想拔本塞源，肅清流弊，必須重治吸食。他提議給鴉片吸食者一年期限戒煙，過期仍然吸食，視為犯法亂民，以死罪論處。官員吸食，罪加一等，禁止子孫後代參加科舉考試。

對這兩份針鋒相對的奏折，道光非常慎重，把它們抄發給各省總督巡撫和將軍，要大家各抒己見，妥議章程，迅速俱奏。

琦善道：「許乃濟和黃爵滋的折子激起千層浪。我到北京後才知道，二十九位督撫將軍回奏皇上，全都同意禁煙，但對設立死刑一事意見分歧，贊同者只有八個，你是其中之一。」

「如此說來，您是反對者之一？」

琦善說：「我主張禁煙，但不贊同以死刑殃及煙民。依照嘉慶二十年頒發的《查禁鴉片煙章程》，軍民人[4]等吸食者，杖一百、枷號一個月；侍衛官員吸食者，革職，杖一百、枷號兩個月；內廷太監吸食者枷號兩個月，發往黑龍江為奴。這樣的刑法夠嚴厲了。全國吸食鴉片的人不下千萬，以死刑促禁煙，意味著興天下大獄，搞不好會激起民變。」

林則徐揑著手指，「皇上怎麼說？」

琦善道：「皇帝痛斥許乃濟『冒昧瀆請，殊屬紕繆』，將他降至六品，責令休致還鄉。」一位大臣因為寫了份不合聖意的奏折被大加懲處，明白人全都看出皇帝的心思。

林則徐道：「說到禁煙，有上中下三策。上策是拔本塞源，中策是嚴刑峻法，下策是避重就輕。鴉片的本源在印度，距我大清有萬里之遙，是鞭長莫及之地，拔本塞源不易。依則徐之愚見，禁煙可以採用中策。許大人位列九卿，官聲也不錯，他本應給皇上出上策，起碼也要出中策，卻出了下策，於國於民，以一利而帶百害。不過他丟了官，我也覺得有點兒惋

4 清朝把人分為「旗人」和「民人」兩大類，編入滿八旗、蒙八旗和漢八旗的人叫旗人，其餘的人叫民人。

惜。」

琦善用火筷子撥了撥悶罐爐裡的炭火，不疾不徐地說：「鴉片流毒，毒痛四海，既耗中原之地力，又奪天下之農工，有識之士哪個不想肅清？但是，黃爵滋言辭昂奮、手段酷烈，用嚴刑峻法殃及煙民性命，施行起來未必合心應手。」

林則徐道：「我倒覺得黃爵滋用心良苦。《查禁鴉片煙章程》對吸煙者杖枷，立法不可謂不嚴，卻沒能讓煙鬼們悔過自新。我以為，唯有立怵心之法，刑加一等，才能教癮君子們心生畏懼。」

琦善放下火筷子，「癮君子多得不可勝數，僅我的直隸和你的湖廣就不下百萬，要是你我二人掄起鬼頭刀大砍大殺，能殺得遍地流血、屍骨如山。百萬癮君子上有老、下有小，連帶起來就是千萬。十八省的督撫將軍一起殺，非得殺得村村白幡，鎮鎮紙錢，全國城鄉白汪汪一大片，到處都是敲打棺材板的叮噹聲和不絕於耳的鬼哭神嚎。你我二人，豈不要落個天下第一酷吏的惡名？所以，我以為黃爵滋的其他建議可以採納，唯獨『食煙者死』不可用。否則，勢必殺人如麻啊。」

林則徐道：「本朝若無人吸煙，鴉片就不會有銷路。則徐以為，給吸煙者一年戒煙期，輔之以斷癮藥，以後再犯才殺。這雖是怵心之法，卻合於聖人的『辟以止辟』之義，與苛法不可同日而語。辟以止辟，意在殺一儆百，不是濫殺。只要殺掉少數頑劣之徒，嗤嗤煙民，哪個不戰戰兢兢，惶然自束？」

琦善道：「林部堂，依照《大清律》，只有十惡不赦之罪才能判死刑。吸食者害己不害人，以死罪待之，未免過分。人命關天，承平時期，府縣衙門和各省封圻都無殺人之權，只有皇上有勾決權。但凡判人死刑，先由府縣衙門初審，呈報各省按察使衙門，按察使認定當殺的，繕寫揭帖呈報刑部、大理寺和都察院，三法司定讞後合議俱奏，由皇上秋後勾決。你看各省臬台衙門秋後問斬的死囚文牘，哪一份不是厚積盈尺？皇上日理萬機，每年勾決幾萬人犯，得花好幾天工夫，要是把上百萬煙民的生死簿全都提交三法司和皇上，只怕他們忙得連軸轉也勾不完。」

林則徐點頭，「言之有理。但是，則徐以為特事必須特辦。皇上不妨暫時下放勾決之權，由疆臣代行。」

琦善呵呵一笑，「這個建議好是好，但由封疆大吏掌控天子之權，你不怕有僭越之嫌？」

林則徐一擺手，「言重了、言重了，則徐不敢貪權。各省封疆大吏替皇上勾決只是一時，不是一世，一俟煙毒肅清，是要奉還的。」

兩人的想法南轅北轍，琦善見話不投機，不再說話。

林則徐頓了頓才問：「皇上怎麼想起讓我去廣東禁煙？兩廣總督鄧廷楨大人不是很有成效嗎？」

琦善揉搓著手指上的祖母綠大戒指，「還不是看重你的磐磐大才。皇上說，廣東禁煙歷久不絕，非得派重臣去不可。」

林則徐謙道：「我智庸才淺，哪能算得上重臣。」

「重臣不是我說的，是皇上說的。皇上說，本朝有三重臣一名將。」

林則徐只聽懂一半。所謂一名將是楊芳，此人在平息西疆張格爾叛亂時立下赫赫戰功，封二等果勇侯。至於三重臣，卻是第一次聽說，「誰是三重臣？」

琦善道：「皇上說的三重臣有你我二人，還有雲貴總督伊里布。你辦事果敢銳捷，理政周到；伊里布老成練達，細心綿密，善於守邊，處理苗疆事務得心應手。這次禁煙，皇上準備派一名重臣去，雲貴兩省大亂沒有，小亂不斷，伊部堂須臾不能離開；直隸是首善之區，我也不能去。皇上左思右想，唯有你能擔當大任，對你寄予殷殷厚望呢。」

說話間，轎子停了下來。肅安驛的廣亮門外，驛丞正帶著兩個夫役站在雪地裡畢恭畢敬地候著。

琦善左手提起袍角，右手一展，「到了。少穆兄，請。」

二人一先一後下了轎。

貳 道光皇帝談禁煙

林則徐到北京後住進了福建會館。

第二天一早，他到東華門遞牌子覲見皇帝，御前太監張爾漢引著他朝養心殿走去。紫禁城裡的太監們都曉得道光皇帝唯勤唯儉，憎惡奢靡，上至首領太監，下至小蘇拉太監，全都穿著藏藍色的粗布棉袍，有些袍子還打著補丁，這副寒酸相與嵯峨莊嚴、層甍巨構的殿閣樓臺一點兒都不搭調。

到了養心殿門口，張爾漢先進去通報，林則徐便垂手站在門外環視周匝的雪景。大殿前面有一對造工精巧的鍍金香爐，旁邊立著一個漢白玉日晷，院內積雪被小蘇拉太監們用木鍬和鐵帚掃在一起，堆了兩個大雪人。褪色的牆頭上壓著白雪，飛簷斗拱下垂著冰柱。兩個腳踏牛皮暖靴的侍衛目不斜視，釘子似的站在漢白玉石階上，警衛著皇帝的安全。一群麻雀落在院中啾啾喳喳地鳴叫，在雪地上跳躍戲耍、尋找食物，全然無視一旁的威武侍衛。

不一會兒，張爾漢挑簾出來，示意林則徐進殿。

養心殿的擺設富麗堂皇，金玉如意、鍍金鐘錶、琺瑯盆盂、製作精巧的大瓷瓶、光可鑑人的水磨地磚……金碧輝煌，紫翠雜陳，讓人眼花繚亂。殿內的御座空著，道光皇帝不在正殿，在東暖閣。

林則徐小心翼翼邁過門檻，一眼瞥見道光皇帝愛新覺羅．旻寧。道光光著腦袋，盤腿坐在臨窗大炕上。炕几上有個紫檀木筆架，掛著七八支大小不等的狼毫和羊毫。筆架旁有一方端硯和一個朱砂池，硯臺旁堆著各省封疆大吏的奏折，足有一尺高，奏折頁子之間插著黃紙標籤。東牆掛著一幅匾額，上面是道光御書的四個大字──「政貴有恆」。

道光皇帝五十七歲，寬額縮腮、鋒棱瘦骨，剛剃過的月亮頭泛著黢青，腦後拖著一根尺餘長的辮子，腦門上有兩道犁溝似的抬頭紋，唇上和下巴蓄著疏淡的髫鬚，黯灰色的眸子靜如止水，偶爾閃出一絲深不可測的微光。他自小養成布衣麻鞋、清淡飲食的習慣，對物質享受興趣不大，只穿了件石清色葛布棉袍，腳上套著白麻厚底襪子。這副打扮，若是坐在尋常百姓家，很可能被誤認為是普通的八旗老人。

林則徐快行幾步，啪啪兩聲打下馬蹄袖，雙膝一彎，跪在炕沿前的氈墊上，「臣湖廣總督林則徐，叩見皇上。」

道光抬起頭，把毛筆朝筆筒裡一插，「平身。」

林則徐站起身來，垂手注視著道光的雙眸。

道光面帶微笑，語氣平和，「林部堂，朕以為你過一兩天才到，沒想到你走得這麼快。」

林則徐頷首答道：「臣接到廷寄後沒敢耽擱，每天多趕了幾里路。」

「朕賞你紫禁城騎馬，你怎麼走過來了？是不是不習慣騎馬？」

林則徐小心回答：「臣有疝氣症，不宜騎馬，辜負聖恩了。」

「要不要朕派太醫給你看一看？」

「是小恙，臣怎敢煩勞聖上牽掛。」

「嗯，我倒忘了，」道光皇帝指著炕上的蒙古提花氈墊，「上氈墊，坐下說話。」

在炕上與皇帝對坐談話是一種特殊的恩賞，林則徐有點兒惶恐，「臣何德何能，敢與聖上盤腿對坐。」

道光笑道：「當年唐太宗主政，十八學士都有座。你代朕經管湖廣兩省，就不能坐？再說，我在炕上，你在炕下，說話也不便當嘛。來，上來！」

林則徐便不再辭，「既然是聖上恩賞，恭敬不如從命。臣恭謝聖恩。」言畢，脫了朝靴，盤腿坐在皇帝對面，微縮著身子以示謙恭。

道光皇帝直切正題，「朕召你進京，是想讓你去廣州查禁鴉片。雍正七年，朝廷頒下第一道禁煙令，屈指算來已經一百多年，然而，煙毒之害涓涓不塞，竟成巨流！朕剛登基那年，食煙者較少，沒想到僅十幾年工夫，鴉片就蔓延天下，氾濫成災。據巡疆御史奏報，在廣東和福建等地，有官紳差役在公廨裡公開吸食鴉片。有人寫了首嘲諷詩『一進二三堂，床鋪四五張，煙燈六七盞，八九十煙槍』。聽聽，上至士大夫，下至販夫走卒，群而趨之，迷而不返，把朕的大清國弄得烏煙瘴氣，到了不禁絕就動搖國本的地步。

「朕繼位那年，戶部有四千多萬兩存銀，現在只有一千多萬。這些年來，白銀外流一年勝過一年。以國家有常之白銀，填域外無常之溝壑，一俟邊陲有亂，朝廷就度支不開。朕和幾個軍機大臣反覆議過，他們一致認為你去廣州禁煙比較合適。」

鄧廷楨是兩廣總督，林則徐猜不透皇上為什麼放著現成的人不用，卻要派他去。莫非皇上對鄧廷楨有所猜忌或不滿？再說，兩個總督同駐一城，難免相互掣肘。林則徐小心翼翼道：「兩廣總督鄧廷楨大人練達勤政，足以獨當一面。」

道光像被馬蜂蜇了一下，臉頰上浮起一絲烏雲，旋即散去，「廣東積弊太深，恐怕不是鄧廷楨獨臂能承擔。據朕所知，廣東有十大弊端，一為凶盜充斥，二為營務廢弛，三為諱盜作竊，四為紋銀出洋，五為濫押無辜，六為亂墾沙灘，七為奸徒放火，八為盜發墳墓，九為習尚侈靡，十為衙役氾濫。鄧廷楨就是有三頭六臂，也料理不清這麼繁雜的事務。」

林則徐揣測著皇帝的心思，「粵省一口通商，萬國商船常年往來，夷商只要將鴉片躉船泊在大洋，自有奸民趨之若鶩。世家大戶、不肖奸民，甚至地方官員的幕友家人，都有染指鴉片的。厚利所在，不僅關津吏胥、衙役兵丁查私縱私，容隱放行，連權貴勛臣都有深陷其中不能自拔者。臣擔心自己心有餘而力不足。」

道光道：「煙毒已成積重之勢，不用大力氣不能轉逭，不立峻法，不能收效；不用嚴刑，不能警示天下。如果聽任煙毒氾濫，十數年後，官場盡是嗜煙之鬼，營伍盡是萎靡之徒，朝廷只能苦歎野有遊民，國無勁旅。朕曉得你的苦衷，你擔心禁煙會得罪皇親國戚、權貴勛臣。古人云『刑不上大夫，法不治眾民』。但是煙毒滲透肌膚，進入骨髓，不用猛藥不足以治療痼疾。朕不得不拂逆古訓，搞一個『刑要上大夫，法要治眾民』，先替你掃清障礙。」說到這裡一擊掌，「張爾漢！」

「有。」

「把那兩個煙鬼帶來。」

「喳。」張爾漢應了聲，弓著後背退出去。

見道光下炕趿鞋，林則徐也趕緊下炕，跟著他出了養心殿。

不多時，四名侍衛押著兩個人進了養心門。前面那個四十多歲，穿一身藏青色冬袍，後面那個三十出頭，穿一身暗棕色棉袍。兩個人面色灰暗、骨瘦如柴，耷拉著腦袋走到丹陛前，膝頭一彎，跪在雪地裡。

道光指著他們，「認識嗎？」

林則徐雖覺得好像在什麼地方見過，但兩個人低著頭，看不清面目。

道光的口氣突然嚴厲起來，「左面那個是莊親王奕賨，右面那個是鎮國公溥喜。一個親王，一個公爵，都是有頭有臉的皇親國戚，卻輕薄無形，置國家禁令於不顧，沉迷於鴉片，抽得形銷骨立，幾成廢人。上個月，他們二人躲在靈官廟尼姑庵裡吸食鴉片，被巡城弁兵當場拿獲。他們亮明身分後，弁兵們不敢緝拿，報到宗人府[5]，朕才知曉奕賨吸毒成癮，俸祿不夠花，達到偷賣家中寶物的地步，連先皇御賜的墨寶也拿到琉璃廠換銀子！他的福晉跑到宗人府哭天抹淚，大訴其苦，張揚得全北京都知道了。煙毒不僅浸染民間，還浸染宗室皇親。為了警示全國官民，朕特意頒旨，革除奕賨和溥喜的爵位，在刑部大獄關押兩年，而後發往盛京圈禁，遇赦不赦！」

林則徐這才意識到皇上的禁煙意志如鐵石一般不可動搖，所謂「替你掃清障礙」，就是先拿皇親貴胄開刀。

道光一擺手，「帶下去！」

侍衛們斷喝一聲：「走！」兩個倒楣蛋灰溜溜地站起身，頭也不敢抬，倒著步子退出去。

道光轉身回到養心殿，一面走一面說：「有朕給你撐腰，你還有什麼後顧之憂？」

5　宗人府是管理皇親國戚的衙門。

林則徐道：「有皇上撐腰，臣沒有後顧之憂。」

道光坐在御座上，林則徐垂手站在一旁。張爾漢用大托盤端上兩杯奶茶。道光端起杯子啜了一口，「朕本想叫琦善去，但琦善秉性寬和，不一定合適，其他臣工也各有專責，思來想去，還是你去合適。你辦事雷厲風行，橫逆不動，進止有度。有人主張閉關鎖國，朕以為，不到萬不得已，不宜採用此法。」

林則徐深表同意，「臣也以為，禁海封關雖是一策，卻不是上策。」各級官吏都知道，皇家度支取自廣東粵海關、蘇州滸墅關和北京崇文門的關稅。粵海關的稅收一半上繳內務府供皇家開支，一半由地方留用。要是禁海封關，朝廷的收入會減去不少。

皇上道：「本朝不禁茶葉和大黃，允許夷商販運回國，以活其民命，被養活者不知幾萬萬，可謂恩德深厚。但英國商人不知感恩圖報，反而運銷鴉片毒害中土。人生在世，生服王法，死服鬼神。夷船遠渡重洋，履驚濤，馭駭浪，全賴上天保佑，唯有痛改前非，才可沾沐天朝恩德。」道光認為中國乃天下第一大國，周邊列邦不過是尚未開化的蠻夷，講起話來充滿睥睨萬邦的氣概，「據巡疆御史奏報，廣東夷商中有查頓、顛地、馬地臣、因義士等積年煙梟，這些人你要想辦法驅逐出境。但是，英國常年派有兵船在廣州洋面巡遊，明目張膽地祖護煙梟。你要有節有制，不得輕開邊釁。」

「臣明白。」

道光從案上翻出幾份舊折，「這幾份舊折，你帶回去看一看。四年前，英國派了一個叫律勞卑的夷酋到廣州。此人蔑視我朝禁例，擅闖虎門，還口出狂言，要我朝按英國章程辦事。他自稱是英國職官，要與本朝封疆大吏平起平坐，被當時的兩廣總督盧坤拒絕。律勞卑大為不滿，招來英將馬他倫挑戰本朝天威。馬他倫率領『依莫禁號』和『安東羅滅古號』兵船闖入珠江，虎門炮臺和橫擋炮臺發炮攔阻，竟然攔擋不住。」

這件事被載入當年的邸報，各地官員都略知一二。當時兩條英國兵船衝過虎門，打爛沿江炮臺，直抵黃埔碼頭。盧坤趕緊調派八條水師船和二十多條內河哨船圍堵它們，用連鎖木筏擋住水道，層層布警，斷其退路，另調兩千多弁兵駐紮在江岸。

兩條英國兵船與數千廣東水陸官兵對峙了十多天，最後律勞卑發現自己孤立無助，只好窮蹙求退，認錯乞恩，盧坤這才放他出境。當時的廣州水師提督李曾階在家養病，被罷黜，駐守虎門的水師提標中軍參將高宜勇被枷號一個月在海口示眾，而後流徙新疆。

道光道：「四年前的那件事餘波未盡，廣東一有大警，就會牽一髮而動全身。」說到這裡，又啜了一口奶茶，「最近幾天，朕在讀《明史紀事本末》。前明倭寇襲擾海疆，為鬼為魅，為魍為魎，禍害百年，實乃前車之鑒。前明嘉靖三十四年，有一股百餘人的倭寇在上虞登陸，闖入內地殺人越貨，竟然繞過北新關，經安淳縣入歙縣，逼近蕪湖，還在南京城外繞了一圈，後退到武進，輾轉流竄兩千里。浙江和江蘇兩省的防軍圍追堵截八十餘天，才在滸墅關將他們殄滅。但是，被倭寇殺害的內地民人多達四千。說起來，倭寇是小股竄擾，卻搞得海疆數省不得安寧。

「英夷就是當今的倭寇。本朝以戰創業，以和守業，朕不想搞得邊釁四起，國無寧日。你此番去廣州，煙毒要禁絕，海上鴉片躉船要驅逐，但要避免邊釁。」

林則徐點頭，「臣明白。」

道光皇帝轉臉吩咐：「張爾漢，你去把《內務府輿圖》拿來。」

張爾漢喳了一聲，倒著身子退出去。

道光道：「當年聖祖皇帝定鼎中原時不知曉本朝疆域有多大。康熙四十七年，朝廷從理藩院和欽天監抽調一批官員，雇用一百多名堪輿高手和十個西洋傳教士，歷時十年，實地測量，繪成《皇輿全覽圖》，頒行天下。」

林則徐道：「那是聖祖康熙皇帝的赫赫功業。直到今天，各地衙門依然以《皇輿全覽圖》為圭臬。」

待張爾漢抱來沉甸甸的《內務府輿圖》，道光叫他把輿圖攤放在東暖閣的大火炕上，自己與林則徐一起進了暖閣，「聖祖康熙繪製《皇輿全覽圖》時，新疆和西藏有戰事，未能實地勘測。高宗乾隆皇帝繼位後，派人去新疆和西藏實地勘測，在《皇輿全覽圖》的基礎上向西展繪。但域外國家不能實測，只能根據傳教士的口述，編製出這幅《內務府輿圖》。它比

《皇輿全覽圖》增加一倍有餘，東至日本、琉球，北至俄羅斯、北海，西至義大利、羅馬國，南至印度，把大清四周的大小國家全部囊括其中。但朕查遍全圖，卻查不到英國。」

林則徐從來沒見過印製如此精緻、版面如此闊大的輿圖，不由得眼睛一亮。

道光道：「這是西洋傳教士帶到法國用銅版印製的，橫排十三張，豎排八張，總共一百零四張小圖，拼黏成完整的輿圖，宮裡人稱它為『十三排輿圖』，當年共印了一百套。因為不是本朝官員實測，雜糅了傳教士的奇談異說，難免像《山海經》一樣離奇古怪。朝廷擔心謬種流傳，沒有頒行天下，分別存放在皇宮、內務府、避暑山莊、盛京和理藩院。」

林則徐從眼鏡盒裡取出老花眼鏡，瀏覽圖上的山川河流島嶼海洋，從廣州看到淡馬錫（今新加坡），從麻六甲看到蘇門答臘，從錫蘭（今斯里蘭卡）看到印度，從阿拉伯看到土耳其和義大利。顯而易見，距離越遠，輿圖的繪製越簡約，簡約到既無山川也無城鎮的地步，形成一片片空白。他對印度看得十分仔細，只見輿圖把印度分為東、西、南、北、中五塊，統稱「五印度」，鴉片就來自那裡。但僅憑這幅輿圖，無法推斷當地的人物山川。

過了良久，他才抬起頭來喃喃地說：「有道是山外有山，天外有天啊！」

道光踱著步子，「欽天監的傳教士說環瀛是個大圓球，叫什麼地球，英國在地球的背面……純屬無稽之談！天圓地方是千年古訓。若環瀛是個大圓球，圓球背面的人還不掉下去？」說到這裡，微微一笑，彷彿在嘲笑傳教士們的無知。

林則徐頭一次聽說環瀛是個大圓球，頗覺新奇，「哦？地球……這個詞倒是新奇。」

道光皇帝接著道：「有一個傳教士說，英國是島國，距本朝有七萬里之遙。朕也不信。《內務府輿圖》南北二萬里，東西三萬五千里，但沒有英國。據朕看，英國不在印度西面就在土耳其東面，只是輿圖上沒有標注。要是它距我大清七萬里，夷商怎能涉海而來？難道他們有孫猴子的本事，一個筋斗雲翻過來？」顯然把傳教士的話當作海外奇談。

在他的想像中，英國應當是一個與日本或呂宋相仿的域外島國[6]。

頓了頓，他繼續道：「廣州和澳門是華夷混雜的地方。你此番南行，替朕打探清楚英國究竟在何方、離我國多遠、國力幾何、兵力幾許。」

林則徐頷首答應：「臣謹遵聖諭。」

道光從厚厚的公牘中抽出一份奏折，「朕還有一件機密要交代。你看看這份密折。」

林則徐接過密折展讀，是巡疆御史周春祺寫的，奏稱兩廣總督鄧廷楨有勾連走私、借權

---

6 鴉片戰爭結束前，道光命令臺灣鎮總兵達洪阿提審英國俘虜時查明：「究竟該國周圍幾許？所屬國共有若干？其最為強大不受該國統屬者，共有若干？又英吉利至回疆各部，有無旱路可通？平素有無往來？俄羅斯是否接壤？有無貿易相通？」（《籌辦夷務始》卷四十七）戰爭結束後，達洪阿才從俘虜處得到少許資料，寫成《英及各國地圖考證》（《籌辦夷務始末》卷六十二），呈報朝廷，道光方對英國略知一二。

勢勒索鴉片商販的嫌疑。有人在廣州城外的海幢寺題寫了一首牆頭詩：

鐵船爭傳節戎臨，月錢三萬六千金，
江湖賊盜收王鎮，錦繡妻孥羨蔣欽。
自詡得名兼得利，須知能縱始能擒，
至今翻覆波瀾處，孽海茫茫怨毒深。[7]

此詩雖未指名道姓，但誰都能夠看出所謂「節戎臨」者就是鄧廷楨。此詩說他每月貪賄三萬六千兩白銀，數額之大，令人震驚。林則徐抬眼望著道光，「這，可信嗎？」

道光不露聲色，「鄧廷楨歷次京察大考都是卓異，軍機大臣王鼎說他『有幹將之才，不露鋒芒，懷照物之明，而能包容』，朕才把他從湖北布政史超擢為兩廣總督。他在廣州既督

7 取自中國史學會主編的《中國近代史資料叢刊・鴉片戰爭》第三卷，第435頁《粵東海幢寺題壁詩十八首》。這組詩反覆抨擊廣東亂象，指責鄧廷楨查私縱私。英軍陸軍上尉 John Elliot Bingham 把這首詩的英譯稿收入回憶錄《英軍在華作戰記》（《Narrative of the Expedition to China》）中。作者閱讀過多種英文史料，都說鄧廷楨是鴉片貿易的最大漁利者。但是，中國人普遍相信他禁煙有功。

民政，也督軍政。廣東水師和綠營兵糜爛得如同破棉絮，他有沒有責任？朕不能僅憑一首打油詩就斷定他有罪，卻不能不有所警覺。廣州是國門鎖鑰，要是派貪贓枉法之徒做總督，無異於派貪婪者監守自盜。你到廣州後要查明這究竟是風影偽傳，還是實有其事。」

林則徐這才明白皇上為什麼不用鄧廷楨，而要派他去查禁鴉片。

道光又翻出一份奏折，「這份密折是巡疆御史袁玉麟發來的，也與鄧廷楨有關。幾個月前，鄧廷楨保舉蔣大彪、倫朝光、王振高和梁恩升等人，說這些員弁常年在外海和內河巡察緝捕，總計查獲煙梟土盜二百多人，起獲煙土一萬零六百餘兩，抄收銀子六萬二千六百餘兩。朕允准晉升他們。但袁玉麟檢舉揭發了六十四名與鴉片有染者，其中也有這四個人。袁玉麟說他們有查私縱私、暗開窨口之嫌。朕遠在北京，看不清鄧廷楨和袁玉麟誰是誰非，派巡疆御史周春祺和給事中[8]黃樂之暗中訪查，他們的奏報與袁玉麟相近，說民間盛傳蔣大彪等人查私縱私，但廣州協副將韓肇慶說這四人有功。究竟是韓肇慶養癰遺患，鄧廷楨故意把水攪渾，還是巡疆御史和給事中們核查有誤？你到廣州後仔細查一下，給朕一個確實的結果。」

巡疆御史和給事中是察民風、聽民怨、監視外省吏治的官員，有風聞奏事權。得知他們

8 御史和給事中是負責監察的官員，通常為三品官。

的所見所聞與廣東官員的奏報相差懸殊，林則徐隱約感到禁煙欽差大臣一職不好當。廣州很可能糜爛透頂，當地的官弁胥吏如同城狐社鼠，亦官亦商，亦公亦私，亦兵亦盜，上下勾連，結成緊密的羅網。他思索片刻，「要是確有其事，應當如何處置？」

道光語氣堅定，「朕授你便宜行事之權。先處置，後奏報！」

林則徐想起琦善關於酷吏的說法，「臣有一事要講。《大清律》是康熙朝頒行的，當時並無鴉片問題，內地奸徒也不曾開設窨口發賣圖利。嘉慶朝頒發的《查禁鴉片煙章程》雖然規定對吸食者施以枷刑和杖刑，但依然偏輕。臣主張對吸食者嚴刑峻法，給予一年教化期，對屢教不改之徒處以極刑。但殺人必須於法有據。臣請皇上重新修訂禁煙條規，否則，臣擔心執法過剛，留下酷吏的名聲。」

道光用手輕輕揉著腰眼，「說得好！各省禁煙若無法可依，勢必寬嚴有異，不能彰顯聖心之公，國法之平。你不妨在京城多待幾天，與刑部、大理寺和都察院的堂官郎官們議議如何禁煙、如何量刑。此番去廣州，廣東水師的人力、物力、財力、兵力都由你調遣，一定要把鴉片根除淨盡，朕不遙制。但一年後如果再有煙土進入內地和北京，朕就要唯你是問了。」

最後這句話講得很輕，卻很嚴厲，林則徐不由得心裡一顫。他曉得道光皇帝秉性苛察，律己嚴，律臣下更嚴，往往不能體察臣子們辦事的難處，稍不如意就大加懲處。

根除鴉片如同根除老鼠，老鼠貽害萬年，家家戶戶想盡法子，卻從未淨盡過。但是，道光的話是玉旨綸音，容不得打半點折扣。林則徐覺得一副千鈞重擔猛然壓在肩頭，重得他難以承受。不敢拍胸脯做坦坦大言，小心答道：「臣累受皇恩，深知廣東之行乃蹈湯入火之差。為了除奸拯溺，塞大患之源，避免煙土流毒於四海，臣願置禍福榮辱於度外，竭盡愚悃，查禁鴉片！」

道光點了點頭，「你還有什麼要求？」

林則徐思忖片刻後道：「臣去廣州辦差，需要懂夷語、識夷字的人，請皇上從理藩院選派一名懂英語的筆帖式[9]隨行。」理藩院是管理屬邦和蒙古、西藏等邊疆地區事務的衙門，有懂朝鮮、緬甸、安南、蒙古、西藏、阿拉伯、俄羅斯等國語言和拉丁語的人才。

道光允准，「你找軍機大臣王鼎，讓他幫你物色一個。」

暖閣裡的鍍金自鳴鐘響起噹的一聲，道光抬眼看去，已是巳時二刻。他從書架上取下一沓奏折，「這些折子是今年廣東官員們寫的，與那裡的民風民俗有關，你先帶回去讀。朕還有別的事料理，明天下午申時你再遞牌子，朕還要和你談。」

林則徐起身行禮，倒著身子退出了養心殿。

9 筆帖式是蒙古語，意為「博士」，是辦理文案的文官。宮廷裡的翻譯也由筆帖式擔任。

參 樞臣與疆臣

林則徐在北京盤桓了十餘天，道光多次召見他，反覆商議禁煙事宜。與此同時，京官們也走馬燈似的去福建會館打個花胡哨，談天說地敘舊情，議論朝政講禁煙。

這一天，林則徐正與刑部尚書阿勒清阿討論如何修訂禁煙條例。阿勒清阿是滿洲正藍旗人，兩個月前由山西巡撫升任京官。他比林則徐小兩歲，瘦骨嶙峋，暴眼高鼻，臉色微黑，髫鬚濃密。道光讓他擔任刑部尚書，就是因為他秉性嚴厲、辦事果斷，主張立怵心之法，對興販和吸食鴉片者嚴懲不貸。

阿勒清阿撚著髫鬚，「少穆兄，我在山西當巡撫時，於汾陽縣和太谷縣查獲了大批鴉片。我當即下令對煙販子們嚴懲嚴罰、嚴打嚴刑，打得他們心驚膽顫，以致於煙販子們說我一出場就是猙獰兇悍之貌，一開口就是焦厲殺伐之聲。將來山西人編地方誌，恐怕不會給我好嘴臉。」

林則徐呵呵一笑，「阿中堂，你有鍾馗之貌、鍾馗之心，天生的打鬼模樣。山西人就是想醜化你，也得把你畫成黑臉包公。」

阿勒清阿笑道：「我倒是想當黑臉包公。但包公不好當，搞不好就得罪人，有人會指著鼻子罵我是阿酷吏、阿屠夫。」

林則徐道：「你在山西禁煙，我在湖廣禁煙，要是你成了阿酷吏、阿屠夫，我不也成林酷吏、林屠夫了？依我看，只要禁煙，就會有人罵娘。咱們不能被唧唧小蟲壞了禁煙大事。」

阿勒清阿說：「少穆兄，全國二十九個將軍、總督和巡撫都贊成禁煙，但同意『吸食者殺』的不多，只有八個人，包括你。說白了，誰都不想留下酷吏的名聲。但皇上鐵定心要把這條寫入條例，別人才不再反對。」

林則徐交叉十指，放在肚皮上，「嚴刑峻法才能收立竿見影之效。我不是鐵石心腸，也是留有餘地的。我主張給吸食者一年時間改過自新，屢教不改者才殺，意在以辟止辟[10]。阿中堂，你草擬禁煙條例時，一定要寫上『本朝以德為綱教化民人，但教化必須配以嚴刑，否則就沒有效力』這麼一條。」

「好，我和刑部的司官們商議一下，力爭把這條寫入條例。」

10 古人把死刑叫「辟」或「大辟」。林則徐的書信中經常使用這個詞。

林則徐接著往下講：「要禁煙，必須強化保甲制和門牌制。本朝自開國時就明令城鄉村鎮十家立一牌頭，十牌立一甲長，十甲立一保長。每戶丁口、年齒、生業必須列於門牌上。十戶連保，賞告奸，罰連坐。我提議把『吸食者論死，容隱者連坐』寫入條例，讓保甲制度充分發揮作用。」

阿勒清阿說：「賞告奸，罰連坐，這是秦國商鞅留給後人的治國法寶。商鞅主張有目不以視，以天下為己視；有耳不以聽，以天下為己聽（君王的眼睛不足以監視民人，要借天下人的眼睛監視；君王的耳朵不足以監聽民人，要借天下的人耳朵監聽）。但是，琦爵閣等人斥之為苛法，不贊成。」

「哦，琦爵閣怎麼說？」林則徐在肅安縣遇見琦善，二人只談了「吸食者殺」的問題，沒有談及保甲制和連坐法。

阿勒清阿道：「琦爵閣說，當今法令已經足夠嚴厲，吸食有禁，熬煮有禁，囤販有禁，海口有禁，密以巡哨，加以連坐，重以流徙，結果卻不佳。因為刑法越重，掩飾越工，立法越峻，關津胥吏越容易借機勒索。他擔心以商鞅之法治民近於暴政，賞告奸，罰連坐，忧以嚴刑，只會百弊叢生，使貪官借機訛詐勒索，胥吏借事騷擾巧取，進而訟獄繁興，把民風引向奸猾。」

林則徐摸了摸下巴，「琦爵閣是大慈大悲之人，但思慮過頭了。自古以來，亂世宜用重典，非常時期宜用怵心之法。唯有怵心，才能教化煙民。哦，我還有一個見識，鴉片是海外夷商販來的，要是刑律對夷商網開一面，禁煙就禁不到根源上。所以，我建議對販煙夷商單立一條『一俟人贓俱獲，人即正法，貨即沒官』。」

阿勒清阿道：「你的建議涉及修改《大清律》。朝廷歷來主張內嚴外寬，《大清律》有『懷柔外邦，不責遠人』的條例。藩國人在本朝境內犯法，除了殺人罪，一律押解出境，遞交藩國衙門和職官處置。塞外的蒙古王公扎薩克、西藏的噶廈衙門都有自治權，他們的人在內地犯法，量刑從輕。內地民人殺人以命抵命，蒙古人殺人賠一頭牛。我以為，這些律條都應當修改，否則無法彰顯國法之平。海外夷商、走私販煙得不到嚴懲，就是因為《大清律》裡沒有專條，廣東官憲只好將他們押解出境。」

林則徐深有感觸，「阿中堂，嚴刑峻法必須針對夷商設立專條，否則，就算人贓俱獲，我也只能將他們押解出境，這不成了《捉放曹》的大戲？如此一來，何年何月才能了斷煙毒？根除淨盡豈不成了空話？」

「東閣大學士、軍機大臣王鼎大人到——！」這時，門外傳來隨從的長聲通報。林則徐趕緊起身出迎，阿勒清阿也站起身來跟出去。

王鼎年過七旬，灰髮蒼辮，花白鬍鬚，核桃皮似的老臉掛著十幾顆淺棕色的老人斑，半月形的眼袋鬆鬆垂下，但步履依然穩健。他是有名的直臣，清操絕俗，不受請託，也不請託於人。林則徐曾在他手下當過江蘇淮海道，頗得他的賞識。

林則徐抱拳作揖，「則徐不知道老前輩光臨，失迎了。」

王鼎的臉上堆著笑容，「前兩天你要我薦舉一名懂英語的筆帖式，我給你找到了。」他指著身後的中年人道：「這位是理藩院的筆帖式袁德輝。四眼先生，過來見林部堂。」

袁德輝跨前一步，打千行禮，「卑職袁德輝叩見林大人。」聲音有點含混，帶廣東口音。

林則徐仔細打量他，此人年約四十，中等身量，長眉細眼，唇上和下巴的鬍鬚剛剛剃過，鼻樑上架著一副眼鏡，厚厚的玻璃片像油瓶的底兒，帶有一圈圈的螺紋，故而王鼎稱他「四眼先生」。穿了一身石青色八品補服，漿洗得很乾淨。林則徐將他扶起，「請起。走，進去說話。」

王鼎與阿勒清阿寒暄幾句後，與林則徐一起進了客廳，袁德輝亦步亦趨跟在後面。一個僕役不待吩咐，泡了龍井茶，用大托盤端上。王鼎、林則徐和阿勒清阿坐在太師椅上。袁德輝官小位卑，斜簽著身子坐在杌子上。

林則徐對王鼎道：「我沒辦理過夷務，此番南下廣州，生怕辜負了皇上的雲霓之望。老前輩薦舉的人才，想必是料理夷務的能手。」

王鼎指著袁德輝，「少穆啊，四眼先生是有閱歷的人。他在南洋待過，懂拉丁語和英語，平常用不上，一俟用上就是寶貝。要說夷情，沒人比他更明白。咱們大清朝的官員裡就這麼一個天主教徒。」

聽說袁德輝是天主教徒，林則徐頗感詫異。他在翰林院供過職，知道西華門外有座天主教堂，是在康熙朝建的。康熙皇帝五十歲時患了瘧疾，吃過多種中藥皆沒有效用。兩個傳教士聞訊後毛遂自薦，奉獻了金雞納霜。康熙吃過後很快就痊癒了，為表示感謝，便把蠶池口的皇家宅院賜給傳教士，允准他們建一座教堂，並親筆題寫「天主奉敕建」的金字匾額。

蠶池口教堂是大清唯一的天主教堂，主樓高達八丈四尺，比紫禁城的城牆還高。因為是先皇恩賞的，後代皇帝只能任其存在，但嚴禁官民信奉洋教。

不想眼前居然有一個信奉洋教的筆帖式，還在南洋待過！林則徐問道：「請問你是如何懂拉丁語和英語的？怎麼入的洋教？」

在「皇親國戚滿街走，五品六品賤如狗」的京城，筆帖式就像不起眼的小螞蟻，事事處處俯仰隨人，官高一級的人都能對他頤指氣使，從來不用「請」字。一聲「請問」，彷彿把他抬舉到不應有的高度，讓袁德輝滿臉通紅，雙手擺得像兩張蒲扇，「千萬別說請，折煞卑職了。」

林則徐微微一笑，「王閣老叫你四眼先生，這個名字好記，我也叫你四眼先生吧。」小名大妙，「四眼」是戲謔之稱，「先生」是尊稱，一謔一尊，恰好居中。

袁德輝連連應諾。他的聲音很特別，悠著調子，有點兒像和尚念經，「我家祖籍在四川。

三十年前，家父到廣州做生意，私自跨海出境，把我帶到馬來西亞的檳榔嶼，那年我才十歲。家父讓我在羅馬天主教會辦的書院讀書，學了拉丁文，入了天主教。後來父親去麻六甲，把我送到當地的英華書院學英語。十二年前，家父去世，我不願羈留海外，乘船返回廣州。朝廷雇有傳教士在欽天監效力，他們講拉丁語，歸理藩院管轄。理藩院有懂朝鮮、緬甸、暹羅、越南、日本和俄羅斯語的，獨缺懂拉丁語的。理藩院尚書便給廣州十三行的總商伍秉鑒老爺發函，請他保薦兩名懂拉丁語的人，最好兼懂英語或法語。於是我就到了北京。」

林則徐問道：「十三行的總商不是叫伍敦元嗎？」

袁德輝解釋：「伍秉鑒就是伍敦元。伍秉鑒是他的商名，伍敦元是官名。」

廣州十三行是赫赫有名的官商行。為了與夷商做生意，康熙二十五年，朝廷成立了外洋行公所，招募了十三家殷實商戶，授予他們外貿專營權。這十三家商戶經過粵海關審核，戶部備案，朝廷恩准，俗稱「十三行」。但是，商家總有因緣轉行、告老歇業、破產倒閉、新舊更替的，因此行商的數量多寡不定，多時有二十餘家，少時只有五六家，但一直沿用「十三行」的稱呼。伍秉鑒代天子經理十三行，坊間說他富比王侯。

林則徐哦了一聲：「你是伍秉鑒保薦的？」

袁德輝應道：「是的。我回國後在廣州教華工英語。伍老爺接到理藩院的飭令後，薦舉了我。」

阿勒清阿道：「四眼先生進天主教堂是理藩院允准的，在北京，只有他可以去教堂做禮拜。哦，也是為了監視傳教士嘛。」

王鼎見林則徐對袁德輝的身世有疑問，主動詳加解釋：「本朝嚴鎖海疆，凡是出洋經商的，必須在粵海關領取憑照，按期返棹，否則就犯了背祖背德、叛宗叛國之罪，依例應當斬立決。但沿海各省從來沒有嚴格執行過，每年冬季夷船回國，總有無業貧民私相推引受雇出洋。本朝海疆萬里，到處都是罅隙，走一條船就像走一條泥鰍，致使閉關鎖國之策形同具文。三十年前，四眼先生隨他爹出走時還是個娃娃，身不由己，回國後反倒因禍得福，因為懂拉丁語和英語，成了奇貨可居的稀罕人物。朝廷把他的過往之咎一概抹去，做了筆帖式。」

王鼎的話音剛落，門外又傳來一聲通報：「武英殿大學士、太子太傅、軍機大臣潘世恩大人到——！」

林則徐立即起身出迎，阿勒清阿也跟了過去。剛踅出月亮門就見潘世恩踱著方步走來，身後跟有幾個隨員。

潘世恩是三朝元老，二十三歲赴京會試，一舉考中狀元，可謂少年得志。他是天生的官坯子，通權達變，圓融沖合，處變不驚，沉穩豁達，遇事決策不新不舊、亦新亦舊，左右逢源，上下合轍，深得道光的信賴。

林則徐拱手行禮道：「則徐不知潘相造訪，失迎了。」

潘世恩六十八歲，保養得極好，皮膚白淨，神情瀟灑，疏朗的鬍鬚梳得一絲不苟，抬手抬足透著一種聖學淵深、歷世練達的氣韻，講一口清亮的蘇州話：「少穆啊，福建會館的大門口車馬如龍，門庭熱鬧，我一眼就看見王閣老和阿中堂的大官轎了。」

阿勒清阿笑道：「少穆兄，你從武昌來北京一趟不容易，一來就驚天動地，不僅六部的堂官郎官們來拜訪，連二位軍機大臣也來看望你。」

潘世恩一面朝客廳走一面說話：「少穆，你是本朝重臣，在湖廣湖廣重，去廣東廣東重，就是待在會館裡，會館也得成了官場重地呀。」

林則徐笑道：「閣相言重了。則徐是疆臣，哪有這種身價？只有您和王閣老才是天下重臣，在北京北京重嘛。」

潘世恩詼諧一笑，「看看，一見面就相互吹捧，吹得人心如醉，輕飄飄的。這倒應了孔夫子的名言『有朋自遠方來，不亦重乎』！」此處把「不亦樂乎」改了一個字，立即妙趣橫生，眾人不由得哄然一笑。

大家依官秩高下分別入座後，林則徐道：「則徐此番出任欽差大臣，仰仗了您和王閣老的保薦。只怕我肩力狹小，挑不起這副重擔。」

潘世恩扣住「重」字不放，「你是重臣，重臣就得挑重擔。要是重臣挑不起，還有誰挑得起？」

林則徐道：「潘相，您是調鼎樞臣，治大國如烹小鮮。晚輩是疆臣，僅代天子牧民一方，孰輕孰重，判然分明，您倒調侃起我來了。」

潘世恩笑了，「看看，又來了。樞臣和疆臣是不一樣的。外省是廟小神大，北京是廟大神小。你坐鎮湖廣，舉一例牢不可破，出一令從聲如雷。我在軍機處幹的是調和陰陽、彌縫齟齬的事，事事要權衡，處處要協調，哪有你那麼揮灑自如。」

眾人又是一陣笑。

王鼎道：「疆臣坐鎮一方，講求政績，可以心裁獨運、頤指氣使。樞臣就像中藥裡的甘草片，沒有單獨的療效，但任何藥方都得有它，因為它能沖減毒素，疏導中和。樞臣講求和衷共濟，心往一處想，勁往一處使，不能獨出心裁，不然就亂套了。」

潘世恩指著一個隨行官員，「來，我給你介紹一下。這位是廣東南雄州的知州余保純，我的同鄉，嘉慶七年的老進士，當過廣東高明縣知縣和番禺縣知縣，熟悉廣東的物理人情。今年吏部考核府縣官員，余大人的考語是卓異。兩廣總督鄧廷楨說他居心樸實、辦事精勤、老成謹慎、練達安靜，保舉他晉升知府。他是來京述職的。我和王閣老議了議，先讓他掛候補知府銜隨你辦差，等把鴉片事宜處理完再遞補知府。」

余保純朝前邁了一步，作了個長揖，「下官拜見林大人。」

林則徐一面還禮一面打量。此人年約六十，中等身量，中規中矩的老實模樣。比他早九年躍過龍門，但官運差之甚遠，年及花甲才簡拔到候補知府的位子上。

林則徐對潘世恩道：「好。王閣老薦舉一位筆帖式，您薦舉一位熟悉廣東物理人情的余大人。有他們佐幕贊畫，我就不會兩眼迷濛了。」

潘世恩對余保純交代：「廣州是南疆第一府，下轄十一個縣，華夷混雜，風波不斷。你與林部堂一起同行，要實力辦差。」

余保純頷首點頭，「是。」

王鼎問：「少穆，你準備何時動身啊？」

「明天向皇上辭行，後天動身。」

潘世恩依舊亦莊亦諧，「廣州與京城風俗迥異。皇上躬行節儉，表率天下，京城官場不尚奢侈，廣州卻是樓房櫛比、土木華麗的南國大邑。那個地方商賈如織，物價騰昂。俗話說『腰纏十萬貫，乘鶴下廣州』。少穆，你此番南下得多帶幾串大銅錢。哦，有什麼需要我們料理的？」

林則徐鄭重其事地說：「我去廣州，需要幾個幫手。」

潘世恩一口答應：「京城五品以下官員隨你挑。」

林則徐道：「我想用兩個熟人。」

「哦，哪兩個？」

「一個是湖北武昌縣的縣丞[11]彭鳳池，一個是廢員班格爾馬辛。我在武昌捉了幾個廣東煙販，派彭鳳池去廣州瞭解案情。他人在廣州，我想就地留用。班格爾馬辛嘛，去年他的家丁私收賄銀，被巡疆御史查住，告到都察院，皇上聞訊大怒，罷了他的官。其實那件事他並不知情。他是我的屬官，我瞭解他，此人血性耐勞、忠勇可用，因小疵而棄之不用，殊為可惜。我有心保舉他重新出山，不知二位閣老允准否？」

王鼎對林則徐道：「你身膺欽差，調用一個縣丞是小事一樁，報吏部備案即可。至於班格爾馬辛嘛……潘閣老，你意如何？」

班格爾馬辛本是湖廣督標[12]的遊擊[13]，從三品武官，升降罷黜必須經兵部覆核，報皇上允准。潘世恩忖片刻道：「班格爾馬辛現在何處？」

林則徐回答：「在安徽合肥的精誠鏢局當領班。」

潘世恩搓著胸前朝珠，「從三品武官被罷黜後，就像落架的雞，在鏢局裡當個不尷不尬

11 縣丞，八品文官，相當於副縣長。

12 清代的綠營兵隸屬不同官員，總督直轄的軍隊叫督標，巡撫直轄的軍隊叫撫標，提督直轄的軍隊叫提標，總兵直轄的軍隊叫鎮標，副將直轄的軍隊叫協標。

13 遊擊，官名，從三品武官。

的領班，有點兒委屈。但是，班格爾馬辛是皇上指名罷黜的，不能不顧惜皇上的面子。不過，既然你認為他血性耐勞、忠勇可用，不妨讓他戴罪效力，等幹出實績來，你再寫個折子，保舉他官復原職。你看可好？」

林則徐點頭，「還是前輩思慮得周全。」

王鼎掏出打簧錶，「未時二刻了，我和潘閣老得回軍機處，告辭了，後天給你送行。」

阿勒清阿道：「我也該回了。」

林則徐趕緊起身為他們送行。

出了大門口，王鼎悄悄拉住林則徐的袖口，「少穆啊，廣州與北京隔著四千八百里。皇上說不遙制，授你便宜行事之權，但你要切記，皇上是事必躬親的人。你不要獨斷專行，遇事多請旨，少自作主張。」

林則徐為王鼎掀起轎簾，「謝前輩指教。」

王鼎彎腰鑽進大轎後，轎夫們一聲長喊：「啟——轎——了——！」抬起轎子晃悠悠地離去。阿勒清阿乘坐轎子跟在後面，也走了。

待他們走後，潘世恩隔著轎窗朝林則徐招手。林則徐趕緊過去，「潘相，還有什麼要指教的？」

潘世恩道：「進來說。」

林則徐一聽就知道有秘事相告，立即掀簾子進了官轎，斜側著身子坐在潘世恩旁邊。

潘世恩輕聲耳語，嗓子眼裡只有送氣聲，「你到廣州後，給太醫院送幾箱上好鴉片，要派妥員押送。」

林則徐嚇了一跳，「哦？」

潘世恩解釋道：「給皇太后的。」

「是孝和睿皇太后？」

潘世恩輕輕點頭，「正是。皇太后久居深宮，百無聊賴。吸食鴉片是她的唯一樂事。皇上以孝道表率天下，全國上下禁煙禁得轟轟烈烈，唯獨對皇太后網開一面，而且不許太監和宮女們告訴她。皇太后不問國政，依然噴雲吐霧。哦，此事切勿外傳。」

林則徐點點頭，「明白。」

「還有一件事。十三行是朝廷指定的代理商，夷商販來的商品全由他們代銷。鴉片涓涓不塞，伍秉鑒等人就沒有責任？」

「潘相，您有什麼線索？」

「沒什麼線索，只是懷疑。據說伍秉鑒比皇上還富有，你不妨盯緊他。」

林則徐再次點頭，「是。」

當天晚上，林則徐分別給彭鳳池和班格爾馬辛寫了信，要他們去廣州等候。

肆 權相回京

一月的八達嶺格外寒冷，西北風沿著四十里關溝呼嘯而行，把山上的老樹吹得俯仰搖晃，發出一陣陣呼呼啦啦的哨響。由於多日不下雪，氣旋把山溝裡的浮土吹得紛紛揚揚，白茅荒草、枯枝敗葉在山道兩側打著旋兒，一會兒傍地翻滾，一會兒東飛西揚，又硬又涼的沙粒子把行人的臉皮打得針扎似的疼。

天氣雖然寒冷，大道上卻商賈不停。南下的是從蒙古和山西來的商隊，他們牽著駱駝、趕著騾車逶迤而行，駝峰和車上載著牛皮、羊皮跟蒙古馬具。北駛的車隊來自南方，車上滿載食鹽、紅糖、葛布貢呢、磚茶瓷器、鐵鍋銅勺和五金器具。駱駝們昂首挺胸，又大又厚的蹄子踩著浮塵，不緊不慢，雍容而行，身上的駝鈴發出叮鈴噹啷的聲響。

文華殿大學士、領班軍機大臣穆彰阿坐在馬車上，在人流和車流的挾裹下徐徐而行。他的夫人格日勒氏是蒙古人，家在察哈爾。兩個月前，她父親去世了，穆彰阿請假陪夫人奔喪，順便到察哈爾一帶巡視。領班軍機大臣出京巡視一事驚動了沿途府縣和蒙古王公，迎迓之周全非比尋常。奔喪期間不宜請戲班子唱戲，但各地官員送的皮革、挽幛、哈拉呢和土特產裝了滿滿兩大車。

道光皇帝不喜歡官員們借紅白喜事大肆鋪張，穆彰阿也不願取受狼藉，壞了名聲，因而一路上格外小心，連官轎都沒乘，只乘私家馬車。

滿文師爺慶祺和漢文師爺張秉忠乘第一輛馬車在前面引路，車上載著文房四寶、紅心紙張和細軟雜物，還有一只樟木箱子，箱子上掛著沉甸甸的銅鎖，裡面裝著三千多兩紋銀，是沿途官員孝敬的程儀。第二和第三輛車載著官員們贈送的毛皮製品和土產山貨。格日勒和女兒乘第四輛車，穆彰阿乘最後一輛。

穆彰阿寬額高鼻，面孔白皙，唇口上的髫鬚不多，一對三角眼透著棕黑色的微光，微胖的雙手捧著一只蝙蝠紋銅手爐，身披狐皮袍子，頭戴狐皮暖帽，正斜倚在車廂裡打盹。六個戈什哈騎著高頭健馬隨行護衛，不緊不慢地跟在後面。

酉時二刻，車隊來到居庸關北口。前明時期，居庸關是拱衛京師的衛所，有重兵把守，關城修得十分堅固，雉堞、敵臺、垛口參差錯落，望洞、射口、藏兵洞互成犄角，與八達嶺上的烽火臺連為一體，遙相呼應。

明朝滅亡後，關內關外成了大清的天下，居庸關的軍事地位一落千丈，朝廷只派了五十個旗兵在這裡緝匪防盜，由一個佐領管轄。清軍入關時，動員了滿洲八旗的全部人力和物力，十五歲以上，六十歲以下的男人帶著家眷合族而行，出則為兵，入則為民，形成了百年不變的世兵制。定鼎中原後，他們依然保持著世兵傳統。

駐守於居庸關的是默爾齊氏，是一個小部族。朝廷給他們每戶劃了三十畝地，免徵賦稅。經過兩百年生息繁衍，最初的幾十戶人家擴展到一百八十戶的大村落。人口上千，耕地卻沒有同步增長，默爾齊氏人均只有五畝多地，碰上水澇、大旱，生活日益維艱，連飯都吃不飽。

朝廷把旗兵分為守兵、戰兵和馬兵三等。守兵月銀一兩，戰兵一兩五，馬兵二兩。每個兵丁給三斗半餉米，外加丁糧和馬乾。故而，每逢有人因故開缺或死去，各家各戶常為補兵缺大爭大吵，畢竟多一個旗兵就多一份餉銀，少一個旗兵就少一份丁糧。

旗兵是朝廷依畀的中堅力量，不能眼見著衰落下去，於是經兵部和戶部商議，決定給默爾齊氏增加二十個養育兵名額。養育兵即候補兵，只給餉銀和餉米，不給丁糧和馬乾。

在佐領大人看來，避免爭吵的最好辦法就是論資排輩，十幾歲的養育兵熬上七、八年晉升為守兵，再由守兵晉升為戰兵。算下來，要想成為領取二兩月銀的馬兵，非得熬到四十歲不可。

旗兵們在居庸關一帶亦耕亦防，當差時巡查地面緝拿匪盜，不當差時在家種地。由於長年承平無事，居庸關的旗兵成了戰時無用、閒時生非的老爺兵，平日當班虛應差事，一有空就回家料理私活。

為了改善生計，他們與家人辦煤鋪、開棧房，經營鐵匠鋪或茶水店。在八達嶺的關溝裡，人們經常看見身穿號衣的旗兵與老百姓混在一起，賣肉賣炭賣茶葉蛋。當差如同去公廨上班，日初點卯，日落回家，平日飯食由家屬們做好，送到哨位上。每逢春秋兩操，全體旗兵到校場集合，此時的場面熙熙攘攘，如登春臺。婆婆媳婦們拖兒帶女，坐在樹蔭下嗑瓜子嘮家常，穿針引線縫衣納鞋底，旗兵們的口號聲和女人們的說笑聲交織在一起，別有一番情趣。

但是，人越多，事情越難辦。默爾齊氏多了二十個養育兵，反而惹出一大堆麻煩。年長的旗兵像大爺似的消閒，把苦差累差全都派給養育兵。養育兵資歷淺薄，只好忍氣吞聲，盼星星盼月亮似的望著「小媳婦熬成婆」。

關溝有四個關口：南口關、居庸關、上關和北門鎖鑰關。這些關口不是稅卡，若都攔路設卡勒索商旅，難免鬧得物議沸騰，萬一驚動皇上，非得倒大楣不可。但是，五十個旗兵和二十個養育兵守著卡脖子地段，怎能不生非分之想？他們不敢明目張膽設卡收費，卻能以「搜查匪盜，嚴防奸宄」為名義刁難過往客商。在山西、蒙古和北京之間走動的商人都是有錢的主，大商人有上百峰駱駝，小商戶也有兩三輛騾車，轉運的貨物少則十幾石，多則上千石。要他們把貨包一一打開，耽誤的工夫就讓人消受不起。明白曉事的商人，自然懂花錢免災的道理。但是，幹這種事得把握好分寸，否則有勒索之嫌。

這一天，在居庸關當值的是驍騎校[14]康六爺，本名叫默爾齊．康順。今天應有八人當差，但只來了六個。過了一袋煙的工夫，外號叫「黑瞎子」的跟役才晃晃悠悠朝哨位走來。

所謂「跟役」就是罪犯家屬。依照《大清律》，內地民人一俟犯了重罪，家屬要受牽連，發配給駐防各地的旗兵當包衣奴才。默爾齊氏每家都有一個包衣奴才。他們不僅替主子耕田打柴、燒水做飯，還替主子當差站哨、巡查地面。黑瞎子的主子叫康莊，是領催[15]，在關城開了一座茶館兼賭場。

康六爺一看黑瞎子就火了，眼睛一瞪，「你家主子又幹什麼去了？」

黑瞎子是個十三歲的半大孩子，山東聊城人，穿一身旗兵號衣，袖口上有領催衣花，腰上挎著一把刀。知道底細的人說他是包衣奴才，不知道的以為他是個小軍官。由於長得黑瘦，眼睛近視，所以有了「黑瞎子」的綽號，「俺家主子說老太太病了，叫俺替他。」他生在旗人家，長在旗人家，與旗人混得精熟，根本沒把康六爺的責問當成大事。

康六爺與康二爺是叔伯兄弟，康二爺是兄長，官銜卻比康六爺低。康六爺沒辦法，乾罵

---

14 驍騎校是從八品武官，只有八旗兵中才有這個官名，綠營兵中無此官名。

15 領催是級別最低的八旗軍官。

一聲：「康老二又他娘的耍賴皮，吃皇糧不幹皇差！你下崗後告訴他，乾脆讓他給你抬籍入旗，換他給你當包衣奴才！」

旗兵們聽了全都咧嘴訕笑。黑瞎子一看，佇列裡只有一個人是正兒八經的旗兵，其餘五人中有三個養育兵，兩個包衣奴才。

康六爺喝道：「入列！」黑瞎子挺胸收腹站到佇列裡。康六爺咳嗽一聲，吐一口痰，擰著眉毛教訓道：「在關口當差要有眼力價。什麼錢該收、什麼錢不該收、收多少，心裡要有一桿秤。官商不能收，公差不能收，民間商賈可收，但不能強收，要想法子讓他們主動孝敬。流民、乞丐不必收，這種人窮得叮噹響，沒油水，白耽誤工夫。附近的村民也不能收，兔子不吃窩邊草嘛。明白嗎？」

「明白！」

即使如此克制，當一天差也能收一千多大銅子。但這筆錢不能獨吞，得分肥。驍騎校分四成，領催分二成，剩餘的分給當值的旗兵。

一個頭戴羊皮暖帽的壯年漢子堆著笑臉走到關門前，對康六爺道：「軍爺，我有兩輛駝車和三十峰駱駝要過關，販了點皮貨，請關照。」說罷，遞上一個桑皮紙包，「給弟兄們的茶水錢。」

康六爺低頭一看，是一包「道光通寶」大銅子，約有四十個，便木著臉一抬手，「過！」

接著，位半老徐娘走過來，一手挎著竹籃，一手牽著流清鼻涕的小孩。康六爺沒盤查，任她從關門洞下過去。再後面是一個戴紅纓暖帽的中年人，比手畫腳指揮著四五個夥計趕羊，足有四百隻。康六爺看那人遞上的憑照，是內務府的採辦，不敢勒索，忙抬手放過去。

師爺慶祺和張秉忠的騾車走到關門口，卻被黑瞎子一橫胳膊擋下，「站住！」他見車上有只掛著銅鎖的大木箱，以為碰上有錢的主了。

張師爺跳下車，從袖口裡摸出一張名刺，上有「文華殿大學士、軍機大臣穆彰阿」字樣。官員出行通常攜帶兵部清吏司頒發的勘合，很少用名刺，不過張師爺以為穆彰阿的名刺比勘合管用。

沒想到黑瞎子不識字，見名刺上沒有紅模印鑒，認定他們是可以勒索的商賈，厲聲喝道：「打開箱子！俺們要檢查！」

張師爺知道碰上刁皮軍棍了，嘿嘿一笑，「小兄弟，居庸關不是稅卡，憑什麼查我們的車？」

黑瞎子脖子一挺，「奉上司的命令，查不法商販挾帶鴉片！」

張師爺一臉不屑，「真稀罕！鴉片煙土向來是出關往北走，沒聽說從關外往關裡販運鴉片的。」

黑瞎子被駁，圓臉頓時拉成長臉，「少囉唆，打開箱子！」

張師爺也長臉一拉，嘴一硬，「你知道這是誰的車？是軍機大臣穆彰阿大人的私家車！」

黑瞎子孤陋寡聞，不曉得穆彰阿是何許人，眼珠子一骨碌，斜睨著張師爺，「拉大旗做虎皮！什麼木大人、水大人的，俺不信！就是金木水火土大人一起來也得查。打開箱子！」

滿文師爺慶祺見這少年旗兵滿口不敬，也跳下車來，冷不丁講了一句滿語：「加拉希牛魯額真（叫你們佐領來）！」

黑瞎子沒聽懂，以為他講的是蒙古話，「俺不懂鳥語。打開箱子！」

慶祺見他穿著旗兵號衣卻不懂滿語，明白了八九分，嘿嘿一聲冷笑，改說漢話：「我看你不是正經旗兵，是個假冒的包衣奴才！」

黑瞎子一臉尷尬，支吾一下，回頭喊道：「康六爺，有兩個商人不讓查，還假冒什麼木大人！」

康六爺螃蟹似的橫著膀子走過來，「什麼人這麼囂張？」

張師爺腦筋一轉，要戲弄這群丘八，一張怒臉轉瞬成了笑臉，對康六爺行拱手禮，「軍爺，我家主子在後面的車上，我作不了主。只要他發話，您想怎麼查就怎麼查。」

康六爺沒搭理他，邁著步子繞到第二輛車前，揭開苫布，見車上堆滿了皮張與土產，再走到第三輛車前，一揭苫布，還是皮張、土產，越發相信這是商人的車。他朝第四輛騾車走去，抓住車門把手猛地一拉，「出來，檢查！」

一股冷氣鑽入車廂，裡面沒人吱聲。康六爺扶著門框沿朝裡探頭，就看裡面坐著兩個女人。歲數較大的梳著滿洲式兩把頭，髮髻上插著金簪銀釵，身穿一品誥命夫人裝，八寶水準下襬上繡著江崖海水花紋，脖子上掛著一百單八顆瑪瑙串成的朝珠，雙手捧著銅暖爐。另一個十四五歲的姑娘珠光寶氣，環珮叮噹，一副大家閨秀模樣。

唯有軍機大臣、六部尚書和外省總督的夫人才能穿一品誥命夫人裝。康六爺立馬意識到自己擋了大人物的駕，不由得倒吸一口涼氣，扭頭朝最後面的車望去，只見六個戈什哈騎著高頭大馬，雄赳赳氣昂昂地跟了上來。他趕緊放軟口氣，支支吾吾地賠罪，「卑……卑職不……不知是夫人的車，孟浪了。請……請夫……夫人見諒。」

車裡的誥命夫人正是穆彰阿的女人格日勒氏。她用不屑的目光瞟了康六爺一眼，沒說話，那姑娘卻神氣十足，眼皮子一翻，氣哼哼道：「你好眼力價！」說罷，猛拉車門，正好夾住康六爺的手指頭。康六爺哎呀一叫，指甲縫裡被夾出血來。姑娘卻假裝沒聽見，銀鈴般的嗓音往高處一挑，「走！」

車夫聽令，甩開鞭子，「駕！」兩匹騾子一使勁，車子倏地動起來。

康六爺捏著血糊糊的手指頭，眼睜睜看著六輛車子滾滾而去，暗啐了聲，「真他娘的晦氣！」回頭看黑瞎子傻愣愣地站在旁邊，不由得一股怒氣湧上丹田，一掌摑去打了個脆響，「他娘的，你好眼力價！」

太陽偏西時，六輛馬車和騾車首尾相接出南口，進了興盛客棧。客棧老闆叫唐成，人稱唐掌櫃。張師爺把名刺往櫃上一放，唐掌櫃立即堆出笑臉，「呵喲，是穆相爺光臨小店。」又回頭高聲喚呼：「小二，找幾個夥計給客官卸車，把馬牽到馬廄裡，餵上好飼料！小三，給客官端水燙腳。」然後轉過臉，笑盈盈道：「南房是最好的客房。不巧得很，今兒個有幾個赴京會試的舉子到這兒遊觀，訂下了。我這就叫他們挪地方，搬到西廂房去。」

張師爺道：「穆相爺不願擾民，也不想張揚。你別說是我們占了他們的房子，就說有客商過境。當然了，我們不會虧待他們，他們的住宿費，我們包了。」

唐掌櫃點頭哈腰，忙活去了。

吃罷晚飯，天已黑了。穆彰阿正在南屋裡伴著油燈讀邸報，卻聞院子裡突然傳來一陣喧譁。

「什麼鳥客商這麼牛皮？」

「掌櫃的，總得有個先來後到嘛！」

「你講不講信譽？」

原是錢江等四個參加會試的舉子趁著閒暇到八達嶺遊觀，天擦黑時才回到客棧。

唐掌櫃經歷過各種場面，曉得公車舉人都是稟賦各異、才高八斗的人物，群英會似的來到北京跳龍門，跳不過去是埋沒的鄉黨，跳過去是國家名士，萬一得罪了潛在的貴人，難免要遭報應。他滿臉歉意地說：「諸位客官，都是敝人沒交代清楚，店夥計們搞混了，才鬧出差錯。這樣吧，諸位的住宿費免了，晚飯也由本店包下，每人送一碗刀削麵，另加一碟小菜。」

唐掌櫃又是道歉又是賠補，幾個舉人就勢下坡，很快安靜下來，把隨身雜物搬到西廂房。不一會兒，廚子做好了晚飯。店夥計一聲招呼，錢江等四人轉回正廳，撩衽坐在一張圓桌旁。

錢江問：「有什麼酒？」

唐掌櫃細細數來，「牛欄山二鍋頭，還有本地村酒。二鍋頭是遠處購來的，貴。村酒便宜。」

錢江道：「既到貴地來，就飲貴地酒。來一罈村酒，外加一盤驢錢肉。」

唐掌櫃解釋道：「村酒和驢錢肉是要單算錢的，不在饋贈之內。」

錢江不耐敲著筷子，「知道、知道，你只管端上來。」

林則徐離京後，錢江留下來參回會試，搬進江蘇會館。他穿著官服，其餘三人穿布袍。四個舉子全是江蘇人，本不相識，在會館同待十多天便混熟了。大家每天溫功課、猜考題、背時文，日子過得單調乏味，想著離春闈還有段時日，決定去散一散心。聽說錢江在國子監讀過書，對北京十分熟悉，請他領大家去長城遊玩，錢江就與他們合雇一輛馬車，冒著寒氣來到南口。

不一會兒，店夥計端上一罈村酒，給四人斟上。

錢江道：「飲酒得行酒令，不然喝著沒滋味。」

一個叫吳筱晴的舉子拿起筷子，「對，我同意。錢兄，你說行什麼酒令？」

錢江思考了會兒，「咱們就做個文字遊戲，即席賦兩句詩，詩中要帶『英雄』二字，還要點出英雄的名字。說不出來的，罰酒。」

吳筱晴聽得興致大發，「這個主意好。三國時曹操和劉備青梅煮酒論英雄，咱們來一個書生賭酒論英雄。」

「這有何難，我先來。」說話的叫張官正，焦黃面皮，煙癮極大，走到哪兒都帶一支鑲翠玉嘴的煙鍋子。他信口吟了一句：「夜半醉走景陽岡，打虎英雄逞威風——武松。」

另一個舉子叫孫建功，「好！兄弟我不才，也湊兩句。」他搖頭擺腦說道：「贏得美人心肯死，霸王畢竟是英雄——項羽。」

吳筱晴拊掌稱好，「既有英雄氣概，又能贏得美人芳心的人不多。西楚霸王烏江自刎時有美人捨身相伴，這個故事好，把一段似水柔情的傳說摻和到鏗鏘人生中，居然成了千古絕唱！」

錢江道：「英雄配美人便成傳奇，小人物配美人，再動聽的故事也不能傳世。我也吟兩句。自古英雄多好色，好色未必是英雄——吳三桂。」

孫建功吊起眼睛，「欸，不對。有道是，大辱過於死。吳三桂乃三軍上將，卻忍辱偷生，先叛明，後叛清，怎能算英雄？只能算雙料叛臣。罰酒、罰酒！」

錢江狡然一笑，「我沒說他是英雄，我說的是『好色未必是英雄』。」他把「未必」重重地重複一遍。

「這也算？」

「當然算！」

「好，接著來。」吳筱晴眼珠子一轉，「我來一個。勉從虎穴暫趨身，說破英雄驚殺人——劉備。」

幾個人依次接上「英雄單騎行千里，刀偃青龍出五關——關羽」、「英雄銀槍騎白馬，當陽誰敢與爭鋒——趙雲」。

到「千年光陰如夢蝶，英雄回首是神仙——周公」時，卻被孫建功打住了，「周公何以是神仙？」

張官正回：「周公姬旦輔佐周武王翦滅殷商，東征叛國，平定三監，營建洛邑，制禮作樂，是周朝當之不愧的大英雄。孔夫子尊他為儒學先聖。陝西岐縣、河南洛陽、山東曲阜都有周公廟，年年香火不斷。周公離世三千年，漸遠於人，漸近於神，當然是神仙。」這番話講得繪聲繪色，頗有道理，眾人紛紛點頭同意。

吳筱晴問道：「該誰了？」

「該錢兄了。」

錢江昂首吟道：「八千里路雲和月，英雄原本是癡人——岳飛。」

吳筱晴不明白，「這可怪了，岳飛何以是癡人？」

錢江一哂，「說起來有點兒複雜，能說一天一夜。我只說三點。靖康元年宋徽宗和宋欽宗被金人俘虜，三十一個皇子中只有趙構一人逃脫，他成了大宋朝唯一的血脈，順理成章地當了皇上。就國情民心而論，宋朝君臣應當想方設法迎回徽、欽二宗；就內心而言，宋高宗趙構卻未必想迎回自己的父兄。要是徽、欽二宗回來，誰做皇帝就成了懸案，對吧？岳飛偏偏沒看透，時刻牢記靖康恥，屢次進言要迎回徽、欽二宗，這是其一。

「岳飛的權力是皇上給的，軍餉是朝廷發的，他的軍隊理應姓『宋』，要麼姓『趙』，他卻稱之為『岳家軍』，這能不引起宋高宗的猜忌？我的『趙家軍』怎麼成了你的『岳家軍』？岳飛戰功赫赫，但不善於交通朝中重臣，也不善於處理人際關係，致使猜忌者眾多，這是其二。

「宋高宗一連下了十二道金牌召他回京，他都以軍情急迫，主將不可須臾離開為由，遷延不歸。一道金牌頒下，前敵主帥以軍情急迫為由不回京，或許事出有因；兩道金牌頒下，主帥再以軍情急迫為由巋然不動，哪個天子不起疑心？三道金牌依然調不動，宋高宗會作何感想？更何況十二道金牌！若是換了諸位仁兄，你們能容忍一個目無君上的悍將？這種人功高蓋主，一俟擁兵自重，誰奈何得了他？你說岳飛是不是癡人？」

吳筱晴眨了眨眼睛，「咦，有道理，至少有七分道理。」

穆彰阿坐在隔壁，與廳堂只隔一扇窗子，聽得真切，不由得心裡一動。此人倒是滿有見識！他站起身從窗縫朝外窺探，只見一個身穿九品補服的人在侃侃而談。

錢江不知道隔牆有耳，依舊在神聊：「當時的宰相是秦檜。他深知主子的所思所想，知道宋高宗疑心重，無法容忍岳飛，只是苦於沒有證據證明其有謀反之心。岳飛死後，另一個叫韓世忠的元帥問秦檜究竟岳飛犯了什麼罪？秦檜說『其事體莫須有也』。什麼叫『莫須有』？就是說不清、道不明。韓世忠聽了不以為然，說『莫須有三字何以服天下』。這就有點兒怪了。常言道『欲加之罪，何患無辭』。秦檜是狀元出身，滿肚皮經典，他要是想置岳飛於死地，編個故事還不是小菜一碟？『莫須有』三字連韓世忠這樣的赳赳武夫都騙不了，怎能取信於天下？

「據我看，秦檜的『莫須有』有弦外之音。他是想告訴韓世忠，他不知道岳飛有什麼罪，也不是他想殺岳飛，是皇上想殺。但這種事只可意會，不可言傳。不過，秦檜萬萬沒有想到他替宋高宗背了黑鍋，成了謀殺功臣的千古罪人。民間傳說岳飛是秦檜害死的。其實，秦檜哪有那麼大的膽量？所以，明朝的文徵明填過一首《滿江紅．拂拭殘碑》道『笑區區，一檜亦何能』。秦檜不過是秉承了皇上的心思辦事而已。」

一則九百年前的故事被錢江七扭八歪地一番譬講，別有意味，幾個舉子竟然無以辯駁。

孫建功道：「有道理。癡人都是性情中人，沒有滿腔癡情，沒有成敗在我、毀譽由人的執拗，恐怕當不了英雄。」

吳筱晴摸著下巴，一副若有所思的樣子，「這麼說來，所有英雄都是癡人。四面楚歌的項羽是癡人，兔死狗烹的韓信是癡人，飛將軍李廣是癡人，前明的冤鬼袁崇煥是癡人，連《水滸傳》裡的及時雨宋江也是癡人。真是天下英雄皆癡人哪！」

錢江有感而發，「天以百凶成就一位英雄。哪個英雄不落難？」

張官正擺擺手，「曹操是青梅煮酒論英雄，我們是書生賭酒說癡人，越說越氣短。這個題目太晦氣，換一個。」

孫建功大表同意，「對，換個花樣。我看，換成賦詩好。」

吳筱晴道：「箕坐飲酒，唱和嘯歌，是人間一大雅趣。賦什麼詩？」

張官正想了想，「頭一句要有三個同頭字，第二句要有三個同旁字，三句、四句要點明前兩句的關係。限時賦詩，超時罰酒。」

幾個人都想露一手，齊聲叫好。

孫建功道：「詩文下酒，吃得風流，我先來。三字同頭左右友，三字同旁沽清酒，今日幸會左右友，聊表寸心沽清酒。」

吳筱晴拊掌讚道：「妙！我跟一個。三草同頭茉莉花，三女同旁姐妹媽，要是想戴茉莉花，就得去找姐妹媽。」

張官正笑著說：「我接一個。三字同頭哭罵咒，三字同旁狐狼狗，山野聲聲哭罵咒，只因道多狐狼狗。」

錢江笑嘻嘻接過，「我跟一個。三屍同頭屎尿屁，三人同旁你們仨，沒人願吃屎尿屁，除了在座你們仨。」

吳筱晴等三人挨了罵，立即跳起來，把錢江翻倒在地上，這個捶屁股，那個撓胳肢窩，「你這個猴頭，一肚皮壞水。今天非罰你三大杯不可！」

錢江在地上縮著身子笑成一團，「諸位仁兄，我自己來，自己來。」

張官正倒了三大杯酒，抓起一支毛筆，在杯子上分別寫了「屎」、「尿」、「屁」三字。幾個人嘻嘻哈哈連按帶灌，捏著錢江的鼻子把三杯酒灌下去。

張師爺陪著唐掌櫃提一只大茶壺進入廳堂，與四個舉子打了個照面，一拐彎，進了穆彰阿的房間。

唐掌櫃下氣柔聲說道：「相爺，這是剛燒好的毛尖，請用茶。」

穆彰阿看了他一眼，一臉莊肅地問：「那個穿補服的叫什麼？」

舉子們在櫃上登記過姓名，唐掌櫃立刻回話：「叫錢江，其餘三人叫孫建功、張官正和吳筱晴，都是江蘇來的應試舉人。」

「哦，錢江在哪個衙門辦差？」

唐掌櫃低聲道：「是湖廣總督林則徐大人的屬官，來京參加春闈的。」

穆彰阿沒吭聲，只是皺著眉頭。唐掌櫃見他不高興，順勢道：「相爺要是嫌吵，我叫他們挪個地方？」

穆彰阿一擺手，「不必打擾他們。你去吧。」

唐掌櫃隨即出去了，屋裡只剩下張師爺和穆彰阿。

舉子們不知道本朝第一權臣在隔壁，依然山南海北地胡吹神侃。張官正道：「錢兄，你在國子監讀過書，認不認識本朝的幾位大學士？」

錢江連灌了三杯酒，臉色發紅，「認識談不上，但德行人品略知一二。」國子監是國家太學，名義上由各地舉孝廉入京讀書，實際上，監生們不是權臣子弟就是功臣後代。官場要角的奇聞逸事經常在他們的圈子裡流傳，只要被繪聲繪色地渲染一番，就能描出一幅似像非像的群醜圖來。

吳筱晴問道：「錢兄，依你看，誰會出任今年的會試主考？」

錢江啜了一口酒，臉上泛起紅暈，「跑不出軍機處的三位閣老。」

「哪三位？」

錢江毫不猶豫就回答：「一是文華殿大學士穆彰阿，二是武英殿大學士潘世恩，三是東閣大學士王鼎。」

穆彰阿聽見舉子提起自己的名字，像被針扎了一下，立即屏住氣息，貼著窗縫靜靜地聽。

錢江煞有介事地說明：「王閣老出身自寒素之家，性情耿直，崇尚氣節。年輕時赴京會試，當時的軍機大臣王傑賞識他，但王閣老以依附權貴為恥，盡可能避開，反倒更受王傑器重，認為此人的品格和氣概非比常人，官場前途不可限量。王閣老以理財見長，當過十年戶部尚書，綜核出入，人莫能欺。管理刑部時總覽巨細、明察秋毫，在改革河務和鹽政方面也有建樹。但王閣老只當過一次主考。」

「那麼，潘閣老呢？」

「潘閣老是乾隆五十八年的狀元，二十三歲躍過龍門，一舉成名。他是三朝元老，當過浙江學政和江西學政，還當過禮、兵、戶、吏四部尚書，精通考務，由他主考的可能性頗大。」

「那麼穆相爺呢？」

「穆相爺嘛，他主持過三次鄉試、五次會試，還主持過複試、殿試、朝考和庶起士散館考。但論學問，他在潘閣老之下；論人品，在王閣老之下；論崇階，卻在潘、王二人之上。」

潘閣老講求恭謹圓融、和光同塵，不強人所難；王閣老講求中規中矩，以社稷為重；穆彰阿雖然是領班軍機、第一權相，卻講究悚惕之學，以皇上之是非為是非，以皇上之好惡為好惡，是最沒主見的。」

穆彰阿聽見錢江給自己一個「最沒主見」的評價，頗有幾分氣惱，卻又心生奇怪，這年輕人彷彿認識官場上所有權臣，不僅能叫出名字，還能說出經歷、做出評點，莫非此人有什麼背景？他屏住氣息繼續聆聽。

孫建功覺得錢江有點兒言過其實，「錢兄，最沒主見的人怎能做領班軍機大臣？」

錢江夾了一片驢錢肉，嚼得津津有味，待把肉片咽下才開口道：「這你就不懂了。當今官場雖然是滿漢對半，實際上是滿人坐纛，漢人贊襄。每逢有重大事情要裁決，穆相爺不說話，叫潘、王二位閣老先說。潘閣老說『左』，王閣老也說『左』，穆相爺就說『左』。要是潘閣老說『左』，王閣老說『右』，穆相爺就不言語，聽憑潘、王二人爭論，最後自己衡平取中。要是潘、王互不相讓，穆相爺就會表示事端重大，必須奏請皇上聖裁。皇上要是說『右』，穆相爺就垂首附會道『奴才也以右為上』。」

說到這裡，錢江作了一個謙恭俯首的姿態，腦門觸到桌面，那副滑稽模樣引得三位舉子哧哧發笑。

錢江繼續神侃，「有穆相爺宰輔擔綱，官場上自然講求和衷贊襄，一團和氣，不求有為，但求無過。一言以蔽之，柔糜泄沓，彌縫而已。」

孫建功疑惑地問：「哦，怎麼個彌縫法？」

錢江微微一笑，「我在國子監讀書時，有人和著『一剪梅』詞牌填了一首《彌縫》詩，把當今官場的風氣寫得惟妙惟肖。」說著，用筷子擊節，背出一段官場切口。

仕途鑽刺要精工，京信常通，炭敬常豐。
莫談時事逞英雄，一味圓通，一味謙恭。
大臣經濟在從容，莫顯奇功，莫說精忠。
萬般人事要朦朧，駁也無庸，議也無庸。
八方無事歲年豐，國運方隆，官運方通。
大家贊襄要和衷，好也彌縫，歹也彌縫。
無災無難到三公，妻受榮封，子蔭郎中。
流芳身後更無窮，不謚文忠，也謚文恭。

吳筱晴讚道：「這詞寫得妙味無窮啊。」

張官正問：「你看穆相爺會不會出任今年的主考？」

「有可能。」

「要是穆相爺當主考，文章應當如何寫？」

錢江再啜一口酒，喝得滿臉通紅，發起長篇大論，「會試衡文並無固定的取捨標準，全賴閱卷官眼光。每次赴京會試的舉人少則兩千八，多則三千五，哪個不是才高八斗、學富五車的主？但是，大家都得順著試題發無聊之議論，爭無謂之名頭。數千舉子多味雜陳，千人百調匪齊匪一，只有最堂皇的廢話、最符合閱卷大臣心思的屁話才能脫穎而出。而閱卷大臣的心思是最難猜的。據我看，王閣老是個性情耿介的人，要是他任主考，寫文章就得單刀直入、簡明扼要；要是潘閣老任主考，文章就得寫得花團錦簇、流光溢彩。」

張官正催促道：「別繞彎子。我問的是，要是穆相爺任主考，該怎麼寫？」

錢江理所當然地回：「穆相爺是有名的彌縫相爺，文章自然要寫得彌縫。」

張官正大惑不解，「天下文章有多種寫法，何謂彌縫寫法？」

錢江頂著滿臉紅光，滔滔不絕，「彌縫寫法就是既不能狂放也不能拘謹，既不能簡潔也不能藻飾，既不能高談也不能淺說，既不能左也不能右，既不能上也不能下，這分寸是極難拿捏的。總而言之，就是衡平取中，中庸是也。」

林則徐屬下的小官放肆無度苛評當朝權相，穆彰阿氣得臉色一陣紅一陣白。

一旁張師爺驚得眼珠子發直，「相爺，沒想到本店住進這麼個貨色。要不要把那小子拿下？」

以堂堂相爺之尊與幾個胡扯的舉子爭閒氣顯然有失身分，穆彰阿微擺手，止住張師爺，示意他接著聽。

錢江依然在誇誇其談，「國家掄才大典，本應看重策問，由舉子對天下大事發表意見，重文輕字才是正理。但舉子回答策問很容易走板，誰要是洋洋灑灑直陳無隱，擺出置天下大事於衽席之上的氣派，非把考官們驚呆不可，弄不好還得個謗議朝政的考語。考官們大都不願在策論上耗時間，因而穆相爺搞了一個身言書判的衡文準則。」

「何謂身言書判？」

「身者形貌端莊，言者言辭辯證，書者楷法遒美，判者文理優長。實際上，穆相爺最看重的是『書』。一畫之長短，一點之肥瘦，他無不尋瑕索垢，評第妍媸。所以，要是穆相爺當主考，諸位切記兩條，一是書法端莊，二是策問取衡，千萬不要對工、農、兵、吏、漕運、治河發表鴻篇大論。這就是彌縫寫法。」

沒想到一個雞毛小官竟敢把當朝一品糟蹋得不成樣子。穆彰阿恰好是今年春闈的主考，聽到這裡，忍不住哼了一聲，對張師爺道：「錢江這小子一身都是屎尿屁。林部堂怎麼用這麼個糟烏貓當知事？就算他寫出天字第一號的彌縫文章，我也不會讓他躍過龍門！」

伍 紅頂捐客

廣州是南方第一大邑，這裡商賈雲集，財貨滿城，五教傳播，九流彙聚。從廣州起碇出海，東可駛往琉球和日本，南可到達呂宋和蘇祿，西可行至印度和阿拉伯。英、美、法、荷、西班牙、葡萄牙等國的商人乘風馭浪，跨萬里海程販來五金器具、鐘錶、玻璃、呢絨棉花和洋釘花布，換回紅綠茶葉、大黃桂皮和絲綢陶瓷。從伶仃洋到廣州的二百里水道上一派洋洋大觀，南洋的雙桅快帆、西洋的三桅大舶、外省的紅船綠舟與本埠的快蟹船、扒龍船、西瓜船、茶船、扁船桅檣交錯，風帆鱗集，叮叮咚咚的船鐘聲不絕於耳。

黃埔是一座江心大島，位於廣州城東面二十里處，具有得天獨厚的條件，是萬國海船彙聚的天下第一碼頭。異國他鄉的商船在這裡停泊，與專營外貿的十三行接洽、驗貨、裝卸、交割、納稅，經過數月航行的舵工和水艄們在這裡登岸休息，就近遊觀。

黃埔有萬餘丁口，地少人稠，田畝不夠耕種，家家戶戶望洋謀生。島上店鋪林立，客棧叢集，男人去碼頭搬運貨物幹雜活，女人在村旁巷口撐起遮陽傘，擺出雜木方桌和竹椅板凳，堆起各色食攤，高聲叫賣牛雜蘿蔔馬蹄糕，鳳爪春捲船仔粥。有些外國人不吃豬下水，她們就把這種東西洗刷得乾乾淨淨，熬製成叫不上名字的地方小吃。最令外國人驚奇的是，當地人什麼都敢吃，青蛙、蛇肉、穿山甲全能入菜，連蠍子、螞蚱和蜈蚣也能擺到盤子裡出售。

經受了波濤之苦的各國水手在這裡吹河風、飲村酒，十指油膩膩地吃河蝦，而後脫去水手衫，袒胸露乳地放喉高唱異國小調，常常引來一陣陣的喝彩聲。

在華夷混雜的氣氛中，黃埔食攤的生意格外興隆，繁忙時節，連五歲小囡也得派上用場，幫著大人淘米擇菜。這是一個連井水都能賣出善價的風水寶地。

只要看一眼島上的鑊耳大屋和翹脊大厝，看一眼富麗堂皇的宗族祠堂和過街石坊，人們就會驚歎黃埔人是廣東，乃至大清，最富有的民人。

由於經常與夷人打交道，黃埔島家家戶戶都備有璧經堂編印的《紅毛通用番話》和成德堂刻印的《鬼話》。《紅毛通用番話》每頁兩欄，左側是英文，右側用廣東方言注音，收入四百多個常用詞。「一」到「十」是買賣人的常用數字，人人都能倒背如流：one（溫）、two（都）、three（地理）、four（科）、five（輝）、six（昔士）、seven（心）、eight（噎）、nine（坭）、ten（顛）。《鬼話》把英語常用句分為「入行問答門」、「賣茶問答門」、「肉臺問答門」、「租船問答門」等十多個門類，同樣用廣東方言注音。當地人耳濡目染，連婦孺小孩也能講幾句光怪陸離的「鬼話」。

當地的建築式樣也深受異域影響。島上的琶洲塔是導航塔，它與內地的燈塔迥然不同，塔基的浮雕是八個托塔力士，所有力士都是凹眼高鼻的夷人模樣。每年來廣州的外國水艄數以萬計，難免有人客死他鄉。黃埔人慈悲為懷，在附近的長島劃了一塊地皮，專門安葬死難的夷人。那些帶有十字架的外國墳塚和墓碑與中式墳塚的格調迥異，成為當地一景。

此時，一個九品小官坐在寶善茶樓的方桌旁，手裡抓著一個褡褳，一面品茶一面隔窗望著扶胥碼頭。他叫鮑鵬，四十多歲，長著一張討喜的臉，好像隨時準備講開心話。面皮白淨，不留髫鬚，嘴巴左側有顆黑痣，半個小指甲蓋兒大，一講話就微微動彈，像隻跳舞的小黑蟲。

他十二歲去十三行當夥計，學了一口英語，對驗貨、關稅、採購、易貨、匯兌、簿記等事務一門清，成為料理夷貨的行家裡手。他曾在英國的顛地商行幹過多年，積累了一筆家財，八年前獨自開業，創辦隆興牙行[16]，在中國商人和夷商之間充當翻譯和掮客，收取經紀費和翻譯費。鮑鵬長袖善舞，生意做得有聲有色，除了經紀業務，還為外地客商提供倉儲和食宿，代客商墊款收帳，代辦驗貨運輸和報關。

16 清代為買賣雙方介紹交易、評定商品品質和價格的中間商叫牙商，他們的商號叫牙行。

鮑鵬深知天下最大的生意是皇家生意和官場生意，與官場無緣的人只能小打小鬧，永遠發不了大財。故而，他花二百兩銀子捐買了一個從九品頂戴。有了這頂官帽，他才能承攬官方生意。

鮑鵬處世圓滑、辦事玲瓏，在商道和官道上都走得通。福建泉州的裕興號大掌櫃錢德理委託他代買一百箱鴉片，鮑鵬去查頓—馬地臣商行開了票，正等錢德理一起去海上提貨。

另一頭，錢德理從福善客棧出來，神色不安地瞅著大街上的巡查弁兵。這幾天禁煙風聲極緊，緊得人們頭皮發麻，心裡發怵。黃埔島上的保長和甲長們四處張貼佈告和勸善公文，要煙民們力祛積習，勿生觀望之心。廣州協的弁兵們也經常挨家挨戶大搜特搜，把中正里、拱振里、福善里、淳庸里和太平里翻了個底朝天，連供奉玄武水神的道觀和南海神廟也不放過。最終，查獲出二百多斤的煙膏和鴉片，一百多支煙槍，抓捕了三十多個煙鬼。

當時那些煙鬼們皆被拉到扶胥碼頭旁邊，戴上鐵鍊，銬上木枷，塞進囚籠，一字排開。弁兵們咋咋呼呼、吆吆喝喝，聲色俱厲地警告當地民人，大清王法森嚴，誰要是膽敢販賣和吸食鴉片，嚴懲不貸！

錢德理從扶胥碼頭前走過，看見一條茶船停靠在那兒，夫役們拉動絞索滑輪，從美國商船「珀金斯號」上卸貨，把茶箱一只只吊到條西瓜船上。兩個苦力打著赤腳，不緊不慢地把箱子碼放得整齊。一個叫保安太的小軍官帶著兵丁在一旁監視。

保安太是個作夢都想當官的人。最近兩個月，他的運氣極好，接連破獲三起販私案子，被廣州協副將韓肇慶保舉為外委[17]。官雖小，畢竟還是個官，他如願以償後立馬沐冠而舞、頤指氣使，橫著身子邁八字腳都嫌擺不足官架子。他長得尖嘴猴腮，賊亮的眼睛正如鷹隼似的掃視著夫役和貨箱。

這時，其中一個皮枯肉瘦的苦力抬起一只木箱，放在另一個苦力的背上，第二個苦力緩慢地挪動著步子。保安太一眼辨識出那只箱子與其他茶箱不一樣——茶箱較輕，搬運省力，那只箱子明顯偏重，搬運頗費力氣。

「嗨，你你你。」保安太一揮手，依次指了指三個兵丁，「查那兩個苦力！」

三個兵丁立刻像嗅到異味的獵犬，作出凶巴巴的撲咬姿態，吠聲如吼：「放下箱子！」

一個苦力放下箱子，像受驚的蝦米似的直起佝僂的腰。另一個苦力嚇白了臉，拖在腦後的小辮像條髒兮兮的豬尾巴。

兵丁把鐵扡插進箱縫，用力使勁，只聽咔咔咔一陣裂響，箱蓋子被撬起來，露出一層黃皮紙，揭開紙片，露出烏黑的鴉片球，鴉片球的防潮紙上印有「Creek & Company」（小溪

17 外委：武官名，分外委千總（八品）和外委把總（九品）兩級。

商行）的字樣。

看見此景，兩個苦力立馬汗出如漿，四條腿瑟瑟發抖。

保安太一臉隱隱的得意，眉毛高翹，「你們好大膽子！煌煌國法之嚴，堂堂憲命之威，你們全他娘的當耳旁風了！來人，把這兩個要錢不要命的刁民捆了！」

兩個苦力怕得軟成稀泥，撲通一聲跪在船板上。一人頭磕得像搗蒜槌，另一人頭磕得像雞啄米。

「軍爺饒命，小人是掙錢養家的，不知道裡面裝著煙土！」

「冤枉啊，小民不知情呀，大人饒命呀！」

告饒之聲未落，已是鼻涕眼淚一齊流，屎尿屁一齊下。

兵丁們不容分說，立即抖動繩索，把他們五花大綁，連推帶搡地押走了。

這幕看得錢德理心驚肉跳，扭身朝寶善茶樓快步走去，進門時腳一軟，差點兒摔倒。好不容易上了樓，見倚窗坐著的鮑鵬，便緊張兮兮地說：「看見沒？捕了兩個苦力。」

鮑鵬見多不怪，「別緊張，錢掌櫃。廣州禁煙向來是外緊內鬆，曲徑通幽，裡面的名堂，外人是看不懂的。那兩個苦力是冤大頭，弁兵們捉他們是為了請功邀賞。有我做掮客，你這樣的大魚是捉不住的，我保你平平安安把貨送到泉州。」

他從褡褳裡取出個桑皮紙大信套，抽出一張夷字合同，上面蓋有「Jardine & Matheson Company」（查頓—馬地臣商行）的印章。

錢德理不識夷字，但認識阿拉伯數字。鮑鵬指著合同上的「100」、「700」和「70000」，分別道：「這是一百箱，每箱七百元，總價七萬。對吧？」

「對。是正經金花土嗎？」

「當然是。我經手的合同，不會有假。」

鴉片分三種，一種產在孟加拉，是東印度公司製造的，叫公班土。一種產自南印度，是英國自由商製造的，叫白皮土。還有一種是從土耳其販來的，叫金花土。公班土香味濃郁，是上等鴉片，質優價高，每箱躉售價一千二百元以上，只有富人才吸得起。白皮土質量較差，每箱躉售五百元，是賣給窮人的。金花土介於兩者之間，每箱躉售價七百至八百元。

鮑鵬自吹自擂道：「我與查頓、馬地臣是老交情，所以才拿得到七百元的善價。要是換了別人，你每箱至少得多掏五十。」

錢德理小心翼翼地問：「水師護鏢，有把握沒有？」他雖是見過世面的販私老手，來廣州多次，但雇請水師護鏢卻是頭一回。

鮑鵬十分肯定地點頭，「有。天網恢恢，疏而必漏，什麼網都有窟窿眼。」

鴉片生意的利潤大得驚人，足以教人怦然心動。廣州協的水師營近墨者黑，弁兵們假公濟私成性，形跡如同訛詐分贓的匪兵。他們在珠江水道上查私縱私，翻手覆雨，轉手為晴，達到行者不諱，聞者不驚的地步。

朝廷和廣東官憲屢次頒佈禁令，但每回都是風聲大，雨點小。辦差的胥吏和弁兵們做張做智地緊查慢查，無非是借勢敲詐，趁機勒索，久而久之，達到蛇鼠同眠、兵匪一家的地步。就算有人交了狗屎運，被逮個正著，只要他肯破財免災，連皮肉之苦都不會受。風頭一過，走私的照樣走私，吸食的照舊吸食，只有拿不出賄賂銀的倒楣蛋才被枷號一個月，發配到新疆或黑龍江。

但錢德理發現，這回勢頭不一樣，查禁之嚴，捕人之多，聲威之猛，手段之辣，大大超過以往。

他緊張地眨著眼睛，「我聽說皇上要派欽差大臣來廣州。兩廣總督鄧廷楨有點兒心虛，覺得皇上對他不滿意，下了死命令嚴查。前幾天有個煙販被捕，家屬哭天抹淚，上下遊說，通關節使銀子，但大小官吏全都一推三六九，沒有一個敢拍胸脯的。廣州協的一個小軍官收了一百元賄賂銀，悄悄放走一個煙販，鄧廷楨聞訊，立即將他罷黜，打入大牢。」

鮑鵬壓低嗓音道：「你不是本地人，看不清水深水淺。你看那邊。」伸手指著碼頭裡的一條雙桅水師船，「待會兒我領你去水師碼頭，水師營守備蔣大彪親自送你。」

珠江上江風習習，波瀾不驚，廣州協水師營的「廣協二號」停在江面上，當值的水兵獵犬似的監視著河道。

今天在「廣協二號」帶班的是外委王振高，外號「水耗子」。他正與司舵、炮目、帆目和管旗聚在船艙裡，圍著一口生鐵鍋吃午飯。鍋裡的幾條魚被吃得只剩殘刺、爛骨和湯汁。

酒足飯飽，王振高興致勃勃地開始講故事，像說書人似的，聲情並茂，「前年有一條荷蘭船來做買賣，船名叫他娘的『稀爛泥號』還是『西拉尼號』，我記不清了，總之是個怪名字。朝廷明令番婦不得登岸進城，可那個荷蘭商人第一次來廣州，不曉得大清的王法，隨船帶了兩個番婆子，據說是他的老婆和女兒。」

說到這裡，打了一個飽嗝，「兩個番婆金羊毛似的鬈髮十分招惹人眼，偏偏那個老番婆還穿著蜂腰長裙，袒胸露背、乳溝分明，一對白生生的大奶子噴薄欲出，幾乎要跳出來。小番婆的嘴唇上塗著厚厚的油膏，豬血般殷紅，十個指甲染得火燒火燎的鮮亮，腳上蹬著一雙怪模怪樣的高底鞋，走起路來屁股左扭右擺，像發情的乳牛。那副妖豔，十足的傷風化，廣州城裡最風流的娼婦也比不了。番婆子一上岸就轟動全城，男女老少圍了一層又一層。那場西洋景，咱活了半輩子也沒見過。」

中國講究男女大防，朝廷認為外國女人袒胸露背、濃妝豔抹有傷風化，《防範外夷規條》裡明文規定番婦不得入境。

一個疤拉眼問道：「那怎麼辦？」他是管駕，「廣協二號」的二當家。

王振高嘿嘿一笑，「這種明目張膽的違規事例還不捅到大憲那兒去？」廣東人把兩廣總督叫「大憲」或「督憲」。

他邊用牙籤剔牙縫邊往下說：「大憲聽說有番婆子登岸，立馬雷霆大怒，飭令十三行總商伍秉鑒轉諭夷商，必須把番婆子送往澳門寓居，重新報領船牌，經委員查明船上沒有番婆子後才准入口貿易。要是委員隱匿不報，行商取悅夷人違章貿易，委員嚴參，行商重處！」

疤拉眼又問：「那天誰當值？」

王振高回：「是『廣協三號』的郭呆子。那天他在海珠炮臺附近巡查，吸鴉片吸暈頭，美滋滋地睡了個囫圇覺。夷船從炮臺前駛過時，手下人沒敢叫醒他。夷商給登船盤查的弁兵幾個銀圓，那群混帳就把船放過去了。」

「後來呢？」

「後來郭呆子倒了邪楣，好好的外委一擼到底，流徙新疆。那些吃了賄的兵丁也各杖一百、枷號一個月。」

疤拉眼附會道：「『廣協三號』真沒眼力價。番婆子登岸是花枝招展的事，官紳、民人誰不看在眼裡？這種事兒，就是給銀子也不能幹，不能用性命換銀錢嘛。」

說得正歡，一個水兵隔著船艙裡喊：「王大人，蔣守備來了！」

王振高應一聲，揑著牙籤鑽出船艙。疤拉眼等人也放下筷子，跟在他屁股後面上了甲板。

王振高手搭涼棚一望，果然見一條雙桅師船緩緩駛來，主桅上掛著鑲紅邊青底黑字旗，旗面上有斗大的「蔣」字。師船後面則跟著一條綠漆紅字商船，看就知道是福建船，因為《大清會典》明文規定，廣東民船飾紅漆，青色勾字；福建民船飾綠漆，紅色勾字；江蘇民船飾清漆，白色勾字；浙江民船飾白漆，綠色勾字。且船頭兩披必須烙上省、縣、字、號。沒有油飾和字號的船，沿海水師可以視為匪船，拘留究訊[18]。

蔣大彪是水師提標後營守備，是王振高的舅舅。王振高猜出他的來意，命令道：「把殘羹剩飯打掃了，迎接蔣大人。」

聽到吩咐後，兩個水兵進了船艙，一個端出鐵鍋，把殘汁剩湯潑到江裡，另一個拾掇杯盤碗筷，用抹布擦拭桌凳。

一袋煙的工夫，蔣大彪的師船和福建商船便與「廣協二號」攏在一起。水兵們降下船帆，拋出纜繩。船靠穩後，王振高提起袍角跨過船幫，上了蔣大彪的船。

蔣大彪四十多歲，一對蠶豆大的眼睛透著精明，唇上蓄著兩撇八字鬚。他在水師營幹了二十多年，常年在珠江上盤查中外商船，是精通查私縱私的老手。練就一套察言觀色本事的

18 海船顏色的規定見《光緒大清會典事例》，卷六二九。

王振高，是個不折不扣的溜鬚拍馬之徒，他就是攀著舅舅這高枝，混了個外委，當上「廣協二號」的船主。

王振高進了官艙，見蔣大彪在喝茶，側面的杌子上坐著鮑鵬和一個陌生人。他認得鮑鵬，微點頭致意，然後給蔣大彪行禮，「舅舅，又有公幹了吧？」所謂「公幹」就是私活。

蔣大彪放下茶盅，「有。坐下說。」

王振高順勢坐在一把杌子上，聽蔣大彪指著錢德理道：「這是泉州裕興行的錢大掌櫃。幾天前他帶了一船武夷茶，寄賣在同孚行。來時由泉州府的太極行護鏢。不巧得很，鏢船漏水了，要大修。錢大掌櫃耽擱不起，託鮑老爺說情，求我幫個忙。從廣州到泉州八百里水路上海匪出沒無常，咱們就做個順水人情，給他跑一趟鏢。」

說到這裡，伸出左手，另一隻手的食指放在左手掌心上，「人家可是出了大價的。回來後，你到我這兒取。」

王振高心領神會，所謂幫忙就是為走私船護鏢，而蔣大彪的手勢，意味著每箱收三十元護鏢費。問道：「公班土還是白皮土？」

鮑鵬拱手笑道：「既不是公班土也不是白皮土，是金花土。」

「多少箱？」

「一百箱。」一百箱金花土起碼價值七萬，只有大商號才經營得起。一般商戶一次只能躉購一二十箱，給巡查師船交點過關費矇混過關，卻雇不起師船護鏢。

錢德理站起身來，臉上堆著笑容，「敝號頭一次煩勞蔣大人，只要一路順當，以後難免再添麻煩。」說著，從褡褳裡摸出一只桑皮紙包，遞給王振高，「初次見面，不成敬意，請王大人笑納，給手下弟兄們打一打牙祭。」

王振高一掂量，很重，撕開紙包清數，是六十枚亮光光的西班牙銀圓。幣面上有個長滿絡腮鬍子的老頭，是西班牙王加羅拉四世的頭像。當地人叫它「老頭幣」。這種錢形制規整，有標準的含銀量，不僅西班牙和英美商人使用，連中國、越南、緬甸和暹羅商人也用。

蔣大彪道：「錢掌櫃大手筆，以後還要和咱們打交道，你就不要讓他多破費了。」

王振高一副鼠目德行，笑嘻嘻道：「那是、那是。舅舅，您的意思是，我直接帶船護鏢，不用回水師行銷號？」一條水師船二十多個兵丁，走一趟泉州至少八九天，碰上壞天氣，十一二天才能回來。不按時銷號，沒個說法是不行的。

蔣大彪道：「韓肇慶大人那兒，我去打招呼。你不用回行銷號。亥時一刻，『廣協一號』前來換防，你直接帶錢大掌櫃出海口，從泉州回來再銷號。」

王振高有點兒擔憂，「從海珠炮臺到虎門炮臺是咱們廣州協水師營的轄區，出了虎門炮臺就是別人的轄區了。要是他們卡住脖子，麻煩就大了。」

蔣大彪道：「你放心，今天在虎門巡哨的是順德協水師營守備倫朝光大人，我跟他是鐵打的兄弟，他不會刁難你。你掛上兩廣總督的『鄧』字旗，沒人敢攔。」

蔣大彪隸屬於廣州協，倫朝光隸屬於順德協，但二人配合默契，廣州協的船經過順德協的轄區，或順德協的船經過廣州協的轄區，雙方互不為難。

蔣大彪與王振高拉扯了幾句閒話，拱手道：「錢大掌櫃，我不奉陪了，後會有期。鮑老爺，聽說朝廷要向廣州派一位禁煙欽差。悠著點兒，該躲的時候就躲一躲。」

一絲疑慮在鮑鵬的眸子裡閃過即逝，「是嗎？」他是個聰明人，體會到這句話的分量。

送王振高和錢德理回到各自的船後，蔣大彪在甲板上吼了一聲：「起碇！」水兵們立即拉動索具升起四角桁帆。船鐘一響，返棹而去。

王振高托著洋錢，喜滋滋地回到「廣協二號」上，立即集合全體水兵。他最瞭解這幫傢伙，他們最大的想頭就是坐守水上要津，從南來北往的中外商賈身上揩油。但勒索商賈得靠全船官兵上下齊心，得來的銀子，當官的不能獨吞，否則水兵們不僅背地裡罵娘，弄不好還會揭老底告黑狀。

王振高嗓音一挑，高聲道：「弟兄們，咱們得跑一趟公差。裕興行給了六十元老頭洋錢。我王振高明人不做暗事，我五元，管駕、帆目、炮目和管旗每人三元，其餘的兄弟每人兩元，餘下的就給大家買點好酒好肉改善伙食。

「我還是那句老話：兄弟們在一口鍋裡舀飯吃，得風雨同舟，有福同享，有難同當。諸位切記，要把嚴嘴巴，誰他娘的走漏風聲，別怪我圓臉變長臉，割了他的舌頭，拋屍大海餵王八。」

水兵們都是查私縱私的老手，知道走一趟鏢的收入比月餉高，哪個不肯效力？他們立即擊掌跺腳拍胸脯，七嘴八舌嗷嗷叫，馬屁拍得山響。

「還是王大人體諒咱們當兵的！」

「王大人，你待咱們嚴如父，慈如母啊！」

「誰要是舌頭根子癢癢，你知會一聲，咱就把他拾掇了。」

一番忙活後，「廣協二號」與裕興行的商船一前一後順流而下，朝珠江口駛去。

虎門是大清的南疆國門，廣東水師衙門所在地。它的南面有大嶼山、老萬山等數百座海島和海礁。那裡是蜑戶們盤踞、出沒的地方。

數百年來，蜑戶不聽朝廷政令，明太祖朱元璋便把蜑戶列入賤籍，不准上岸居住，不准讀書識字，不准與岸上人家通婚，致使他們淪落到社會邊緣。

前明鄭成功的殘部不肯歸順大清，便也加入了蜑戶行列。經過數百年滋生繁衍和招降納叛，沿海蜑戶達百萬之眾。他們散居在大清海疆和越南沿海的大小島嶼上，合族而居，聚眾而行，既捕魚撈蟹，興販海貨，也走私販私，打劫商賈，成為剽悍的海上遊民。

隨著時光流轉，蜑戶們形成了黑旗幫、藍旗幫、紅旗幫等六大海幫。各幫有自己的幫主，幫主下面設內三堂和外五堂，各堂下分設元師、軍師、洪棍、老么等級別。他們不足以顛覆朝廷，卻足以擾亂海疆。搶劫海船、受雇殺人、販運鴉片全有他們的身影。

在他們看來，生為堯舜，死為枯骨，生為海盜，死也為枯骨，沒什麼差別，活著僅僅是在人世間走一遭。他們忠於幫會，憎恨皇帝，厚待本幫兄弟，仇視官府役吏，施仁義於漁家蜑戶，洗掠岸上的農家村莊。

海幫精通船技，善使槍炮，來去有如風颮雷激。不僅搶劫大清的商船，連暹羅、馬尼拉、越南的朝貢船也不放過，甚至敢攻擊英、美等國的商船，對海疆秩序形成巨大的威脅。

他們比泥鰍狡猾，比鯊魚兇殘，大打出手之後像水蛇一樣溜得無影無蹤。廣東水師與海幫鬥智鬥勇了一百多年，也未能將他們殄滅。

伶仃洋、老萬山和大嶼山一帶是各國躉船的停泊地與鴉片集散地，彙聚了大量財富，吸引成群的蜑戶和海盜。兩條英國兵船常年在那裡護商，廣東水師常年在那裡巡哨，三種武裝力量盤根錯節，相互警視，相互對抗。

「格拉兌號」是查頓—馬地臣商行的躉船，載重五百噸。船殼用七寸厚的柚木打造，艙板之間用鐵脅加固，扛得住七級浪的衝擊。

甲板上有雙層建築和木製露臺，一層是夷商與走私販們的交易處，二層是英國雇員辦公和起居的地方，底層則是儲存鴉片等走私物的倉庫。側舷還安有可以升降的舷梯，是裝卸貨物的通道。

較特別的是，躉船沒有帆，需靠其他船舶拖拽行駛。風平浪靜時，它們就泊在伶仃洋南面；碰上颱風，夷商就把它們拖到老萬山和大嶼山的背風處。

來廣州貿易的各國商行多達百家，只有財大氣粗的商行才有能力打造躉船，財力較弱的中小夷商只能租用躉船的倉位。大嶼山和老萬山一帶常年泊有二十條躉船，分屬不同夷商。躉船上掛著不同商行的商旗，它們是招徠走私販子的幌子。

夷商們仔細研究過《大清律》和《查禁鴉片煙章程》，發現裡頭的法律漏洞——沒有領海條款。這意味著中國和所有亞洲國家一樣沒有領海概念，把海岸線視為疆界[19]。

19 「領海」是十八世紀晚期荷蘭法學家格勞秀斯提出的法權概念。為了避免海上衝突，他提議以岸炮射程為各國控制的「領海」。當時歐洲的岸炮射程平均在三海里以內，故而歐洲國家普遍以三海里水域為領海。一八六三年，《萬國公法》譯成中文後，清政府才知道國際上有領海法，但沒有制定大清的領海法，故而在國際海事爭端中常常吃虧。一九三一年，中華民國政府宣佈中國領海為三海里。一九五八年，中華人民共和國政府宣佈中國領海為十二海里。一九八二年，《聯合國海洋法公約》規定「各國有權確定不超過十二海里的領海」。一九九二年，《中華人民共和國領海及毗連區法》以法律形式確立了中國的領海權和領海範圍。

狡猾的夷商充分利用這點，口頭上尊重並服從大清法律，實際上在玩弄法律遊戲。多年來，他們把鴉片運到中國的大門口，躉售給沿海的走私販，再由走私販們攜帶入境。

廣東官憲明知他們耍的手段，但是，既苦於沒有法律依據，又苦於水師弱小，導致無力驅逐鴉片躉船，只能聽任英國商販把伶仃洋到老萬山和大嶼山之間的水域當作鴉片集散地。久而久之，全國各地的走私販們像蒼蠅聞見腥臭一樣成團打塊，千里迢迢到這裡。他們或雇用海上鏢局，或與海盜聯手，或與廣東水師合作，致使朝廷的禁令形同具文。

不明真相的人以為鴉片走私是夜幕下的勾當，實際上，它是光天化日下的公開買賣。廣東水師的巡哨戰船、英國的護商兵船和海盜們的走私船，像獅子、老虎和狗熊一樣在附近遊弋，既相互提防又相安無事，誰也不敢輕易發動襲擊，否則立馬就會引爆一場槍炮大戰。

廣東沿海的府縣沒人敢在市面上公開兜售鴉片，但是巷口深處隱藏著數以百計的窨口，它們明面上掛著茶葉鋪或海鮮檔的招牌，私下裡大規模經營鴉片。窨口老闆與當地的保長、甲長們勾連在一起，與官府混得熟如一家。

在他們的庇護下，廣東沿海邪氣盈天。誰要是膽敢稟報官府，衙門裡的師爺與僕役立馬透露風聲。走私販們很快就會羅織一幫打手，對稟報者施加報復。在這種氣氛下，村夫村婦們抱著多一事不如少一事的想法，對窨口煙館視若無睹。在這種氣候下，販私者們越發肆無忌憚，把當地折騰得烏煙瘴氣。

「廣協二號」順流而下，經過一天航行抵達老萬山，在距離「格拉兌號」三里遠處下碇。鮑鵬引著裕興號的商船慢悠悠駛向「格拉兌號」。查頓—馬地臣商行的大東家威廉·查頓正好在躉船上。此人五十多歲，求學於英國愛丁堡大學醫學院，畢業後受雇於英國東印度公司，當了船醫。

他具有異乎尋常的商業嗅覺，能在蛛絲馬跡中窺見別人無法察覺的商機。例如東印度公司規定，每個船員可以攜帶一箱商品自行售賣。部分船員缺乏商業意識，放棄了機會，他便藉機利用那些船員的份額攜帶多箱商品謀利，幾年工夫就積累了一筆小財，轉而棄醫從商。

二十年前，他在廣州認識了詹姆斯·馬地臣。二人聊過後，只覺相見恨晚，於是合夥創辦了查頓—馬地臣商行。經過多年打拚和奮鬥，查頓—馬地臣商行成為擁有十九條快速帆船和兩千多雇員的大商行。它的船隊滿載著鴉片、茶葉、絲綢、棉花和香料，在太平洋、印度洋和大西洋穿梭往來，業務遍及英國、印度、中國和菲律賓。此外，還經營海上保險，發放商業貸款，出租倉庫和碼頭設備，更辦了一份英文報紙《廣州報》（Canton Press），專門報導中國和印度等地的商情和新聞。

查頓—馬地臣商行集貿易、航運、金融和新聞為一體，在廣州的全部對外貿易額中占了一成半，讓查頓得到「鴉片之王」的稱號，舉手投足便能呼風喚雨，成為惹人矚目的貿易大亨。

這日，他戴著一頂寬邊黑呢禮帽，手持一根裝有象牙飾物的手杖，披著蘭開夏粗呢防風大氅，剛剛剃了鬍鬚的下巴和兩腮泛著黢青，棕褐色的頭髮梳理得一絲不苟。他老遠就看見裕興號的商船跟在一條師船後面，猜出是來買貨的，便親自走到舷梯口。

見到鮑鵬扶著舷梯撩衽而上，查頓笑著用英漢混雜的語言打招呼：「Hello，鮑老爺，How are you?」

鮑鵬抱拳作揖，講華英混雜的半吊子英語，「Fine. Thank you. 恭喜發財。」

「Have you got the sheet?（帶來單子了嗎？）」所謂「sheet」就是購買鴉片的合同。

鮑鵬笑盈盈道：「Yes，是馬地臣老爺親手辦的。」說著，從褡褳裡取出一只信套，拿出英文合同，上面有馬地臣的簽字和印章。

此趟，裕興號把四百石福建茶葉運到黃埔碼頭，賣給查頓—馬地臣商行，折合五萬六千西班牙銀圓，抵買八十箱鴉片，其餘二十箱鴉片用銀錠支付。抵買清單早在廣州商館辦妥了，現銀隨船帶來。鮑鵬引著錢德理進了艙房，裡面有十幾個中國苦力，是「格拉兌號」雇傭的裝卸工。

鴉片生意是黑色生意，中國走私販與夷商互不信任。外國鴉片販子曾經以次充好，把劣等鴉片與高檔鴉片混裝在箱子裡。中國煙販曾用摻了賤金屬的銀錠欺矇外國商人。

後來，更有迷信之徒散佈流言蜚語，說西班牙銀幣是用水銀熬點成的，堆放數年不動就會生出飛蛾或遭到蛀蝕、銀壞羽化。這種無稽之談被傳得神乎其神，以致於不少民人將信將疑，用銀圓交易時往往先咬一咬，或用小錘鑿下一片仔細查驗。天長日久下，市面上不少銀圓帶有缺口或牙痕，人們稱之為「爛板」。爛板不能按面值計價，只能用戥子戥。

中國銀錠更是五花八門，既有官鑄也有私鑄，熔煉水準千差萬別，蜂窩、麻面、銀筋、銀霜、鉛胎、含銅、成色等大相徑庭。如何分辨、如何戥，非得有專門的收銀師不可。因此，查點實銀和開箱驗貨的程序非常繁瑣。

查頓叫人打開裝有銀錠的箱子，一一過戥。錢德理也打開每箱鴉片，一一查驗是否摻假。鮑鵬一面觀看一面與查頓聊天，「查頓老爺，現在風聲有點兒緊，據說朝廷要派一位欽差大臣到廣州禁煙。」

「是嗎？」

「是的。昨天我在扶胥碼頭，親眼看見弁兵們查獲兩箱鴉片。據說是小溪商行的。」

查頓的臉色一沉，意識到要出大事，決定立即前往廣州的商館。

陸 因義士事件

廣州西南面有十三棟毗連的樓房，它們用石條打底，灰磚砌牆，黛瓦蓋頂，三合土勾縫。樓房的拱門、窗戶、廊柱和煙囪等與中國房屋迥然不同。它們就是聞名天下的廣州商館，當地人稱為「夷館」。

商館是十三行參照外國樣式建造的，包租給夷商。它們的結構符合歐洲人的生活和經營習慣，底層是帳房和棧房，二層是起居室和臥房。

十三棟商館分別叫義和行、荷蘭行、老英國行、豐泰行、新英國行、瑞（典）行、孖鷹（德國）行、寶順行、美國行、中和行、法國行、西班牙行和丹麥行。

因為夷人有喝牛奶的習慣，十三行特意在商館西側建小飼養場，圈養了幾頭奶牛。通往商館的路口派有中國兵丁把守，若沒有海關衙門簽發的紅牌，閒雜人等不許入內，裡頭的夷商也不得隨意外出。這項規定既可以保護夷商的安全，又設下華夷大防，可謂一舉兩得。

商館周邊的幾條街道雲集了數百家中國店鋪，專門向夷人出售蔬菜肉蛋、布鞋草帽、雨傘紙張、女紅針黹、零擔小吃、外銷繪畫等，形同商館的附庸。對外貿易帶活了全省的生意，臨近府縣的民人無不拖兒帶女來廣州謀生。他們揀幾塊破氈片，編幾個竹爿子，租一間舊房子，鄉親幫鄉親，鄰居幫鄰居，做起肉蛋魚蝦、油鹽醬醋的小本生意。

由於財力不逮，鱗次櫛比的中國店鋪雜亂無章，熙熙攘攘的路人隨意丟棄垃圾，騾馬毛驢隨地屙屎屙尿，阿貓阿狗在人群中快快活活地鑽來鑽去，街道上髒兮兮、黏糊糊、亂糟糟、濕漉漉，爛市粥棚似的難看。相形之下，華麗的商館就像插在牛糞上的鮮花。

不過，這段時日，商館周邊呈現出冷森森的猙獰模樣。

三天前，弁兵們在扶胥碼頭查獲兩箱鴉片，包裝紙上有「Creek & Company」的字樣，足以說明鴉片是小溪商行的。

小溪商行的東家是英國商人詹姆斯·因義士。鄧廷楨依照《查禁鴉片煙章程》將他驅逐出境，限令七天內離開廣州，否則就封港封艙，中止全體在華夷商的貿易。

為了警告鴉片販子，鄧廷楨還命令在商館前的小廣場搭起絞架，把一個叫何老金的慣販當眾絞死。此外，他還把一群吸食鴉片的傢伙押到商館附近戴枷示眾。三天過去了，煙鬼們像曬蔫的爛水果，眼神空洞，滿臉絕望，各個有氣無力、渾身悽惶。

廣東官憲的嚴厲程度是前所未有的，夷商們全都發覺事態嚴重，既憤怒又驚惶，紛紛聚在老英國館裡商議該如何應對這場危機。

威廉．查頓與詹姆斯．馬地臣在廳廊裡說著話。查頓穿一件黑色燕尾服、白色斜紋褲，喉頭下打著黑緞面蝴蝶結。他早就準備回國處理商務，競選英國下院的議員，既然眼下禁煙局勢如火如荼，不如提前動身。

馬地臣比查頓小十幾歲，家境富裕，父親是從男爵，但他不是長子，沒有爵位繼承權，於是自愛丁堡大學畢業後去印度謀生，在印度人伊里撒里創辦的商行效力。工作時向來兢兢業業、勤勤懇懇，不因為自己是英國人而小視印度東家，盡其所能協調東家與英國殖民政府的關係，贏得了伊里撒里的充分信任。伊里撒里沒有子嗣，臨終前留下一份遺囑，把自己的部分財產贈予馬地臣，讓他有了投資創業的第一桶金。

二十年前，馬地臣與查頓在廣州相識，二人都來自蘇格蘭，都有強烈的賺錢慾望，都是吃苦耐勞的工作狂，都勇於涉險，連魔鬼不敢去的地方，他們也有膽插一腳，彷彿上帝讓他們來到世間，就是讓他們賺錢的。二人一拍即合，合股創辦了查頓─馬地臣商行。查頓瘦高，馬地臣矮胖；查頓善於談判、精於演講，馬地臣善於組織、長於協調；查頓思維縝密，有運籌帷幄、決勝千里的氣度，馬地臣則是一流的經理人才，事無巨細，親自操辦，不僅精通海運，對金融和保險也有深刻的洞見。這無疑是一對黃金搭檔，具有半個天使、半個魔鬼的秉性，既在中國從事鴉片貿易，又在英國從事慈善事業。

馬地臣問：「你準備什麼時候動身？」

查頓想了想，「後天。廣州的生意就拜託你來打理了。」

「競選下院議員，有把握嗎？」

查頓胸有成竹地道：「我會成功的。我在蘇格蘭名聲很好，為修路、築橋、辦學校捐助了大筆資金，選民們會投給我的。」

馬地臣指著不遠處的一張桌子，話頭陡轉，「因義士這傢伙是個瘋子，不斷製造麻煩，害得大家遭受牽累。」

查頓斜睨過去，「是的，他是喜歡製造麻煩的賭徒，一個夢想把火山變成金礦的狂人！」

詹姆斯·因義士正坐在方桌旁，與顛地、查理·京爭論。他也是蘇格蘭人，財大氣粗，十四年前，攜家帶口到廣州經商，包租了一整座商館。那座商館毗連廣州城的護城河，護城河像條小溪，故而他把自己的商行命名為小溪商行，還起了個中文名字——義和行。

因義士五十多歲，長了個酒糟鼻子，頭頂毛髮已經脫落一大半，皮鞋上沾滿灰塵。性情暴躁，喜歡辯論，經常對中國的物理人情、規章制度品頭論足，心血來潮時，還會扭動身子模仿中國纏足女人的步態，竭盡揶揄和嘲諷之能事。

此人以膽大包天聞名於商圈。小溪商行緊臨一間棺材鋪，中國木匠們幹活時的拉鋸聲、劈砍聲不絕於耳，攪得因義士難以入寐。他與棺材鋪的東家協商不成，索性一紙訴狀告到粵海關衙門。

儘管粵海關衙門的主事答應調停此事，但十天後，棺材鋪依舊響聲連天。因義士忍無可忍，再次跑到粵海關衙門，威脅官員如果再不處理此事，他就要放火燒掉棺材鋪和海關衙門。可當然，沒人把他的威脅當回事兒。

不想因義士果真動起手來！他弄來一束花炮，一炮打進棺材鋪，差點兒引燃一場大火。最令人驚異的是，他竟然也向粵海關衙門打了一束花炮，還朝主事扔了塊石頭，晃著拳頭說要揍人。

一個夷商因為民間糾紛威脅大清海關的官員，各國夷商為之震驚，以為粵海關非收拾他不可。沒想到粵海關衙門秉持著大事化小，小事化了的精神，讓那位主事親自登門道歉。棺材鋪也隨之搬家，因義士耳邊終於再也沒有叮叮噹噹的噪音了。

另外，各國商人都曉得大清的《查禁鴉片煙章程》，為了避免引起司法衝突，他們把鴉片存放在躉船上，在公海上豎旗叫賣。只有因義士魯莽得讓人提心吊膽，為了讓走私販子在夷館看樣訂貨，他多次叫人偷帶鴉片樣品進入夷館。這番胡作非為令各國商人憂心忡忡，生怕他把天捅個大窟窿。

三天前，因義士故技重施，又叫人把兩箱鴉片偷偷裝在美國奧立芬商行的「珀金斯號」上，混在貨堆裡，沒想到這回被中國弁兵查獲。兩廣總督鄧廷楨和粵海關監督豫堃立即聯銜簽署了驅逐因義士和奧立芬的諭令[20]。

奧立芬是美國商人，虔誠的基督徒，出於宗教原因，從來不做鴉片買賣，卻因為因義士的違規違法無辜受累。查理．京[21]是奧立芬的侄子，非常惱火，正與因義士說理。

因義士近於無恥，覥顏對查理．京說：「京先生，鴉片是造物主賜給人類的神奇禮物，可以治療多種疾病，有無與倫比的止痛效果。要是你不小心把一個女人的肚子搞大，這東西還能墮胎。」

查理．京憤憤道：「因義士先生，你在褻瀆上帝！鴉片貿易比奴隸貿易更可惡。你的違規行為不僅讓自己捲入漩渦，還殃及我們奧立芬商行和兩個無辜的中國苦力。你看一看廣場

---

20 詹姆斯．因義士（James Innes, 1787-1841）因為違規被清政府驅逐，其人其事記入英國外交檔案。美國學者 Jason A. Karsh 在《鴉片戰爭的根源》（《The Root of the Opium War: Mismanagement in the Aftermath of the British East India Company's Loss of its Monopoly in 1834》）中，把因義士事件視為鴉片戰爭的起因之一。

21 查理．京（Charles.W.King, 1809-1845）是在清代史料和日本近代史料都留下名字的美國商人。在清代史料中，他是唯一不經營鴉片的外商；在日本史料中，他是第一個試圖與日本通商的美國人。一八三七年七月，他從澳門出發，乘「馬禮遜號」商船抵達日本橫須賀的浦賀村，受到日本人的炮擊和驅逐，日本史稱之為「馬禮遜號事件」。查理．京後將此事報告給美國政府，請求用武力威懾日本開放門戶。

上的絞架，還有柵牆外面的中國囚犯！你的行為激怒了中國官憲，給全體外商帶來麻煩，應當向大家公開道歉！」

「我將向你的叔叔奧立芬先生道歉，並承諾賠償你們的損失，具體事宜由我的律師與你叔叔商議。至於兩個中國苦力，我寫了書面證明，證明他們無辜，並且準備支付十個銀圓補償他們的委屈。但是，我估計中國官憲不懂我的好意，甚至會私吞那筆小錢。」短短幾句話就顯露出因義士財大氣粗的嘴臉，畢竟他的小溪商行擁有七條商船和七百雇員，生意遍及英國、印度、中國和蘇門答臘。

查理．京道：「不論怎麼說，你被中國官府驅逐了。你要是不按期離開廣州，中國官憲就會封港封艙，搞得大家都做不成生意。」

因義士擺出冥頑不化的姿態，眨著眼睛裝傻，「驅逐？我不過是去澳門小住數月，用不了多久就會回來的。」

其實他這句話講得並非沒有道理。三年前，鄧廷楨下令將他與查頓、馬地臣、顛地等九名鴉片渠魁驅逐出境。可粵海關的稅收是有定額的，半數上繳內務府，半數用於本省官府的度支。九大夷商實力雄厚，掌控廣州一半貿易額，他們離境後，廣州貿易額大幅下降，粵海關完不成內務府的定額，廣東官府收入銳減。此外，近百萬廣州民人的生計與對外貿易息息相關，茶葉、大黃、生絲、土產全部滯銷，半城居民的收入化為烏有，商民們怨聲載道。居於社會底層的民眾因為吃不飽飯被迫違法求生，偷摸盜搶隨之而起，社會治安頓時亂成一團。

鄧廷楨這才意識到驅逐夷商不是件簡單的事。外貿興則財政興，外貿衰則民生衰，合法生意與非法生意盤根交錯，牽一髮而動全身。無奈之下，只好派伍秉鑒料理此事。

九大夷商雖被驅逐出境，卻沒有回國，全都寄居在澳門。伍秉鑒派兒子伍紹榮去澳門告訴他們，只要承諾做合法生意，就允許回來。九大夷商順勢下坡，作出了不攜帶鴉片入口的承諾，三個月後，全回來了。

蘭斯洛特·顛地年約四十，寬額頭，細長臉，不留鬍鬚，看上去雍雍有容、休休有度。他的叔叔湯瑪斯·顛地在中國開辦了顛地商行（Dent & Company），還為商行起了一個中國名字——寶順行。

十三年前，蘭斯洛特·顛地應叔叔的邀請來到廣州，沒過幾年，叔叔因病回國，他成了顛地商行的掌門人。顛地商行擁有十一條商船，規模僅次於查頓—馬地臣商行。

顛地曾與因義士等一起被驅逐，有了那次經歷，他對中國官府看得更加透澈。他緩緩說道：「因義士先生，所謂驅逐不過是中國人的官樣文章，他們驅逐你，卻不驅逐你的商行，因為你的商行每年能給粵海關交納十幾萬元關稅。我敢打賭，不出三個月，中國人就會請你回來。不過，你把鴉片樣品混裝在奧立芬商行的船中，太不應當。」

因義士全然不以為意，「我已經向查理・京先生道歉了。」

查理・京正要說話，突然看見一個人出現在會議廳門口，「義律先生來了。」眾人的目光全轉了過去。查理・義律笑容可掬，與商人們一一握手。他是英國政府派到中國的商務監督，常駐澳門，因為因義士事件專程來到廣州。

他留著亞麻色的偏分頭，眼珠子像一對灰藍色的玻璃球。三十多歲年紀，與飽經風霜的商人們相比稍顯年輕，家庭背景卻深厚得多。他祖父是權勢赫赫的明托伯爵，當過海軍大臣和印度總督，他父親休・義律（Hugh Elliot）則當過駐法國公使和駐德國公使，還擔任過西印度群島總督和馬德拉斯總督。現任印度總督奧克蘭伯爵與南非兵站司令懿律將軍，都是他的姻親。

查頓彬彬有禮地朝他走去，長滿汗毛的大手握住義律的手，熱情得讓人感動，「你的到來讓整個商館蓬蓽生輝。」

但是，這是一種虛情假意。查頓是白手起家的大亨，打從心眼裡看不起靠家庭背景升遷的義律，當然，這點從面上絲毫不會流露。

義律奉英國政府的命令，準備與清政府建立歐洲式的外交關係，保護英國商民的在華利益。但是，清政府向來以中央之國自居，只與其他國家建立封貢關係，不肯與區區島夷平等往來，甚至不承認義律的外交官身分，只承認他是管理夷商的英國職官，致使他無法履行外交官的職責。故而，查頓認為義律是個一事無成的人，要不是有家族勢力庇護，根本當不上駐華商務監督。

不過，查頓準備回國競選議員，義律在政界的人脈很值得利用，因此對他十分熱情。

義律搖著查頓的手道：「你的商行在中國卓有成效，我為你的成就感到自豪。應你的要求，我給外交大臣巴麥尊勛爵寫了推薦信，你到倫敦後，可以直接拜訪他。」說著，從皮包裡抽出一個敞口信套遞給查頓。

接著，他走到因義士面前與其握手，「因義士先生，很遺憾，中國政府嚴禁鴉片入口，我也曾經反覆告誡諸位入境問俗、入國問禁，不要激怒中國人。但你違反了《大清律》和《查禁鴉片煙章程》，也違反了商務監督署的命令。廣州官憲驅逐你，只能怪你自己。你太不慎重了。」

因義士道：「是的，我很遺憾。但我不能離開中國。十三行欠我二十多萬元貨款！清理完欠款前我不能離開。你是我國政府的代表，應當保護我們的利益。」

幾年前，同文街發生一場火災，火勢延燒了半條街，十三行的興泰行、廣利行和天寶行損失慘重，瀕臨破產，無法按期結帳，總共欠了二十三家英國商行二百八十多萬元巨債，其中就有小溪商行的欠款。為了這筆巨額商欠，十三行與英國僑商各推舉三名信譽卓著的商人，組成一個清欠委員會。但雙方在欠款數額和清欠方式上分歧極大，致使清欠工作進展緩慢。

義律道：「我將拜會十三行總商，協助你解決欠款問題。但是我必須提醒你，中國是實行連坐法的國家。」

「我將按期離開，不會連累其他商人。」因義士明白，如果他不按期離開廣州，粵海關衙門就會封港封艙。在中國官憲看來，中止貿易是對付不法夷商的不二法門，百試不爽。

馬地臣走上講臺，清了清嗓子，「尊敬的同胞們，尊敬的各國僑商們，最近發生一起不幸的事件，廣東官憲利用因義士先生的偶然過錯，小題大做，居然把商館前的廣場當成刑場，還在我們周圍綁縛一群吸食鴉片的囚犯。我們的生命受到嚴重的威脅！商務監督查理·義律先生便是專程來處理此事的。讓我們請義律先生上來講幾句話。」

義律奉命來華與清政府建立歐洲式的外交關係，深知鴉片是橫亙英中兩國之間的毒瘤，一旦潰爛就難以收拾。他對鴉片貿易並無好感，曾經寫信告訴外交大臣巴麥尊勛爵，在華僑商除了少數潔身自好的基督徒外，都涉足鴉片貿易，更建議停止鴉片貿易。

但巴麥尊回信表示，鴉片貿易給英印殖民政府帶來的滾滾財源不可或缺。英國政府尊重大清法律，禁止英國商人直接攜帶鴉片進入中國境內，但是他特別申明，義律的管轄權僅限於廣州、澳門和伶仃洋，無權干涉公海上的鴉片貿易。其中意思不言自明——英國政府允許商人們在公海，即中國的大門口外銷售鴉片。

義律明白，公開反對鴉片貿易無異於與政府對抗，與全體在華僑商為敵。因此他對鴉片問題十分慎重，很少在公開場合與僑商們唱對臺戲。

他走上講臺，講了幾句客套話，很快進入正題，「我曾經告誡各位，來中國做生意必須遵守中國的貿易章程，儘管中國的貿易章程裡包含許多荒謬和無理的條款。三年多前，廣東官憲因為鴉片貿易驅逐過九名僑商，除了一名美國人外，全是我國商人和英屬印度商人。我與你們一樣不希望再發生類似的事件，它不僅影響你們的生意，也影響大英國的形象。

「三年多來，諸位恪守這條原則，唯獨因義士先生不慎犯錯，帶給廣東官憲一個反對我們的藉口。他們公然在商館前設立刑場，用死亡威懾大家。你們看一看那些套上枷鎖的囚犯，禽獸雖被囚於籠中，尚且有少許活動空間，他們卻比身陷牢籠的禽獸還可憐。《大清律》是沒有人性的法律，比古羅馬法還要殘酷，他們會把囚犯鎖得只能苟延殘喘，生不如死。你們要是被中國差役擒獲，將處於禽獸不如的境地。為了諸位的安全，我勸諸位好自為之。

「至於絞架，我將與十三行總商交涉，要求他們轉告廣東官憲，商館不是刑場，必須把絞架從商館前挪走，否則，由此引起的一切後果，將由中國官憲自己承擔。」

因義士毫不客氣地打斷了他的話，「義律先生，你不要說空話。身為大英國的重要納稅人，當我們的生命和財產受到威脅時，有權利要求政府保護我們。如今，我們在廣州一直受到中國人的歧視，受到海關胥吏的欺詐和勒索。」

一石激起千層浪，商人們立即嗡嗡嚶嚶地議論起來。

顛地站起身來，「義律先生，你所說的『由此引起的一切後果，由中國官憲自己承擔』是什麼意思？是指軍事手段嗎？」

義律出言謹慎，「不排除軍事手段。」

查頓舉手發言：「我也想說幾句。」

義律點頭，「請。」

查頓是個口若懸河的演說家，善於利用各種修辭手段化腐朽為神奇，把三分有理的事情講得十分有理。走到臺前，他開口道：「諸位同仁，二百年前，我們英勇的商業先驅約翰．威德爾率領第一支商船隊抵達廣州，開創了英華貿易的先河。但歷代中國皇帝都是自大狂，盲目相信中國是世界的中心，其他國家都是腥膻之族、蠻夷之邦，從來沒有平等地對待我們。

「他們的《防範外夷規條（一七五九年）》和《民夷交易章程（一八〇九年）》是歧視性章程。禁止我們常駐廣州，禁止我們乘轎，禁止我們攜帶女眷，禁止我們學習漢語，禁止我們打聽內地商品的價格。

「雖然中國朝廷明令不得勒索外商，但那只是一紙空文，我認為，廣州貿易制度是個以皇權名義勒索外國商人的分贓制度。粵海關是世界上最腐敗、最黑暗的海關，把持在蠹吏和奸胥手中。他們恣意濫索，頭緒紛雜，不僅徵收船鈔和關稅，還索要額外的規禮和雜費。

「我們的商船駛入虎門後，開艙有費，丈量有費，驗貨有費，貼寫有費，巡檢有費，算房有費，單房有費，簽押有費，承發有費，寫單有費，放關有費，押船有費，處處收費、事事收錢，林林總總多達三十多種，此外還有說不清道不明的平餘、火耗、擔規和行用。我們每條商船繳納的關稅、船鈔和陋規高達數萬元！我們用血汗錢養肥了中國皇帝和廣州的貪官汙吏！」

顛地大聲擊掌叫好，「講得好！粵海關是明火執仗的強盜海關，蠹吏和奸胥們浮收濫罰，既不明定稅則，又不開給發票，半數收費進了私人的腰包！」

另一個商人同樣拍著桌子大叫：「是的，中國的執法者唯利是圖，監管者自便身家。我們購買的每一磅茶葉和生絲都包含中國貪官的索賄成本，與我們在中國遭受的屈辱！」

人群中再次響起嗡嗡嚶嚶的附會聲。

待大家安靜下來，查頓接著講：「我還要說一說鴉片。我當過醫生，我憑藉醫生的良知告訴諸位，鴉片是一種多效藥品，可以治療瘧疾、痢疾、風濕、腹瀉、神經痛、醒酒，還有無與倫比的止痛效用。在我國和歐洲，鴉片與香菸、葡萄酒一樣，是種正當正經的合法商品。飲一口鴉片酊，就能營造一場心曠神怡的夢境，啟動你的靈感。

「但是，中國人聰明過頭了，他們居然發現這種東西能夠吸食，而且吸得不可救藥！我們運到廣州的鴉片本是良藥，中國人把它變成一種可惡的東西。但是，我們沒有錯誤，錯在下賤的中國人！我們不能因為有人墮落成酒鬼和煙鬼就禁酒禁煙。」

會議廳裡爆發出熱烈的掌聲，夷商們又喊又叫：「對，講得好！我們應當給中國皇帝上一課，講一講什麼叫供給和需求，什麼叫自由貿易，為什麼走私是高額關稅的孿生兄弟！」

「中國皇帝應當打開國門！」

「禁煙只會讓鴉片淪為走私品，卻無法阻擋需求！」

查頓繼續抨擊清政府的壟斷制度，「中國是專制壟斷國家，它的朝廷壟斷政治，壟斷言論，壟斷真理，壟斷貿易。廣州的所有生意都必須通過十三行。十三行則利用壟斷權強定商品價格，隨心所欲地提高交易成本。這是一種落後、陳腐、糟糕的制度，應當堅決廢除！

「我們大英國經過工業革命的哺育，產品物美價廉，具有無可匹比的競爭優勢。中國有近四億名人口，是個巨大的市場！我國紡織機的效率比中國紡織機高一百倍。我們的印染花布運到中國，加價三倍仍然比中國的土布便宜一倍以上。但是，中國官憲不允許我們的商品銷往內地，只允許在廣州就地銷售。

「我們期盼著以和平方式進入中國市場，年復一年地耐心等待。但是，中國皇帝閉目塞聽，固守著自己的破籬笆，不願有一絲一毫的改變。我相信一句至理名言『商品進不去，軍隊就要進去』！」

查頓聲情並茂、滔滔不絕，把握住會場的情緒，因勢利導，把一場商人聚會變成控訴會，「尊敬的義律先生是我國政府的駐華代表，廣東官憲卻認為我國職官不能與中國官憲平等交往、不能平行移文。中國官憲給義律先生的公文寫有『諭』字，義律先生發給廣州官憲的公文卻必須寫上『稟』字，以此彰顯中英兩國的尊卑貴賤。這是大英國的奇恥大辱！

「我不僅是商人，也是個有公益心的人、有社會責任感的人，我願意在有生之年效力於大英國的海外殖民事業。我與諸位一樣，曾經夢想用和平方式敲開中國市場的大門。但是，我錯了，我們都錯了！有文字記錄的歷史說明，只有用鮮血做潤滑劑，我們的商船才能破浪向前。

「我即將啟程回國，特意起草了一份請願書，準備遞交給政府和議會，要求我國政府採取強硬和嚴厲的對華政策，打開中國市場的大門，必要時不惜訴諸武力！如果諸位同仁贊同我的意見，請大家在請願書上簽下你們尊貴的姓名！」查頓用煽情方式把一腔牢騷發洩出來。熱烈的掌聲再次響起。

顛地轉頭問義律：「義律先生，英中兩國會不會爆發戰爭？」

義律小心措辭，「我曾建議在中國水域增強軍事威懾力量。但是，跨一萬七千海里與世界第一大國開戰，畢竟不是件簡單的事情。」

馬地臣道：「我是商人，不願打仗。但我認為中國是個暴力傳統深厚的國家，它的每次朝代更迭和變法都是通過暴力完成。對它來說，不流血的和平演變，是種陌生的東西。」

顛地一口斷定，「英中兩國遲早會有一場戰爭！」

柒 天字碼頭迎欽差

兩廣總督鄧廷楨乘綠呢大官轎朝天字碼頭走去，官轎後面跟著一長串儀仗和親兵。他隔著轎窗望向街景——為了迎接欽差大臣林則徐，從靖海門到天字碼頭的沿街百姓全被動員起來，淨水灑街，黃土墊道，家家戶戶在門前掛起了紅燈籠。

鄧廷楨年過花甲，瘦骨凸顴，髮辮和鬍鬚白得像山羊毛，紅纓官帽後面拖著一支墨綠色的雙眼花翎。他忐忑不安地倚在轎窗旁，推敲著皇上派欽差大臣的意圖。

一年前，太常寺少卿許乃濟上了一道《鴉片煙例禁愈嚴流弊愈大應亟請變通辦理折》，主張准許夷商進口鴉片，照章納稅，不禁民間吸食，只禁官員和兵丁吸煙。許乃濟擔任太常寺少卿前是廣東按察使，十分瞭解鴉片貿易的真實情況。這份奏折雖然出自他的手筆，卻代表了全體廣東官員的意見。

為了聲援許乃濟，鄧廷楨隨後上了一道奏折：「如蒙諭允弛禁通行，實於國計、民生均有裨益。」

沒想到龍顏大怒，道光痛斥許乃濟「冒昧瀆請，殊屬紕繆」，將他貶官降職，飭令休致。此番舉措不言而喻，就是指責廣東大吏庸碌無為，禁煙不力。派林則徐到廣州更是意味深長，說明道光不相信廣東官員有禁絕鴉片的能力。

大風起於青萍之末，鄧廷楨剖析情勢，忙接連簽發三道憲令，逮捕近千名癮君子，甚至不惜在商館前設置刑場。這項非常舉動絕對不合朝廷的「懷柔遠夷」之策，但他心裡明白，這番動作與其說是給夷商看，不如說是給朝廷看的，意在彰顯他有彌補過失、禁絕鴉片的決心。

還有一件事令鄧廷楨惴惴不安。有人在海幢寺寫了首牆頭詩，說他以禁煙之名，行肥私之實。流言就像濃妝豔抹的娼妓，黑暗中的煙花，漫天黃沙中的斑爛彩蝶，最能吸引老百姓的注意力，一俟口口相傳，不脛而走，後果不堪設想。

海幢寺是對夷人開放的遊觀場所，也是酸言冷語、閒言碎話流傳的地方。初得知有匿名人在華夷混雜遊客如織的地方向他潑汙水，氣得他牙根發癢，立即下令嚴查密訪，務必抓獲匿名人。但對方就像鑽入地下的蚯蚓，任他尋查千百度，依舊深藏不露，蹤影全無。

天字碼頭接官亭旁聚集了一大群文武官員。廣州將軍阿精阿、廣東巡撫怡良、粵海關監督豫堃、水師提督關天培、副都統英隆，以及廣州協副將韓肇慶、南海知縣劉師陸、番禺知縣張熙宇等大小官員，全都趕來迎迓。

接官亭內鋪著紅色氍毹，外面的旗杆上黃綢旌幡迎風飄揚，儀仗兵們擎著兵拳骨朵金黃棍和五色華蓋，可謂場面浩大，聲威凜凜。本地縉紳們也穿戴齊整，排成一彎三曲的長蛇隊，跟在官員佇列的後面。

當地百姓難得見如此盛大的官紳薈萃景象，擁擁攘攘在周匝圍觀。衙役們和弁兵們吆吆喝喝、推推搡搡，圈出一大片空場。

副都統英隆是努爾哈赤之弟舒爾哈齊的八世孫，皇家血統傳到他這一代已經清淡疏遠，但愛新覺羅的姓氏依然讓他感到十分榮耀。他三十多歲，長著一副玉面小生的圓臉，擅長琴棋書畫，精通遛狗跑馬，喜歡哼戲曲、鬥蛐蛐，經常在官場上虛應場景，不時流露抹翹然出眾、矯矯不群的優越感。

看林則徐的官船還未到，他閒得無聊，叫人端來一張木棋盤，準備找個對手，恰好見到正走進接官亭的關天培，他立即上前招呼：「關軍門，來，殺一盤！」

關天培是江蘇山陰人，武秀才出身，積四十年軍功累升至廣東水師提督。長了一張國字臉，中等身量，性情敦厚，話語不多。他不喜歡英隆，但不願得罪人，有些半推半就，「我只會下二五眼棋，你可得手下留情。」

二人在接官亭西側坐下，楚河漢界拉開陣式。他們下棋的派頭大不一樣，英隆翹著二郎腿，手裡握著一對棕黑油亮的山核桃，轉得咯咯響，關天培則像悶葫蘆一樣不吭聲。

同樣是吃子，關天培先把對方的棋子撿出，順序碼在棋盤邊上，就像排列齊整的死屍，再把自己的棋子推上去。英隆下棋是手口並用，喝一聲：「殺！」接著砰的一聲把棋子重重砸向對方的棋子，就勢一提，甩出盤外，一副提刀狠剁、捨我其誰的架勢。

兩個領軍人物在接官亭裡捉對廝殺，棋盤彷彿一片硝煙瀰漫的戰場。韓肇慶和劉師陸等人在周邊觀戰，嘴裡不休閒地助戰吶喊，這個為英隆出謀，那個為關天培劃策。

「平炮！」

「不對，炮五進六！」

「跳馬，跳馬！」

「回車，不是這個車，是那個車！」

竟然是看棋的比下棋的叫得歡。

關天培的棋術不如英隆，不一會兒就露出敗象，擺手道：「別吵、別吵，把我吵得頭暈腦脹。觀棋不語才是真君子嘛！」

阿精阿、怡良和豫堃都是旗人，聚在接官亭東側，坐在籐椅上。廣州將軍阿精阿皮膚棕黑，身子骨細瘦，相貌文靜，說話文聲文氣，要不是穿著頭品武官的補服，還以為是名文官呢。

廣東巡撫怡良是滿洲正紅旗人，從刑部筆帖式做起，一級一級升到巡撫的高位上。他是頗有城府的人，辦事幽微，講話含蓄，每逢與人聚會，聆聽多於開口，聽話之間往往哦哦嗯嗯幾聲，既不推波助瀾，也不添枝加葉。碰到非表態不可的事情，常常加上「大概」、「可能」、「也許是」、「恐怕」、「彷彿」、「不見得」等含混字眼，以致於有人說聽他講話就像聽李商隱的隱晦詩，朦朧得如霧如霰、如影如風。

粵海關監督豫堃五十多歲，體態肥潤，長了一張彌勒佛似的笑臉，但多一抹刻意修剪的八字鬚。他當過蘇州造辦處監督，滸墅關監督和內務府辦事大臣，半年前調任粵海關監督。粵海關有「天子南庫」之稱，下轄廣州、澳門、惠州、潮州、雷州、瓊州和高州七大海關，跟七十六個正稅口、掛號口和稽查口，每年經手的銀子有數百萬之多，是個肥得流油的職位，不是皇上的親信絕對坐不到這個位子。

儘管走到哪裡都有「粵海關部堂」的官銜牌陪伴，出警入蹕十分風光，但這個官並不好當，因為所有正稅口、掛號口和稽查口都由本地胥吏稅丁料理，那些人全講粵語方言。豫堃生在北京、長在北京，對他來說，粵語方言嘈嘈切切如同鳥語，即使已上任半年，他依然聽不懂當地話，頗有種身在異國他鄉之感。

此時，這三人聚在一起，正有一搭沒一搭地說閒話。

阿精阿問豫堃：「你與林則徐熟嗎？」

「熟。他當江蘇巡撫時，我在蘇州造辦處當監督。」

「林大人什麼秉性？」

「辦事果斷，不拖泥帶水。」

「他喜歡吃什麼？」

「橘子和葡萄。」

「關軍門與他熟嗎？」

豫堃道：「熟。林大人在江蘇時，關軍門是吳淞營參將。那時候大運河壅塞，漕糧北運試走海道，林大人讓關軍門押解一千二百多條糧船出長江口揚帆北上，其間有三百多條船遇風浪而漂到朝鮮，後來全都覓道返回。他把一百多萬石漕糧運到天津，斛收無缺，三萬水勇和船工安然無恙。皇上一高興，親自召見他溫語嘉獎，提拔他為吳淞鎮總兵。林大人與他私交極好，所以他才專程從虎門趕來迎接林大人。」

閒聊至此，棋已下到殘局，英隆還有一車雙炮，關天培只剩單車，優劣分明。

就在這時，有人揚聲報告：「鄧廷楨大人到——！」

聽聞通報聲，關天培如釋重負，說了聲「輸了」，一推棋枰，起身朝亭外走去，其他人跟在後面出了接官亭。

鄧廷楨貓腰鑽出官橋，手搭涼棚朝江面一望，只見林則徐的官船正朝碼頭駛來，因為順風順水，速度較快。

阿精阿道：「鄧大人，來得早不如來得巧。我們枯坐了半個時辰，林大人的船不到。你一來，船就到了。」

鄧廷楨心情抑鬱，氣色不佳，沒有心思閒扯，淡淡道：「好，廣州城裡有模有樣的人都來了，真是熠熠復熠熠，輝煌復輝煌。鼓樂、禮炮備好了嗎？」

怡良揚手一指，「在那邊。」百步以遠，當地保甲準備好笙竹、嗩吶、銅鑼、大鼓，儀仗隊亦備好了三響禮炮和八百響鞭炮。

幾條官船舳艫相接，第一條船的兩披繪有朱漆彩畫五爪蟠龍，艙壁上的花窗極為考究，船艄的旗杆上掛著一面鑲黃邊烤藍綢官旗，旗杆下的木架插著兩塊飛虎清道牌，上面有「迴避」和「肅靜」字樣。清道牌兩側豎著四塊朱漆打底的官銜牌，赫然寫著「欽差大臣」、「兵部尚書」、「右都御史」和「便宜行事」字樣。

六個帶刀武弁挺胸收腹，鷹犬似的警衛著林則徐。幾個船艄手持長篙朝天字碼頭划來。附近的民船見有官船隊駛來，紛紛讓開水道，還有些大膽的船戶滿心好奇，搖櫓跟在官船後面看熱鬧。

官船停穩後，林則徐步出船艙，余保純、袁德輝等隨員跟在後面。剛上岸，旗鼓隊立即鳴放禮炮，奏起笙笛、嗩吶、金鑼、大鼓，十幾面彩旗游龍擺尾似的來回搖動。鄧廷楨、阿精阿、怡良、豫堃、關天培、英隆等人按官秩高下，前呼後擁地迎上去。

「少穆，久違了，一路辛苦。」鄧廷楨向林則徐拱手行禮。

林則徐笑道：「嶰筠兄，八年不見面，你還是老樣子。」

「哦，老了，一臉褶子、滿頭花髮。」

「皇上擔心你政務叢集，叫我來分擔一份責任，到你的地面上查禁鴉片。則徐在貴地人事兩生，還得仰仗您的神威喲。」

幾句寒暄後，鄧廷楨依次介紹廣東官員，「這位是廣州將軍阿精阿……這位是廣東巡撫怡良……這位是副都統英隆……」

接下來自然是「久仰久仰」和「久聞大名」的客套話。除了豫堃、關天培與林則徐是老相識，免不了多說幾句。

鄧廷楨繼續介紹道：「這位是廣州協副將韓肇慶。」

一聽「韓肇慶」，林則徐的眼神一跳，目光轉移過去。

此人年約六十，中等身量，不瘦不胖，山羊鬍鬚黑裡透黃，鼻翼右側有一顆紅痣，眸子裡透出久居官場的老練和世故。

韓肇慶與林則徐的目光碰上，驀然一驚，居然隱約感到一股寒氣，只是說不清寒氣從何而來。他面上不顯，低頭抱拳行禮，「下官參見林大人。」

林則徐眼神一收，只說了聲：「幸會。」

接下來，林則徐繞場一周，與前來迎迓的縉紳們打個花胡哨，期間八百響鞭炮劈劈啪啪響個不停，崩得滿地都是紅綠紙屑，空氣中瀰漫著濃濃的硝黃味。

在迎迓人群的末尾，林則徐看見彭鳳池和班格爾馬辛。彭鳳池是湖北漢陽縣丞，三十多歲，修眉長眼短髯鬚，他接到林則徐的信劄後便沒有返回湖北，留在廣州等候。

班格爾馬辛被革職後回到安徽老家，在當地的精誠鏢局當領班，接到林則徐的信劄後，他立即辭職來到廣州。此人五十出頭，豹子頭，山貓眼，一臉絡腮鬍子，身穿短衣，腰繫皮帶，腳下蹬著一雙抓地虎快靴，一看就是俐落的行武人。

二人見林則徐走過來，打千行禮，「在下拜見林大人。」

林則徐朝他們點點頭，「今天迎迓的人多，晚上咱們再說話。」

彭鳳池和班格爾馬辛道了一聲「遵命」，退到一旁。

迎迓儀式完畢後，林則徐在鄧廷楨等人的陪同下步進接官亭。接官亭不大，是供迎迓官員遮風避雨的地方，只能容納十幾個人。余保純官居四品，進去坐了，袁德輝職位較低，則站在亭子外面。

林則徐、鄧廷楨、阿精阿相互謙讓一番，坐了上座。

很快便有一名雜役端上茶盞和當令鮮果。林則徐看見黃澄澄的橘子道：「好久不吃橘子了，一見就想吃。」

他端起托盤依次分發，然後回到座位，一面剝橘子皮一面說：「嶰筠兄，皇上差我來查禁鴉片。我初來乍到，人地兩生，不知如何下手。你是兩廣的主人翁，恐怕有許多事要煩勞你呢。」

鄧廷楨道：「我忙得七葷八素，有你來分憂，才能歇一歇肩哪。」

林則徐回道：「皇上的意思是，兩廣政務仍由你和怡大人負責，我專責處理鴉片和夷務，節制廣東水師。」

鄧廷楨順勢大倒苦水，「對付國內的販私奸民不難，只要懸以賞格就會有人提供線索，難就難在對付夷商。夷商的合規商品都在黃埔島卸貨，躉船卻泊在老萬山和大嶼山南面，不在廣東水師的轄區內。這就像一夥賊盜聚在你家門口咫尺之遙，高聲叫賣違禁物，卻不進院。你要驅逐，他們就辯稱沒進你家門兒，你憑什麼驅逐？

「我屢次傳令英國領事義律，要他向鴉片躉船曉以恩威、示以禍福，盡快回國。但義律託詞說，英國國主只授權他管理廣州、澳門和伶仃洋的英商。他能命令英商不得將鴉片帶入他的轄區，但無權管轄公海上的夷商。還說外海躉船不全是英商所有，內地的不法奸民唯利是圖，每天有快蟹船、扒龍船與鴉片躉船交易。販私團夥規模巨大，有刀有槍有炮，與海匪上下勾連、沆瀣一氣，他們的走私船比廣東水師的戰船還快，想要追剿，就是一場槍炮大戰。

「英國有兩條護商兵船常年在老萬山以南逡巡，若要驅趕，就有挑起邊釁之嫌。這些年，兩廣總督換了一茬又一茬，每任總督都解決不了這個問題。冰凍三尺，非一日之寒哪。」說完，把一片橘子送入口中。

林則徐道：「說到英國，我倒想向諸位請教，它在什麼地方？」

在座官員全都一臉懵懂，沒有一個說得出來。過了片刻，怡良才輕聲回答：「林大人，聽說一百年前英國鯨吞了印度，想必該國毗連印度。至於具體方位嘛……還真說不準。」

林則徐道：「印度地域廣闊，能鯨吞它的必不是愚弱之國。可惜，這個國家面目朦朧，我們對它的軟硬虛實一無所知。」

豫堃想了想，「海防書局的總撰梁廷枏或許能說出個子丑寅卯來。」

阿精阿的眼睛頓時瞪得大大的，「就是那個拿著放大鏡到處瞎轉悠的書癡？」

豫堃問：「你認識他？」

阿精阿笑道：「怎麼不認識。他是個怪人，連塊破磚頭也要考證出個子丑寅卯來。去年他到我的八旗兵防區瞎轉悠，撿了塊破磚，用放大鏡照半天，還用皮繩丈量城牆與護城河的距離。軍事重地豈能任人隨便丈量，哨兵便扣了他，送到我的衙署。我問他想幹什麼，他說那破磚是一塊寶貝，上面有半個『右』字，說明那段城牆是唐朝天祐年間建的。

「當時我雇了幾個木匠在衙署裡打造兵器架，他用放大鏡照了照，說木料是廣西十萬大山上的楠木，上面的年輪說明那棵楠樹活了二百零八歲，用它造木架是暴殄天物，應當用來造兵船或做樑柱。這不是吃飽了撐的嗎？

「我看他活脫脫一副書癡模樣，問他是幹什麼的。他自稱是道光七年的副榜貢士[22]，奉豫關部之命分管海防書局，撰寫《粵海關志》，實地踏勘收集史料，我才把他放了。不然的話，非把他關進旗營大牢裡不可。」

豫堃微微一笑，「有人說，酒色財權乃人生四大媚惑，沒說全，書也是一大媚惑。梁廷枏這個人腹笥充盈、學識豐贍，見了書就足難移眼，沒了書就抓耳撓腮、渾身難受，彷彿得了大病。這種病無藥能治，始於書，止於讀，僅此而已。但是編寫《粵海關志》，非用這種人不可。」

鄧廷楨道：「梁廷枏是廣州的一大雜家，天文地理、草木魚蟲、山川人物、軍事歷史，無不窮其究竟，寫過《金石稱例》、《南漢書》、《廣東海防匯覽》，還寫了兩齣粵劇。又當過澄海縣訓導、越華書院和越秀書院的山長。你別看他癡，肚子裡有墨汁。要說在浩如煙海的史料裡發掘鉤沉、探幽抉微、稽考實證，沒人比得了他。」

豫堃道：「這也難怪，一個對千年古董有興趣的人，自己就像老古董。哦，梁廷枏關注

22 清代科舉。每三年舉行一次省級考試，叫「鄉試」，列入正榜的叫「舉人」。另將相當於舉人名額的五分之一列入副榜，稱「副貢」或「貢士」，經禮部銓選可以進入國子監讀書或做官。

夷言夷事，還會講英國話，要是他說不出英國在哪兒，廣州城就找不出第二人了。不過這人有股子名士派頭。」

林則徐聞言，眼睛為之一亮，「好！我正想訪求幾個通曉夷言夷事的人。要是方便，請豫大人把梁先生引見給我。」

豫堃毫不推辭，「明天上午我就叫他去你的欽差大臣行轅。」

英隆伸懶腰打呵欠，「我也見過這個人，既呆且迂，還有恃才傲物的酸氣。」

鄧廷楨撚著白鬍梢不緊不慢地道：「人不能求全，求全則天下無可用之才；文不能求同，求同則天下無可讀之書。書癡貌似呆子，實則不然。古人云『人無癖不可與之交，以其無深情也；人無癡不可與之交，以其無真氣也』。書癡是鑽得深、看得細的人，普通人看不見的，他能看見；玲瓏人看不見的，他也能看見。這種人不能多，多了就會天下大亂，但也不能少，少了就無法探問事物的究竟和本源。」

關天培冷不丁蹦出一句話，「英大人，你可別小看梁夫子。你下次買蛐蛐，不妨叫他幫忙看一看。他用放大鏡一照，不僅能看出是公是母，還能看出馬齒幾歲，連有幾顆虎牙都能看清，保你每賭必勝。」

怡良聽出關天培在譏諷英隆，掩嘴偷笑。英隆卻沒聽出來味兒來，「是嗎？那我真得請他幫忙看一看。」

聽到這，大家再也憋不住勁兒，笑得前仰後合。

鄧廷楨笑著掏出懷錶看一眼，「時間不早了。少穆啊，我和怡大人商量過，安排你暫住越華書院。越華書院在總督衙門和巡撫行衙門之間，咱們往來、議事都方便。今天晚上我在總督衙署為你擺宴接風，阿將軍、怡中丞和豫關部，哦，還有關軍門和英大人等，一塊兒作陪。」

說完，看了余保純一眼。余保純原為廣東南雄州知州，是鄧廷楨和怡良的屬官，但皇上要他掛候補知府銜幫林則徐辦差，因此今日他一直坐在末位，靜靜地聽大家說話。

鄧廷楨道：「余大人，你與少穆一起來，也一塊兒赴宴。」

余保純這才開口：「卑職榮升候補知府，全仗您和怡中丞合力保舉，卑職謝了。」言畢，向鄧廷楨和怡良深深一揖。

從接風宴歸來時，天已經黑了。林則徐返回寓所前，袁德輝已經把臥室收拾停當。他在床旁的小書案上擺了文房四寶，把從北京帶來的公牘和書籍放在書架上，還在門旁支了個木架，擺放一只銅臉盆。

林則徐吩咐道：「四眼先生，你去把彭鳳池和班格爾馬辛請來，就說我有要事。」

袁德輝喳了一聲，轉身離去。林則徐獨自站在案旁點燃一支大白蠟，慢慢研墨，準備寫日記。

彭鳳池和班格爾馬辛在行轅裡候了半天，此時才有機會與林則徐說話。二人進了臥室，一起打千行禮，「在下叩見林大人。」

「平身。」林則徐放下筆墨，指著右面的加官椅道：「坐，坐下說話。」他自己卻不坐，走了幾步，把門和窗戶關得嚴嚴實實。

彭鳳池斜簽著身子坐了半個屁股，班格爾馬辛則雙手倨膝，腰身挺得筆直，像一座黑鐵塔。

班格爾馬辛是林則徐的心腹愛將，林則徐初任湖廣總督時，武昌大牢出了一件案子，兩個囚犯打傷獄卒越獄逃跑。聞訊，他親自到現場視察，冷不丁問隨行的官佐：「虎兕出於柙，龜玉毀於櫝中，是誰之過歟？」（老虎和犀牛逃出籠子，龜玉在匣子裡被毀壞，過失在誰？）此話出自《論語．季氏》。兩千多年前的聖人言古香古色，遠離凡俗，隨行官佐們竟然沒有一個聽懂的，不由得面面相覷。

只有班格爾馬辛聽懂了，頷首答道：「典守者不得辭其咎。」

林則徐因而注意到他，並漸漸發現班格爾馬辛貌似五大三粗，卻是個有涵養的細心人。

林則徐問班格爾馬辛：「你幾時到廣州的？」

班格爾馬辛回答：「接到您的信劄後，小民第二天就啟程了，比您早到三天。」

林則徐糾正，「你不是小民，是大人。我在北京把你的情況說給潘世恩和王鼎二位閣老知，他們要你戴罪立功。你暫時以候補守備銜在我麾下效力，遇缺奏補。」

「謝林大人悉心培植，卑職感激涕零，願效犬馬之勞。」班格爾馬辛是個雄壯漢子，一不小心被罷官，此番有機會官復原職，眼圈竟然有點濕潤。

林則徐端著燭臺走到書架前，取下一只匣子，裡面有道光交他參酌的幾份舊檔。他翻揀出巡疆御史袁玉麟和周春祺的密折，遞給彭、馬二人。上面有一串人名，都是有查私縱私之嫌的官紳胥吏，其中有王振高、蔣大彪、保安太、梁恩升、倫世光等人。密折上寫得明白：「以上諸人宜暫緩拘拿，先行查復。」

林則徐道：「你們二位是我的股肱心腹。這裡有兩件皇差，由你們分頭小心查辦。」

一聽是皇差，彭、馬二人立即聚精會神，豎起耳朵仔細聆聽。

林則徐把聲音壓得低低的，「巡疆御史們參劾鄧廷楨大人，說他欺世盜名、一手遮天，有挾官走私之嫌，月收黑錢三萬六。皇上飭令我暗查。我辦差不聽浮言，以事實為依據，欲命令你們二人微服暗訪。如果事實確鑿，我即上奏朝廷將鄧廷楨拿下；若是別有用心之人散佈流言蜚語，也要還他一個清白。」

鄧廷楨官居一品，權勢赫赫，暗查這樣的封疆大吏不是小事，彭鳳池和班格爾馬辛都有點兒緊張，「卑職明白。」

林則徐繼續道：「鴉片久禁不絕，原因甚多。如果廣東水師和陸營齊心緝查，鴉片不會氾濫到此種田地。據幾位御史參奏，廣州協、香山協、順德協中有多人查私縱私，但證據不足。你們到海口和沿江各營汛[23]轉一轉，去街巷裡打探一下，觀民風、聽民言，查清楚究竟是什麼人與夷商內外勾串，做出如此大的局面。」

「遵命！」

蠟燭火苗熒熒閃動，照得人影在牆上來回晃動。林則徐拿起一把小剪子，剪了燭芯，待燭光穩定後才接著道：「鴉片耗銀於內，漏銀於外，是病國之本。如果不加遏制，三五年後，國家財力將不敷度支。歷年禁煙只查販煙之徒，卻沒有擊中要害，久禁不絕的根源在查煙員弁聯手舞弊。

「每年鴉片交易額高達數千萬元，分潤毫釐即有百萬私利可圖。利之所在，查煙員弁必然包庇。我手下只有幾個京官，還有你們兩位故吏，外加少數跟丁，僅憑這點兒人手，什麼事都辦不成。

「禁煙必須依靠本地官紳。但本地官紳盤根交錯，底細不清，一俟打草驚蛇，就會處處

23　營汛：清代軍隊兼有國防軍和員警的雙重職能。「營」是清軍基本單位，「汛」是營的下屬單位，通常設在水陸要津，多則上百人，少則十幾人，相當於現在的警察局。隸屬於汛的兵丁叫汛兵。

窒礙，事事難辦，路路難行！我們辦的是頭等皇差，這種差事，事以密成，語以洩敗。你們要以絕密之心對待，切不可走漏半點兒風聲！」

彭、馬二人的音量低得幾乎只有送氣聲，「卑職明白。」

「好，去吧！」

待二人出門後。林則徐才坐在案旁展紙研墨。

他自知性情急躁，遇事容易發火，為了自我克制，寫下兩個一尺見方的大字「制怒」。寫完後，吹了吹墨漬，貼到牆上。

捌 廣州名士

越華書院是廣州城裡最大的書院，大門是四柱沖天欞星門，門柱上立著蹲姿石獅，門上的霸王杠、額枋和花板有陽雕雲龍圖案，六角門柱兩側有抱鼓石。

進了欞星門便是大成門和大成殿。大成門有七架結構的抬梁與穿斗，正脊上飾有二龍戲珠的琉璃彩陶。這麼軒昂的格局，展示出越華書院為官辦書院的不凡。現在，它成了欽差大臣的行轅。

為了接待林則徐，廣州府把越華書院的生員全都轉到粵秀書院和羊城書院去了。

林則徐每到一地都要瞭解天時之寒暖、地理之概貌、山川之扼要、道路之險阻、風俗之厚薄。吃罷早飯，他坐在書案旁戴上老花眼鏡研讀起《廣東軍兵分佈圖》來。

分佈圖是一幅手卷，一尺二寬，一丈二尺長，東起烏龍江，西至北侖河口，涵蓋了廣東全境，所有府、州、縣、山川、島嶼、營寨、汛塘、炮臺、糧倉、草場、廟宇都清清楚楚地標示出來。

還有藍圈標出的一百一十處碼頭和泊地，每個碼頭和泊地的水深有簡明的文字說明。

根據上載記錄，廣東總共有六萬八千駐軍，其中水師二萬六，共轄外海水師二十七營，內河水師八營，炮臺百座，各種師船、哨船、龍艇、舢板、櫓船、烏篷船四百餘條。

但是，這麼多軍隊，亦不能拒鴉片於國門之外，只能說明包庇走私之風已經浸入軍隊的骨髓。

這時，袁德輝進來通報：「有個叫梁廷枏的求見。」

一聽到梁廷枏的名字，林則徐立即抬起頭來，「請他進來。」

不一會兒，就見到一個儒生來到花廳門口，朗聲通報：「海防局總撰梁廷枏拜見欽差大人。」音調像高亢的竹笛。

林則徐坐在案後打量，只見他中等身材，稍細的

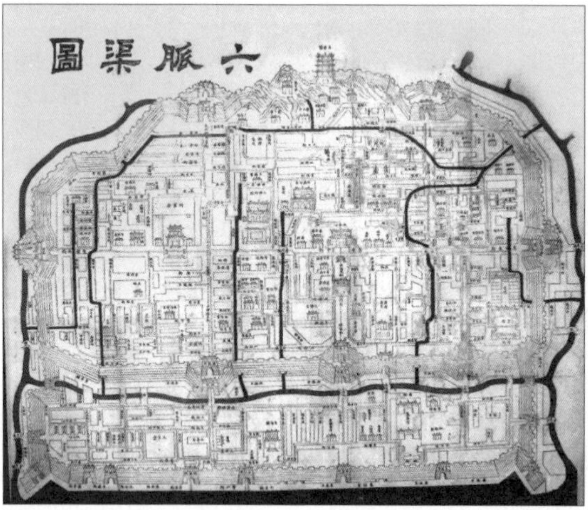

廣州城六條水渠的清代地圖。城門、城牆、護城河，以及官衙、街道、學官、寺院等清晰可見，中央的最高建築是鎮海樓。

脖子托著一顆冬瓜似的大腦袋，腦袋上有一頂棕黑色八瓣向心嵌玉小帽，穿著半新半舊的竹布長衫，胸前掛著一條皮繩，繩頭拴著那個廣為人知的放大鏡。這副打扮真是千里難尋。

林則徐招呼：「哦，久仰先生大名，請進。」

梁廷枏卻不進，站在門檻外面作了一個長揖，「昨天下午粵海關豫關部知會敝人，說欽差大人有要事諮詢，叫敝人務必於今天上午到欽差行轅拜見。」

林則徐突然想起梁廷枏有名士之稱。自古以來，只要一個人被看作名士，仕途大多黯淡無光，因為名士往往自負清高，不願在權貴和高官面前摧眉折腰。要是有事請教他們，還得以禮相待，否則他們會擺出一副虛架子。

意識到這位梁先生不願屈尊下跪，林則徐遂擺出平等待人的姿態，站起身來，走到門前以示迎接，「我一到廣州就聽說先生的大名。承蒙豫關部薦舉，有些事情想請教，切望梁先生不吝賜教。」

梁廷枏這才邁過門檻。

林則徐指著一把加官椅，「先生請坐。」

發現梁廷枏撩衽坐下後舉目環視，東張西望，林則徐感到有點兒詫異，「梁先生在看什麼？」

梁廷枏回道：「越華書院是群賢畢至、學子咸集的地方。兩年前敝人曾在這裡當學監，這間房子原本是課堂，敝人曾在這裡課徒授業，沒想到成了您的花廳。」一番話說得不卑不亢，頗有一種「腹有詩書氣自華」的氣度。

林則徐揚眉一笑，「鳩占鵲巢是情勢所迫。我林某人也是讀書人，不會讓讀書人沒有課堂。煙毒禁絕後我就搬離，把學子們請回來。」

他邊說邊從案上提起一把大銅壺，親自給梁廷枏倒茶，「梁先生，豫關部說您是廣州第一碩儒，識夷文、曉夷事。」

梁廷枏接了茶杯，自信滿滿地說：「第一碩儒不敢當，但若論夷言夷事，敝人也不謙虛——無人可比。」

林則徐把姿態放得極低，「看來，豫關部沒有薦錯人。本朝閉關鎖國，僅留廣州一口通商，故而國人對周邊番邦知之不多。我想請教先生幾個問題。第一個問題是，英國在什麼地方？」

梁廷枏翹著二郎腿，雙手放在膝頭，淡淡說道：「英國在歐洲西海極西之地，毗鄰荷蘭國和法蘭西國，是個四面懸海的島國。距廣州一萬七千洋里，合六萬華里。」

林則徐想起《乾隆內務府輿圖》，輿圖最西面的國家是義大利和羅馬國，便問道：「請問，英國距羅馬國有多遠？」

「與羅馬國隔海相望[24]，在羅馬國之西。」

「英國地廣幾何？人口幾多？」

「英國地廣五萬七千五百六十里，有人口一千二百萬。」

「哦，它與印度有何關係？」

梁廷枏呷了一口茶，繼續徐徐說道：「乾隆初年，英國商民和軍隊侵入東印度，而後侵入南印度和中印度，將它們納入版圖。西印度和北印度地險人稀，有崇山峻嶺阻隔，英國物力有所不逮，沒有入侵。東、南、中印度地廣四十七萬二千六百七十三里，人口一億二千一百四十萬有餘。」

從北京到廣州，林則徐詢問過多人英國何在，人人都是一問三不知，唯獨梁廷枏，不僅知道英國的方位，連疆域之大小、人口之多寡都能說清，讓他十分驚異，「先生如何知道？」

梁廷枏微微一笑，「廣州有個叫伯駕的美國人，在新豆欄街開了家眼科醫局，為民治病，

---

24 這裡提到的英國方位、人口、面積、兵員、兵船、火炮等數字全都出自《海國四說》，作者僅改用現代譯名。《海國四說》是介紹英國和美國歷史、政治和風俗的作品，出版於一八四四年，是梁廷枏編譯的。作者讀後認為梁廷枏的英文不夠好，錯訛較多。由於他不知道地球是圓的，故而說不清英國的地理位置，「英國與羅馬國隔海相望」是他的說法。他甚至誤認英國與倫敦是兩個國家，並說英國是從加拿大侵入印度等等。在鴉片戰爭期間，梁廷枏曾任林則徐的幕僚，林則徐的地理知識大概來自他。

聲望頗佳。他贈送敝人幾本夷書，是介紹英國歷史、政治、宗教和風俗的。」

林則徐來了興趣，「英國風俗如何？」

梁廷枏的嘴角掛出一絲不屑，「夷風陋俗，與華夏風俗迥異。我朝男尊女卑，上至皇家，下至百姓，嬗遞認男不認女，長子有優先繼承權。英國的國主卻既可以是男人，也可以是女人，國主若無男嗣，則由女子繼襲。它現在的國主叫維多利亞，是女人。據說，這位女國主性情和順，為人謙和，居心友善，國民咸相敬重。」

林則徐聽完也笑了，「女人主政，豈不是牝雞司晨？」

梁廷枏嘲笑地搖搖頭，「夷俗窳陋，才有這等不倫不類的事情。」

林則徐接著問：「先生曉得英國兵額幾多？」

梁廷枏侃侃而談，「我大清以農業為本，重陸師，輕水師。英國則是海上興販之國，重水師，輕陸師。英國總計有兵員八萬一千二百七十人，其中水師有兵員三萬五，另有水手二萬一千。據敝人所知，英國有大小兵船二百五十條，其中守國兵船一百有餘，另有一百五十條兵船在加拿大、印度、麻六甲、新加坡和呂宋洋面巡遊護商。大號兵船有火炮一百二十位，中號兵船七十位，小號兵船也有五十位之多。」

聽他聊起異國兵事依舊如敘家常，林則徐不由得刮目相看，「聽說英國商船也配有火炮，是嗎？」

梁廷枏道：「是的。當今天下海盜叢集，不僅本朝海域有海盜，外國海域也有海盜。英國興販於四海，故而所有商船都是武裝商船，大者配炮十餘位，小者配炮五六位。每年信風一起，船隊便結伴而行，否則很容易遭到海盜襲擊。」

林則徐啜了一口茶，緩緩咀嚼著茶葉，「依你看，大清與英國，孰強孰弱？」

梁廷枏晃著腦袋，隨口拈出《戰國策》裡的一段古話，顯得書卷氣十足，「中國者，聰明睿智之所居也，萬物財用之所聚也，聖賢之所教也，仁義之所施也，詩書禮樂之所用也，異敏技藝之所試也，遠方之所觀赴也，蠻夷之所義行也。英國畢竟是蠻夷之邦，雖然狡猾悍厲，在印度橫行無忌，卻無法與大清比肩。自古以來，制夷之道在於以尊臨卑，恩威並用。倘若夷人馴服，就應以懷柔之心示以羈縻和寬容；倘若他們桀驁不馴、恣意妄為，那就要大張撻伐，懾以兵威。」

林則徐點頭，「聽鄧督憲和豫關部說，先生是海防書局總撰，編寫過《廣東海防匯覽》，正在編寫《粵海關志》，想必先生對本地城防和海防知之甚詳。我初來乍到，兩眼迷濛，不知先生是否有空閒陪我在城裡走一走？」

「敝人今天就有空閒，願意陪大人在城裡走一走。」

林則徐臉上露出一絲笑意，「我給你介紹一個人。」說罷一擊掌，「四眼先生！」

袁德輝正在側室整理文牘，聽見林則徐召喚，趕緊答應一聲：「有！」挑簾進來。

林則徐指著他介紹：「這是京師理藩院的筆帖式袁德輝，通曉拉丁語和英語。這位是廣州海防書局總撰梁廷枬先生，也是識夷文、通夷務的人。」

袁德輝和梁廷枬相互作揖，講了幾句客套話。

林則徐道：「聽說鎮海樓是廣州第一高樓，建在越秀山上，登上它可以俯瞰全城。梁先生，你就陪我登樓遠眺，可好？」

梁廷枬見林則徐沒穿官服，隨口問道：「大人不更衣嗎？」

林則徐說：「我想隨意走走，穿布衣更方便。」

幾人說走就走，林則徐在梁廷枬和袁德輝的陪同下出了越華書院。三個當值的親兵見林則徐要微服出行，不待吩咐，立即挎上腰刀，遠遠地跟在後面。

袁德輝在廣州待過多年，梁廷枬更是廣州通，他們一邊走一邊給林則徐講述當地的物理人情。

廣州是嶺南第一大邑，城郭重，商賈星稠。分為南北兩城，南城是八旗兵及其眷屬的居住區，北城是各級衙門和學宮的聚集地。大小衙門林立，袞袞高官叢聚，學宮書院櫛比，莘莘學子薈萃。

總督衙門和巡撫衙門周匝彙集了二十多家大小書院。番禺學宮是南海縣衙辦的官學堂，越華書院、粵秀書院、羊城書院、禺山書院和西湖書院是廣州知府衙門辦的官學堂。應元書院、學海堂和菊坡精舍是學政衙門為舉子赴京會試辦的官學堂。此外還有當地名門望族辦的陳氏書院、陸氏書院、邱氏書院、萬木草堂等等。

這裡學風熾盛，仕子迭出，連街巷名稱都透著求取功名的氣息，諸如狀元坊、探花巷、科甲里、擢甲里、進士里、學源里、書同巷等，這些名稱說明某個街坊出過狀元、探花和進士。

穿過眾多學宮學堂，幾個人不知不覺來到越秀山下，望見了鎮海樓，韓肇慶的廣州協衙署就設在那裡。

只見二十多個戴枷罪犯跪在轅門外，被一條繩索穿成一串。他們都是倒賣煙土、私屯鴉片的壞傢伙，被弁兵們捉了，當街枷號示眾。轅門外站著兩個兵丁，一面站哨一面閒聊胡扯，打發時光。

袁德輝上前交涉。門丁不認得他，卻認得他的官服和素金頂戴，打千道：「恕小人多事。這裡是兵營，韓大人有令，凡有來訪官紳，要麼遞上公函，要麼呈上名刺，待小人通報後才能進去。請問大人，您是公幹還是私訪？」

袁德輝回道：「是私訪。」

「那就請大人出示名刺。」

袁德輝沒帶名刺，一本正經地說：「煩請你稟告韓大人，就說有北京來的人造訪，請他親自出來迎接。」

沒頭沒腦蹦出一個「北京來的人」，還要韓大人親自迎接，口氣之大，令人吃驚，讓門丁有點兒發暈，手足無措地呆立著。

梁廷枏見狀有點兒不耐煩了，突然厲聲道：「你這大頭兵是怎麼回事，沒聽懂袁大人的話嗎？告訴你們韓大人，就說有仙鶴來訪！」

門丁這才看清來人樣貌，一官一紳，簇擁著一個年過半百的黑肥紳士。那紳士淵渟岳峙、氣宇軒昂，看就不是等閒人物，還有三個帶刀親兵不即不離地跟在後面。意識到這幾個人大有來頭，他趕忙請林則徐等人進門房稍候片刻，隨即狗顛屁股似的跑去通報。

林則徐沒進門房，站在門口朝裡望。不遠處有上百兵丁，分成幾群，西面一群盤腿坐在老樹下擲色子、打雀牌，東面一群圍成圈子吆吆喝喝地玩鬥雞，北面有七八個兵丁光著脊樑，懶洋洋地曬太陽。兩隻大公雞奓著翅膀鬥志昂揚，廝殺得滿地雞毛。營房裡還有成堆的垃圾，不時竄出阿貓阿狗東聞西嗅，快快樂樂地東遊西走。

這哪裡像兵營，簡直就是個雞飛狗跳、耍百戲的圍場！

林則徐看在眼裡，記在心上，卻一聲不吭。

此時，韓肇慶正在衙署裡對蔣大彪發火，聲音壓得很低，「你怎麼一點兒眼力價都沒有？現在是什麼時候，整個廣東銅鼎沸油似的明查暗查，到處都是卡子，你卻派船為鴉片船護鏢！」

蔣大彪蝦著腰解釋：「不是打您的旗號，護鏢船掛的是兩廣總督的『鄧』字旗。再說，人家是出了大價碼的，不是這個時候，誰肯出這麼高的價？」邊說邊張開五指一翻手，表示足有五千元。

韓肇慶一肚皮火氣，惡狠狠地道：「在廣東洋面上沒人查，過了南澳島，就是福建水師的轄區，不是我們的手面蓋得住的！」

「這……這……」蔣大彪囁嚅著說不出話來。

韓肇慶再次放低聲音，眼睛裡閃著陰鷙的微光，「銀子是好東西，但不是所有銀子都能要。有的銀子白花花地炫人眼目，你要是貪得無厭，看不清爽，一伸手就是萬劫不復的深淵！」

說到這裡他挑高聲音，「我告訴你，只要林欽差在廣州，你就不能伸手，只能嚴查，越嚴越好，就是親爹親娘親兄弟也不能放過！任何人花銀子通關節都不行！」

蔣大彪低眉信首，「在下明白。」

「你明白個逑！我看你是一肚皮糍糊。你好好想想，用心想，別用肚臍眼想！咱們是吃皇糧、辦皇差的，辦皇差就得先利國家後利身家，有國家的才有你私家的，沒有國家的哪有你私家的！明白嗎？」

韓肇慶與蔣大彪雖有上下之分，卻是一根藤上的蚱蜢，唇齒相依。他們查過私、嫖過娼、吃過賄、分過贓，以緝私為利藪，巧取豪奪，將罰沒之物四六分，報四以求升遷，縱六以圖大利，內外勾連，上下其手，包庇護送，賺個富得流油。

門丁突然進來，「啟稟韓大人，有個當官的和兩個縉紳在轅門外候著，要您親自去接。」

韓肇慶瞪起眼睛，「什麼人這麼大架子？」

門丁道：「他們說是北京來的仙鶴。」

官服上的補子繡有圖案，一品文官的圖案正是仙鶴。廣州城裡只有兩隻仙鶴，一個是兩廣總督鄧廷楨，一個是欽差大臣林則徐。

韓肇慶聞言，立刻明白了七八分，「胖的還是瘦的？」

「三人中有一個八品官和兩個縉紳，一個縉紳是黑胖子，一個縉紳是白瘦子。」

「黑胖子多大歲數？」

「五十多歲。」

韓肇慶騰地一下站起身來，抓起紅纓大帽扣在頭上，快步朝轅門走去。蔣大彪掬著碎步跟在後面。

韓肇慶走到操場邊上，一眼瞥見林則徐等人站在門口，再看在操場上賭博的弁兵，不由臊得臉色通紅，衝一個姓丁的千總惡狠狠大喝：「他娘的，都給老子起來，列隊侍候！」

丁千總聽到罵聲，像提線木偶似的扔下雀牌，叫了一聲：「列隊！」兵丁們一哄而起，穿鞋子的、繫扣子的、找刀槍的忙成一團，過了好一會兒才站成兩列橫隊。幾個曬太陽的兵丁來不及穿號衣，只得光著脊樑站在佇列裡。

韓肇慶這才提著袍角朝轅門走去，滿臉堆笑向林則徐拱手行禮，「下官不知欽差大人便服造訪，來不及放炮迎接。失禮了、失禮了。」

想起巡疆御史和給事中們密折奏報韓肇慶有縱私之嫌，此時林則徐越發看清廣州協是一支營務廢弛、疲玩泄沓的軍隊，不由得話音裡帶著譏諷，「韓大人，你的兵帶得好哇！」

韓肇慶赧顏道：「這些兵剛剛巡哨回來，讓大人見笑了。」

兵熊熊一個，將熊熊一窩。林則徐真想找個理由把韓肇慶擼掉。但韓肇慶是從二品武官，副將銜，直轄於鄧廷楨，要罷他，首先得徵求鄧廷楨的同意，再奏報朝廷允准，否則無異於打狗不看主人的臉。

此外，彭鳳池和班格爾馬辛正在暗查，在查明前貿然動手，只會徒然惹出一堆麻煩。

林則徐冷靜下來，這才道：「我不是來視察營伍的，是想登高望遠看一看廣州城。」

韓肇慶如蒙大赦，抹去額頭上的汗珠，低眉頷首一展手，「鎮海樓地處形勝，登上這座樓廣州城一覽無餘。請！」

一百多營兵已經整好佇列。丁千總見韓肇慶陪著林則徐等人走過來，扯起嗓子高聲發令：「敬禮！」

士兵們挺胸凹肚，筆管條直，向林則徐和韓肇慶行持槍禮。幾個光脊樑弁兵沒帶刀槍，頗為尷尬。

林則徐從兵胡同裡走過，猛然見一個赤身兵丁的胸脯上畫了隻老母雞，立即停步，目光炯炯地逼視著他，「誰給你畫的？」

母雞兵丁嚇得呆若僵偶，一個字也吐不出來。還是旁邊一個赤膊兵丁膽子較大，替他回答：「他鬥雞輸了錢，是丁千總給他畫的。」

林則徐冷冷問道：「你叫什麼名字？」

「么雞。」這個名字又奇怪又可笑。

還是那個赤膊兵丁多嘴，「他爹姓麻，他娘姓將，喜歡打麻將。他姐叫一條，他哥叫二餅，他弟叫三筒，他叫么雞。」

營兵們都「哧哧哧」地笑起來。

梁廷枏猛然插了一句，「胡說！《百家姓》裡哪有姓將的？」

赤膊兵丁道：「不是將，是姜，王八羔子砍掉四條腿，下面加一個妓女的女。」

聽到這，營兵們再也忍不住，爆出哄堂大笑，笑得前仰後合。

韓肇慶滿臉羞紅，「別他娘的在這兒丟人現眼，還不滾回去穿號衣！」

母雞兵丁一縮脖子一吐舌頭，轉身溜了，幾個光脊樑大兵也一哄而去。見到此景，梁廷枏終於憋不住了，掩嘴發出哈哈的笑聲。

韓肇慶心頭一股怒氣全發到丁千總身上，「那幾個沒穿號衣、沒帶兵器的，記下名字，每人打二十篾條！你自掌十個嘴巴！」

林則徐不予置評，繼續緩步往前走。韓肇慶錯開半步，微弓著身子跟在後面，陪他上了鎮海樓。

嵯峨雄壯的鎮海樓是前明永嘉侯朱亮祖在洪武十三年（一三八〇年）建的，樓高八丈五尺，建在二十五丈高的越秀山上，可謂高屋建瓴，氣勢非凡。樓腳是用紅砂岩大石條堆砌的，上面再以青磚壘建，與兩側的城牆連為一體。城牆上垛口密佈，沿著山勢逶迤伸展，像一長排狼牙虎齒，給人一種雄關矗立、錚錚如鐵的感覺。

由於天災人禍和戰火硝煙，鎮海樓幾度壞損，幾度修葺，可謂經歷百劫，仍屹立巍然。站在樓頂俯瞰南面，不僅能看到總督衙署和巡撫衙署，還能看到五仙觀、宣禮塔、光孝寺、懷聖廟等建築群，連最南面的五仙門、靖海門、永安門、油欄門、竹欄門也能看見。

接下韓肇慶遞來的千里眼，林則徐透過鏡筒，在萬家炊煙和浩浩蕩蕩的珠江畔辨識出大西門、百靈街、天字碼頭、雙門底，以及蜷縮在河灣和汊港裡的各色民船。

鎮海樓北面是郊外，那裡有碧綠蔥蘢的萬頃稻田、疏密相間的村莊，還有聲勢相連的四座炮臺，分別是拱極炮臺、保極炮臺、永康炮臺和耆定炮臺，可謂水陸兵營民生百態，人間煙火市井風情，瑣碎浮華流麗大千，盡收眼底。

觀賞了片刻，林則徐轉臉問道：「韓大人，武昌黃鶴樓、長沙岳陽樓和南昌滕王閣並稱江南三大名樓。據我看，鎮海樓的高度和氣勢遠勝過那三座樓，卻未入名樓之列。這是為什麼？」

韓肇慶肚皮裡墨汁不多，冷不丁碰上這麼個問題立馬語塞，眨著眼睛答不出來。

林則徐又回頭問：「四眼先生，你說呢？」

袁德輝自小在南洋長大，對三大名樓等國粹知之有限，悠著語調道：「是臨水吧？三座名樓雖然不如鎮海樓高大，卻是臨水而建。鎮海樓地處形勝，卻不臨水，只好名落孫山。」

林則徐對此回答不大滿意，「一座樓歷經四百多年風吹雨打卻屹立不倒，是需要理由的。梁先生，你說呢？」

梁廷枏是天文地理、風俗古記無所不知的人，連講話都帶著滿腹經綸，「三大名樓臨水而建，岳陽樓俯臨洞庭湖，滕王閣臨贛江，黃鶴樓則居於長江之畔，有憑高遠眺、極目無窮之妙。三座名樓周邊都有雲霞翠軒，煙波畫船，雨絲風片，朝飛暮卷。達官顯貴、騷人墨客或際會八方之客，或酬唱應和之曲，放悲聲抒情懷，低吟淺唱壯懷激烈，皆可乘興而來，盡興而去。

「鎮海樓則不然，它是軍事重地，文人墨客、黎民百姓不能隨意登臨。三大名樓享譽天下，還因為有名詩佳作相伴。岳陽樓有范仲淹的《岳陽樓記》，滕王閣有王勃的《滕王閣序》，黃鶴樓有崔顥的《黃鶴樓》。三大名樓的盛名是三篇絕唱帶起來的。要是少了那三篇佳作，它們就沒了魂魄。」

林則徐這才滿意地點頭，「講得好。」

韓肇慶道：「我是一介武夫，只懂得帶兵緝盜，肚皮裡沒有那麼多墨汁。」

林則徐問道：「既然你懂得帶兵，那我問你，廣州城牆周長幾何？」

韓肇慶正聲答道：「周長二十一里。」

「城牆上有多少垛口？」

韓肇慶沒數過，立即語塞，「這個……大約有兩三千吧？」

林則徐冷冷一笑，「看來還得問本地碩儒。梁先生，你說呢。」

梁廷枬不愧是海防書局總撰，竟然是一口清，「廣州城圍總長三千二百一十五丈五尺，共有兩千二百六十一個垛口，十六個旱城門、七個水城門、四十六座敵樓、十五個藏兵洞。」

林則徐轉過頭，「韓大人哪，你這個中軍副將還不如讀書人明白。廣州協共有多少兵馬哨船？」

韓肇慶不敢含糊，一挺胸，「回大人話，廣州協有前、中、後、左、右五營兵馬，設兵額兩千七百二十名，包括一個水師營。水師營有兵額六百一十二名，共有雙桅大師船五條，單桅巡哨船六條，另有十二隻舢板。」

「海珠炮臺和東、西兩炮臺歸你管轄嗎？」

「回大人話，海珠炮臺和東、西兩炮臺歸駐防八旗兵管轄，下官只管北面的四座炮臺。」

「你與八旗兵如何分防？」

「八旗兵駐防廣州東南半城，下官駐防北半城。」

林則徐再次舉起千里眼朝東南望去，在西瓜園、光孝街、石馬槽、大北門那邊有一大片營房和眷屬房。朝廷派駐廣東的八旗兵總計五千，其中三千八駐防廣州，一千二駐大鵬城。

他把千里眼還給韓肇慶，又問：「廣州協如何操練？」

「回大人話，下官嚴格按照兵部擬定的春操與秋操章程練兵。每年春秋兩季，各營弁兵集中訓練二十一天，逢二練抬槍，逢四練硬弓，逢六練長矛，逢七練火槍瞄準，逢八練抬槍與馬步兵協同作戰，逢九練大刀，逢十練其他武藝，逢一、三、五休息。」

林則徐手搭涼棚朝東望去。三十丈以遠有一個哨兵，斜倚著堞牆打盹小睡，脖子一直窩到胸前。西面五十丈遠處有兩個哨兵，比手畫腳抽旱煙，好像在胡吹神侃講故事。

廣州是南疆國門，武備成這麼副稀鬆模樣，負有守城之責的韓肇慶居然還敢覥顏說「嚴守春操與秋操章程」？林則徐忍著脾氣，悠著腔調，「我在湖北聽說廣東巡海弁兵假公濟私，配合內地奸商輾轉售煙，呼朋引伴開設煙館。韓大人，你管轄的水陸弁兵裡可有此等敗類？」

韓肇慶義正辭嚴地說：「大清國法森嚴，下官的兵沒人敢冒險圖利。」

林則徐面上不動聲色，「我聽說，與鴉片有染的官兵見一個殺一個有冤枉的，隔一個殺一個有漏網的。」

這話如疾風閃電，韓肇慶一個驚悚，「林大人，您的玩笑開得大如天，下官擔待不起。這種話是市井傳說，沒那事。」

林則徐就此打住，對袁德輝和梁廷枏說了聲：「走。」

韓肇慶陪著笑臉，「要不要下官安排轎子？」

「不必了！」林則徐頭也不回，邁開腳步下了樓梯。

韓肇慶目送林則徐朝轅門走去，只見其雙臂微微張開，頗有分量的身軀之下，一雙大腳擦地而行，卻沒有聲響，龍驤虎步，帶有一種森嚴與矜持。韓肇慶猛然有種不祥之感，彷彿看見一條錦毛大蟲在兵營裡傲然而行，周身散發出冷颼颼的罡風戾氣，隨時可能扭轉頭顱反咬一口，把他連血帶肉咬得稀碎！

玖 廣州十三行的官商

十三行公所位於商館北面，與商館僅一街之隔。它是大清的臉面，天天有夷商出入，故而修建得十分考究。五檁四架的欞星門前有威武石獅，門楣上有黑底泥金楠木匾額，上面有「外洋行公所」五個大字，那是康熙朝兩廣總督吳興祚題寫的。

四個身強體健的行丁像守護寺廟的四大天王，雄赳赳、氣昂昂地立在欞星門兩側。行丁身後擺著一排黃金棍，那是權力的象徵，只有官商才能擺顯，民間商賈不論多麼富有也不能使用。可以說，十三行公所對內是行業公會，對外則是衙門，負有替朝廷經理海外貿易的職責。

怡和行的伍紹榮、伍元菘兄弟，廣利行的盧文蔚，同孚行的潘紹光，中和行的潘文濤，仁和行的潘文海，天寶行的梁承禧，東興行的謝有仁，同順行的吳天垣，孚泰行的易元昌，安昌行的容有光，順泰行的馬佐良相繼到來公所的西花廳。他們一面品茶閒談，一面等候怡和行的伍秉鑒和興泰行的嚴啟昌。

十三行總商伍紹榮只有二十八歲，臉蛋微胖，皮膚白淨，長眉細眼，是幾代人過好日子才能造就的臉容。身穿五品補服，紅纓官帽上綴著一顆亮晶晶的青金石頂戴，腦後拖著一根水光油滑的麻花辮子。他是伍秉鑒的第五子，本名伍元薇，官名伍崇曜，伍紹榮是他的商名。

在大清的「士農工商」四民序列裡，商居末位。行商們雖然有官銜，卻經常受到科場官員們的歧視，他們的子孫後代大多不願經商，想通過科舉之門步入仕途。

伍紹榮的父親伍秉鑒當了十多年總商，深感總商難當，對上要聽總督和粵海關監督的飭令，對下要平衡所有行商的利益，對外要監管各國夷商。隨著年齡的增長，他逐漸感到力不從心，兩次請粵海關監督轉奏朝廷，想辭去總商之職。但官商不像民間商賈那樣來去自由，想退就能退。朝廷一道諭旨頒下：「殷實商戶不准求退，即使年老有病，亦應責令親信子侄接辦，不准坐擁厚資，置身事外。」

無奈之下，伍秉鑒只好提議讓老四伍元華接任總商，安排老五伍紹榮和老六伍元菘走科舉之路。沒想到伍元華二十多歲就病逝了，朝廷便責令伍秉鑒再從子侄中選人擔任總商。在內需外逼之下，伍紹榮和伍元菘兄弟只好割捨科場，步入行商之列。伍紹榮當十三行總商，伍元菘接管怡和行。但伍紹榮畢竟年輕，威望和經驗比父親差之甚遠，故伍秉鑒雖然退到幕後，所有大事依然由他作主。

十三行有兩位總商，另一位是廣利行的盧文蔚，年近五十，身體微胖，脾氣隨和。

廣利行曾經是名列前茅的大商行，財富僅次於怡和行。盧文蔚的父親盧觀恒曾與伍秉鑒共任總商，在他去世後，由盧文蔚的哥哥盧文錦接手廣利行。沒想到一場火災毀了半壁生意，廣利行江河日下，盧文錦雖忙得焦頭爛額，卻無回天之力，連身體都拖垮了，最後實在撐不下去，只好讓弟弟盧文蔚接班。

為了打理自家生意，盧文蔚實在分不出多少精力管理十三行，索性甘居下位，大事小事皆由伍紹榮作主，他只隨聲附和。

興泰行的嚴啟昌來到十三行門口卻遲遲不肯進去。他看起來面色憔悴，神情沮喪，眼瞼下垂，鬍鬚拉雜，穿一件半舊的補服，紅纓官帽上沒有頂戴——那是受了處分的標誌——像缺了雞冠的公雞一樣難看。

興泰行欠二十三家夷商一百二十多萬元巨額債務，拖累全體行商，各國債主們天天催迫。今天的議題是商欠，他不願來，卻不得不來。

興泰行何以債務纏身？這事得從頭說起。

興泰行原本是金銀首飾行，嚴啟昌的父親孜孜矻矻經營一生，省吃儉用、銖積寸累，把一家首飾行辦成廣州城裡的頭牌金銀店。道光二年，他父親去世，留下四萬多兩銀子遺產，嚴啟昌和嚴啟祥子承父業，把首飾生意做得有聲有色。

十年前，十三行出了一件大事——麗泉行、西成行、同泰行和福隆行共欠夷商貨款一百四十五萬餘元，還有稅銀六十八萬元，數額之大，令人震驚。當時的兩廣總督李鴻賓迅速據實奏報朝廷。

清朝嚴禁行商向夷人借款，因為向夷人借款做生意，難免為夷商利用，形成內外勾結之勢。道光聞訊，勃然大怒，認為欠夷商債不僅有損天朝威信，還有悖朝廷秉公持正、懷柔遠夷的國策，遂飭命廣東官憲與粵海關監督對商欠案一查到底，絕不姑息，商欠必須歸還，稅銀必須繳清，全體行商必須連坐！

李鴻賓得令後，立即派兵封了四家行商的店鋪、棧房、私宅和田產，抄洗一空，全部變賣。麗泉行、西成行、同泰行和福隆行成了一貧如洗的罪人，行東與眷屬們悉數被發配新疆，男人充軍，女人給披甲士為奴。因為這宗商欠案，兩廣總督、廣東巡撫、粵海關監督、廣州知府和南海知縣全都受了降職和罰俸的處分。

當時十三行共有十一家行商，四家行商轟然倒閉，只剩下七家，辦事效率大大降低，應付不了對外貿易。夷商聯名給兩廣總督和粵海關衙門投遞稟帖，懇請增加行商。道光皇帝認為，行商家數不足，容易形成大包大攬、寡頭壟斷的格局，與地方官府形成財勢勾連的局面，便飭令兩廣總督和粵海關衙門選擇殷實商賈，補足行商數額。

李鴻賓依令選擇六家殷實商戶出任行商後，問題就來了。依照有關章程，所有行商必須捐買官銜，一等行商必須捐買五品以上頂戴，二等行商捐買七品以上頂戴。

興泰行在金銀首飾業裡算得上殷實大戶，但用四萬多兩本錢經營對外貿易，資本就顯得有些匱乏了。

嚴家人不願當行商，又不敢違抗憲命，嚴啟昌只好分出七成資本，叫弟弟嚴啟祥當行商。此後，興泰行就交了厄運，陷入八字不照的艱難窘境。

在官憲的威逼下，嚴啟祥先是花了八千兩銀子捐買七品官銜，向粵海關衙門申請憑照時，又被勒索一萬兩規禮。做生意向來是先買賣後納稅，粵海關衙門卻反其道而行之，雁未過先拔毛，逼著嚴啟祥交上一萬包稅銀。生意還沒做，興泰行就從殷實商戶變成資本消乏的疲商，掛牌開張之時，就是舉債經營之日。

無奈之下，嚴家人不得不以賒銷方式經營，代銷夷商的棉花和布料，銷完再結算。為了及早贏利，興泰行包攬的生意額度超出自家承受力。

俗話說屋漏偏逢連天雨，第二年，廣州發生一場大火，興泰行的貨棧和三十多萬元代銷貨被燒成一片灰燼。夷商們眼見興泰行不能按期結帳，逼債不止，興泰行不得不同意按年息一分八厘（百分之十八的年利率）展期結算。

不想，緊接著又出了一件倒楣事。一八三四年七月，英國的首任商務監督律勞卑（William John Napier）來到廣州。他下船伊始，就要求按照歐洲外交方式與中國平等往來。

當時的兩廣總督是盧坤，他拒不承認律勞卑的官方身分，視其為夷商頭目，位在「士農工商」四民之尾，諭令律勞卑在呈文上加寫「稟」字，以示尊卑。律勞卑不肯受辱，幾番商議不成，終於爆發一場武裝衝突。律勞卑調來英國兵船「依莫禁號」和「安東羅滅古號」，炮擊虎門，強行闖入珠江，釀成震驚朝野的大釁端。

朝廷實行保商制，表示夷船入口時必須有一家行商擔任保商，確保夷商遵守大清的交易章程。律勞卑乘坐「路易莎號」駛入虎門，為該船作保的，恰好就是興泰行。盧坤一怒之下，逮捕了嚴啟祥，杖一百、罰三萬。經過各級衙門借機訛詐，層層剝皮，最後嚴家人花了十萬元才把嚴啟祥保釋出來。為了籌款救人，興泰行不得不將存貨賤賣。

更糟糕的是，此事把全體行商牽連進去。朝廷律法森嚴，以連坐和棍棒治天下。總商伍紹榮和盧文蔚有失職守，杖八十，其餘行商杖七十[25]。一家行商失察，全體行商遭到暴打，有此前車之鑒，行商們人人自危，生怕稍有差錯，飛來橫禍。

盧坤見嚴啟祥出獄時已經病骨支離、奄奄一息，不能理事，飭令嚴啟昌接管興泰行，嚴啟昌只好硬著頭皮當了行商，同時還得面臨興泰行信用崩潰的危機。

25　全體行商挨打受罰一事，見《兩廣總督盧坤等奏報究辦於英夷目來粵一事失於查稟之洋（行）商等情片》，載於《明清時期澳門問題檔案彙編》，人民出版社，二〇〇一年，第270頁）。

兩年前，盧坤病故，鄧廷楨接任兩廣總督，二十三家夷商聯名遞交稟帖，要求興泰行等行商歸還巨額欠款。鄧廷楨聞訊殊感詫異，質問總商伍紹榮和盧文蔚，商欠案究竟是怎麼回事。伍紹榮和盧文蔚不得不如實稟報，有商欠的不只興泰行一家，廣利行有三十五萬商欠，天寶行有九十二萬商欠，連本帶利達二百八十五萬元之巨[26]！

在行商們就要大難臨頭的關鍵時刻，伍秉鑒被迫親自出馬。他找鄧廷楨和粵海關監督疏通，用了五萬元的賄賂款，請求將此事暫時隱瞞下來，不要奏報朝廷。鄧廷楨和海關監督心知肚明，這筆商欠款比十年前的商欠款大一倍，只要如實奏報朝廷，不僅行商要倒楣，整個廣東官場都將地動山搖，自己也會受到嚴厲處分。

接著，伍秉鑒提出一個緩救辦法，由中外商人成立清欠委員會，掛帳停息，分十六年償還。這項方案得到鄧廷楨和海關監督的首肯，於是一樁巨額商欠案被捂得嚴嚴實實。

行商負有查驗夷船之責，林則徐到廣州後必然要查詢行商，要是有人口風不嚴，商欠案就會敗露。在鄧廷楨和海關監督授意下，伍紹榮特意召集全體行商會議，要大家鉗口不語。

26 鴉片戰爭的兩千一百萬元賠款中有三百萬是商欠，其中，嚴啟昌的興泰行欠一百二十六萬六千一百零二元，梁承禧的天寶行欠九十二萬兩千四百三十二元，盧文蔚的廣利行欠三十五萬四千六百九十二元。（參閱吳義雄的《興泰行商欠案與鴉片戰爭前夕的行商體制》，載於《近代史研究》二〇〇七年第一期）

伍秉鑒休致在家，本來可以不來，但此案事關重大，他不得不親自到場。

嚴啟昌掏出打簧錶看了一眼，離會議還有半刻。他背負一輩子都還不清的閻王債，恨不得像蚯蚓一樣鑽入地下，又不願在眾目睽睽之下受人白眼。想到伍秉鑒頗有同情心，便特意等他一塊兒進去，打算請他替自己說兩句體己話。

不久，一群豪奴俊僕簇擁著一乘八抬大轎來到公所門外，從中彎腰下轎之人，正是嚴啟昌苦等的伍秉鑒。他年過七旬，個子矮小，清瘦精幹，兩頰凹陷，皮膚鬆弛，頭戴紅纓官帽，身穿雪雁補服，腦袋後面拖著一根拇指粗的蒼灰小辮，像是手無縛雞之力的衰年病夫。

但是，怡和行家大業大，位居行商之首，足以說明這位其貌不揚的老人是心有靈犀、長袖善舞的頭等鉅賈，擁有別人無法望其項背的眼光和能力。他擔任十三行總商達十三年之久，年年捐資修路、辦學、賑災助軍，累計捐款達百萬之多。為了表彰他的義行，道光皇帝授他三品頂戴，職同按察使，還親筆題寫了「忠義之家」的匾額。按照朝廷的章程，三品以上大員才能乘坐八抬大轎，而他，便是唯一有權乘坐八抬綠呢大官轎的商人，舉手投足、一顰一笑都惹人矚目。

嚴啟昌捋了捋補服上的褶子，強堆笑臉迎上去，「伍老爺安生。」

伍秉鑒一見嚴啟昌就知道他想說什麼，擺手止住他的話頭，慢悠悠道：「蝨子多了不咬，債多了不愁。盡人事，聽天命。走，一塊兒進去。」

行商們見伍秉鑒和嚴啟昌進來了，紛紛站起身來一番寒暄，而後才正式開會。

十三行雖然是行會，卻不是眾聲喧譁、沒有權威、相互抵牾的民間商會，更不是一盤散沙。它是半個衙門，建立在皇帝授權的磐石之上。

伍紹榮雖然年輕，但既有雄厚資產，又有官銜，說話、辦事頗有分寸，「諸位仁兄，皇上派欽差大臣到廣州禁煙，這幾天他正在明察暗訪。有兩件事我不得不知會大家，一是鴉片，二是商欠。」說到此，刻意停頓一下，掃視所有行主。

行主們都曉得，十三行負有協助海關查禁鴉片之責，每逢夷船入口，行商必須派家人、通事和買辦[27]登船查驗船貨，出具保單，粵海關衙門再憑保單發給入口部票。一俟發現行商與夷商聯手作弊，懲罰之重，令人心怵。

兩年前，海關衙門查獲了梁亞奇和鄭永屏走私案，弁兵們在鄭永屏家中搜出他與東昌行行主羅福泰的通信，證明羅福泰與鴉片有染。鄧廷楨接到稟報後立即下令將羅福泰緝拿收監、抄產入官。一個行商因為染指鴉片遭受滅頂之災，有此殷鑒，哪個行商膽敢效尤！

行商們稱伍秉鑒「伍老爺」，又因其在家中排行第五，也稱「五爺」。伍元菘排行第六，

---

27 通事：翻譯。買辦：替外國商船採買食品淡水和生活用品的人，與二十世紀的「買辦」含義不一樣。

稱「六爺」。

同孚行的潘紹光道：「五爺，自從朝廷頒發《查禁鴉片煙章程》以來，除了東昌行，在座的行商沒有走私鴉片的。我是不做虧心事，不怕鬼敲門。」同孚行是僅次於怡和行的大商行，潘紹光也是富可敵國的人物。

伍秉鑒咳嗽一聲，大家的目光全都轉向他。他雖然退居幕後，依然是十三行的核心人物。當年，他還當總商時，講究「利和同均」，意思是自己賺錢，也讓別人賺錢。每逢其他行商有難，他都會雪中送炭，隨著年歲增長，為人變得越加寬容、厚道，故而威信極高。或許是年紀大了，他的聲音沙啞滯澀，「我已辭去總商多年，本不該再插手行務，只是承蒙諸位仁兄仁弟的信任，才出面充任商欠委員。我也說一說鴉片。這些年來，弁兵們的盤查一年緊於一年。我不說大家也明白，他們之所以熱衷於嚴查，是因為執法可以得利。被查之物一半上繳以求晉升，一半轉賣以發利市。所以，請諸位仁兄仁弟切記，十三行周邊有成群的豺狗和鷹犬，時時刻刻盯著大家，誰要是想藉鴉片謀利，無異於自取其禍。

「嘉慶二十三年，有一條美國商船私帶鴉片入口，我們怡和行恰好是那條船的保商。那條船在虎門緝查口瞞過我們的家人和通事，但在黃埔碼頭被海關稅丁查出。結果，我們伍家被罰十六萬元。道光元年，同泰行承保的夷船私帶鴉片入口，同泰行沒有查出，出具了保結，也被海關稅丁查出。粵海關衙門照貨值罰款五十倍，全體行商連坐，結果同泰行破產，每家行商被罰五千元。這種殃及身家性命和全體行商的事，請大家千萬避開，不要冒顛躓的風險火中取栗。

「俗話說『君子愛財，取之有道，取之有道，方可長久』。自古以來，天下沒有一人是因為做違法生意而富貴的。我們伍家祖孫三代人經商，靠的是守法誠信。做違法生意是拿命換錢，生命與金錢孰輕孰重，諸位仁兄仁弟心中自有一桿秤。」

行主們嗡嗡嚶嚶地議論起來。東興行的謝有仁道：「正經生意都做不完，誰敢冒顛躓的風險賺黑心錢？」

同順行的吳天垣也道：「是呀，『貪得一斗米，反失半年糧，爭得一腳豚，反失一隻羊』的蠢事，我們同順行從來不幹。」

順泰行的馬佐良亦振振有詞，「伍老爺，您放心，我們是不會賺鴉片錢的。」

仁和行的潘文海道：「鴉片流毒與我們無關。十三行只負責核查夷船上有無違禁物，沒有，才出具保單。夷船入口前，在老萬山、大嶼山和磨刀洋一帶寄泊，與販鴉片的人乘快蟹船和拖風船在那裡與夷商交易，熱鬧得如同大集市。對口外的鴉片交易，廣東水師尚且無奈，我們行商更是鞭長莫及。」

待大家安靜下來，伍紹榮才繼續說：「我相信諸位仁兄不涉私，但請大家嚴格約束家人、買辦和通事。去年廣州協在潘文海老爺家中搜出五兩鴉片，是他家僕人偷偷買來吸食的，潘老爺花了多少冤枉銀子才把事情了結。所以，我提醒諸位仁兄，各家行商都雇了不少僕役，萬一有宵小之徒貪利忘義，不僅禍害主人，還會殃及大家，我與盧老爺是總商，更是難辭其咎。本朝以連坐治國，諸位都是挨過打、受過罰的，大家的屁股能禁得起幾次打？」

眾人皆表示贊同。

伍紹榮接著道：「下面說第二件事，商欠。」

一提商欠，會議廳裡死一般沉寂。

伍紹榮淡淡地說：「咱們現有的十二家行商中，三家有商欠。道光九年，西成行等四家行商因為商欠案大禍臨頭，大家記憶猶新。他們發配新疆時，男女老少一百多號人牽衣頓足、涕泗滂沱，令圍觀者無不動容。那一天，各位仁兄為罪商們把酒餞行，舊日的同仁酒乏力，食無味，形貌慘澹、精神萎靡，回想起來，往事歷歷在目。當時的總督、巡撫、海關監督、廣州知府、南海知縣撤的撤，降的降，罰的罰，罷的罷。朝廷懲罰之重，連帶之廣，令人悚然心驚。」

行商們全低頭不語，大家都清楚，興泰行出了商欠案後，上至鄧總督和豫關部，下至全體行商，都不願把事情捅到天上，生怕皇上雷霆震怒，重手懲處。廣州與北京之間的崇山峻嶺是一道天然屏障，由於官員與行商上下齊心，才把商欠案捂得滴水不漏。但如今，朝廷派欽差大臣禁煙，十三行必然是清查的重點，商欠案能否瞞得住便成了問題。

盧文蔚道：「我愧坐在總商的位子上，商欠一事讓我們盧家蒙羞。要不是十七年前那場火災，我們廣利行也不至於淪落到欠錢的地步。」

十七年前，十三行發生一場大火，燒了十幾條街，連夷館也被燒得一乾二淨，中外商賈損失慘重，高達四千萬元！只有伍秉鑒的怡和行和潘紹光的同孚行倖免於難，因為他們兩家的貨棧離火場較遠。

大火之後，行商的豐腴肥瘦發生重大變化——伍秉鑒的怡和行與潘紹光的同孚行蒸蒸日上，盧文蔚的廣利行和梁承禧的天寶行每況愈下。廣利行曾經與怡和行並駕齊驅，大火後，盧家的生意江河日下，竟然達到積欠三十多萬元債務的田地。

盧文蔚繼續往下說：「我不想做行商，更不想當總商，但朝廷不允，只好勉為其難。在外人眼中，我們行商生活在酒色財氣之中，出手的銀圓數以萬計，卻不知箇中滋味和辛勞，更不知曉其中的委屈。官場向來把越洋貿易視為一大利藪，把行商視為可以隨意拔毛的肥鴨。除了正常稅賦，賑濟要我們捐納、軍餉向我們攤派、河工要我們捐輸、靖匪我們要分擔，逢年過節還得奉送沒完沒了的孝敬銀子。廣利行是不堪重負了。」他說得淒慘，話音裡透著絕望。

梁承禧也是商欠大戶，他同樣語氣悲涼地道：「盧老爺所言極是。說來慚愧，天寶行有今天，半由天災，半由人禍，我們梁家也是在火災中傷了元氣的。歷任官憲都把十三行視為利藪，稅上加稅，捐上加捐，各種陋規花樣百變。火災後，各國夷商趁我家資本消乏之機大放高利貸，年利一分二厘五，驢打滾地算計。要是風調雨順，周轉順當，本利尚可還清，可只要出一點兒紕漏，高利貸就會越背越重。天寶行不堪重負，說不準哪天血流淨盡，就會一灘泥似的倒在地上，連累諸位仁兄仁弟。」

兩個負債行商不點名、不道姓地大發牢騷，矛頭直指本地官憲和粵海關監督。

伍紹榮受過杖刑，對秉權官憲心存畏懼。他趕緊起身關緊廳堂的門窗，轉過身道：「諸位仁兄虛聲點兒，謹防隔牆有耳。」

潘紹光道：「三十年前，咱們的父輩當總商時，為了虛榮，爭著捐納四品頂戴。要不是朝廷設限，以伍家和盧家的財力，捐個頭品頂戴也沒有問題。今天則反過來，五爺繼任總商時只捐了從五品員外郎，六爺更謙遜，只捐七品。不是捐不起，是因為樹高多悲歌。誰捐納的官銜高，誰就成為冤大頭，首當其衝地受到勒索和攤派。」

嚴啟昌露出一臉苦相，「我是千不該萬不該，不該入十三行。現在悔之太晚啊。」

興泰行商欠數額巨大，如今之所以還能趑趄經營，是因為全體行商算過一筆帳，如果不救興泰行，大家的損失更大。依照海關章程，一家行商有欠，全體行商連坐累賠，行商數量一俟銳減，必須限期補足。新行商一入行就會被各級衙門扒一層皮，外加他們沒有經營越洋生意的經驗，虧損倒閉是預料中的事。

伍紹榮道：「商欠之事，林大人不問，諸位就不要說，以免牽連鄧督憲和豫關部。要是林大人聽了什麼風言風語追查這件事，諸位只能說鄧、豫二位大人的意思是暫時放一放，要我們盡快清欠，不給朝廷添麻煩。」說到這裡，頓了一下，對伍秉鑒道：「爹，關於商欠的事，您再說兩句吧。」

伍秉鑒呷一口茶，潤了潤嗓子，「我老了，說話有點囉唆，但不得不再補充兩句。商欠是潑天大案，事發那年，我向鄧督憲提出一個緩救辦法，讓興泰行銷售給夷商的茶葉，每擔加價一至三兩銀子，其餘行商每擔助其一兩，棉花、生絲和其他大宗貨物的買賣也照此辦理，並將所有欠款停息掛帳。如此一來，興泰行可以還債，其他行商可以增利，海關衙門可以增稅，夷商可以在十六年內獲得全額賠償，廣東所有官員可以免於處分，數年之後，十三行便能恢復信譽，只有英國商人的利益受損。這是唯一的辦法，也是鄧督憲願意見到的。

「十六年清欠期畢竟過長。但夷商越洋販運利市三倍，是承受得起的。鄧大人當時表示，只要此法對夷商的利益無大礙，能救十三行，他不反對。於是，這件大案被捂住了，朝廷至今沒有聽見一點兒風聲。掛帳停息，夷商是吃虧的，但茶葉貿易是十三行的壟斷買賣，他們雖有怨氣，也必須忍氣吞聲。

「這個案子不僅涉及盧老爺、梁老爺和嚴老爺的身家性命，也涉及全體行商的福祉，更牽涉鄧督憲和豫關部的官場前程。昨天鄧督憲和豫關部召我和二位總商去，說萬一林大人查問，千萬不要露底。今天開會是要知會諸位仁兄仁弟，這件事捂了兩年，以前不說，現在更不能說，誰要是說出去，奇禍立至！」

伍秉鑒的聲音很輕，卻字字千鈞，大家立即體會出「奇禍立至」的含義。

這時，司閽推門進來，蝦著腰走到伍紹榮前，遞上一封敞口信套，「五爺，林大人派人送來諭令，要您和全體行商明天一早去欽差大臣行轅，有要事查問。」

伍紹榮抽出諭令讀了一遍，對全體行商道：「果不其然，林大人要查問我們了。」接著，抬起頭對司閽道：「你告訴來人，就說十三行全體行商明天準時參拜林大人。」

司閽退出後，伍紹榮問伍秉鑒：「爹，您去嗎？」

伍秉鑒搖了搖頭，「我已休致多年，就不去了。」

拾 欽差大臣嚴訓行商

十幾乘官轎首尾相接，停在越華書院的大照壁前。書院的匾額被一塊紅布遮了，上面寫著「欽差大臣行轅」六個楷書大字。

行商們下了轎排成縱隊。總商伍紹榮和盧文蔚打頭，潘紹光、吳天垣、嚴啟昌等人跟在後面，依次向司閽遞上名刺。名刺內容大同小異，如伍紹榮的名刺上有兩行小字，官名在上，商名在下：

欽命從五品員外郎伍崇曜，道光十年舉人，
外洋行總商伍紹榮，怡和行主人，一等保商。

司閽拿著他們的名刺進去稟報。行商們站在大照壁前，照壁上貼著措辭嚴厲的告示，下面蓋著欽差大臣的紅印關防：

為曉諭事：照得本部堂奉命來粵查辦海口事件，所有民間詞訟，除實系事關海口應行收閱核批外，其與海口事件無干者，一概不應准理，毋得混行報遞。至應收之呈，亦應俟到省數日後，擇期牌示放告……如敢攀轎拋呈，除不收外，定交地方官責處不貸。特示[28]。

見字如見其人，行商們從告示中就能看出林則徐是個秉性嚴厲的人，但誰也沒說話。

不一會兒，司閽引著他們進入書院正堂。伍紹榮一眼瞥見林則徐和鄧廷楨並排坐在條案後面，粵海關監督豫堃坐在右側。背面的牆上繪有江崖海水官銜圖，圖上有一隻金粉勾勒的展翅仙鶴，是剛繪製完的，顏料還未乾透，散發出淡淡的油彩味兒。大堂兩側的木架上插著四塊官銜牌，條案上擺著驚堂木和厚厚的卷宗。

鄧廷楨為人寬和，每次召見行商都賞座賞茶娓娓敘談。但這裡是欽差大臣行轅，大堂兩側沒有設座，顯然林則徐沒有賞座賞茶的意思，伍紹榮心頭不禁生出一股疏離感和陌生感。

他瞥了林則徐一眼，只見其臉膛微黑，體態較胖，半尺長的鬍鬚疏疏朗朗垂在胸前，眼角上掛著幾道魚尾紋，鐵鏽似的眸子低低壓下，依次掃視著行商的臉面，給人不言自威的莊

28 取自林則徐的《信及錄》，《己亥正月廿六日懸示轅門的收呈示稿》。

肅感。

伍紹榮重整心態，領著大家行禮，「卑職伍崇曜和全體行商參見欽差大人。」伍紹榮、盧文蔚、潘紹光、吳天垣四人是捐了從五品頂戴的一等保商，站在第一排行作揖禮，其餘行商是二等保商，站在後排行跪拜禮。

「為什麼不跪？」林則徐聲音不高，卻威嚴有力。

四個一等保商嚇了一跳，面面相覷片刻，盧文蔚、潘紹光和吳天垣便相繼雙膝一屈，惶然跪在地上。在場，只剩伍紹榮依然站著，頷首垂目，蹙著眉頭，臉色有點兒難看。

盧文蔚一手撐著地面，一手輕拉他的袍角，低聲道：「五爺，跪下。」

還不待伍紹榮反應，林則徐啪地一拍驚堂木，厲聲質問：「為什麼不跪？」

大堂裡的氣氛立馬肅殺起來。鄧廷楨的腮上筋肉不易察覺地動了一下，豫堃也暗自吃驚。依照常禮，五品以上官員參見頭品大員不行跪禮，伍、盧、潘、吳四人花高價捐買從五品頂戴，就是為了在官場上挺直腰板不下跪，豈料林則徐偏偏不給面子。

伍紹榮舔了下嘴唇，定神後回道：「卑職是代朝廷經理夷務的員外郎。依照本朝章程，拜見欽差大人時應行三作揖禮，六品以下才行跪拜禮……」

林則徐斬斷他的話頭，話音裡透著居高臨下的威嚴，「你是商！你們伍家籍隸商籍，子承父業，難道不對嗎？」

伍紹榮臉色漲得通紅，腦門子上沁出一絲細汗——大清戶籍森嚴，不論做什麼事，都得填寫一張表，一個人的生存狀態、沉浮榮辱、上天入地、生死存亡，都與戶籍息息相關。

他強顏答道：「本朝把民人分為士農工商。商雖是末業卻非小業。普天之下若無商人，恐怕是不行的。朝廷賞了全體行商頂戴，命令卑職以官員身分約束夷人，大人您理應按官禮對待卑職。此外，卑職是有功名的人，名刺上寫明『道光十年舉人』。懇請欽差大人視卑職為『士』，而非『商』。」為鼓勵天下人讀書上進，朝廷明文規定有秀才以上功名者為「士」，行跪拜禮後可以與官員站著說話。

見伍紹榮與林則徐當堂頂牛，場面相當尷尬，鄧廷楨咳嗽了一聲，溫聲勸道：「伍崇曜，林大人是口含天憲的宣諭天使，你就委屈一下，彎一彎膝蓋骨嘛。」

伍紹榮畢竟是經過官場歷練的人，意識到這是個臺階，要是不肯俯順情勢，得罪了欽差大臣，後果難料。他一咬牙，低下頭，啪啪兩聲打下馬蹄袖，一拜三叩首，額頭觸地，「卑職從五品員外郎伍崇曜叩見欽差大人。」

伍紹榮用「伍崇曜」自報家門，堅持自視為官。林則徐洞察秋毫，但他也是極好面子的人，「平身」二字偏偏不肯出口。行商們像被釘子釘在地上似的，誰也不敢起身。

林則徐從條案上拿起行商們的名刺，音調不高卻字字有力，「報上商名來！」他把「商名」二字說得極重，不言而喻，他堅持把行商們視為商，而非官。

盧文蔚在吏部登記的官名叫盧繼光，他膽小，欽差大人要商名，他不敢報官名，「在下盧文蔚，廣利行主人。」

其他行商心領神會，沒有一個敢報官名的，全都順勢而為。

「在下潘紹光，同孚行主人。」

「在下吳天垣，同順行主人。」

「在下嚴啟昌，興泰行主人。」

林則徐對照名刺一一掃視他們，彷彿要把他們的面孔牢記在心中。

待行商們依次報過商名，林則徐才不緊不慢道：「有這麼一首詩，據說是屈大均在一百多年前寫的。『洋船爭出是官商，十字門開向兩洋，五絲八絲廣緞好，銀錢堆滿十三行』。這首詩讓十三行名聲遠播，人人知道你們富甲天下。廣州城外那爿商館是你們出資蓋的？」

伍紹榮小心翼翼地答道：「回欽差大人話，是怡和行、廣利行、同孚行和同順行蓋的，租給夷商居住和使用。」

「商館內的行丁和工役是你們指派的？」

「是。自雍正朝以來，商館內的行丁、工役由各家保商派遣，夷商不得擅自雇用。」

林則徐頓了片刻，語氣再次嚴厲起來，「你們的財富是哪兒來的？頂戴是誰給的？」

這是一句刁鑽的話，言辭裡透著難以琢磨的意味，伍紹榮卻隨即應聲回答：「回欽差大人話，行商替朝廷打理外洋生意，經皇上恩准，專責與夷商貿易，行商的財富和頂戴是皇上恩賞的。」

林則徐品味出，伍紹榮雖然年輕，卻老於世故，以皇商自詡，拉大旗做虎皮，用皇上作擋箭牌。思及此，林則徐瞇著眼睛盯住伍紹榮，眸子裡閃爍出森森冷光，「依照《民夷交易章程》，凡有夷船來華貿易，啟貨、驗貨、易貨、銷貨都由你們十三行經理。你們出具夷船沒有挾帶鴉片的保結後，粵海關才發放部票，准許夷船入口。屈指算算，自朝廷頒佈禁煙令以來，已有二十多年，煙毒非但沒有禁絕，反而越演越烈。所有煙土、煙膏俱由夷商舶來，你既然口口聲聲說替皇上打理外洋生意，本大臣倒要問一問，皇上頒旨禁絕鴉片，而鴉片久禁不絕，你該當何罪，咎可辭乎？」

被劈頭蓋臉甩上「罪」、「咎」二字，讓伍紹榮心頭一悸。他努力收攝心神，謹慎答道：「啟稟欽差大人，官有正條，商有公約。卑職祖孫三代替朝廷經理外洋生意，從來不敢忤逆朝廷旨意縱容鴉片。鴉片有止疼和鎮靜作用，嘉慶朝以前按藥材進口，報關納稅，沒想到有人從臺灣和呂宋引入吸食法，數十年間釀成煙患，流弊百端，致使白銀外流。卑職與全體行商同樣心憂。

「每年夷船趁信風來粵貿易前，卑職與全體行商都要召集家人、買辦和通事會議，剴切奉告大家不得縱容一絲鴉片入口。凡是參與走私販私的，不論何人，一律先行拘押，再報粵海關查拿，絕不姑息。」

林則徐眉棱骨一動，聲調揚起，「哼，一推三六九！廣東一省大小衙門每月查獲的煙土煙膏不下三萬兩，煙槍、煙燈不下兩千副，我在湖廣總督任上每月查獲的煙土煙膏也有萬兩之多！兩湖兩廣都不種煙，難道煙土、煙膏都是不法奸民就地熬製的？」

大堂裡的氣氛越發凝重，凝重得讓人難以承受。

靜了半晌，盧文蔚才打破沉寂，臉上掛著委屈，「啟稟欽差大人，每逢夷船進口，行商無不飭令家人、買辦和傭丁登舟查驗，驗明夷船確實沒有挾帶鴉片後才出具保結。夷商憑保結換取粵海關部票。粵海關簽發部票前還要派員複查，確認無誤後才准夷船進口。在下等人從來不敢辜恩溺職為鴉片放行。各國夷商輸入境內的全是合規商品，違禁物都泊在外洋，由海上蜑戶和走私團夥運入內地。」

林則徐冷笑一聲，詞情亢厲，「鴉片躉船向來聚集在伶仃洋南面的老萬山至大嶼山一帶。本大臣到廣州前幾天，老萬山和大嶼山的躉船全都駛往丫州洋，如果沒人通風報信，夷商怎能齊刷刷共進共退？走漏消息的人居心何在？此等人難道不是漢奸？」

行商們聽說林則徐要到廣州查禁鴉片，告訴夷商千萬別在這個時期挾帶鴉片進口，本意是為了避禍自保，沒想到林則徐把這事說成是漢奸行為。聽欽差大臣口氣強硬，咄咄逼人，一口一個反詰，伍紹榮與盧文蔚偷偷對視一眼，二人都意識到，要是不知深淺地繼續辯解下去，只會激怒林大人，於是他們索性跪在地上鉗口不語。

林則徐目光炯炯，「鴉片流毒天下，吸食者以腐臭為神奇，牟利者視土囊為金穴，你們卻說夷船沒有挾帶，豈非夢囈！據本大臣所知，老萬山和大嶼山一帶的大小躉船不下二十條，每條都是藏垢納汙的海上倉庫！夷商明裡是人，暗裡是鬼，入口船舶運載合法貨物，暗裡卻與你們的家人、買辦、行丁和工役相互勾結，與窨口和販私團夥相互勾串。你們明裡一張臉，暗裡一張皮，既領受皇恩，壟斷外洋貿易，又挖大清的牆腳。難道不是嗎？」

林則徐話越說越重，行商們已是噤若寒蟬，頭皮一陣陣發緊。

盧文蔚苦著臉道：「林大人，卑職有話要說。十三行只能檢查進口夷船，不能查驗口外夷船。夷商只載合規貨物入口，鴉片躉船泊在外洋，行商不能到外洋查驗躉船。驅趕外洋躉船，責任在廣東水師，十三行即使有心也無力。

「道光十七年，羅福泰的東昌行因為與鴉片販子有染，被抄產入官[29]，鐘鳴鼎食之家敗

29　東昌行案發生在一八三七年，載於《粵海關志》（見《中國近代史資料叢刊——鴉片戰爭》第一卷，第199頁）。在潘文海家中搜出鴉片一事發生在一八三八年，載於《駱秉章奏摺》（《籌辦夷務始末》卷一，第190頁）。一些小說、電影和電視劇說伍家人和行商是靠走私鴉片致富的，這種說法沒有史料依據。

落得像秋風掃落葉，有此殷鑒，哪家行商不戰戰兢兢、凜凜小心？沒有一家行商敢冒天下之大不韙，見利忘義啊。」

伍紹榮忍不住也開口：「林大人，您冤枉我們了。卑職等人領受浩蕩皇恩，豈敢有不法居心，與天家玩兩張皮的把戲。朝廷的防夷章程條規細緻，但是在萬里海疆上設防如同用牛欄防鼠，防不勝防。煙毒流弊二十多年，吸食者善於掊匿，囤販者巧於收藏。每年茶葉、大黃、漆器、絲綢等……」

林則徐再次掐住他的話頭，「你純屬巧言應付，混不了事！粵海關章程明文規定，入境夷商不得乘轎，但有人置堂堂大清海關章程於不顧，居然下澳遠迎，送肩輿與夷商乘坐，而該夷商卻不准行商乘轎進入商館。你身為總商，難道沒有責任？」

這事牽涉到興泰行，嚴啟昌跪在末尾，嚇得胸口怦怦直跳，腦門子上沁出一層細汗，胳膊和雙腿微微打顫。

興泰行資本消乏，周轉不靈，幾年前以一分二厘五的利息向小溪商行借了二十萬元銀子，好幾年還不上。因義士深諳海關條規，知道朝廷禁止行商向夷商借款，便把一批英國產的花布運送到扶胥碼頭，要嚴啟昌親自接貨，限期清算欠款，並聲稱如果他不清欠，就稟報粵海關衙門，由中國官府催辦。嚴啟昌一下子就軟了，不得不低三下四請求展期。

因義士明知《華夷交易章程》規定夷商不准乘轎，卻故意發難，聲稱只要嚴啟昌派一乘藍呢官轎送他去商館，就答應展期六個月。

唯有七品以上官員才能乘用藍呢官轎，民間百姓只能坐花轎、竹轎或涼轎，讓夷商乘藍呢官轎的後果不堪設想。嚴啟昌反覆懇請，因義士才同意改乘肩輿。

因義士在肩輿上趾高氣揚、招招搖搖穿街走巷那日，廣州民人都看到了，頭一次見夷人乘坐肩輿，輿論大譁，隨即有人將此事稟報給粵海關衙門，說夷商藐視大清和海關章程。海關衙門查明後，自然要傳喚嚴啟昌，不論他如何辯解「轎子」與「肩輿」的差別，還是被罰了一千兩銀子。

聽聞林則徐突然翻出陳年舊帳，嚴啟昌嚇得渾身發抖，哆嗦著嘴唇道：「卑職知罪，卑職已經交了罰銀。」

林則徐指著他聲色俱厲，「你只知致富於通商，不惜卑躬屈膝，以巴結夷商為利藪。夷商乘肩輿入商館，卻將你的官轎擋在柵門之外，揚夷人之眉骨，損中華之志氣。此種悖謬，廉恥何存！若再出此等事件，本大臣必將嚴懲不貸！」

嚴啟昌十根手指緊摳住地磚縫，緊張得大汗淋漓，「卑職不敢再犯，請欽差大人寬恕。」

林則徐扭轉碩壯的身軀，對伍紹榮道：「紋銀出洋最關禁例。朝廷三令五申，與夷商貿易只准以貨易貨。我查閱了近幾年的海關簿記，十年前，夷商每年總要找回四五百萬洋元，而最近幾年，夷船來粵並不攜帶洋錢。此中緣由，你作何解釋？」

伍紹榮猶若芒刺在背，「啟稟欽差大人，十三行與夷商貿易，中華物產的貨值與夷商販運的貨值很難兩相吻合，用紋銀補足差額是常例。但數額小，不會有四五百萬之巨。紋銀外流，大都出自沿海不法奸民用紋銀私買鴉片。」

林則徐再次拍響驚堂木，震得案上筆架打晃，「狡辯！你敢說你一身乾淨？」

伍紹榮囁嚅道：「卑職以身家性命擔保，確實沒有私販鴉片。」

林則徐的口氣極硬，「你從粵北採辦的木材賣給誰了？」

伍紹榮怔忡住，如傀偶般神情呆滯。

林則徐步步緊逼，「廣東官弁在各縣搜出的鴉片箱子，半數是用廣西杉木打造的。本大臣查閱了近幾年的卷宗，你們怡和行曾與夷商做過多筆木材生意。」

「這……這……」怡和行做木材生意時，並不知曉夷商要用它打造鴉片箱子。伍紹榮緊張得舌頭打結，想辯解但不敢，生怕越描越黑。

林則徐從卷宗裡翻出舊檔，抽出一份保結，「查頓、馬地臣、顛地和因義士等九大夷商是慣賣鴉片的奸猾之徒。三年前，鄧督憲曾奉旨驅逐他們，而你等卻寫下保結。」他把保結晃了晃，「這張保結寫著『若查出串賣鴉片，取銀給單，情甘坐罪』。有存卷在案。你等若託詞不知，試問此保結有何用處？若知曉此事，該當何罪？」

大堂裡又是一片岑寂。驅逐九大夷商實有其事，但把他們請回來是鄧廷楨和粵海關監督允准的，沒有他們點頭，十三行就是有天大的膽子也不敢有絲毫動作。

伍紹榮的臉色一陣青一陣白，悄悄抬眼看向鄧廷楨和豫堃，想從他們的表情裡揣度出什麼，但二人的面目靜若止水，什麼也揣度不出來。

官場上自有一套潛規則，有些事只能說不能做，有些事只能做不能說，有些事既不能做也不能說，說出來就會招來天災奇禍。請回九大夷商涉及面極廣，當著眾人的面把事情前因後果挑明，後果不堪設想。伍紹榮不得已，再次變成紮口葫蘆，一聲不吭。

林則徐繼續道：「歷年中國耗白銀於外洋者不下幾千萬兩，鬧得全國上下銀貴錢賤。朝廷設立十三行，原為杜弊防奸起釁，而你等手執王命旗，一面藏垢納汙，一面撇清自己，著實令人切齒！」說到這裡，猛一揮手，指著條案左側官銜牌的「便宜行事」四個大字，眼風掃視著全體行商，「曉得『便宜行事』的意思嗎？本大臣奉命來廣州有先處置後上奏之權！皇上雖然賞了你們頂戴，但是，凡有通夷之漢奸、漏銀之行商、說情之幕客、串通之書吏，本大臣絕不寬待！」此話講得殺氣騰騰，行商們皆被震得一凜。

林則徐身子向後一仰，「鐵窗之下，刑場之上，有多少人哭泣哀號，就是因為不能自制，聽任貪慾自流。本大臣以斷絕鴉片為首要，特命你們轉諭夷商，不論鴉片躉船泊在丫州洋還是伶仃洋，在大嶼山還是在老萬山，必須將躉船上的鴉片悉數繳官，並在漢字、夷字雙語甘結上簽字畫押，保證永不敢挾帶鴉片入口。如有挾帶，一經查出，人即正法，貨盡入官。」

說著，把一只桑皮紙大信套遞向伍紹榮，「你把這份諭令譯成夷字，然後率領全體行商齊赴商館，明白曉諭各國夷商，必須義正詞嚴，不得有粉脂之態、講懇求之詞。務必限令夷商三日之內在甘結上簽字畫押。要是過了期限，本大臣唯你是問！」

伍紹榮起身走到條案前，接過信套，瞧見信套上有「各國商人呈繳煙土諭」字樣。

林則徐眼睛一睖，聲色俱厲，「本大臣有言在先，你等要是連這件事都辦不妥當，你們平日串通姦夷、私心向外，不問可知。本大臣將恭請王命，將你們中有劣跡者正法一二，抄產入官！到那時，你們不要怪本大臣沒有提前曉諭！明白嗎？」

「明白。」

「去吧！」

十幾個行商諾諾起身，倒著身子出了大堂。

在林則徐訓斥行商時，鄧廷楨一直沒吭聲。他早就聽說林則徐「官風冷厲」、「執法如山」，但究竟冷厲到何種地步，卻是頭一次目睹。林則徐果然厲害，辦起事來如霹靂一般火急火燎。行商們雖然是捐官，畢竟是經皇上允准和吏部備案的，林則徐卻沒按官場規矩給予禮遇，劈頭蓋臉臭訓一頓，訓得他們大氣都不敢出。

直到行商們全離去後，鄧廷楨才問：「少穆，皇上是不是有旨意，要整飭行商？」

林則徐微微一笑，「嶰筠兄，皇上疑心行商走私縱私，要我查一查他們是否內外勾連，營私舞弊，潘閣老也要我盯緊他們。我還沒拿住什麼把柄，但人之趨利如同水之就下，我是要敲山鎮虎，讓他們好自為之。這些人天天與夷商交往，遇事有可乘之隙，隨機有可竊之權。我禁煙，他們要是財貨之心太重，公義之心不存，與夷商暗通消息，就會壞了禁煙大計。

「依照我的經驗，凡到一地辦理急差難差，首先要立威，繃緊臉皮說硬話，否則，佐貳雜官和關津胥吏們就會堆著笑臉敷衍你，原本三天能辦成的事，十天也辦不完。唯有如此，他們才會誠惶誠恐地盡心辦差。」

鄧廷楨這才憬悟，林則徐這番挫辱行商，並沒有什麼實在證據，而是出於「無商不奸」的成見，打心眼裡不信任他們。他長長地噢了聲，莞爾一笑。

坐在旁邊的豫堃就像看了場審案大戲，「林部堂，你真像《鍘美案》裡的包龍圖，把他們嚇得不輕啊！」

而另外一頭，行商們被訓得一身晦氣，出了欞星門總算能鬆一口氣。

伍紹榮掏出帕子擦了擦額上汗水，這時才想起，林則徐竟然沒有問及商欠案！

拾壹 令繳煙諭

平常時日，在商館周圍巡查的汛兵只有十餘人，但林則徐飭令伍紹榮傳遞諭令的那天，汛兵的數量增加一倍。他們截斷所有路口，各國商人及雇員只許進，不許出，連商館前的小碼頭也被兩條內河師船封住。

原本只有靖海營駐紮在黃埔島上，林則徐到後增派新塘營，兩營弁兵把扶胥碼頭圍得水泄不通，所有外國水艄一律不許登岸遊觀，只能老老實實待在船上。十三行公所向來由行丁守護，現在由汛兵和行丁共同守護，人們進進出出全得接受盤查，連行商也不例外。

因林則徐向夷商與行商同時施加壓力，讓十三行公所和商館的氣氛異常緊張，像吹脹的氣球，說不準什麼時候就會砰的一聲爆裂。

伍紹榮和盧文蔚把《各國商人呈繳煙土諭》遞交夷商後，焦切地等待著答覆。一天過去了，兩天過去了，直到第三天，英國、美國、法國、荷蘭和英屬印度的三十九家商行才派出代表到老英國館，商議如何答覆欽差大人的諭令。伍紹榮和盧文蔚在樓下等待，焦灼不安地來回踱步。

老英國館的會議廳裡掛著維多利亞女王的畫像，天花板上吊著一支有十八個燭臺的鍍金燈架，它是從英國運來的，造型奇異，堪稱豪華。

馬地臣站在會議廳中央，拿著欽差大臣的諭令，清了清嗓子，講一口流暢的蘇格蘭方言，「諸位同仁，中國皇帝派來的欽差大臣讓行商轉給我們一份粗暴、無理、荒謬絕倫的諭令，他要全體在華僑商於三天內把所有鴉片交給廣東官府。今天請大家來會議，是要把這份諭令轉達給各位。」

各國商人洗耳靜聽馬地臣所讀的林則徐諭令的英文譯稿。

諭各國夷人知道：

照得夷船到廣（州）通商，獲利甚厚，是以從前來船，每歲不及數十隻，近年來至一百數十隻之多。不論所帶何貨，無不全銷；願置何貨，無不立辦，試問天地間如此利市碼頭尚有別處可尋否？我大皇帝一視同仁，准爾貿易，爾才沾得此利，倘一封港，爾各國何利可圖？

諭令的首段就展露強硬口氣，以「封港」相威脅，聽得一個英商怒氣衝衝，揮著手臂喊道：「荒唐！世界上的大利市碼頭豈止廣州？我國的倫敦、荷蘭的鹿特丹、印度的加爾各答、美國的紐約，哪一個不是大利市的自由碼頭？連新加坡的貿易額都比廣州大！」

馬地臣微微一笑，「先生，請聽我讀下去，還有更荒唐的呢。」

……況茶葉、大黃，外夷若不得此，即無以為命，乃聽爾年年販運出洋，絕不靳（吝）惜。

夷商們頓時哄然大笑。

一個美國商人譏諷道：「欽差大臣真博學！」

一個法國商人道：「中國人把外國人叫『蠻夷』，他們才是無知無識的蠻人！」

一個英屬印度商人道：「以物易物，公平交易，談不上什麼皇恩。要說感恩，中國皇帝應當感謝我們，沒有我們萬里販運，粵海關每年的幾百萬元稅銀就成了泡影。」

馬地臣挑高嗓音連呼：「請安靜——請安靜——！」待大家靜下來，他才接著往下讀。

爾等感恩即須畏法，利己不可害人，何得將爾國不食之鴉片煙帶來內地，騙人財而害人命乎？查爾等以此物蠱惑華民，已歷數十年，所得不義之財，不可勝計。此人心所共憤，亦天理所難容。

從前天朝例禁尚寬，各口猶可偷漏。今大皇帝聞而震怒，必除之而後已。所有內地民人販鴉片、開煙館者立即正法，吸食者擬議死罪。爾等至天朝地方，即應與內地民人同遵法度。本大臣家居閩海，於外夷一切伎倆，早皆深悉其詳，是以特蒙大皇帝頒給平定外域屢次立功之欽差大臣關防，前來查辦。若追究夷人積年販賣之罪，即已不可姑容，唯念究系遠人，從前尚未知有此嚴禁，今於明定約法，不忍不教而誅。

聽到這裡，夷商們的臉皮全都繃得緊緊的，剛才的嬉笑和揶揄消失得無影無蹤。

馬地臣頓了頓，接著讀。

諭到，該夷商等速即遵照，將夷船鴉片盡數繳官。由洋（行）商查明何人名下繳出若干箱，編統共若干斤兩，造具清冊，呈官點驗，收明毀化，以絕其害，不得絲毫藏匿。一面出具夷字漢字合同甘結，聲明「嗣後來船永不敢挾帶鴉片，一經查出，貨即沒官，人即正法，情甘服罪」字樣。

欽差大臣亮出了死刑利劍，人群中爆出一片嗡嗡嚶嚶的議論聲。

「步步緊逼，一段比一段嚴厲。」

「我們是英國臣民，不受中國法律制約。」

「這是威脅！」

「欽差大臣真敢殺我們嗎？」

「說不準，有可能動真格的。」

馬地臣搖搖頭表示還未結束，「諸位聽一聽，欽差大臣的諭令殺氣騰騰，居然用這樣堂皇的屁話嚇唬我們。」

此次本大臣自京面承聖諭，法在必行，且既帶此關防，得以便宜行事，非尋常查辦他務可比。若鴉片一日未絕，本大臣一日不回，誓與此事相始終，斷無中斷之理！

……倘該夷不知改悔，唯利是圖，非但水陸官兵軍威盛壯，即號召民間丁壯，已足制其命而有餘。而且暫則封艙，久則封港，更何難絕其交通。我中原萬里版輿，百產豐盈，並不藉資夷貨。恐爾各國生計，從此休已。

……禍福榮辱，唯其自取。

……毋得觀望，後悔無及[30]。

30 引自林則徐的《各國商人呈繳煙土諭》。

馬地臣剛念完後，老英國館裡寂然無聲。過了良久，一個英國商人才像被針扎了似的跳起來，「這是戰爭威脅！中國人習慣自誇物華天寶、人傑地靈，自吹豐富、豐盈、豐腴、豐贍，還用萬里版輿和軍威盛壯的屁話來驚嚇我們，不把我們嚇傻嚇呆就死不甘心。卻不知道天外有天，我們大英國才是世界上最強大的國家。」

一個印度商人也起來發言，「諸位，局勢相當嚴峻，諭令中含有戰爭威脅的字樣。但我們是商人，不是軍人，戰爭對我們沒有好處。最近的一連串事件表明，中國政府鐵下心來要禁煙，我們應當服從中國政府的法令。但是，鴉片躉船停泊在伶仃洋南面，躉船上的鴉片大都屬於孟買和孟加拉的商人，我們僅是代理商，沒有權力處置不屬於自己的商品。我們應當承諾不再購買、運輸和銷售鴉片，勸說鴉片躉船盡快駛離，以免引起更嚴重的後果。」他主張不繳鴉片，但承諾不再經營鴉片。

顛地忽然舉起手來，「我想講幾句。」

大家的目光紛紛轉向他。顛地商行的規模僅次於查頓—馬地臣商行，顛地的言行舉止也相當具有影響力。

「我與伍紹榮交談過，我認為他在虛張聲勢，甚至懷疑他是否在執行欽差大臣或海關衙門的命令。所謂『拿一兩位行商正法』不過是種託詞，一種訴諸我們同情的眼淚，一種迫使我們繳煙的藉口。我們的躉船泊在外洋，不在中國的轄區內，大英國的商人，還有各國商人，不能屈從於威脅。我建議成立一個專門委員會，對當前局勢做一次全面的評估，而後再答覆欽差大臣。」

查理·京反對鴉片貿易，他站起身來發言，「顛地先生，我們不能等到災難臨頭才開始行動。有些人執意向中國輸入鴉片，引起廣東官憲的激烈報復，它會殃及全體在華僑商。我也與伍紹榮談過話，他的警告不是虛聲恫嚇，他預感到大難臨頭，精神萎靡，幾乎要垮掉。

「十三行是壟斷商行，它雖然做了不利於我們的事情，但畢竟是交易夥伴，甚至是值得信賴的夥伴，尤其怡和行商譽卓著，在困難時幫助過不少外國商行度過難關。《大清律》是野蠻的法律，如果大家拒絕交出鴉片，伍紹榮可能被抄產入官，甚至掉腦袋，這是有先例的。我們不能眼看著交易夥伴死於非命而無動於衷。」

怡和行享有很高的聲譽。每年冬天是貿易淡季，廣東官憲不允許夷商滯留在廣州，夷商攜帶大量實銀回國很不方便，往往把銀圓存放在怡和行的銀庫裡。過去曾有個美國商人向怡和行借過七萬元錢，因貨船遭逢海難無法歸還，連回國的船資都沒有。面對一張貸出有日，收回無期的借據，伍秉鑒和伍紹榮姿態高超，不僅當面燒掉欠條，還給他一筆路費，讓他回國。這等事蹟在外商中廣為流傳，無不對怡和行讚譽有加。

伍紹榮和盧文蔚在樓下等了大半個時辰，會議依然沒有結束的跡象，會場裡更不時傳出激烈的爭辯聲。他們二人等得心急，攀梯而上，趴著門縫向裡窺視，恰巧聽見顛地在說話：

「我並不同情怡和行。伍秉鑒和伍紹榮父子即使算不上可惡，也堪稱可恨。他們之所以富可敵國，全靠壟斷，而他們的壟斷權是通過賄賂才得以維持的。

「大清王朝是個腐敗透頂的王朝，上至皇室宗親，下至關津胥吏，全把十三行視為可以隨意刮油的肥豬，以各種名目向他們索要財物。我們在採買中國貨物時必須繳納行傭，這是一筆莫名其妙的費用。我本以為它是十三行的辦公費，後來才知道它是行商們的特殊基金，專門用於支付各級官府的敲詐、勒索和攤派。幾年前，行傭占商品總價的百分之三，現在提高到百分之六！

「伍秉鑒與伍紹榮父子狼狽為奸，把這筆敲骨吸髓的費用轉嫁到我們的頭上，最終由歐美各國消費者承擔。他們還與行商們串通一氣，三番五次通過齊價合同抬高茶葉價格，使我們的利益大為減損！我不僅不同情他們，甚至願意看見他們倒楣。至於上繳鴉片，此事利害攸關，我建議依照少數服從多數的民主原則，用投票來決定是否繳出鴉片。」

伍紹榮出身外貿世家，天天與夷商打交道，英語很好，聽了顛地的話，氣得要命。

夷風夷俗與中國風俗大相徑庭。在中國，每逢有重大事情抉擇，國家大事由皇上獨斷，地方大事由官憲裁決，宗族事務由族長決斷。來自歐美的僑商則通過投票決定取捨。顛地知道，多數商人經銷鴉片，在這種時刻，他們是不會輕易繳出鴉片的。

一陣討論後，三十九家商行舉手表決，以二十五票對十四票通過了顛地的提議，開始著手草擬一份致欽差大臣的書面回稟。

由於事涉多方利益，本商會認為應當成立一個專門委員會對繳煙後果做出全面評估。七天後，即西曆三月二十七日，才能給予回答。多數外商認為不宜再向中國運輸鴉片……

這份稟形同討價還價，與林則徐的意願差之千里。當夷商把它交給伍紹榮和盧文蔚時，他們便預感到林則徐的懲罰之鞭將狠狠抽在自己身上，心頭頓時百感交集，酸楚夾雜著悵惘，無奈混合著絕望……

伍家的大宅院叫萬松園，位於珠江南岸的溪峽街，大宅門上有御賜匾額，上面書「忠義之家」四個鎦金大字。宅門兩側懸掛著一對紅紗燈籠，燈籠外罩上有「大清誥命通議大夫」字樣。

伍家一門三代人當行商，從業七十多年，除了替朝廷打理對外貿易外，伍秉鑒每年為河工、賑災、海防、修路捐納十萬上下，是第一個累計捐資超過百萬的鉅賈，故而先皇嘉慶恩賞伍秉鑒三品頂戴。道光皇帝繼位後，伍家人繼續捐資公益，為了表彰伍家人，道光賜伍紹榮和伍元菘舉人功名。經過兩代皇帝的恩賞，伍家人可謂一門朱紫，翎頂輝煌。

伍家人雖然財傾半壁，富埒王侯，但在營造家園時格外小心。朝廷的《營造則例》對房屋式樣有詳細規定，宅門用何種樣式、門上鑲多少門釘、屋頂鋪什麼瓦片、房脊用什麼吻獸……伍家絕不踰矩。

不過萬松園雖宅門不大、沒有門釘、不用吻獸，但專在曲水流觴、奇石假山、小橋亭榭、牆面磚雕、奇花異草、仙鶴水鶩上動心思，把一座大宅院營造得千姿百態，別有洞天。別說總督、巡撫的官邸不能與之相比，就是北京的親王府邸也相差一大截。外人只要在萬松園裡轉一圈，就會覺得渾身上下都透著寒酸，不能不豔羨伍家的財富。

伍家宅院緊傍珠江，沿江修了一道花牆，花牆外面有一座專用的私家碼頭，可以停靠樓船、畫船和舢板。花牆裡面有假山，假山上有一座望江亭。伍秉鑒此時正在亭子裡品茗觀景。金烏西墜，斜陽壓江，江面上船帆點點，沙鷗翔集。操勞了一天的漁家船戶們開始生火做飯，兩岸民居的煙筒裡升騰起淡淡的炊煙。

伍秉鑒的繼室盧氏大約五十歲，頭髮雖然摻了雜色，但彎眉秀目，唇角含笑，皮膚保養得依舊細潤，透過歲月的年輪，人們依稀能夠看出她年輕時的俊俏。今日她穿了一條緄邊蘇繡寬袖長裙，裙子下襬有精工刺繡的綠葉荷花，米粽子似的三吋金蓮套著一雙繡花合歡鞋，腦後的頭髮梳成一支高聳的棒槌楲。

她十七歲時被伍秉鑒納為繼室，生了伍紹榮和伍元菘兩個兒子，承襲三品淑人的封贈[31]。五媳婦吳氏和六媳婦嚴氏就坐在她身旁，正等著伍紹榮兄弟歸來。

吳氏是從同順行的吳天垣家嫁過來的，身條盈盈楚楚，相貌平靜婉約，中等偏上的姿色，為了彌補天生的不足，臉蛋上抹了過多的胭脂和潤膚油。嚴氏是從嚴啟昌家嫁過來的，是個小美人，白淨的瓜子臉上黛眉含煙，翾著的嘴角含著淺笑，臉頰上有一對若隱若現的酒窩。嚴啟昌在巨額外債的重壓下能夠苟延殘喘，就是因為有親家的照應。

伍秉鑒見畫船進了私家碼頭，揚聲道：「老五、老六回來了，準備開飯。」說罷，撐著膝蓋站起來，緩移步子下了假山。盧氏和兩個兒媳婦亦步亦趨跟在後面。

僕人已在竹韻堂擺好杯盤筷子和佐餐調味瓶，幾人就座，等著團聚用餐。不想，只有伍元菘一人進來，臉色還陰陰的，就像佈滿了烏雲。

伍秉鑒問道：「你五哥呢？」

---

31 清代朝廷對官員的妻子實行封贈制。一品、二品官的妻子叫夫人，三品至六品官的妻子依次稱淑人、恭人、宜人、安人，七品至九品官員的妻子稱孺人。封贈命婦只限於正室和嫡妻亡故後的繼室，不推及侍妾。

伍元菘一屁股坐下，「爹，出事了。」

伍秉鑒滿目驚詫，「什麼？」

「林欽差把五哥和盧老爺抓起來，關進南海縣大獄裡了！」

伍秉鑒、盧氏和兩個兒媳婦全都嚇了一跳，齊齊瞪大雙眼。

伍秉鑒忙追問：「為什麼？」

伍元菘滿腔委屈，「林欽差要夷商三天之內作出承諾，將外洋躉船上的鴉片悉數繳出，並簽署永不挾帶鴉片的甘結。他說，要是五哥和盧老爺逾期辦不成事，就將一二行商抄產入官。五哥和盧老爺與夷商反覆交涉，但夷商不肯。林大人說五哥和盧老爺辱沒了憲命，有與夷商串通之嫌，把他們送進南海縣大獄，又把全體行商叫去訓斥，下達了封鎖商館、撤出工役的命令。他還叫您和盧文錦老爺明天一早去越華書院。」

盧文錦是盧文蔚的大哥，擔任過總商，四年前休致，把總商之職傳給弟弟。

伍秉鑒吃了一驚，「我休致在家十多年，盧文錦亦有數年，欽差大人為何要傳喚我們？」

伍元菘滿臉焦灼，「爹，大清以連坐治天下，一人有罪，全家共擔。更何況您和盧文錦老爺都當過總商，林欽差說您是幕後主謀。」

伍秉鑒心裡咯噔一下，喃喃嗟歎道：「我想安度晚年，但樹欲靜而風不止，人不找事事找人哪。」

盧氏是從盧家嫁過來的，盧文錦是她哥，盧文蔚是她弟，聽完這番境況，她像受到驚嚇的母鹿，如坐針氈，「老爺，您得拿個主意，想辦法救救我兒子和兄弟啊！」

這下伍秉鑒徹底沒了食慾。他雖然辭去總商，實際上眼觀四面、耳聽八方，通過兒子在幕後掌控十三行，形同太上皇。

每逢夷商觸犯大清律和華夷交易章程，廣東官憲都用封港封艙的辦法逼迫他們就範。夷船雇有大量舵工、水艄，裝載的棉花、布匹、大黃、香料等有蟲嗑鼠咬或海水浸漬之虞，一俟封港封艙，就等於卡住夷商的咽喉，耽擱一天增加一分風險，損失一天工值，他們不得不屈服。行商們也害怕封港封艙，因為他們的存貨同樣有蟲嗑鼠咬之虞，雇用的買辦、通事、傭工、茶工同樣得支付勞金。

用封港封艙的方法逼迫夷人就範是「殺敵一千，自損八百」的笨辦法。但是，這種損失向來由行商自行承擔，官憲是不予補償的，所以，伍秉鑒最怕官憲採用這種手段。但他作夢也沒想到林則徐會把伍紹榮和盧文蔚關入大獄！

他搔了搔頭髮稀疏的腦袋，「我聽說老五初次見欽差大人就因為禮儀問題爭執起來？」

伍元菘點點頭，「有這回事。」

盧氏抱怨道：「你五哥太任性，不會說話。那天潘家的二小姐到咱家玩，你三姐誇她細皮嫩肉、膚如凝脂。老五突然蹦出一句無厘頭的話，說『什麼膚如凝脂，不就是皮膚像豬油嗎』，氣得潘二小姐扭頭走了。哎，會說話的人三分討喜，不會說話的人，一張嘴就討人嫌。」

伍秉鑒慢條斯理地道：「老五年輕，不識世故，和你四哥一樣堅僻自持，遲早要得罪官憲的。」

伍秉鑒一生遊走於官府與夷商之間，每天有數不清的應酬、解讀不完的臉譜、算計不完的利潤、估摸不清的宦海風雲，不論是喧譁還是嘈雜，是動盪還是突變，都得抑制衝動，心靜如水。他勞心熬神幾十年，苦辣酸甜全嘗遍，五十五歲時決定休致，率領全家退出十三行。為此，不惜重金賄賂粵海關監督，懇求他轉奏皇上，他願意將全部家產捐給朝廷，只留五十萬元養老。但皇上不准，伍秉鑒萬般無奈，只好叫四兒子伍元華接手怡和行並擔任總商。

伍秉鑒思忖片刻，抬頭問伍元菘：「記得你四哥吧？」

「記得。」

他們口中的四哥伍元華，二十六歲那年接替伍秉鑒擔任總商，沒想到演繹出家族史中的一段血淚故事。

當時夷商懇請在商館前修建一座小碼頭，以便出入。伍元華認為夷商的要求合乎情理，欣然同意，沒想到此事惹惱了當時的廣東巡撫朱桂。朱桂認為伍元華擅自作主，目無上憲，把他臭訓一頓，可伍元華不服，認為自己是有五品頂戴的朝廷命官，有權批准夷商建一座小碼頭，遂與朱桂爭辯起來。朱桂勃然大怒，罰他長跪在巡撫衙門前，後經粵海關監督求情，這才躲過一劫。

兩年後，有夷船私帶番婦登岸進入商館，朱桂判定伍元華疏於管理，下令將他關入大牢，處以杖刑，課以罰金。伍秉鑒聞訊，趕緊用銀子上下活動。可惜，伍元華雖被放出，卻已被杖得皮開肉綻，一年後死在病榻上。

有了這般血淋淋的殷鑒，伍秉鑒對手握重權的封疆大吏更添一股刻骨銘心的畏懼感。他幽幽道：「皇上授予林欽差便宜行事之權，就是授予他定妍媸、辨良莠的權力。他要是把汗血寶馬說成是劣馬，把美女貂蟬說成是醜女無鹽，誰敢說不是？十三行的總商，貌似榮崇，實際是白受累的差事，朝廷不僅不給俸餉，還要承擔一大堆責任，稍不周全就會大禍臨頭。你五哥不知天高地厚，為了行跪拜禮的小事跟林大人廷爭面折，那是自取其辱！」

頓了片刻，接著道：「歷任上憲哪個不勞商於行賄，累商於捐輸？恐怕新來的林欽差也不例外。他是想借機勒索，要我們拿出孝敬銀子。」

伍元菘皺著臉皮道：「我打聽過，據說他不貪不索，從不講中冓之言，私德修飾得毫無破綻，裡外立於不敗之地。他唯一的缺陷是辦事操切、易怒易躁。據說，他寫了『制怒』二字掛在書房裡，提醒自己少發火。」

伍秉鑒的聲音又緩又輕，「民諺說，千里做官只為財，烏紗帽下無窮漢。天下官，十人有九貪！有幾個人像前明海瑞那樣兩袖清風、不染俗塵的？」

伍元菘吐了一口氣，「爹，咱家有皇上頒賜『忠義之家』匾額，林欽差總不能殺了五哥和盧文蔚吧？」

伍秉鑒年老話多，絮絮叨叨地回道：「那塊匾額是很風光，外人看了豔羨得眼珠子發亮，以為它是我家的護身符，卻不知匾額後面隱藏了多少辛酸與無奈！朝廷以戶籍治天下，龍生龍，鳳生鳳，老鼠生兒打地洞，一份戶籍鎖住幾代人的身世。我們伍家在封疆大吏面前抬不起頭，就是因為隸屬商籍。

「但眼下就是這麼一個世道，即使你富可敵國，在上憲眼中也是賤如草芥。你就是有千條理由萬條原因，也不能與上憲較真。上憲是惹不起的，他們掌控著生意的分配權。銅鐵鹽茶是厚利生意，上憲讓你做，你才能做，不讓你做，你就做不成。他們也掌控著道德裁決權，說你是壞人，你就是壞人，不是壞人，也得當回壞人；說你染指鴉片，你就染指鴉片，沒染指鴉片，也算染指過了。

「在大清做買賣，不能不掌握與上憲打交道的心竅，有綿掌化骨的軟功夫，才能將他們貪婪的鋼牙鐵齒變成繞指柔，不然就會傷了自己的皮肉。在大清，富是禍根！因為你富，所以貪官汙吏的眼珠子豔羨得發亮，只要機會一到，他們就像附骨之蛆吸血吮肉，你要是捨不得，他們隨時都會找個理由挫辱你，扒你一層皮，甚至打斷你的脊樑骨。所以，在上憲面前，我們只能以退求進，以屈求伸，以侏儒姿態求生存之道。」講到這，伍秉鑒再也說不下去，一股又熱又酸的眼淚浮上那雙乾澀的眼角。

伍元菘道：「爹，提起四哥我就傷心，說不準什麼時候我也會像他那樣大倒其楣。我真的不想當行商，只想退隱到深山老林裡，做個不求聞達的散人。」

伍秉鑒撫摸著帽架上的頂戴，「散人？天地有羅網，江湖無散人。在大清，想學范蠡遁跡於江湖，不為朝廷出力，是不可能的，想安度一生，不遭劫難，更是一廂情願。這頂紅纓官帽不是漁夫的草帽，不是農家的蓑衣，想戴就戴，想脫就脫。行商是皇上的走狗，任你富甲天下、官居三品，在官場上依然是不入流。大清的天是黑黢黢的天，我們只能盡人事、聽天命，凜凜小心，委屈前行。」

盧氏突然想起了什麼，「元菘，聽說欽差大人很欣賞海防局的梁廷枏先生，聘他當幕僚。能不能找他幫忙？」

伍紹榮和伍元菘兄弟倆原在越華書院讀過書，是梁廷枏的學生。梁廷枏奉命編撰《粵海關志》時，伍家人便提供了不少資料，因此他與伍家人私交甚篤。

伍秉鑒聞言，眼睛為之一亮，對盧氏道：「嗯，明天一早我去欽差大臣行轅。妳們不妨找一趟梁夫子，問問林欽差是什麼秉性，再請他替我們美言幾句。哦，該用銀子的時候不要吝惜。」

拾貳 商步艱難

第二天，伍秉鑒吃罷早飯即乘畫船過江，在天字碼頭換乘官轎。轎夫們一路小跑，急急匆匆趕往欽差大臣行轅。

伍秉鑒的身子隨著轎子的一顛一簸前後晃動，他卻無心斥責轎夫，自顧自雙眉緊蹙、懸揣不安，瘦條臉上流露出七分憂慮，三分惶恐。坊間傳說林則徐「生猛」，果不其然，甫上任就厲害得讓人心頭打顫。

隔著轎窗，他看見一串販賣鴉片的人犯，被衙役們用繩索綁了，敲鑼呼號，遊街示眾，街道兩旁擁擠著看熱鬧的市井百姓。

待大官轎繞過街角，窗外出現一隊接一隊的弁兵，喊著口號，挺槍提刀快步趲行，踏起一路浮塵，朝商館和十三行公所進發。

廣州的空氣，驟然緊張起來。

大轎終於在越華書院門口停住，八個轎夫氣喘吁吁，蝦腰駝背，累得像快散架似的，在那四個門神似的站在櫺星門外、威風凜凜的帶刀兵丁面前，顯得更加孱弱。

伍秉鑒拄著龜頭拐杖貓腰下轎，一抬頭，就看見盧文錦在門前等候。

盧文錦曾與伍秉鑒共同擔任十三行總商，因為經營不善和身體欠佳提前休致。如今年不到六十，卻滿臉皺紋、疏髮豁齒，下垂的眼袋微微發黑，一看就是體弱多病的模樣。由於頭天晚上接到林則徐的諭令，要他與伍秉鑒一齊聽訓，因此今日特意換了官服。

盧文錦預感到情況不妙，苦澀著臉拉住伍秉鑒的袖口，「伍老爺，你得想辦法呀！」

伍秉鑒枯枝似的手指勾住盧文錦的衣袖，強作鎮靜，安慰道：「別急，車到山前自有路。見了林大人，多磕頭，少說話。」其實他的心同樣怦怦亂跳。

二人遞了名刺，由司閽引著他們朝大堂走去。

初進大堂就瞥見一個面色微黑、身體壯碩的高官坐在條案旁，其身後的牆面繪著仙鶴展翅江崖海水圖。不用說，此人就是林則徐。

伍秉鑒沒敢正視，枯著瘦臉，打下馬蹄袖，雙腿一屈跪在地上，身子蜷縮成一隻謙卑的大蝦，「休致行商伍秉鑒叩見林大人。」

儘管他是有三品頂戴的官商，依例不行跪禮，但有兒子的前車之鑒，他自動貶低身價，甚至不報官名「伍敦元」。盧文錦的品秩稍低，更不敢造次，忙收斂著身子跪在伍秉鑒後面，也報了商名。

林則徐早就聽說過伍秉鑒的赫赫大名，沒想到這位商場上的頂尖人物其貌不揚，瘦削的腦袋像顆歪瓜，腦後的小辮只有拇指粗，雞爪似的雙手按在地磚上，棕黑色的眸子如同死魚眼睛，一點兒表情都沒有。

雖然伍秉鑑主動降低身分，林則徐的語氣依舊又冷又硬，「給伍老爺看座。」隨即有人搬來一把杌子。

至於盧文錦，由於林則徐既沒說給「盧老爺看座」也沒說「平身」，他一動也不敢動，蝦米似的蜷縮在地上。

「老爺」是人們對紳士的敬稱，既可用於官，也可用於商，「大人」則只用於官，伍秉鑑深深明白這個細微的差別。撐著膝蓋爬起來，他斜簽著身子坐了半個屁股，「謝欽差大人賞座。」然後屏氣息聲等著訓話。

林則徐道：「聽說你是本朝第一富翁？」

伍秉鑑頓時像個即將受人壓擠的茄子，「不敢。老朽受朝廷之命總理過十三行，沾潤朝廷的恩澤，略有薄財而已。」

「哪年就任總商，哪年休致？」

「回欽差大人話，嘉慶十八年出任總商，道光六年休致。」

「嗯，如此說來，你和你兒子先後掌管十三行二十六年。」

「是。」

林則徐順勢加重了語氣，「這二十六年間鴉片盛行，毒痛中華，白銀外流，銀貴錢賤，達到無以復加的地步。你們伍家人是否有責任？」

這番話講得重如泰山，劈頭蓋臉壓將下來，令伍秉鑒不勝其寒地打了一個噤，低著頭不敢回答。

林則徐繼續道：「本大臣責令你兒子轉飭各國夷商，三天內將躉船上的鴉片悉數繳官。你兒子妄辜憲命，本大臣將他打入大牢。依照本朝律例，你們父子有連帶責任！」

大清律法森嚴，一人犯科，全家受累，一家行商欠帳，全體行商代賠。林則徐辦事合乎法度，伍秉鑒無可辯駁，只得囁嚅道：「老朽知道。」

林則徐偏轉過臉，「盧文錦！」

盧文錦哆嗦了一下，忙應：「在。」

「你也是當過總商的，雖然如今休致在家，也要承擔連帶責任。」

盧文錦縮著身子，「在下明白。」

林則徐道：「明白就好。本大臣無意殺人，給你們留個機會。商館長年雇用八百傭工和雜役，都是十三行派去的，本大臣命令你們二人督率全體行商，將傭工和雜役全部撤出，在各國夷商繳出鴉片前，停止為夷商效力。你們二人親自去商館轉達本大臣的諭令，不得遷延、不得有粉脂之態，要是你們兩面三刀，疲玩耍奸，本大臣就將你們與伍紹榮和盧文蔚一體治罪！」

事情還沒辦，「罪」字已出口。伍秉鑒與盧文錦對視一眼，低聲下氣道：「明白。」

林則徐突然一聲斷喝：「來人，摘去他們的頂戴，套上枷鎖！」

這話像重槌擂鼓一樣敲得伍秉鑒和盧文錦的腦殼嗡嗡作響。

四個親兵發出一聲殺威喝：「噢——！」

震得伍秉鑒目眩神搖、陡然變色。盧文錦滿心驚悸、瑟縮發抖。

親兵們毫不留情地把伍、盧二人的大帽子摘下，擰去頂戴、拔去花翎，把兩條冷冰冰的鎖鍊套在他們的脖子上。

林則徐的眼裡閃著陰寒的波光，「據本大臣所知，英國煙梟以查頓為渠魁，顛地次之，躉船所貯鴉片多半為他們二人經營，由於有人走漏了風聲，本大臣到廣州前，查頓就腳底抹油潛行回國，但顛地依然在商館裡照料生意。此人貪狡成性，販賣鴉片無數。現在，你們二人立即去商館傳諭，就說本大臣請他進城說話！」

「遵命。」

很快地，所有傭工和雜役都奉命撤出了，商館裡只剩下三百多各國商人、雇員和水艄。

查理．京和顛地站在二樓的大窗前，望著柵牆外的清軍。他們三步一哨，五步一崗，把商館圍得水泄不通。

查理・京道：「顛地先生，你還是見一見伍秉鑒和盧文錦吧，對抗沒有好處，這裡畢竟是中國人的地盤。」

顛地的態度卻很強硬，「在我們英美兩國，富人廣受尊重。我無法理解欽差大臣怎能輕賤如此富有的人！讓伍秉鑒和盧文錦戴著鎖鍊見我，分明是在裝腔作勢，企圖博取我的同情。」

查理・京勸道：「我們被軟禁了，要是中國士兵闖進來，我們將更加被動。」

顛地斜睨著窗外，「他們有刀有槍，想闖進來，誰也攔不住。他們要是真想抓我，就讓他們抓好了，但我絕不進城見欽差大臣！他會把我當作人質。」他擔心被林則徐關入大牢，戴上又沉又重的木枷，那種刑具足以讓人生不如死。

查理・京勸不動，只好悻悻離去，與馬地臣等夷商一起去見伍秉鑒和盧文錦。此時，他們二人正戴著鐵鍊，坐在樓下的客廳裡。

大清向來以天朝自居，十三行總商以管理者的姿態俯視夷商，每次傳諭官憲諭令，都要求夷商去十三行公所，很少屈尊至商館。伍紹榮和盧文蔚被關入大牢，兩位休致的總商戴著鎖鍊懇求夷商繳煙，動用軍隊包圍商館，這些都是破天荒的舉動。

馬地臣意識到事態嚴重，緊張詢問：「伍老爺，欽差大臣怎麼說？」

伍秉鑒沮喪著臉，「欽差大人很憤怒，說你們在敷衍他。馬地臣老爺，你們可以看不起行商，但不能小視欽差大臣。欽差大臣說，要是你們不繳鴉片，他明天上午就親自到十三行公所懲罰我們。」說完，指著脖子上的鐵鍊，幾乎是在哀求，「大清律法森嚴，以連坐治國，你們要是不服從欽差大臣的命令，我們可能就要掉腦袋了。」

多年來，各國夷商充分利用《大清律》的缺陷玩弄法律遊戲，而今看來，這場遊戲玩不下去了。

馬地臣試探地問：「繳出多少鴉片，欽差大臣才能滿意？」

伍秉鑒哆嗦著嘴唇，「至少一千箱。」

查理．京道：「繳一千箱，欽差大臣會滿意嗎？」

伍秉鑒小心謹慎，眸子裡閃爍著不安，「沒有把握。但繳出一千箱後，欽差大臣會覺得你們服從命令，火氣將稍息。至於是不是得上繳更多鴉片，我們無法代答。」

馬地臣又問：「欽差大臣的諭令必須無條件服從嗎？」

盧文錦肯定地點頭，「是的。」

查理．京皺眉，「你們真有挨打和喪命的可能嗎？」

伍秉鑒的聲調淒淒哀哀，「是的。本朝以棍棒教化紳民，上至封疆大吏，下至布衣黔首，只要出了差錯都可能被打。皇上杖官，官杖民，杖得人人驚悚。」過去他曾受過杖刑，提起杖刑就心生恐懼，更別說如今年過七旬，再也禁不起杖打。

查理．京望著他，不免動了惻隱之心，「如此說來，事關人命。請二位稍候，由於事涉多國，我們得研究一下才能給予答覆。」

伍秉鑑的話音淒涼得像在念大悲咒，「只要諸位答應上繳，我情願墊付一千箱鴉片的本金。」

一千箱鴉片至少價值二十五萬以上，相當於一家中型外國商行的全部本金。這，是一個行將喪命的老人發出的絕望乞求！

伍秉鑑去了欽差大臣行轅後，盧氏和家人立即開始行動。

萬松園堪比《紅樓夢》裡的大觀園，上百號家人、僕役、婢女、轎夫、船艄都歸盧氏管轄，可知她是經過風雨、見過世面的。幾番思量後，她決定立即動身去找梁廷枏。

盧氏深知銀子是疏通人情的化瘀散，彌縫人際關係的補情丸，便用鑰匙打開一只鐵皮箱，取出三張銀票塞到衣襟裡，準備打點粵海關監督和兩廣總督等人。

五媳婦吳氏提醒道：「要不要給梁夫子帶點禮物？」

盧氏連連點頭，「對。妳把臨水軒大條案上那臺顯微鏡拿來。梁夫子好名重義，不收銀子，但喜歡古董字畫和西洋國的奇巧物件。」

一個多月前，美國駐澳門代理領事多喇納送給伍紹榮一架顯微鏡，能把物象放大二百倍，連燈蛾翅膀上的紋理、蝴蝶腿上的絨毛和蚊子嘴上的吸針都能看得一清二楚，堪稱稀罕寶物。

六媳婦嚴氏笑道：「送這種物件，梁夫子肯定喜歡得合不攏嘴。」

盧氏和兩個兒媳婦趕緊換上誥命夫人裝，帶了僕役和婢女，一起登舟過江。半個時辰後，她們便到了梁廷枏的家門口。

梁廷枏住在太平門西街的一座小院裡。他聽見叩門聲，隔著門縫往外窺探，只見三個女人站在門外，打頭的是盧氏，另外兩個是吳氏和嚴氏，身後跟著豪奴俊僕。見是熟人，他立即開了門，一面寒暄一面引著盧氏、吳氏和嚴氏進入堂屋。

梁廷枏的堂屋如同雜貨鋪，青磚地上擺著唐磚、宋瓦鼎當玉石，牆上掛著幾幅西洋海景畫，書架上擺滿線裝書，條案上有幾本硬脊燙金字的夷書。什錦架上堆放著莫名其妙的西洋物什，例如三稜鏡、音樂盒、千里眼、走字鐘、耶穌受難十字架、西洋服飾、長筒襪等等，還有一些叫不上名字的東西。其中有許多東西別人視為破爛，他卻視為無價之寶。

堂屋裡面物件之零亂，東西之蕪雜，堪稱珍奇薈萃、垃圾畢集，林林總總看得人眼花繚亂，滿滿當當，連個插腳的地方都沒有。

梁廷枏東騰西挪，好不容易騰出兩把椅子和一個方凳，請客人坐了，又對妻子齊氏吆喝了一聲：「快給貴客燒茶。」

盧氏來過這裡，對此早見怪不怪，直接說道：「梁先生，聽說您在欽差大人行轅做幕賓。我兒子和弟弟出了麻煩，想請您幫個忙。」

梁廷枏是個明白人，自然知道她們的來意，「淑人，您別著急，伍紹榮是我的學生，盧文蔚與我的交情也不錯。只是我剛入幕欽差大臣行轅，與林大人還不熟稔，過幾天，我找個話縫替他們說幾句。」

吳氏心裡著急，忍不住插口問：「林大人拘押我丈夫是以什麼罪名？」

梁廷枏眨了眨眼，「沒什麼大罪名，就是辦差不力。林大人飭令夷商三天內繳煙，夷商們抗命不遵。林大人發了大脾氣，因而把伍紹榮和盧文蔚關起來。」

盧氏緊張追問：「不會說我們伍、盧二家販賣鴉片吧？那可是個洗刷不清的罪名。」

梁廷枏搖搖頭，「我是修史的人，奉命修撰《粵海關志》。修史的人拜司馬遷為師表，不媚權勢、不捧臭腳。歷任封疆大吏、海關監督和行商如何辦理夷務，有什麼功勞，有什麼過失，我都秉筆直書，一點兒都不遺漏。十三行代天子經管南庫，哪家行商營私舞弊，哪家行商忠心辦差，誰與鴉片有染，誰涉嫌走私，我一一考查過，不藻飾、不諱過。你們伍家是天下頭號官商，錢多得花不完，每年捐輸的銀子達十萬以上，用不著販賣鴉片賺昧心錢。我會替你們說幾句話的。」

盧氏彷彿抓住一根救命草，「我兒子和弟弟關在什麼地方？」

梁廷枏回道：「關在南海縣大獄裡。不過妳放心，伍紹榮的人緣好，南海知縣劉師陸與他的私交也不錯，不會委屈他的。」

吳氏又問：「要不要給欽差大人送點兒規禮？」

梁廷枏擺手，「我聽說林大人官聲清廉，不是見錢眼開的人。使錢不看時機、不看對象，等於撒下龍種，收穫跳蚤。」

盧氏一門心思都琢磨著如何打通關節，好教兒子和弟弟少受委屈，「林大人是什麼秉性？」

梁廷枏思索一會兒，「據我看，是個冷臉大臣。急火性子，辦差如同雷霆閃電，讓人猝不及防。不過，林大人雖然嚴厲，卻不是惡人。」

吳氏問：「誰能與林大人說上話？」

梁廷枏回答：「林大人與豫關部熟稔。林大人當江蘇巡撫時，豫關部在蘇州造辦處當監督。妳們找他，肯定起作用。」

十三行歸粵海關衙門管轄，伍家人與歷任監督都處得和諧，逢年過節送些年敬節敬，外加西洋國的奇巧物件。豫堃調任粵海關監督半年有餘，行商們孝敬的規禮比他十年的俸祿還高。

盧氏有些擔憂，「我們女流之輩很少在官場上出頭露臉，只怕豫大人不認我們。」

梁廷枏道：「豫大人不認妳們，但與伍老爺和二位少東家都熟稔。妳們登門造訪，報個姓名，他還能駁了妳們的面子？」

盧氏還是不確定，「梁先生，要不，請您幫著引見一下？」

梁廷枏與廣州城裡的大小官員三教九流都能搭上話，他眨了眨眼睛，「也好，我就領妳們去一趟海關衙門。」

嚴氏再三言謝，又道：「梁先生，我們給您帶來一件禮物，不成敬意。」說著，從女婢手中接過木匣子，伸出纖纖素手將顯微鏡遞放桌上，「這是一臺美國顯微鏡，能把物象放大二百倍。」

梁廷枏聽說過顯微鏡，卻沒親眼見過，立馬來了精神，可東摸西觸，就是不知道如何使用。好在顯微鏡在萬松園的臨水軒裡擺放了一個多月，盧氏、吳氏和嚴氏已把它撥弄得爛熟於心。嚴氏調鏡頭對焦距，不一會兒就調整得恰到好處，接著她把一根細棉線放在鏡頭下，請梁廷枏看。

梁廷枏瞇著眼睛朝孔眼裡一看，果然別有洞天——那根細棉線竟然像纜繩一般粗，纖維絨毛和孔隙歷歷可辨，喜得他合不攏嘴，「這物件比放大鏡強，用它研究草木魚蟲，真能細緻入微了！」

一刻鐘後，梁廷枏與盧氏等人來到五仙門。五仙門周匝名園密集，處處酒幡，老遠就能看見「欽命粵海關」的大纛在空中飄舞。

粵海關是二品衙門，軒昂氣派，與巡撫衙門同埒。騾車在大照壁前剛停穩，盧氏就下了車，不等梁廷枏跟上，擰著伶仃小腳撩衽登上臺階。

司閽見一個身穿三品誥命裝的女人要進來，趕緊迎頭攔住。

盧氏急道：「我是十三行總商伍紹榮的娘，叫盧氏，有事求見豫關部大老爺。」說著，把一枚亮晶晶的西班牙老頭幣塞入司閽手中，然後一屈膝跪在臺階上。吳氏和嚴氏見狀，也上了臺階跪在她後面。

司閽不認得盧氏，但認得後頭緊走兩步上了臺階的梁廷枏，「哎喲，梁老爺來了。」

梁廷枏介紹道：「這是伍秉鑒伍老爺的淑人，那兩位是伍家的宜人和孺人，想見豫關部，煩勞你給通報一下。」

廣州城裡人人知曉伍秉鑒和伍紹榮的鼎鼎大名，林則徐拘押伍紹榮和盧文蔚的消息早就傳遍全城。司閽一聽是伍家的淑人、宜人和孺人，立即猜出她們的來意，好言勸道：「淑人，您這麼金貴的身子，怎能跪在這兒呢。」鑒於男女大防，他不敢動手拉，只能勸。

盧氏卻不起身，大有見不到豫關部就不走的架勢。

司閽只好對梁廷枏道：「淑人、宜人和孺人都是有身分的，跪在這兒不好看。梁老爺，煩勞您扶她們進門房稍息，我這就傳話去。」說罷，捏著老頭幣通報去了。

屋內，豫堃正在西花廳與僚屬們商議公務，聽司閽說梁廷枏領著三個命婦求見，立即猜出是伍家眷屬登門。他看了一眼盧氏的名刺，便吩咐道：「請她們去客廳。」

豫堃當過蘇州造辦處監督，深知經管工商不是簡單的事情。伍家人世代經商，擁有四座茶山、五支船隊、上百店鋪和貨棧，輸出的茶葉、絲綢、大黃、陶瓷，輸入的呢絨、棉花、鐘錶、黃銅，林林總總不下百種，經手的銀子數以千萬計。

這個行當涉及的學問，不是三言兩語能說清的。採購、運輸、存儲、配料需要專門知識，工役的培訓和調配需要經管才幹，與夷商交往需要精通夷語，防火防盜必須考慮周全，任何環節出現紕漏都可能導致全域潰敗。伍家人經商如同庖丁解牛般遊刃有餘，致使怡和行生意興隆通四海，財源茂盛遍九州，有這等本事的人，整個大清也找不出幾個，豫堃是打心眼裡欽佩伍家人。

不一會兒，盧氏、吳氏和嚴氏在梁廷枏的陪伴下來到客廳。

盧氏邁過門檻，一眼看見豫堃的肥潤身軀和笑彌勒佛似的臉龐，憑著女人的直覺，覺得他是個好說話的人。她撲通一聲跪在地上，話音裡帶著抽泣，「豫關部大老爺，救救我兒子和弟弟吧！」話音未落，頭已深深砸下，額頭碰得地面嘭嘭作響。

吳氏和嚴氏跪在她身後，眼淚走珠似的往下落。

豫堃趕緊起身，「淑人哪，這是何必呢？起來說話。」見盧氏不肯起身，吩咐一個幕僚：「給淑人、宜人、孺人和梁夫子設座。」然後親自扶起盧氏，引她坐到一把圈椅上。

盧氏抽泣道：「豫關部大老爺，我兒子和弟弟犯了什麼王法，讓林大人捉了？」

豫堃溫語安慰：「淑人哪，別哭嘛。眼下最緊要的是查禁鴉片，敦促夷商繳煙。皇上心急，林大人也心急，若不把鴉片根除淨盡，皇上就把板子打在林大人的屁股上了，心急難免辦事操切。我不說妳也明白，大清朝以官制商，以商制夷，環環相扣，一級壓一級。妳兒子和盧文蔚老爺替官憲約束夷商，雖沒販賣鴉片，但鴉片流毒如此嚴重，也不能說沒有責任。」

盧氏辯解道：「豫大老爺，我們伍家人替朝廷管理夷務從來沒有二心，販煙漏銀的醃臢事都是走私販和海上蜑戶幹的。我們伍家人是正經官商，從不沾邊。可林大人說要拿一二行商正法……」說到這裡，抑制不住心憂和悲傷，嗚嗚咽咽地抽泣起來。

豫堃諸事繁多，沒工夫聽婦道人家沒完沒了地哭訴，就勢給她吃寬心丸，「林大人無非是要做個姿態。伍、盧二位總商乃欽命官商，林大人不請旨，能殺他們？我會找個時機疏通一下的。再說，我還得勞駕二位總商辦理夷務呢。」

聽了這話盧氏才稍微寬心，抬起頭來問：「真的？」

豫堃撚著刻意修剪的八字鬍，「妳不相信我嗎？」

「哪能不信。」

「信就好。待夷商繳了煙，林大人就會讓少東家和妳弟弟回家了。」

「真的？」

「當然是真的。本地官憲與夷商打交道，離不了你們伍家和十三行。」

盧氏依然不放心，試探地問：「能不能讓我們去縣大獄裡看一看？」

豫堃百務纏身，馬上道：「行。」接著隨手叫過一個師爺，「黃先生，淑人和二位總商的眷屬想去縣大獄裡探視伍紹榮老爺和盧文蔚老爺。你親自領她們去，就說是我讓的。再告訴牢頭，伍紹榮和盧文蔚是有官銜的人，要好吃好喝侍承，不得委屈了。」

「喳。」

親耳聽到這番吩咐，盧氏懸揣的心總算安下來。她從內衣裡取出一只桑皮紙信套，畢恭畢敬呈上，「豫關部大老爺，再過半個月就是貴夫人的五十大壽，我在這提前送上壽敬。」

盧氏還想多說幾句，不過梁廷枏看出豫堃想長話短說，便對盧氏道：「淑人，豫關部日理萬機，就別再攪擾了。」

黃師爺亦站在門檻旁，展手道：「淑人請。」

盧氏只好把半截話咽回肚裡，向豫堃蹲了個萬福，「多謝豫關部大老爺關照。」

豫堃親自送盧氏等人出了儀門，返回客廳，打開信套一看，裡面是一張三千兩的銀票。

拾參 英國駐澳門商務監督

英國駐澳門商務監督署與大海只有一箭之遙。查理・義律坐在臺階上拿著水彩筆對景寫生，牧師郭士立站一旁看他畫畫。海面上有一條葡萄牙商船和幾條中國漁船，一群海鳥「呀——呀——」地叫著，在空中盤旋，不時俯衝而下，叼取船上拋棄的殘羹剩飯。

查理・義律的夫人克拉拉・義律穿蜂腰長裙，與幾個英國女人在海邊漫步，附近有澳門小童和葡萄牙小囡拾海貝、捉迷藏，像群無憂無慮的海雀，不時發出嘰嘰喳喳的童音。

英國人的家庭觀念與中國人的大相異趣，中國男人千里遠行不帶妻子，聽任她們在家中牽腸掛肚、惦記思念，英國人則傾向闔家同行，長年在外的英國商人尤其需要天倫之樂。但是《防範外夷規條》規定番婦不得進入中國內地，他們只好把眷屬和子女安置在澳門。澳門是一塊巴掌大的半島，方圓不足三平方公里，是清廷允許夷人寄居的唯一地方，由朝廷任命的澳門同知[32]與葡萄牙總督共管。

郭士立是德國人，本名叫卡爾·加茨拉夫，三十多歲，個子不高，皮膚微黑，唇上留著一抹棕黑色的小鬍子，長著一頭棕黑色的頭髮，眼眶裡有一雙棕黑色的眸子。只要穿中式服裝，在腦後接一條假辮子，人們很難分辨他是中國人還是外國人。

郭士立畢業於柏林神學院，在荷蘭基督教傳教會學習了三年，而後去巴達維亞（雅加達）傳教，在那裡認識一個姓郭的福建僑商，拜了把兄弟。

他有強烈的獵奇心，勇於涉險，居然在僑商的幫助下混入中國內地。後來給自己起了「郭士立」的中國名字，在福建省同安縣打個馬虎眼，成功辦理入籍手續，還在郭氏宗祠續了香火。直到後來，他與一個叫史蒂芬（Edwin Stevens）的傳教士喬裝打扮成中國人沿著閩江潛行考察，被當地官府發現後才被押解出境。

他有超乎尋常的語言天賦，會講德語、荷蘭語、英語和馬來語，最令人驚異的是他能講一口流利的福建方言，寫一手漂亮的毛筆字，尤其迷戀中國歷史和文學，為此撰寫大量文章和書籍。

32 同知，清代官名，五品文官。

不久，他在澳門認識了一個叫溫斯娣的英國女人，她在澳門辦了一所盲童學校，兩人相戀相愛，最後結為夫妻。

傳教士大多安貧樂道，他和溫斯娣卻喜歡奢侈的生活。由於租用一棟三層小樓，雇用了一個僕人，教會給的薪水不敷使用，為了彌補家用，郭士立經常為鴉片商人充當翻譯賺取傭金。由於他精通漢語，被英國商務監督署聘為秘書兼翻譯。

他是個自我矛盾的人，既是傳教士，又熱衷於俗務，既反對鴉片貿易，又為鴉片商人服務，既熱愛中國文化，又認為非武力不足以打開中國的大門。

郭士立誇讚道：「義律先生，你畫得真好。」

義律用筆尖蘸了一點紅色，在畫紙上點染幾筆，「繪畫是記錄見聞的實用工具，也是一個紳士應當具備的修養，但我的畫技不夠嫻熟，自得其樂而已。哦，我最近讀了你寫的《中國簡史》，受益匪淺。」

「過獎了。」

「聽說你對日本歷史也有研究。」

「是的。」

義律一面在調色盤上調色一面問：「日本人怎麼看待中國？」

八年前，英國派「阿美士德號」對西太平洋，即中國、日本和朝鮮水域進行綜合考察，一批地理學家、人類學家、海洋學家、氣象學家和生物學家參與其中，郭士立應邀擔任翻譯。

那次考察歷時兩年半，「阿美士德號」中途在廈門、臺灣、福州、寧波和上海停靠買水買菜，還在朝鮮和日本的部分港口做短期休整。由於那次航行，郭士立成為最瞭解中國和日本的人。他在考察途中撰寫了大量遊記，刊登在美國教會創辦的《中國叢報》上。

郭士立道：「我研究了東亞歷史，尤其是中國與朝鮮、日本、越南的封貢關係。中國人以其歷史悠久而傲視周邊國家，認為周邊國家都是賤夷，絲毫不考慮它們的尊嚴、利益、需求和感受。

「西元六世紀時，朝鮮分為新羅、高句麗和百濟三個小國。日本的聖德太子想佔領新羅，因為不知道中國是什麼態度，派使臣小野出使中國。聖德太子致隋煬帝信函的第一句話是『日出處天子致書日落處天子無恙』，惹得隋煬帝很不高興。聖德太子第二次派使節出使中國時才改書『東天皇敬白西皇帝』。這些事蹟只見於日本史書，中國史書並無記載。

「日本歷來認為它與中國是平等國家，中國卻不這樣看。明朝皇帝朱元璋曾經三次遣使去日本，命令日本國王來華進貢，致使日本大為不滿。通觀日本歷史，只有一個叫足義利滿的國王因為國勢不穩，違心地接受過明成祖朱棣冊封的日本王封號，別無二例，但中國人卻盲目相信日本是中國的屬邦。

「明朝的萬曆皇帝不知道日本國勢強大，稀里糊塗地派使臣去日本，冊封豐臣秀吉為日本王。豐臣秀吉勃然大怒，對中國使臣說『日本國，我欲王則王，何待明虜之封』。他不僅將中國使團驅逐出境，還在朝鮮與中國軍隊大動干戈。

「對鄰國日本，中國人尚且不知其所以然，對萬里之外的英美諸國更是一無所知。中國是一個民窮、財匱、兵弱、士大夫無恥的國家，徒有一種虛幻的優越感。他們只知有天下，不知有地球，甚至不屑於研究歐美國家人口幾多、國力幾何，有什麼政治訴求和經濟訴求。朝廷的文獻中經常有『夷性犬羊』等字樣，也就是說，他們把外國人與畜生並列，對外國的思想、制度、商品，乃至一舉一動，都不屑一顧。」

義律放下畫筆，「郭士立牧師，假如英中兩國開仗，中國百姓會有什麼反應？我的意思是，他們會不會像奧斯曼帝國統治下的土耳其人，寧肯聽任本國暴君的驅遣，也不願支持外國的解放者？」

郭士立炫耀著自己的知識，「這是個大題目，足以寫一篇長篇大論。中國自古以來就施行愚民政策，公開主張『民可使由之，不可使知之』。歷代皇帝都認為民愚易治，民智難治，民弱易治，民強難治，所以他們不願意教化百姓，想方設法使其愚，唯恐其不愚。對民眾的思想也盡量束縛，務使其單純，甚至不惜大興文字獄，以言論定罪。對士大夫的精力，更是盡量消耗，務使其疲敝，無暇反叛。中國皇帝遲早會自食其果，因為世界上最難駕馭的，恰恰是無知無識、頭腦愚鈍的蠢民。」

義律點點頭，「講得好，我也有同感。」

郭士立繼續說：「中國是皇權至上的國家，而我們德國和你們英國是法權至上的國家。幾十年前，我國的國王腓特烈二世想建夏宮，宮址選在一個山坡上，附近有座磨坊。沒想到修到一半，磨坊主去法院告了一狀，說夏宮擋了風，不利於風車的轉動。最後，腓特烈二世服從了法院的裁決，向磨坊主道歉，並給予賠償。

「歐洲各國的王權普遍受制於法權，所以貴國才有《人身權利保護法》（一六七九年），孟德斯鳩才寫出了《論法的精神》，法國才有《人權宣言》，美國才有《獨立宣言》。這種事不可能發生在中國，中國是上帝關顧不到的國度，官憲視人民為牛馬和草芥。我們在珠江上經常看到官船逆水上行時，差役們強迫大批村民拉縴，給付的工錢卻很低，只相當於六便士，而且不給回家的路費。在老百姓看來，這是極不划算的，許多人拉到一半就跑了，官員就派兵丁到附近的村莊拉夫。那些人很可憐，缺衣少食、貧弱不堪，稍一拖延就會受到官兵們的鞭笞。

「中國百姓不會因為受到滿洲人的統治而感到自豪和榮耀，皇帝用嚴刑峻法對待人民，只會使自己陷入狹窄的地域，喪失迴旋的餘地。許多百姓，尤其是沿海蜑民，根本沒有融入這個國家，甚至心懷怨恨。」

義律若有所思地說：「你的看法很有道理。」

郭士立又道：「清王朝建國二百年了，仍有許多中國人不認同他們，甚至視滿洲人為入侵者，暗中鼓吹『驅逐韃虜，復興大明』。清政府給百姓的是高壓管制和苛捐雜稅，絕少為民眾的福祉著想，普通百姓也不關心國家的命運。這個國家風俗敗壞，官貪民窮，盜賊四起。每當個人與外界發生衝突時，庇護他們的不是國家，而是宗族，所有中國百姓的宗族意識遠勝過國家意識。所以我認為，一俟英中兩國開仗，多數百姓將坐觀成敗。哦，義律先生，你認為英中兩國會打仗嗎？」

義律把畫筆和顏料放入畫箱中，「矛盾相當尖銳，離戰爭只有一步之遙，戰爭的導火索肯定是鴉片貿易。我不是鴉片的朋友，但政府不這樣看。我就任商務監督後，曾報告外交大臣巴麥尊勛爵，如果不對鴉片貿易加以遏制，英中兩國遲早會爆發一場大戰[33]。但是，巴麥尊勛爵指示我，在公海上販賣鴉片符合英國法律，我的許可權僅限於禁止我國商人將鴉片直接輸入中國，不得干涉公海上的貿易——這是極危險的邏輯。

「我的同胞們太貪婪，我國政府太短視，中國皇帝太無知，關津胥吏太無恥，中國海疆

33 義律是最先預見鴉片會引起戰爭的人。他在一八三六年七月二十七日致英國外交部的信中寫道：「（對鴉片商人）長期不給予懲罰會使局勢嚴峻起來……最終引發暴力攻擊。中國當局不能不表示憤慨，他們會受到驚嚇、怒不可遏，訴諸野蠻的暴力。我們的政府將別無選擇，被迫武裝介入。」

太混亂。在暴利的誘惑下，形形色色的貪利之徒趨之若鶩，死死咬住鴉片不鬆口。說心裡話，鴉片貿易是比奴隸貿易更可惡的東西，但沒有政府授權，我缺乏懲罰鴉片走私者的法律手段，只能徒勞無益地向中國官憲表明我反對鴉片貿易，以致於他們認為我口是心非。」

郭士立歎道：「有吸食者才有販賣者。中國人吸毒成癮，無可救藥。」

義律對此也深表同意，「是的，只有上帝才能讓他們克服毒癮。」

郭士立微微一笑，「但是，只有大炮才能讓上帝進入中國。中國皇帝和官憲對外國的一切都懷有天然的警惕和敵意，盲信『非我族類，其心必異』。他們矮化、妖魔化我們，尤其是我們的宗教。他們像硬殼軟體動物，一見到異類就把貝殼關緊，基督教的真理和所有外國思想都讓中國皇帝和官憲們恐慌不安。他們不讓臣民們聽見上帝的聲音，不讓他們具有理性和公正的判斷。他們認為我們的宗教有一股邪氣，會顛覆社會秩序。」

剛談及此，就看到英國駐澳門商務監督署副監督參孫（A. R. Johnston）和秘書馬儒翰匆匆忙忙朝海邊走來。

參孫是個才具中庸、熱情有餘的年輕人。他父親當過英國的掌璽大臣，在父親的蔭庇下，他於英國駐澳門商務監督署當了副監督。馬儒翰則是在澳門出生、長大的英國人，其父親馬禮遜是英國聖公會派往中國的第一位傳教士，在澳門待了半生，編寫世界上第一本《華英字典》，並將《聖經》譯成漢語。來中國做生意的所有英美商人都用馬禮遜的《華英字典》學習漢語，致使馬禮遜享有極高的知名度，但是，幾年前他去世了。

馬儒翰在澳門的中國學堂受教育，學過《三字經》、《千家詩》，能講一口流利的粵語。他很年輕，但身軀肥胖，臉盤寬闊，走路像一隻搖擺的企鵝。

義律打了個招呼，「參孫先生，你好像有什麼急事。」

參孫氣急敗壞地遞上一只大信套，「義律先生，廣州商館送來一份急件，中國官憲命令所有外國商行交出躉船上的鴉片，並派兵包圍商館和扶胥碼頭。粵海關衙門發出禁令，在交出鴉片前，所有外國人和商船不得離境。」

義律彷彿聽見一聲晴天霹靂，腦袋被震得嗡嗡響。因義士事件後他便預感到要出大事件，卻沒想到來得這麼快！

他撕開信套，裡面裝著欽差大臣簽發的《各國商人呈繳煙土諭》英譯本。迅速瀏覽一遍，裡頭「不忍不教而誅」、「嗣後來船永不敢挾帶鴉片，一經查出，貨即沒官，人即正法」、「非但水陸官兵軍威盛壯，即號召民間丁壯，已足制其命而有餘」這些強硬的字眼咄咄逼人，與歐美各國委婉的外交辭令迥然不同。

義律皺著眉頭問：「這份諭令是誰寫的？」

參孫回答：「據說出自新來的欽差大臣林則徐。」

義律道：「見其文如見其面，看來這個林則徐是個生猛冷厲、個性強悍的人物。」

參孫有些擔憂，「中國政府好像要不惜動用戰爭手段根除鴉片。」

義律歎了口氣，「我一直奉勸那些貪婪的同胞們稍加克制，不要唯利是圖，但他們不聽，終於惹出一場大亂！」

參孫道：「冰凍三尺非一日之寒，矛盾是積年累月形成的。但我認為，所有鴉片躉船都泊在老萬山和大嶼山一帶，距離中國海岸線足有三海里，那裡不是中國的轄區，他們無權沒收公海上的鴉片。他們把我國商人扣為人質，強迫他們交出境外鴉片，屬於越界執法，是我們不能接受的。」

馬儒翰的胳膊肘夾著一只皮夾子，「廣州商館裡現在有大約五十家外國商行的代表和雇員，還有一些滯留在那兒的水梢，大約三百多人，其中七成以上是我國人和英屬印度人。扶胥碼頭裡有十幾條商船、一千三百多名舵工和水梢，大部分也是我國人和英屬印度人。」

義律的牙齒咬得咯咯作響，腮上筋肉微微聳動，「這是驚天變局，是戰爭的前奏！我身為商務監督，負有保護本國商民的責任。我們必須盡快趕到現場，警告滯留在商館的所有英國臣民立即離去，並替他們申請離境船牌！」

克拉拉．義律和英商的家屬們漸漸圍攏過來，他們注意到義律和參孫的表情異常，七嘴八舌地打聽消息。

義律對圍過來的英國眷屬道：「廣州出事了，我必須盡快趕往出事地點。郭士立牧師，請留守商務監督署，安撫我國僑民。參孫先生，你立即乘小艇去『拉恩號』兵船，要佈雷克艦長通知所有英籍商船不得駛入珠江，以免淪為人質，然後你與我一起乘『路易莎號』去廣州。」

「拉恩號」是一條雙桅輕型護衛艦，配有十八位火炮、一百二十名官兵。它與「海阿新號」兵船常年在中國海域活動，擔負著防止海盜襲擊英國商船的任務，同時也是英國安置在中國水域的威懾力量。但是「海阿新號」臨時被派往印度遞送郵件，「拉恩號」是義律能夠調動的唯一武裝力量。

參孫剛要離去，義律突然叫住他，「參孫先生，請你告訴佈雷克艦長，我們此行凶多吉少，要是六天內得不到我們的消息，就意味我們遭遇不測，他可以採取任何手段營救我們。」

克拉拉聽了，很為丈夫的安全擔憂，「查理，千萬要冷靜，別像你父親那麼衝動。」

查理．義律的父親休．義律是個血氣方剛的外交官，具有少見的魯莽和豪俠氣概。他在擔任駐德國公使期間受到德國皇帝腓特烈的怠慢，於是懷恨在心，在一個公開場合用火辣辣的外交辭令羞辱腓特烈，致使各國公使無不目瞪口呆。

他擔任駐那不勒斯公使期間，與一位有舊怨的德國貴族邂逅，一句話不對頭便翻了臉，竟然交換手套相約決鬥，惹得人言沸騰。英國外交部認為休．義律剛烈有餘，溫柔不足，不適合當外交官，因而將他派往紛爭不斷、暴亂四起的西印度群島擔任總督。

義律看了妻子一眼，「多年來，我一直在一個無足輕重的位置上虛度年華，在危機突發之際，我不能像溫存的小貓，而要做隻衝鋒陷陣的獅子。克拉拉，妳把我的軍裝和佩劍拿來，我要以軍人的姿態站在中國人面前！」

虎門炮臺和珠江兩岸的所有營汛都接到了欽差大臣的命令——各國船舶許進不許出。因此，儘管「路易莎號」是商務監督署的專用單桅縱帆船，擁有特許通行權，它駛入虎門時，清軍未加攔阻，但仍迅速派哨船緊隨其後。

「路易莎號」第二天中午抵達黃埔島，駛入扶胥碼頭。平常時日，扶胥碼頭急鼓繁弦似的熱鬧，進出口貨物堆積如山，苦力傭工們忙碌得如同成群的工蟻，號子聲、吆喝聲此起彼伏。今天，這裡卻籠罩在肅殺的戾氣中。

碼頭四周佈滿了清軍，封堵所有棧橋和道口，像獵犬似的監視著夷船的一舉一動。十幾條外國商船像停擺的鐘，一動也不動地泊在碼頭裡，一千三百多名外國水艄困在船上，不得隨意下船。二十多條清軍師船和哨船在黃埔島四周穿梭行駛，船上站著荷槍實彈的兵丁。四條滿載硫黃和桐油的火筏堵住了扶胥碼頭的入口。

韓肇慶坐在太師椅裡指揮兩營弁兵包圍扶胥碼頭，身後簇擁著一群弁兵。

義律下了船，身穿海軍軍裝，頭戴三角帽，腰懸佩劍，足踏皮靴，在參孫和馬儒翰的陪伴下走到韓肇慶面前，行了一個優雅的西式軍禮，「大英國駐中國領事查理・義律向韓大人問好。」

在照光的照耀下，韓肇慶鼻翼右側的紅痣微微發亮。他稍微欠了一下身子算是還禮，口氣倨傲，「夷目義律，你國商人常年向天朝販運鴉片，惹急了大皇帝，特派欽差大人到廣州查禁鴉片。本官奉上憲命令封港封艙，特此奉告。」

聽完馬儒翰的翻譯後，義律道：「聽說廣州官憲不僅封港封艙，還派兵包圍商館，將我國商人扣為人質。遠職正為解決此事而來。」

韓肇慶站起身來遊著步子打官腔，「你是英國派來的職官，本官奉勸你仔細約束你國商人和水艄。天朝地大物博，無所不有，既不缺你們的棉花、布匹，也不缺你們的五金、鐘錶，更不缺鴉片。你們英國人以肉為食，離了茶葉、大黃就消化不良，有一命嗚呼之虞。我國大皇帝懷柔天下，善待遠人，才准許你國商人來廣州貿易。做正經買賣利樂無窮，何必用鴉片戕害天朝臣民？」

義律一本正經地回答：「遠職恪盡職守，多次公告本國商人謹遵貴國法律，不得攜帶鴉片入口。如有違反，被貴國兵丁查獲，自行承擔後果，並接受貴國懲罰。遠職夙夜憂慮、抱負難平，一心早日剷除此等惡習。」

一個是大清副將，一個是英國領事，兩個人全都冠冕堂皇、義正詞嚴，但心裡都明白官話背面藏汙納垢。韓肇慶明裡執行禁煙令，暗裡受惠於查私縱私；義律明裡要求英國商人遵守大清法律，暗裡默認英商利用大清法律的缺陷騰挪躲閃。

韓肇慶繃著臉皮道：「說得比唱得好聽。你要是嚴格約束你國商人，大皇帝何必派欽差大臣嚴打嚴查？」

義律指著英國商船說：「韓大人，你要是在我國船上查出一磅鴉片，即可依照貴國法律嚴加懲辦，遠職絕不姑息。要是沒有真憑實據，封港封艙純屬多此一舉，派兵包圍商館更是聳人聽聞。」

一開場就話不投機。韓肇慶哼了一聲：「夷目義律，你到黃埔來有何干求？」

義律回：「封港封艙包圍商館，茲事體大。本領事職責所在，必須過問。」

韓肇慶摳了摳鼻孔，「那你就過問吧。但欽差大人有令，各國夷船和水艄許進不許出。你能來扶胥碼頭，也能逆水上行，可要想退回去，非得有欽差大人的諭令不可。」

義律手搭涼棚環視扶胥碼頭。碼頭裡總共泊有十七條外國商船，其中十一條掛著英國旗。他邁步朝最近的英船走去，那是條載重六百噸的商船，船披上有「RELIANCE」（忠勇）的字樣，隸屬於顛地商行，船上有七十多名水艄。

義律一登上「忠勇號」，立即就被水艄們圍在中央，訴苦的、抱怨的、求助的、罵人的……耳邊亂亂哄哄、嘈嘈雜雜。

船長馬奎斯從人群中擠出來，他是退役的海軍軍官，四十多歲，參加過蘇利南海戰和背風島登陸戰，與義律是老相識。一番寒暄後，他告訴義律，粵海關下令撤走所有中國工役，禁止裝卸貨物，禁止黃埔居民向夷船出售食物和淨水。如今有兩條商船的水櫃裡已經沒有淨水了，水艄們只好提取江水燒水做飯，然而珠江的水質極差，很可能鬧出疾病。

義律道：「欽差大臣行事魯莽，義憤多於思考，扣押人質的做法既聰明又荒謬，既誇張又混亂。我們不能讓他抓住小辮子。你的船上有違禁貨物嗎？」

馬奎斯回答：「義律先生，本船載運的一百五十箱鴉片都卸在老萬山的躉船上，運入中國境內的，全是合法商品。」

義律又指著臨近的幾條英籍商船問：「那些商船是否有違禁物？」

「據我所知，沒有一條船攜帶違禁商品入境，船長們不會自找麻煩。」

義律點了點頭，「很好。只要你們沒有攜帶違禁商品，事情就不至於糟糕到無可救藥的田地。」

他對英國政府的政策和自己的職責有清醒的認識——關於鴉片問題，英國政府在道德上損人利己，在法律上無懈可擊。此時此刻，他必須扮演一個辯護律師的角色，竭盡全力為自己的同胞消災禳禍。

他對周邊的水艄道：「中國官憲的任何指控都必須有人證和物證，只要沒有真憑實據，我們就有迴旋的餘地。不分良莠地扣押所有外國人，包括無辜的雇員和水艄，在法律上站不住腳，至少是有缺陷的。」

馬奎斯擔憂地問：「義律先生，請問我們應該怎麼辦？」

義律第一次經歷如此複雜的事變，在甲板上來回踱步，過了半晌才抬起頭，「馬奎斯船長，『忠勇號』上有多少槍支彈藥？」公海上海盜叢集，各國商船都配有火炮和槍支。依照粵海關章程，夷船入口前須在虎門掛號口啟去炮位、封存槍支，但允許夷船保留短刀和佩劍。

馬奎斯道：「義律先生，本船的八位火炮和槍支都封存在虎門。為防範萬一，我在夾板艙裡藏了十二支短槍和少量彈藥。如果必要的話，你只要一聲令下……」

義律擺手止住他，「其他商船藏有槍支嗎？」

「據我所知，『飛梭號』和『氣精號』藏有少量槍支，具體數字不詳。」

義律撫舷環視著江面，江面上哨船梭織、刀槍林立，水陸交嚴，弁兵警動，鉦鼓之聲相互應答。他的灰藍色眸子裡閃著微光，「中國不是蘇利南，也不是牙買加，我們不能憑藉幾條武裝商船就制服對手，武力營救人質的風險極高，搞不好會血染珠江。」

馬奎斯打從心眼裡看不起中國師船，他確信武裝商船雖然卸了炮位，也足以撞翻任何攔阻它的清軍哨船。他一拍胸脯，誇下海口，「中國哨船不過是弱不禁風的大玩具。我們的水艄半數是退役水兵，操槍操炮動作嫻熟，就是使用短刀配劍，也是格鬥的好手。只要你一聲令下，我很快就能把扶胥碼頭裡的所有英國商船組織起來，衝破清軍水師的防線！」

義律極力克制住內心的衝動，「要冷靜，挾堅船快槍之利在中國境內動武不是上策，即使打敗對手也得付出三分代價，以和平手段化解危機才是上策。但是，凡事得作兩手準備。我已經命令『拉恩號』的佈雷克艦長集合所有尚未入境的武裝商船作好戰鬥準備，如果六天內得不到我們的消息，他可以闖入珠江營救人質。

「馬奎斯船長，請你知會碼頭裡的所有英籍商船，叫他們準備好。萬一廣東官憲行事魯莽大開殺戒，你們就衝進商館救人。但要切記，國家之間無小事，不忍一時之憤而魯莽行事，只會敗事於綢繆。在歐洲，拘留商船、扣押人質意味著宣戰，但欽差大臣的諭令措辭不明，我要親自去十三行公所搞清楚他們是不是有對我國宣戰之意。沒有我的書面命令，你千萬不可輕舉妄動！」

「明白。」

義律巡視完畢後，登上「路易莎號」朝商館駛去，三小時後，抵達商館前的小碼頭。十三棟商館被清軍嚴絲無縫地四面圍住，陸地上有弁兵列隊巡邏，江面上有二十多條哨船一字排開，夷商被關在商館內不得隨意走動，旗杆上的各國國旗都被降下來。英國商人隔著窗子看見「路易莎號」就像見了救星，爆發出一陣歡呼聲，水艄們把口哨吹得山響。

拾肆 嚴而不惡

天黑了，欽差大臣行轅裡點起了氣死風和羊角燈，米黃色的燈光把天井照得半明半暗。

伍秉鑒和盧文錦將義律的抗議信和請領船牌的稟帖呈給林則徐後在簽押房裡候著，脖子上依然掛著鐵鍊。袁德輝坐在一旁整理文牘。

十二年前，伍秉鑒薦舉袁德輝去北京理藩院，但伍秉鑒年事已高，記憶力衰減，竟然認不出他來。袁德輝膽小怕事，知道林則徐秉性嚴厲，也不主動搭訕，幫伍、盧二人倒了茶水後便悶聲不響地坐在一旁整理文牘。伍秉鑒和盧文錦以為袁德輝是監視他們的，不敢開口說話，三個人枯葉似的坐在一間房子裡形同陌生人。伍秉鑒年高體弱，打熬不住，托著腮幫子昏昏欲睡。盧文錦倚著椅背打盹，喉嚨裡發出輕輕的鼾聲。

林則徐和鄧廷楨正在花廳裡商議對策。義律的稟帖表示，大英國主諭令英國商人遵守大清法律，不得挾帶鴉片入境，如有違反，不僅中國官憲不予寬容，英國國主也絕不包庇。而後筆鋒一轉，強硬聲明他已將顛地置於他的保護之下，除非廣東官憲明文承諾保證顛地的人身安全，並由他親自陪同，否則不允許顛地去欽差大臣行轅。其次，躉船上的鴉片是英國臣民的財產，停泊在公海上，中國官憲無權收繳。最後，要求廣東官憲三日內發給船牌，允許全體英商離境，否則他就判定在粵英商被拘為人質，一切後果將由廣東官憲承擔！

另外，義律在稟帖中寫到：

> 中國官憲集結軍隊、戰船、火船和威脅性物資，事非尋常，本人深感不安。尤其是在廣州商館前的行刑事件，既是創舉，又沒有作任何解釋，將廣東官憲處理事務一向和平公正的信念化為烏有。現特以本國國主名義質詢貴總督，是否想同在中國的英國人和英國船開戰[34]？

林則徐的諭令秉承了中國憲令的寫法，筆挾風雷、大義凜然；義律的稟帖合乎歐洲的外交風範，不張揚，不威懾，不恫嚇，點到為止。他綿裡藏針地示意廣東官憲，動用軍隊包圍

34 摘自查理．義律（Charles Elliot）的《鴉片危機》（《Crisis in the Opium Traffic》，1839，北京國家圖書館縮微膠片）。

商館會被英國視為敵對行動，與戰爭只隔一層薄紙，稍一使勁兒就會捅穿。

林則徐指著稟帖道：「我早就聽說英夷狡詐囂張。果不其然！我到廣州後頒發的所有諭令，我國商民無不凜遵，唯有英夷以各種藉口疲頑抗命。我要他們三天內承諾繳煙，他們卻說七天後才能答覆。我飭令他們訂立甘結，承諾永不挾帶鴉片，他們以種種藉口拖延不辦，拒不簽名畫押。我下令將所有傭工雜役撤出商館、封港封艙，他們才勉強同意繳出一千零三十七箱鴉片，企圖矇混過關。我命令候補知府余保純、南海知縣劉師陸坐鎮十三行，敦促伍秉鑒和盧文錦傳喚大煙梟顛地，顛地卻抗命不遵。現在又來了一個義律，公然跳出來聲稱要將顛地置於他的保護之下，對繳煙卻隻字不提，妄求請牌離境。我們豈能答應！」

鄧廷楨湊到燈前把稟帖從頭到尾又讀一遍，老成持重地道：「義律是想以英商離境來威脅我們。」

林則徐哼了聲：「他進了商館就像鳥進了籠子，如何能威脅我們？」

鄧廷楨推測，「義律的意思是，英夷的貿易額占了廣州貿易額的七成，英商一離境，粵海關的稅收勢必大減。」

林則徐對此表示不屑，「各國夷商來廣州貿易，茶葉、大黃等正經生意利市三倍！即使沒有鴉片，各國商人也無不垂涎。廣州這樣的大碼頭天下難找，我不信英國商人捨得離去，義律不過是虛詞恫嚇而已。我們必須傳喚顛地，殺一殺英夷的囂張之氣。」

鄧廷楨撚著花白的鬍鬚緩緩地說：「少穆，辦理夷務是個細活兒，不能著急，更不能意氣用事。顛地不來，派兵進商館抓他，唾手可得，但後患無窮。《大清律》明文規定，夷人在內地犯法，除殺人罪外，一律交給外國職官處置。對付夷商，不能用對付內地刁民的套路，否則容易激起邊釁。」

林則徐道：「我在京時曾與潘、王二位閣老和刑部尚書阿勒清阿議論過這事。對外國煙梟，既不能捕，又不能關，還不能殺，只能驅逐出境，等於不加懲罰。如此一來，煙毒無法禁絕！」

鄧廷楨勸道：「皇上既然要三法司修訂《禁煙條規》，我們不妨等一等。在新條規頒發前，不要貿然抓捕夷商。至於顛地，我看算了，不必傳喚他，就算把他傳來也得放回去。顛地僅僅是大煙梟，義律才是渠魁。」

這時，門丁進來稟報：「豫關部來了。」

林則徐道：「請。」

不一會兒，豫堃挑簾進了花廳，神情有些焦急，「二位大人，我剛才接到黃埔島稅丁的稟報，兩條夷船的淡水用完了，船上的舵工水艄要買水，弁兵不讓他們下船，雙方爭執不下，差一點動起手。其他夷船趁機起哄，有鼓噪聯絡的跡象。扶胥碼頭有十七條夷船，一千數百外國水艄，萬一發生暴亂，拾掇起來就難了。」

林則徐用木尺輕敲掌心，「不施以高壓，夷商就不肯就範，難道英夷敢在我大清的地面上動武？」

鄧廷楨沉著思索一會兒，「少穆，廣州萬事難，夷務最難。英夷桀驁不馴，對付他們得有理有節，否則會惹起一連串疏理不清的事端。英夷在老萬山一帶有護商兵船，它們要是闖關入境，就會重演五年前的事件，皇上怪罪下來，咱們是吃罪不起的。咱們得把握好尺寸，鬆緊有度。」

豫堃也擔心事情鬧到控制不住的地步，「文武之道，有張有弛。少穆兄，咱們不可一味用強，搞得戾氣沖天。」

林則徐想了想，「你們比我熟悉夷情。你們說如何處置為好？」

鄧廷楨道：「我主張寬嚴有度，嚴而不惡。」

林則徐咀嚼著這句話，「嚴而不惡……嗯，這話講得好！」

豫堃道：「扶胥碼頭裡的外國水艄是討生活掙工錢的爛仔，聽從夷商支配而已，繳鴉片、簽甘結與他們無關，我們對他們不妨稍加寬待。既然不讓他們下船隨便走動，不妨供給淡水和食物，不必鬧得張牙舞爪。販賣鴉片的是商館裡的夷商，只要控制住他們，就能辦成事。」

林則徐把木尺往桌上一拍，「就依你們二位，寬嚴並用，分而治之。對商館裡的夷商要嚴控，對扶胥碼頭的水艄要寬待。豫大人，海關稅丁可以給各國水艄供應淡水，還可以免費送給他們一百隻牛羊，告訴他們少安毋躁，封港封艙只是暫時的，各國商人一俟簽署不挾帶鴉片的甘結，立即恢復通商。

「但對商館裡的奸猾夷商要保持高壓，壓得他們喘不過氣來。商館裡沒有水井，所有淡水都由傭工雜役從外面挑送，商館緊傍珠江，江水渾濁，不能飲用，肉蛋蔬菜是現吃現買，並無存貨。他們不繳鴉片，我就來個嚴而不惡，不抓不捕、不打不罵，但停供淡水和食物。沒有吃的、沒有喝的，他們堅持不了幾天！」

豫堃拊掌一笑，「這是個好主意，可以一試！」

他的話音剛落，袁德輝進來稟報：「余保純大人來了，有要事稟報。」

林則徐道：「進。」

余保純跨進門檻，依次向林、鄧、豫三人施禮，「林大人，荷蘭領事番吧臣（Van Basel）和美國商人查理．京遞了稟帖，說他們從不經營鴉片，請求單獨開艙，領取船牌離境。」說著，將兩份稟帖呈報給林則徐。

林則徐戴上老花眼鏡湊到燈前速讀一遍，對余保純道：「本朝以連坐治民，夷商入境做生意也得依照《大清律》行事，任何人都不能置身於事外，即使沒有販賣鴉片，也應當勸說別人繳煙。要是張三說不曾販賣，李四也說不曾販賣，我們如何一一甄別？搞不好就有大魚漏網。」他又轉頭對袁德輝道：「四眼先生，您展紙研墨，給荷蘭領事番吧臣和美國商人查理・京回文。我口授你記錄，然後譯成夷字。」

袁德輝坐在一張小桌旁，蘸筆濡墨，挪過一盞小油燈。林則徐緩緩踱著步子，念出給美國商人查理・京的第一份批諭。

本大臣到粵訪知，該京夷平日不賣鴉片，殊為出眾可嘉。但本大臣早頒諭帖，令眾夷人繳土，何以該夷不能迅速勸導？……該夷一面之詞，恐不足據，一時開艙等事，尚難准行[35]。

袁德輝抖動筆桿記得飛快。林則徐接著口授給荷蘭領事的批諭。

現因各國煙土未繳，照例一概封艙，不能獨准該國一船放行，致疏防犯。該夷即無鴉片，亦應開導同館夷眾，迅速繳煙。一俟繳清，即可照常開艙貿易。爾國一船，更無滯留之

35　摘自林則徐《批米利堅京夷秉》（《中國近代史資料叢刊・鴉片戰爭》第二卷，第246頁）。

處也[36]。

口授完畢，豫堃道：「少穆兄，辦理夷務，得用精通夷務的人，起碼能講夷話、識夷字。伍秉鑒和盧文錦雖然當過總商，畢竟年老體弱。十三行對內是商，對外是官，有管理夷務之責。我看，還得用頭腦敏銳、手腳伶俐的人。」

他收了伍家的錢，這番話雖沒有指名道姓，卻在無形中替伍紹榮和盧文蔚求情。

鄧廷楨也收到伍家的錢，順勢替伍紹榮和盧文蔚說話：「朝廷的章程是以官制商，以商制夷，封疆大吏不與夷商直通書信，文書往來必須由行商轉稟。少穆，要是沒有大礙，不妨讓伍紹榮和盧文蔚出來，戴罪立功。」

兩廣總督和海關監督都替伍紹榮和盧文蔚說情，林則徐不能不給面子，「也好。四眼先生，你去簽押房傳伍秉鑒和盧文錦。」

袁德輝噎了一聲，去往簽押房。

伍秉鑒和盧文錦正在簽押房裡打盹，睡眼惺忪，聽到傳喚，就像被冷水激了一下，立即

36 摘自林則徐《荷蘭國總管番吧臣秉該國並無鴉片由》批文（《中國近代史資料叢刊・鴉片戰爭》第二卷，第二百四十六頁）。

清醒，慌忙站起身來，控背躬身跟著袁德輝進了廳堂。瞥見林則徐的鐵板臉時，就像耗子見了貓，啪啪兩聲打下馬蹄袖，蝦米似的蜷伏在地上，「敝人叩見林大人。」

林則徐目光炯炯地掃視著伍秉鑒和盧文錦，「本大臣皇命在身，不能聽任煙毒在中國氾濫。等袁德輝把本大臣的批諭譯完，你們二人拿去轉諭義律，不繳鴉片，扶胥碼頭不開艙，海關衙門不發船牌，夷商不得離開商館。

「方才我與鄧大人和豫大人議過，要對商館裡的不法夷商進一步施壓，不繳鴉片就斷水斷糧斷蔬菜。伍紹榮和盧文蔚辦差不力，罪當責罰，本大臣看在鄧大人和豫大人的面子上，讓你們出來戴罪辦差。但是，在夷商繳完鴉片前，你們二人也不得回家！要是依然辦差不力，罪加一等！」

伍秉鑒和盧文錦趕緊戰戰兢兢地回道：「遵命。」

鄧廷楨在旁補充了一句，「斷水斷糧斷蔬菜是手段不是目的，林大人要求嚴而不惡，你們要拿捏好分寸，不能餓死人。」

「明白。」

余保純插話道：「林大人，有個夷商要我代問，如果他們繳煙，能否給予補償？」

林則徐眉棱骨一挑，「補償？把有毒之物販至內地，本大臣依法沒收，他們居然要補償，豈不荒唐！」

鄧廷楨覺得林則徐辦事大開大合、線條粗獷，差了幾分細膩，「少穆，對付夷商不妨溫存一點兒，給予少許犒賞。每繳一箱鴉片，酌賞茶葉若干斤，你看如何？」

「夷商手中的鴉片恐怕有萬箱之巨，費用從何而來？」

鄧廷楨瞟了伍秉鑒一眼，伍秉鑒心領神會，立即附和：「怡和行願意報效，所需費用由敝人墊付。」

鄧廷楨指著伍秉鑒和盧文錦脖子上的鐵鍊，「少穆，既然怡和行願意報效，那鐵鍊就摘了吧，省得辦差不利索。要是辦砸了差事，再戴上也不遲嘛。」

林則徐道：「有鄧大人替你們美言，就暫時摘去鎖鍊。要是三天之內夷酋義律仍不繳煙，就別怪我不客氣！你們二人聽令！」

兩位老總商像被馴服的狗，立即豎起耳朵。

林則徐一字一頓地道：「本大臣不信躉船上只有一千零三十七箱鴉片。你們轉諭義律，從現在起，斷水斷糧斷蔬菜，他作出繳煙的承諾後，本大臣才能放鬆管束。上繳四分之一，恢復供水供糧供菜；上繳一半，廚工雜役可以回館侍候；上繳四分之三，開艙貿易；上繳完畢，一切恢復正常。另外，本大臣特別申明，對積極繳納煙土的夷商酌情給予獎賞！四眼先生，給他們去掉鎖鍊。」

袁德輝走到伍秉鑒和盧文錦跟前取下鐵鍊後，伍秉鑒和盧文錦的頭磕得像雞啄米，「謝林大人寬宥之恩。」

等伍、盧二人離去，林則徐緊繃的面皮才鬆弛下來，「嶰筠兄，我沒辦理過夷務，是生手辦重事，每一步都凜凜小心。多虧您拾漏補遺，不然就可能嚴厲過頭了。」

拾伍　夷商繳煙

義律進入商館後發現各國商人沒有被抓被殺之虞，包圍商館的清軍封堵了所有路口，但號令嚴明，不闖入樓內、不損壞器物，不拘捕、不打罵、不傷害任何人，僅將夷商軟禁在樓內。武力營救人質似乎成了多餘之舉，義律反而惴惴不安起來。

他曾給佈雷克艦長下過命令，若六天內得不到消息，可以採用適當方式前來營救。在扶胥碼頭巡視時又曾授意「忠勇號」船長馬奎斯組織各船水艄，一俟清軍大開殺戒就以武力抵抗，衝破攔阻，營救商館裡的同胞。

可現在看來，事情顯然並沒有壞到那種地步。萬一佈雷克艦長和馬奎斯船長因為消息不明，採取極端行動，整個局面就會失控，各國商人和水艄就可能因一場意外的衝突大量傷亡，他無論如何都承擔不起這麼重大的責任！

斷水斷糧斷蔬菜比鈍刀割肉還教人難受。商館裡沒有水井，廚房裡沒有存貨，肉蛋菜蔬僅夠食用兩天，夷商們很快陷入缺水缺食的窘境。商館與珠江僅有一箭之遙，但清軍弁兵橫槍挎刀封鎖了江岸。就算讓他們取水，江水也不宜飲用，因為江面上船舶如梭，到處漂浮著穢物垃圾和死貓死狗。

到了第三天，商館裡的所有水缸水櫃一清見底，人們像陷入沙漠一樣嘴乾口澀，焦渴難耐，夷商們心旌動搖，一致要求義律拿出應急的辦法。

義律、參孫和馬儒翰在小會議室裡商議如何應對這場突發的危機。義律灰藍色的眼睛飽含著陰鬱和不安，肩上的擔子沉重無比，幾乎要把他壓垮。

馬儒翰舔了舔乾澀的嘴唇，「欽差大臣是個冷酷無情、意志如鐵的人，不繳鴉片，他是不會善罷甘休的。」

參孫的嗓子同樣乾得要冒煙，「清軍把我們圍得鐵桶一般，任何消息都無法傳遞出去，我擔心萬一佈雷克艦長冒險闖入虎門，馬奎斯船長率眾呼應，就事大難收了。」

義律道：「是的。我曾經多次警告我們的同胞，在中國做鴉片生意如同火中取栗，但是，他們被貪慾矇蔽了雙眼。這場危機既意外，又在意料之中，只是沒想到來得如此猛烈。欽差大臣行事魯莽，竟然把《大清律》的連坐法應用於世界各國，讓無辜的商人和水艄也遭到軟禁。商館和扶胥碼頭有一千五六百外國人，多數是我國人和英屬印度人，這種舉動會引起各國政府的抗議和干涉，甚至讓禁煙論的同情者們眾叛親離。」

參孫歎，「人在屋簷下，不得不低頭，眼下我們只好忍受屈辱，勸說那些愛錢如命的商人繳出鴉片，好化解這場危機。」

馬儒翰皺眉，「有些人寧願捨命也不願捨財，躉船上的鴉片畢竟數量龐大，價值連城。」

義律思索片刻，「我們只好鋌而走險，用商務監督署的名義收繳所有鴉片，統一交給欽差大臣。」

參孫有點兒猶豫，「商務監督署是政府的辦事機關，商人們會索要收據和補償的。」

「給他們開收據，承諾我國政府將在適當時間以適當方式給予補償！」

這是項驚人的決定，大大超出參孫預料，他提醒道：「義律先生，我國政府不會用納稅人的錢補償在華僑商的損失，沒有這種先例，何況鴉片貿易在我國，也是一個有爭議的問題。」

義律的臉色陰沉，「我只能當機立斷，當生命和財產不能兩全時，以生命為先。我擔心再過兩天，佈雷克艦長和馬奎斯船長耐不住性子，把天捅個大窟窿！我們必須想方設法通知他們，防止事態惡化。」

馬儒翰思索著，「只有承諾繳煙，才能恢復與外界的聯繫，否則，一張紙條都送不出去。」

義律吩咐：「馬儒翰先生，你寫一份通知，貼在商館的公告欄上，告訴全體在華英國臣民，商務監督署承諾在合適的時候以適當的方式由政府給予補償。明天早晨六點前，他們必須如數呈報擬上繳的鴉片，不肯繳煙的臣民，後果自負。」

馬儒翰有些擔憂，「義律先生，政府要是拒絕補償，你就騎虎難下了，會受到嚴厲的處分！」

參孫也勸道：「義律先生，你的決定事關重大，可能把政府拖入一場不期而至的戰爭，能不能換種辦法？」

義律緊蹙眉頭，「中國欽差大臣用暴力剝奪我國臣民的財產，威脅我國臣民的生命，我不得不向政府提議通過戰爭索賠。戰爭的法則是，誰戰敗誰賠款！」

參孫大為震驚，「義律先生，請你再仔細考慮一下。戰爭不是小孩子玩打仗遊戲，它比地震、風災、山崩海嘯還可怕，它的後果是災難性的！傷殘死亡，商業中止，還有人力、物力、財力的巨大消耗。中國是世界第一大國，與我國相隔一萬七千英里，軍隊的調動、後勤的保障、戰費的籌措、國際形勢、國內輿論等等，都得通盤考慮，稍有差池，就可能引發災難般的後果。」

義律把佩劍往桌上砰地一放，「我當然明白這種決定如同賭博！但我身為領事，在危機時刻有機斷之權。我將向外交大臣巴麥尊勛爵提議，對中國進行報復性打擊！我的決定可能有兩種後果，要麼以戰爭驚動世界，要麼以舉措不當被撤職查辦。」

參孫問：「如何處理甘結問題？」

義律道：「欽差大臣的《各國商人呈繳煙土諭》措辭粗糙寬泛。所謂『一經查出，貨即沒官，人即正法』，不具有法律的明晰性——什麼人，在什麼時間、什麼地點、什麼情況下，用什麼方式攜帶多少鴉片。有什麼人證、物證等等，都不規定，只是籠統地說『一經查出，人即正法』。萬一有人心懷孬意栽贓陷害，甚至不給當事人辯護的機會，就會有人被誤殺和冤殺。這一條與我們的法律背道而馳，不可接受。」

馬儒翰提醒道：「我們要是拒簽甘結，廣東官憲會停止與我國商人的貿易。」

義律道：「我將與十三行總商仔細討論甘結問題，要求他們作出修改。眼下先辦急事，用商務監督署的名義公告全體僑商，把準備上繳的鴉片如實上報，並交出原始發票。」

公告貼出後，所有商館立即燈火通明、人聲鼎沸，各國商人徹夜不眠，經過激烈的辯論後終於集體屈從。第二天早晨六點前，全體商人呈報了兩萬零三十七箱鴉片，其中查頓—馬地臣商行七千箱，顛地商行一千七百箱。幾家美國商行搭便車，請英國商人代繳一千五百餘箱。按照發票計價，貨值高達六百萬元！

伍紹榮與盧文蔚被關在南海縣大獄裡。他們是赫赫有名的官商，牢頭獄霸不敢欺負，南海知縣劉師陸與他們私交甚好，讓他們住在雅號裡。雅號是縣大獄裡的上等號間，光線好，清掃得乾淨，連鋪草都是新的，伙食單開，晚飯還加一壺水酒，只是沒有人身自由。

伍、盧兩家是姻親，盧文蔚和伍紹榮是舅甥關係，但在十三行做事仍用「某爺」互稱。二人百無聊賴，並排坐在草鋪上，有一搭沒一搭地閒扯。

「盧二爺，你卦打得準不準？」

「準。」說著，盧文蔚用鋪草打了一卦，恰好打中九五坎卦。卦辭是：坎不盈，祇既平，無咎。這是有驚無險之卦。

伍紹榮心裡稍微踏實，又疑惑道：「你說咱們犯了什麼罪？」

「勉強算是辦差不力之罪，未能說服夷商繳煙之罪。」

「這算罪嗎？」

盧文蔚無奈道：「上憲說你有罪你就有罪，無罪也有罪。上憲說你沒罪你就沒罪，有罪也沒罪。」

伍紹榮用手指撚著一根鋪草，「夷商不遵從林欽差的命令，他就把板子打在我們身上，這能怨我們嗎？我爹曾經說過，寧做一條狗，不做行商首。我當時不明白，後來才明白。嘉慶二十三年——那年我才六歲，是聽我爹說的——一條英國商船進口貿易，把四箱鴉片藏在夾板艙裡。我爹是那條船的保商，那條船在虎門緝查口瞭混過關，在扶胥碼頭被稅丁查住。結果，我爹被罰十六萬，杖八十，全體行商連坐。

「道光元年，同泰行承保的夷船私帶鴉片，他們沒查出來，出具保結，被海關稅丁查出，罰款五十倍，所有行商連坐，結果同泰行破產。就為那事，皇上一道諭旨頒下，處分我爹，摘了他的三品頂戴。

「這種殃及身家性命的事，我們唯恐避之不及，哪敢冒顛躓的風險賺黑錢？林欽差卻無端懷疑我們查私縱私。說句良心話，我們上夷船查鴉片，明面上是宣諭，實際上是懇求，懇求夷商不要挾帶違禁之物，否則會殃及我們的身家性命。」

伍紹榮講得悲心喪氣，「哎，我爹不願當總商，我也不願，但商籍就像一塊狗皮膏藥牢牢黏在我的身上，揭不掉，扯不去，撕不爛，擺不脫。我想通過科舉步入仕途，但皇上飭令我家後代必須當行商，沒辦法，我只好像磨道裡的毛驢，不僅勞心勞力，還得隨時準備承受上憲的斥責和杖打。我是八字不照的苦命人，還當了倒楣的總商。苦啊——苦——！」他拍著胸脯發著牢騷叫著苦，彷彿要把一腔塊壘吐出去。

盧文蔚也跟著訴起苦來，「我爹盧觀恒也一樣。他是苦出身，四十歲才發家，創辦了廣利行，盛極一時，當了總商。他老人家年輕時最崇拜入祀鄉賢祠的人，因為祠堂裡有牌位的，都是品學兼優、德行高尚的鄉梓名人，每年春秋由地方官主持祭禮。

「我爹在世時，辦義學、贈義田、修路橋、賑災民，累計捐資七八十萬，可謂有功於桑梓，就是夢寐求著死後能在鄉賢祠有個牌位。他去世後，我們給廣東巡撫衙門寫了稟帖，請求在新會縣鄉賢祠為他老人家立個牌位，還花不少錢上下疏通。沒想到鄉民們不幹，煽動與我爹有舊怨的人到巡撫衙門告刁狀，說我家籍隸商戶，我爹不學詩、不知禮，不是孔孟之徒，不配入祀鄉賢祠，鬧得沸沸揚揚，最後竟然驚動了朝廷。嘉慶皇帝御筆親批，不准我爹入祀鄉賢祠[37]。

「咱們籍隸商戶，就是這麼受人擠對。依我看，林欽差是在給你小鞋穿，他召見行商時，你跟他爭禮儀，能爭嗎？別看咱們捐了五品頂戴，人家說你是商不是士，你還不得乖乖跪下。」

伍紹榮從草鋪拽出一根乾草葉，一面揉搓一面說：「可咱們畢竟是有官銜的人，披著官商兩張皮，代朝廷經理天子南庫。」

盧文蔚繼續嘮叨：「作為商，兄弟子侄們眼巴巴地盼著你賺大錢分紅利，賺錢了，皆大歡喜，要是賠錢了，三親六戚合夥罵你無良無德、無才無能，甚至懷疑你私吞銀子。作為官，民人雜役對你恭敬有加，但在官場上，你依然是不入流的角色。天子南庫不是好料理的，一出紕漏，所有板子都打在你身上，打得你皮開肉綻，但除了老婆、孩子，誰說句心痛話？

37 盧觀恒（1746-1812），廣東新會人，廣利行的創始人，曾任十三行總商。他死後想入新會縣鄉賢祠，由於種種私怨和偏見，演變成嘉慶朝有名的大案。最後，嘉慶皇帝親自下令將他的牌位從新會縣鄉賢祠撤出。此事載於《清實錄》嘉慶朝卷三一四和道光朝的《新會縣誌》卷十三。

「就說鴉片，咱們明知夷商經營鴉片，但他們油滑得像泥鰍，偏不進口，只在國門口販賣。你有什麼辦法？驅趕，沒進你家地盤；不驅趕，眼睜睜地看著白銀外流。內務府要銀子，粵海關要稅賦，總督衙門和巡撫衙門要分成，行商們要賺錢，夷商們也要賺錢，還有廣州城的幾十萬丁口，全靠越洋貿易謀求生業。十三行幹的是吞刀吐火的生意，搞不好，就會自殘。

「當年你爹和我哥哥當總商，外人以為是天大的榮寵，卻不知曉多麼辛苦、多麼操勞。那種辛苦和操勞不是身乏，是心累，累得精神緊張，睡不著覺，就怕出紕漏被責打。我哥哥一心想辭去總商，卻辭不掉，只好以病求退，連哄帶勸把我推到檯面上。你爹花大把銀子想卸去總商，要不是你們兄弟二人接手，他還不照樣像磨道裡的毛驢一樣辛辛苦苦地轉悠。」

伍紹榮歎了口氣，「舊事不提了，提起來就傷心。眼下我擔心的是封港封艙，我們怡和行有五千傭工，勞薪耗損，人吃馬嚼的，封一天就得損失幾千兩銀子。」

盧文蔚也揪出一根鋪草在手指間揉搓，「我擔心的是商欠。我家的商欠有三十多萬，要是林欽差知道了，後果不可預料。要不是你們家替我家兜著，我們盧家早就像當年的麗泉行一樣流徙新疆了。」

伍紹榮咬牙切齒道：「我接替總商六年了，外表上看是榮華富貴，內心裡全是屈辱和怨毒。我真恨，恨不能請三百個道士念七七四十九天毒咒，把這商籍咒掉，恨不能請他們念九九八十一天毒咒，詛咒上憲天誅地滅！」

雖然沒點名，但盧文蔚知道他話中「上憲」指的是誰，忙小心翼翼把食指放在唇口，「噓！小點兒聲，隔牆有耳！」

伍紹榮霍然警醒，意識到牢房不是講私密話的地方，這才忐忑不安地環視四壁，彷彿有小鬼在隔牆偷聽。

恰巧這時，大門的鐵鍊猛地嘩啦啦一陣碎響，伍、盧二人心頭一悸，不由得一起朝甬道盡頭定睛細看，是牢頭用鑰匙開門。接著，敞亮處出現了一個熟悉的身影，是梁廷枏！

梁廷枏胸前掛著一柄放大鏡，背著雙手，昂首挺胸，派頭十足，比南海縣令還神氣。這副模樣在廣州城裡獨樹一幟，不僅本地官弁認得，連販夫走卒、牢頭雜役也過目不忘。

他一面往裡走一面問：「沒虐待兩位總商吧？」

牢頭陪著笑臉，「二位爺拔根毫毛，比我們的腰都粗，小的豈敢不恭敬。二位爺一進來，知縣大人就關照要好生侍候。」

梁廷枏滿意地說：「你算是明事理的。」

伍紹榮站起身，隔著木柵叫道：「梁先生，您怎麼來了？」

梁廷枏道：「我帶來欽差大臣的諭令，放你們出去。」

盧文蔚聞言，一陣驚喜，「五爺，我那卦算得精準，果然是有驚無險！」

待牢頭掏出鑰匙打開號間，梁廷枏一步踏進去，「崇曜啊，外邊的事知道嗎？」「崇曜」是伍紹榮讀書時梁廷枏給他起的學名，後來用作官名。

伍紹榮道：「知道一些。」伍、盧二人被拘後，家人探監時，曾把外面的情況告訴過他們。

梁廷枏用手指把伍紹榮衣服上沾黏到的草葉摘去，像師長關護學童，「義律同意繳煙了。好傢伙，兩萬多箱！」

伍紹榮驚得眼珠子一跳，「兩萬多箱？那得裝多少馬車！真的？」

「哪還有假！白紙黑字，蓋著夷文印鑒的上繳清單。商館斷水斷食整整三天，夷商熬不住了，不得不繳。你爹怕出人命，立即叫雜役給每棟商館送去兩桶清涼井水，三百多夷人像久旱逢甘霖似的簇擁過去，排著長龍依次舀水喝，鯨吸牛飲，喝得淨盡。」

梁廷枏陪著伍紹榮和盧文蔚往外走，邊走邊說話：「扶胥碼頭的各國水艄蠢動不止，林欽差、鄧督憲和豫關部怕出事，準備將包圍夷館的弁兵撤下調往黃埔島。鄧督憲提議放你們二人出去，把從商館裡撤出的八百傭工雜役編組成隊，分晝夜兩班，繼續包圍夷商。這兩天，一直是伍老爺和盧老爺在辦差，他們年高體弱，禁不起折騰。鄧督憲和豫關部說十三行公所是半個衙門，負有交通夷商查驗夷船傳諭憲令的責任，沒人料理不行。我也借機替你們美言幾句，林欽差耳朵根子一軟，便答應了。」

盧文蔚苦笑道：「五爺，你有個好老師，在我們大難當頭時，救了咱們一命。」

伍紹榮大夢初醒似的作了一個長揖，「多謝老師關照。」

拾陸　水師提督嚴懲竊賊

虎門位於珠江入海口，入海口兩岸山勢相連，峭壁聳立，巨岩突兀，亂石參差，湯湯江水沖過星羅棋布的岩島礁石，不捨晝夜地流淌，發出嘩嘩的聲響。

這裡是大清的南疆鎖鑰金城鉅防，廣東水師提督關天培的衙門就設在附近的虎門寨。虎門寨是一座周長一百八十六丈的磚砌方城，駐有四千人馬及其眷屬。廣東水師提督直轄五營弁兵、九座炮臺、四十一個汛地，領有大號海船六條、巡哨船八條，還有二十多條扒龍船和快蟹船，擔負著捍衛國門、緝捕海盜、查禁鴉片和打擊走私的任務。

虎門南面的晏臣灣是一個天然港灣，粵海關在那裡設置掛號口，各國商船入境前必須在此登記驗貨。由十三行的家人帶著行丁、引水、通事和買辦登船查驗，宣講《查禁鴉片煙章程》，查驗完畢後開出合規證明。粵海關書吏接到證明後派員複查，丈量船長、收取船鈔、啟去炮位封存在庫房裡，然後發給准予進口貿易的部票。

先前封港封艙，延阻在虎門外的各國商船不得不散泊在伶仃洋。十三行的家人、引水、通事、買辦和掛號口的關丁稅吏們無事可做，全如放長假似的清閒。

夷商同意繳煙後，林則徐命令夷船到龍穴和沙角繳煙，由關天培負責收繳。一箱鴉片躉售價高達六七百元，轉手就是翻倍利市，在貪利之徒眼中是價值不菲的黑金，難保有不肖之徒甘冒殺頭的風險偷盜偷運。

關天培深知廣東水師貌似軍威嚴整，實際上暗流湧動，烏龜王八水耗子隨時都在尋找機會發昧心財。為了防止弁兵們內外勾結聯手作弊，他派了二十名軍官分管起箱、登記和巡查，每收繳一箱鴉片在箱蓋打上船主姓名的棕印，如果包裝箱是外國原箱，沒有啟封的痕跡，加蓋「原箱」印記；如果不是原箱，就剔選出來單獨編號。啟箱時當值弁兵必須逐一標寫號碼，由分管委員逐箱驗收畫押、黏貼姓名，然後用馬車送到水師提督衙門的庫房裡。

但提督衙門的庫房很快就裝不下了，於是關天培從

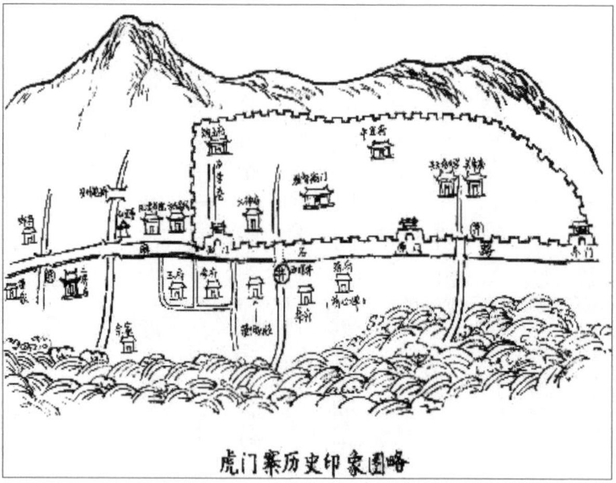

建在山腰的虎門寨。廣東水師的五營人馬有三營弁兵及其眷屬駐扎在虎門寨。取自鄧慕堯的《虎門寨鈎沉》，二〇〇八年三月三日《東莞日報》。

東莞縣雇用二百多工役，額外搭建一座篷場。篷場頂上鋪了草蓆和瓦片，地上鋪設木板，下面挖了排水溝，四周安裝木柵，為了防止弁兵們內外勾結小偷小盜，柵牆只留一個出口。並且，關天培飭令全體兵丁五人一組聯名互保，一人偷盜，五人連坐，執法違紀，從重懲處。

兩天前，關天培接到欽差大臣行轅的諮文，林則徐和鄧廷楨要來虎門視察。為了迎接兩位大憲，他親自去威遠、鎮遠、靖遠三座炮臺和水師營巡視，要求各級弁兵打掃兵房、清點火藥，作好操練和實彈演習的準備。已年近花甲的關天培馬不停蹄地跑了一圈，回到官邸時滿臉倦容、全身疲憊，晚飯只喝了一碗粥就早早吹燈睡了。

當晚，夜深人靜時，官邸外面突然傳來一陣人喊狗吠聲。關天培猛然警醒，用火煤子打火點燈，掏出懷錶一看，剛過丑時。他豎起耳朵仔細聆聽，聲音是從庫房那邊傳來的，很可能是有人藉風高夜黑之時偷盜鴉片！他再也睡不著，穿上衣服、蹬上官靴。

果不其然，他還沒出門，一個親兵就推門稟報：「啟稟關軍門，水師左營的謝千總捉了兩個偷盜鴉片的兵丁，現正在儀門外候著。」

關天培騰地站起身來，「賊娘的，我早就預料有不法之徒欲在亂中取利、借勢揩油！」事實上幾天前，他就發現篷場和庫房附近有賊頭鼠腦的傢伙遊蕩。

提督衙署的親兵們也被驚醒，全都穿衣蹬靴、取刀帶槍竄出兵房，排釘似的站成一列，等候關天培的命令。關天培一招手，全都跟著他朝儀門走去。

雖是深夜，但儀門和轅門之間的空場火把灼灼，兩個竊賊滿臉油汗跪在地上，周匝是巡夜的營兵。竊賊和營兵們顯然有過一番爭鬥，兩個竊賊嘴角帶血，像被獵人捉住的野豬，用繩子一圈圈捆得結結實實。營兵們舉著火把、擎槍提刀，像從狩獵場歸來的獵手，興奮勁兒還沒過去，在火光的映照下滿臉通紅。

關天培雖然疲倦，但在營兵面前永遠精神抖擻。他的國字臉一拉，棕黑的眼珠裡透出炭火似的微光，「怎麼回事？」

謝千總打千行禮，一副請功邀賞的神態，「啟稟關軍門，這兩個傢伙偷鴉片，被弟兄們捉了，請關軍門發落。」

關天培繞著兩個竊賊轉了一圈，乜著眼睛打量他們。由於兩個竊賊的軍裝已被撕爛，辨認不清，他咬牙切齒厲聲問道：「哪個營的？」聲音就像黑鐵一樣冷硬無情，給夜風增添了凜凜森森的煞氣。

一個竊賊斗膽抬頭覷了關天培一眼，見他的眸子閃爍鐵鏽似的寒光，不勝其寒地打了一個噤，哆嗦著嘴唇，囁嚅道：「水師右營的。」

關天培的心裡鏗然一動，水師右營是從蜑戶營拆整化零分出來的，是烏龜王八紮堆的地方。他衝兩個竊賊吼道：「叫什麼名字？」

「我叫趙三樹。」

「我叫夏胡天。」

關天培冷冷一笑，「你們也配稱『樹』叫『天』？我看你們只配叫鑿山鼠，瞎胡添！偷了多少鴉片？」

兩個人篩糠似的哆嗦著身子，大氣都不敢出。

謝千總指著地上的布袋，「偷了兩袋，每袋裡面有六個鴉片球。」

關天培的語氣冰涼，「好啊，十二個鴉片球，能換一百多兩銀子。賊娘的，你們是要錢不要命啊！誰叫你們幹的？」

「是……是……把總。」一個竊賊結巴回道。

「哪個把總？」

「劉……劉……阿三。」

「劉阿三在哪兒？」

兩個竊賊覷面相覷，卻不敢說。

謝千總道：「回關軍門，劉阿三跑了，我帶了十幾個弟兄追，天黑路滑，沒追上。」

關天培陰著臉，「本提督有令，水師各營各汛五人互保，一人違禁，五人連坐，還有三個呢？」

謝千總道：「都跑了，和姓劉的一塊兒跑了。」

眾兵聯保之下竟然有人鋌而走險，顯而易見，這是一次有預謀的行動，有人偵察，有人放哨，有人掩護，有人盜竊。

關天培對一個親兵道：「傳我的命令，叫右營守備張清齡來！」

不一會兒，張清齡耷拉著腦袋走進提督衙門。他也是睡夢中被人叫醒，剛知曉劉阿三和幾個兵丁內外勾結偷盜鴉片，被巡夜的營兵們活捉。

關天培的顏面冷若冰霜，「張清齡！」

「有！」張清齡收腹挺胸，筆直得像一塊木板。

關天培指著兩個竊賊，「認一認，是你的兵嗎？」

張清齡瞟了兩個竊賊一眼，立正答道：「是。」

關天培背著手踱了幾步，「衙署大庫和篷場裡的鴉片都是害人毒物，我三令五申要防偷防盜，但在不法之徒眼中，那些醃臢東西都是晃眼的銀子，一不留神他們就像阿貓阿狗一樣刀刃舔血！你負有管束不嚴之責，為警戒全軍，本提督不得不動用軍法。降為千總，笞二十！這兩個盜竊鴉片的狗東西，仗一百、枷號一個月，鎖在篷場門口示眾！」

張清齡朝前跨了一步，一個千，紮在關天培面前，「標下約束不力、管教無方，理當受處分。但請關軍門讓標下先開導開導那兩個狗東西。」

關天培沒吭聲，算是默許。

張清齡摘下紅纓官帽，把辮子往脖子上一盤，邁著虎步走到兩個竊賊前，怒聲罵道：「我操你們八輩兒祖宗！老子的婆婆嘴磨破了，叫你們別監守自盜，你們他娘的全當成穿堂風！老子流血流汗打拚了十多年才掙下一個紅頂戴，沒想到讓你們兩個雞鳴狗盜之徒給糟蹋了，害得老子跟著沾包受罪！老子不打爛你們的狗頭不解心頭恨！」

話音剛落，他蒼鷹撲兔似的揪住「鑿山鼠」的衣領，掄圓右臂叭地一記清脆耳光，緊接著一個虎掌，打斷其門牙，隨即像丟豬下水似的把人往地上一摜，又轉身揪住「瞎胡添」，狠狠兩記搧風大巴掌。

儘管把兩個竊賊打得鼻青臉腫、牙槽骨往外滲血，張清齡還不解氣，又照他們的屁股各踹一腳，蹬出一丈多遠，這才勉強算完。轉回身，單膝一屈，跪在關天培面前，「請關軍門用刑！」

關天培一呶嘴，兩個親兵上前，準備架起他。

張清齡倏地抬頭，「我自己來！」

他站起身，徑直走到大樹下，像聽到號令似的趴在地上。兩個親兵拿來笞條，照他的屁股輪番打了二十下。不知是因為張清齡咬緊牙關還是因為親兵們手下留情，他的屁股一片殷紅，卻沒傷到筋骨。用完刑，張清齡掙扎著站起身來，一瘸一拐地走到佇列裡，挺胸收腹，穩穩站定。

輪到兩個盜竊犯了。「鑿山鼠」涕泗滂沱、大哭大號：「饒命啊！關大人，我上有老下有小，有兩個孩子要養活啊！」

關天培的臉擰得像麻繩，「這世道真他娘的邪門！你想順利辦差，偏有人跳出來作梗；你想心靜，偏有人齷齪入目；你想耳安，偏有人聒噪；你不想殺人，偏有人伸著脖子要你砍。早知今日，何必當初！你們放著堂堂正道不走，後悔晚了！」

「瞎胡添」被打得滿嘴鮮血，預感到活罪難熬，發出一聲絕望的嘶叫：「殺了我吧！」話音未落，頭深深地向下紮，眼瞅著快要觸及地面，卻像彈簧似的猛然彈起，發瘋似的狂奔。人們還沒醒過神來，他已一頭撞到石牆上，只聽得哢嚓一聲響，破碎的頭顱和著腦漿、鮮血淌成一灘，直射心魄。

周匝的弁兵們全都愣住了，眸子裡也閃著難以描述的震驚。

違紀兵丁最怕「杖一百、枷號一個月」的處分，那是僅次於死刑的酷刑，慢火熬油一樣折磨人。幾十斤重的木枷往脖子上一套，大活人就像被沉重的捕鼠夾子夾住腦袋，連睡眠都無法落枕，時間稍長，鐵打的漢子也熬不住，就算能熬到開枷的那一天，也已被折磨得形同廢人。故而，違紀兵丁一旦難逃此等處分，要麼逃亡，要麼以死抗爭。

「瞎胡添」盜竊鴉片，或許是因為貪慾，或許是因為貧窮，或許是因欠了賭債……但不論怎樣，他走到人生中最難、最窄、最背氣、最不堪忍受的犄角，寧肯把輕薄的生命一下子撞得粉碎也不願活受罪。

關天培帶了四十年兵，深諳為將之道——帶兵的人必須嚴如父，慈如母，使霹靂手段，懷菩薩心腸，恩威並用。現在就是用威不用恩的時候，因為上萬箱鴉片堆在庫房和篷場裡就像堆了上萬箱金子，誘惑比天還大，只要稍存惻隱之心，就有不肖之徒以身試法。

他厲聲大喝：「『瞎胡添』以死逃刑，死得好！『鑿山鼠』，你要是算個男人，也撞死在石牆上。要是沒勇氣，死罪可免，活罪難逃！」

「鑿山鼠」被眼前的景象驚得魂飛四野，傻子似的不吭聲。

關天培的腮間筋肉一鼓一收，破喉發令：「用刑！」

嚴刑峻法之下，軍隊浸染著暴戾之氣。親兵們聽到命令，一擁而上，把「鑿山鼠」按倒在地上，扒去褲子，抄起板子輪番抽打，出手又狠又重，劈劈啪啪的抽打聲與撕心扯肺的號叫聲響徹夜空，周匝的營兵們看得臉色發青，聽得心頭發緊。用刑完畢後，鑿山鼠已經氣息奄奄了。

這時，水師營參將李賢也進了場院，同樣是聽說有人偷盜鴉片後趕緊過來的。他是江蘇人，與關天培為同鄉，絡腮鬍子，麻殼臉，穿一雙踢死牛快靴，手裡攥著一支火把，火光把他的臉照得微微泛紅，連細密的麻坑都清晰可見。

關天培見他進來，吩咐親兵道：「找張草蓆收屍。」

幾名親兵像拖死狗一樣把「瞎胡添」的屍體拖走，另外兩名親兵架著「鑿山鼠」的胳膊往篷場拖，其餘的人相繼散去。

等營兵們走後，關天培才與李賢一起進入二堂。李賢用靴子碾熄火把，關天培用火煤子點燃蠟燭，「明天林、鄧二位大人要來視察，我是越怕出事越出事。」

李賢道：「關軍門，聽說林大人是個冷臉人，是嗎？」李賢沒見過林則徐，但知道他與關天培是老相識，私交不錯。

關天培點頭，「林大人脾氣火急，約束下屬極嚴，辦事要求速成。」

李賢作了一個捂蓋子的動作，悄聲道：「今天的事兒，要不要捂一捂？」

關天培和李賢對廣東水師知根知底。水師弁兵多數來自兵戶，少數來自蜑戶。蜑戶是以船為家的海上遊民，生活狀態之惡劣，天災人禍之無常，遠遠超過內陸的士農工商。

在大清朝的戶籍上，蜑戶與丐戶同列賤籍，不僅朝廷的恩澤雨露難以惠及，連窮得叮噹響的村夫佃戶也看不起他們，不願與他們通婚。他們生活在大清的邊緣，一俟被風災海難斷了生計就會嘯聚而起，變成男匪女盜，幾十條船結伴潛行，輕則登岸偷雞摸狗，重則搶掠沿海村莊。朝廷屢次派兵圍剿，但積年海寇比海鼠還機靈，每逢與大清官兵遭遇，他們行船之速、鬥志之堅、撤離之快，連專事海戰的廣東水師也望塵莫及。

為了解決海患，雍正皇帝曾經頒旨廢除蜑戶的賤籍，但海上蜑民並不容易招撫，他們自由慣了，野性難收，許多人情願獨立自主也不願依附大清。

水師有其特殊性，弁兵們不能全用陸上出身的農民，用莊稼漢當水兵，無異於捨其長，用其短，每逢風高浪急，他們往往心慌意亂、手足無措，更不能在海上作戰。蜑戶出身的水兵則不同，他們是天生的浪裡白條，水上豪傑，對信風海潮之先後，碼頭島礁之遠近，了然於心，乘風破浪、轉舵牽篷如同家常便飯。

為了打擊和分化海盜，朝廷收編了部分蜑戶，將他們轉入兵戶。但是，陸上出身的水兵照樣看不起他們，言談舉止透著輕蔑與不屑，稱他們是「蜑兵」。

蜑兵們舊習難改，與積年海寇保持著千絲萬縷的聯繫。無論將領們如何苦口婆心宣講王法道義，他們左耳進，右耳出，表面上恭敬聽命，背地裡千方百計地敷衍。在陸地上假裝老實，一俟登船入海，巡洋查哨，立馬自由得像水中魚、海中鱉，收受賄賂、查私縱私的事件層出不窮。碰到上司追查，口風極嚴，一俟敗露，又極易受人煽動鋌而走險，隨時都敢抄起刀槍大打出手。

一年前，水師中營的三十多個蜑兵駕駛「靖海二號」扒龍船巡哨，公然收取賄賂為走私船護鏢，被順德協的哨船撞上。一方要護私，一方要嚴查，雙方談不攏遂爭吵起來。蜑兵們盛怒之下大打出手，開槍開炮，居然把順德協的哨船打沉了！

更驚人的是，這幫傢伙大搖大擺駕船返回虎門寨。水師營裡的蜑兵們不僅不攔阻，還助紂為虐，聽任叛兵們背起媳婦、拉上孩子登舟入海。還有幾個蜑兵不是「靖海二號」的，居然加入叛兵的行列，狐鼠同行，一塊兒溜之大吉。李賢聞訊，趕緊調了三條哨船追擊，但怎麼也追不上，只能眼睜睜看著一群混帳丘八逃之夭夭。據說那船蜑兵後來逃到越南，重新操起海盜營生。

李賢道：「去年幾十個叛兵奪船而逃，要是上報朝廷，咱們都得受處分。今天的事雖然不如上次嚴重，但幾個賊兵跑了，沒捉住，往輕裡說是治軍不嚴，往重裡說……」話語點到為止，要關天培拿主意。

去年的事，關天培記憶猶新。他接到稟報後吃了一驚，與李賢反覆斟酌後決定隱匿不報。他們二人明白，兵戶們子承父業，世世代代駐紮一地，除了春秋兩操，兵丁們全都住家裡、吃家裡。兵戶與兵戶常年通婚，結成蛛網般的姻親關係。

蜑兵們也同樣如此。這些傢伙手裡有刀有槍，懲罰他們必須小心謹慎，要是牽連的兵丁數量過多，極易激起譁變。關天培和李賢意識到蜑兵只可利用，不可重用，必須分而治之，便將蜑兵化整為零，部分留在船上，部分調往沿海炮臺，輕易不讓他們登舟入海，巡洋查哨。

李賢見關天培不言語，又問一聲：「要不要瞞一瞞？」

關天培摸了摸腦袋上的半寸短髮，「瞞？如何瞞？成千上萬箱鴉片堆在篷場裡，就像成千上萬箱金子。哪個孬人不起心？我守著篷場就像守著火藥桶，不知道什麼時候會爆炸。」

李賢心眼多，思慮也多，翻著眼皮看關天培，「水兵們有一句口頭禪說『鐵打的營盤流水的官』，這話隱含著對咱們的不忠不敬。大清的水陸官兵，八品以下軍官出自本地兵戶，七品以上軍官由朝廷調配。常言道『縣官不如現管』，當兵的對咱們畢恭畢敬，實際上人心隔肚皮，他們只聽本族兄弟的。咱們是外來人，兵痞們經常以聽不懂外省話為由敷衍咱們，皮裡陽秋，假裝懵懂，蜑兵們更是肆無忌憚。要是在這個節骨眼上被欽差大臣捉住把柄，順勢翻揀出去年的舊事……哦，我的意思是，別把那個竊賊枷在篷場門口，把他關到修船廠後面的小黑屋裡。林大人不問，咱們不說；林大人問，再說。」

關天培道：「你不瞭解林大人，他是主張嚴刑峻法的。咱們嚴懲幾個盜竊鴉片的兵丁，他不僅不會怪罪，反而會表彰。哦，有件事我得提醒一下，今天我去鎮遠炮臺看實彈射擊，有幾個抬槍兵用草紙代替火繩，正好天氣潮濕，他們扣動扳機時居然打不著火。這種事絕不能再發生！」

「是，我明天一早再查一次。」

關天培問：「夷商繳煙進展如何？」

李賢答道：「原以為二十多天能收完，現在看來，至少得三十五天。鴉片躉船又高又大，無法靠岸，我們只能用駁船來回倒騰，碰上颳風下雨、風高浪急，恐怕還得延期。」

廿柒 珠江行

夷商同意繳煙後，商館恢復供水供糧。林則徐命令列商率領八百傭工雜役替換營兵，包圍商館，鴉片繳完前，所有行商不得回家，伍秉鑒和盧文錦也不例外。行商們不敢違命，吃住辦差全在外洋行公所。

公所原本是處理商務的地方，修得非常考究，飛簷斗拱、雕樑畫棟，傢俱陳設豪華鋪張，比總督衙門還氣派，現在卻亂得像個大雜院。

公所的大伙房平日只給當值的行商和幾十個家人、通事、買辦、行丁做飯，現在猛然增加八百張嘴，不得不添加水缸、鐵鍋、柴米油鹽。廚丁們在天井裡支起十幾口大鐵鍋，劈柴挑水、剁菜蒸飯，洗刷聲、叮噹聲和熱烘烘的人流交相雜錯，要多亂有多亂。

傭工雜役們分成白晝兩班，一班在商館周邊巡邏，一班在公所裡休息。伍秉鑒和伍紹榮不得不把兩廡的三十多間房屋騰出來，鋪置稻草、打了地鋪。值夜的傭工們白天睡覺，打鼾聲與炊煙、燉菜、燒飯的氣味混雜在一起，令人一進公所就直皺眉頭。

八百傭工長年在十三棟商館裡效力，與夷商混得相當熟稔，不少人還能講一點兒陰陽怪氣的蹩腳英語。用他們包圍商館，和用軍隊包圍商館全然不同。弁兵們受過訓練，站如釘，坐如椿，走如風，提槍挎刀有模有樣；傭工與雜役只是老百姓，站無站相，坐無坐形，走起路來千姿百態。雖然十三行給他們發了短刀和棍棒，但短刀和棍棒一到他們手中就像燒火棍，有人扛著，有人挎著，有人提著，有人拎著，淆亂混雜，形同烏合之眾。

伍秉鑒父子曉得懷柔遠夷是國家大計，夷商繳完鴉片後依然是交易夥伴，因此飭令傭工雜役們不得對夷商驚辱責罵，只要他們不出商館，要吃的給吃的，要喝的給喝的，還可以替他們購買零擔小吃和生活用品。搞到後來，傭工雜役看守夷人就像監視街坊鄰居，全然沒有鐵硬猙獰的氣派。

商館距離珠江入海口有一百六十里之遙，夷商們自知逃不走，繳完鴉片才能恢復自由，與其自怨自憐、苦熬苦等，不如自尋其樂。他們因陋就簡，在小廣場上玩起蹴鞠。

西洋蹴鞠與中國蹴鞠規則不同，玩法各異，就看夷商們你爭我搶，大呼小叫，鼓掌跺腳吹口哨，傭工雜役們站在柵牆外面瞪大眼睛觀看這番光怪陸離的西洋景，有人看得津津有味，有人看得莫名其妙，有人跟著吆喝叫好。

商館一戒嚴，毗連的同文街、高第街和靖遠街一派蕭條。那幾條街的兩旁全是成衣店、鞋帽店、瓷器店、雜貨店、小吃店、古董店、書畫店……所售貨物既有自產自製的，也有來自五湖四海的。平常時日，這幾條街華夷混雜，熙熙攘攘，現在卻是門可羅雀。夥計們坐在櫃檯旁，放長假似的聊大天、侃大山、吹牛皮、鬥紙牌、擺龍門陣，店主們則是心急如焚，期盼著早日解除禁令，恢復通商。

這日，一乘綠呢官轎停在外洋行公所門前，余保純貓腰下轎問守門的行丁：「伍總商在嗎？」

行丁笑顏哈腰，「回大人話，伍老爺和五爺值白班，在商館周匝巡視呢。」

余保純剛從欽差大臣行轅回來，有要事知會他們。他遊著步子朝西面走去，繞過街角，果見伍紹榮領著一隊傭工雜役在柵牆外面巡邏。

伍秉鑒就坐在靠牆的竹椅上，膝頭橫著一柄龜頭手杖，一個僕人站在他身後，手裡提著一壺茶。他目光呆滯，好像在曬太陽，又好像在思索什麼事情。

這段日子，林則徐飭令他和盧文錦不得回家，他雖然年高體弱，卻不敢違令，不論颳風下雨，陰天晴天，都在商館周邊巡視，累了就坐在竹椅上休息一會兒。

柵牆之內，一場蹴鞠比賽剛剛結束，三百多夷商、水艄百無聊賴，在一把西洋琵琶（吉他）的伴奏下跳起蘇格蘭踢踏舞，踢得小廣場上嗒嗒作響，塵土飛揚，口哨聲、鼓掌聲震天價響。

跳完舞後，一個美國水艄順著四丈五的沖天旗杆手足並用攀到頂端，身手靈巧得如同長臂猿。他在旗杆頂上作了個鬼臉，吹出一聲尖厲響亮的口哨，突然一個鷂子翻身，雙腿勾住旗杆，唰地一下朝地面滑去，就在腦袋即將觸地時猛然止住，彈簧似的驟跳而起，最後穩穩當當站在地上。這套動作一氣呵成，如同雜技般令人眼花繚亂，看得夷商們紛紛報以熱烈的掌聲，巡邏的傭工雜役們也發出陣陣喝彩。

伍紹榮看見余保純，迎上前去，「余大人，有什麼事？」

余保純笑呵呵地說：「伍總商，要是讓你掌管刑部大獄，囚徒們非得誇你是活菩薩不可。」

伍秉鑒撐著拐杖從椅子上站起來，邁著龜步，慢騰騰問道：「余大人有何見教？」

余保純回答：「林大人接到關軍門的諮報，說夷商已經繳了兩萬多箱鴉片，他要我知會你們，從現在起可以給商館派回傭工雜役，但包圍不能撤。還有，明天林大人要去虎門視察，順便看一看虎門掛號口和十三行的辦事房，要你們一同去。」林則徐去虎門視察，順便巡視掛號口和十三行辦事房，顯然是要恢復通商。

林則徐甫一上任就痛斥伍紹榮私心向外，把他和盧文蔚關進大獄，還給伍秉鑒和盧文錦套上鐵鍊，嚇得伍家父子一聽林則徐的名字就心裡發怵、頭皮發麻，活像撞了「鬼打牆」。

兩人出獄那天，梁廷枏領伍紹榮去行轅見欽差大臣，林則徐冷著臉當堂交代兩項任務，第一，編練傭工包圍商館，不得放走一個夷人。第二，要全體英商具結，承諾不攜帶鴉片。要是辦砸了差事，仍然要嚴懲。

二十多天過去了，夷商們老老實實待在商館裡面，沒人敢逃走。但義律一口咬定「一經查出，貨即沒官、人即正法」的條款與英國法律格格不入，除非刪除，他絕不允許英國商人簽署甘結，不論伍秉鑒父子怎麼勸說都不起作用。一想起這件事，伍秉鑒和伍紹榮父子就提心吊膽。

伍紹榮生怕父親受委屈，對余保純道：「我爹腿腳不方便，我去吧。」

第二天一早，林則徐、鄧廷楨和豫堃，以及大批隨員在天字碼頭登上一條雙層大官船，伍紹榮的私家畫舫跟在後面。同行的還有兩隻哨船，一者在前鳴鑼開道，一者在後護衛。

珠江是條黃金水道，從天字碼頭到虎門有一百六十里水程，順流直下，一天可達。林則徐、鄧廷楨和豫堃一面說話一面欣賞兩岸的風光。廣州城周匝五里之內人煙輻輳，房屋密集，沿江兩岸到處都有茶葉作坊和繅絲作坊。江面上大小船舶連檣而行，漁帆絡繹，船鐘叮咚，各種水鳥沿江覓食，喳喳鳴叫，翩起翩落。

半個時辰後，船隊駛入鄉村地段，開闊的田野和疏落的村莊呈現出一派田園風光。在蒼青色的天穹下，碧翠的樹木和綠油油的莊稼接陌連天，江水挾一川溫情裹兩岸清風，悠悠灑灑地流淌，兩岸的平疇野畈緩緩後移。

珠江南岸長滿了大可合抱、小如碗口粗細的樹木，冠蓋如雲的大榕樹濃濃密密，遒勁的枝幹上掛滿了絲絲縷縷的鬚條，高大的散尾葵和大黃椰與低矮的魚尾葵、米子蘭交相雜錯。北岸，半尺高的水稻在微風吹拂下起伏抖動，遠遠望去，蓊蓊鬱鬱，勢若雲屯。每隔七八里就有一個鄉村埠頭，戴著草帽的艄公衣袂飄飄地站在船頭，輕搖櫓，慢蕩槳，把村夫村婦們渡到對岸。

豫堃坐在一張搖椅上，胖墩墩的身子把搖椅壓得吱吱響，「林大人，我在京城待過多年，官場上，辦事拖泥帶水的見得多了，很少有你這般雷厲風行的。夷商販運鴉片數十年，歷任兩廣總督和海關監督嚴查嚴禁，也沒拿出什麼切實可行的辦法。你派兵包圍商館，斷水斷食，只用四天工夫，夷酋義律就服服貼貼地繳出兩萬多箱鴉片，這可不是軟功夫，是快刀剖瓜呀！」

林則徐道：「豫大人，我是迫不得已。食君之祿，忠君之事，皇上把千鈞重擔壓在我肩上，我生怕辜負了皇上的信任，不得不辣手辦差。」

鄧廷楨撚著鬍鬚道：「辣手，好一個鐵肩擔道義，辣手著文章。對付奸夷就得用辣手，要是心慈手軟，就收不到實效。」

林則徐搖搖頭，「過於譽美易增人忌，虛名過實必有災星。不敢當、不敢當。嶰筠兄，聽說你在撰寫一本《雙硯齋筆記》？」

鄧廷楨笑道：「那是不足掛齒的閒筆。人在官場上，每天忙得七葷八素、焦頭爛額，要是不能有張有弛，非得累垮不可。我是用文字調劑身心，記點兒讀書心得，對四書五經的文字音韻做點兒考證罷了。」

船過黃埔島時，三個人用望遠鏡朝南面瞭去，韓肇慶正率領營兵在扶胥碼頭監守夷船，一千多弁兵狼蹲虎踞在巴掌大的地面上，營帳接陌，旌旗蔽日，刀槍林立，號角連聲，原本蠢蠢欲動的外國水艄全都老老實實龜縮在船上，沒人敢惹是生非。

鄧廷楨道：「少穆，有件事想和你商議一下。韓肇慶是個能幹的人，他快六十歲了，再不提拔，機會就不多了。我聽說湖南永安鎮總兵唐加新年老休致。永安鎮是你的轄區。要是沒有合適的人選，能不能讓他遞補？」

林則徐心裡咯噔一動，卻面如止水。巡疆御史和給事中的密折說韓肇慶和手下官弁有查私縱私之嫌，甚至懷疑鄧廷楨與此有染，彭鳳池和班格爾馬辛正在暗中查訪，尚未歸來。此番他只帶幾名隨員到廣州查禁煙毒，事事都得依靠本地官員的通力配合，要是一口回絕，鄧廷楨難免會有想法，不僅有礙天和，搞不好還會影響禁煙大計。

林則徐久歷官場，深知沒拿到充分的證據前，即使內心蒸騰，也不能流露出絲毫痕跡，

「嶰筠兄，韓肇慶是你的心腹愛將，我來廣州時日不長，不瞭解他，但是，查禁煙土沒有他全力辦差，我們就寸步難行。只要他禁煙得力，與你聯名保舉，未嘗不可。」說罷莞爾一笑。

鄧廷楨見林則徐應允了，笑顏更盛，「那我就代他謝了。」

林則徐不動聲色地岔開話題，「封港封艙二十多天了，廣州的民生和海關歲入都受到影響，不僅中外商賈期盼恢復貿易，傭工雜役們同樣殷殷盼望著，連咱們官憲也想早日開港，多收稅賦。豫大人，繳煙已經過半，再過幾天就可以開艙了，不知海關衙門準備得怎樣？」

豫堃回稟：「海關沒有問題，關鍵要看十三行準備得怎樣，這得問伍紹榮。」

林則徐也想問具結一事辦得如何，把頭伸出窗外，對最近的親兵道：「你去叫伍紹榮來。」

親兵對管旗說了幾句話，管旗立即拉動繩索，掛出信旗，要隨行護衛的哨船去接伍紹榮。

林則徐估計伍紹榮一刻鐘後才能過來，換了個輕鬆的話題，「到廣州後，我天天想著禁煙，想得頭皮麻木。豫大人，你是宗人府的人，最瞭解皇親國戚，講一講他們的趣聞逸事吧。」

宗人府是專管皇親國戚的衙門，愛新覺羅氏的大小王爺、貝勒、貝子、龍子龍孫都受其管轄。從順治皇帝算起，皇位傳了六代，皇親國戚繁衍近千人，奇聞逸事自然不少。

豫堃撚著八字鬍，彌勒佛似的呵呵一笑，「宗人府的差事不好當，那是天下最難管的衙門。龍子龍孫金枝玉葉，外官管不了，也不敢管，只能用親王管。當今宗人府的宗令是肅親王敬敏，世襲罔替的鐵帽子王。其實嘛，皇親國戚和市井小民一樣，也會鬧糾紛、鬧家務，為雞毛小事扯皮打架。肅王爺是和事佬，幹的是和稀泥、調解矛盾的差事，實在調和不下去，就各打五十大板，然後再安撫一番，所以皇親國戚都叫他彌縫親王。但有些事，他也彌縫不了。」

鄧廷楨啜了一口茶，「哦，肅王爺還有彌縫不了的事？」

「那當然。別人不說，就說莊親王奕賫吧，那是北京城裡有名的混帳王爺。他吸鴉片有年頭了，把家裡值錢的東西變賣不少，他的福晉遂找肅王爺哭訴。莊親王也是世襲罔替的鐵帽子王，賊橫，肅王爺不敢硬管，只能勸。無奈莊親王根本不聽肅王爺的，要不是被九門提督的巡城弁兵在尼姑庵裡捉住，奏報給皇上，誰都拿他沒辦法。但你別看莊親王在外面橫，在家裡卻不橫，連自家兒女都管教不了。」

聽豫堃講起親王們的家務事，不僅林則徐和鄧廷楨有好奇心，站在艙門口當值的親兵們也忍不住側耳聆聽。

原來莊親王有個女兒叫芙蓉，長相一般，卻是辣椒性子，說起話來滿嘴跑舌頭，沒遮沒攔瞎放炮，十八歲了還沒嫁出去。

王府有個叫解五的包衣奴才，專管傾倒廚房泔水、清掃廁所糞便。有一天，他挑著糞桶，手裡拿著一卷書，哦吟有聲：「大人如廁僕自挑，香臭濃淡一把瓢。肥男瘦女共掩鼻，入夏蒼蠅同彎腰。」

這副模樣恰好讓芙蓉撞見。她滿臉不屑地挖苦道：「一個臭挑糞的還吟詩，真可笑！你什麼時候見過蒼蠅彎腰？應當為『入夏白蛆同彎腰』。」

解五不服氣，爭辯道：「俺雖是包衣奴才，總不能老當下人，也得識文斷字，奔個前程吧？」

芙蓉眉毛一挑，嘻嘻一笑，「奔前程？我看你沒前程。我給你出個對子，你要是對上，再說前程。」說罷，從頭上摘下一支芙蓉花掐絲金簪，「香芙蓉。」

解五看了一眼糞桶，立即接口：「臭糞桶。」

芙蓉接著出，「一枝香芙蓉。」

解五應對：「兩只臭糞桶。」

芙蓉再抻長句子，「鬢角斜插一枝香芙蓉。」

解五很快對出下半句，「肩上橫挑兩只臭糞桶。」

芙蓉又加幾個字，「紅顏小姐鬢角斜插一枝香芙蓉。」

解五越發從容地回道：「黑臉大漢肩上橫挑兩只臭糞桶。」

解五對得越快，芙蓉越想刁難他，「剛才那幾個不算，太簡單，我出一個難的，你要是對上，我嫁給你。」說著，順口引了李清照的一句詞，「興盡晚回舟，誤入藕花深處，爭渡，爭渡，驚起一灘鷗鷺。」

看解五抓耳撓腮半天。芙蓉以為他對不上來，揚揚得意地道：「怎麼樣？不行了吧？對不上了吧？」

沒想到解五突然來了精氣神，居然對上了，「疲憊夜歸家，忽見糞蛆跳舞，恐怖，恐怖，趕緊翻牆嘔吐！」

聽完這則趣聞，林則徐和鄧廷楨皆捧腹大笑，連站在門口的親兵也捂嘴偷笑。

林則徐道：「有趣，有趣！李清照那麼優雅的名句，卻讓他們給糟蹋了。但一個挑糞工役能如此敏捷，也不簡單嘛。」

鄧廷楨呵呵兩聲，「莊親王的女兒下嫁挑糞工役，那可成天下奇聞了。」

豫堃笑道：「芙蓉哪肯屈身下嫁，只是給京城增添一點兒笑料而已。」

故事剛講完，哨船就把伍紹榮從私家畫舫送到雙層大官船上。

伍紹榮與鄧廷楨、豫堃熟稔，對林則徐卻存懼怕三分。他走到官艙門口，聽見林則徐的說話聲，有些猶猶豫豫，方硬著頭皮進去，覷了一眼，見林則徐臉膛微黑，不言也威，立即腿腳發軟，雙膝一屈，行廷參大禮，「卑職叩見欽差大臣、鄧督憲和豫關部。」

鄧廷楨笑道：「伍崇曜，你是茶葉大王，不用行這種大禮。」

伍紹榮的目光與林則徐的目光一碰即黯，「卑職不敢。」

鄧廷楨對林則徐道：「少穆，你一上任就燒大火，不僅把夷商燒得戰戰兢兢，把行商們也燒得戰戰兢兢。」

林則徐淡淡一笑，說了一句順風話，「平身。」

伍紹榮這才站起身來，不過依舊蝦著腰，臉上強堆著不由衷的微笑，讓人看了很不舒服。這也難怪，他出身自鐘鳴鼎食的豪門大戶，自小身邊就僕役成群，人人對他百依百順，他很少掩飾內心的愛憎，也無須掩飾。此番受了林則徐的挫辱後心有餘悸，終於懂得強行掩飾，卻掩飾得很糟糕。

林則徐不喜歡他的表情和神態，鐵硬著臉問：「聽說夷人在商館裡舞蹈雜耍、蹴鞠唱曲，比過大年還快活？」

伍紹榮琢磨不透林則徐的意思，怯生生地問：「卑職辦錯了？」

不想林則徐道：「辦理夷務得有人唱黑臉，有人唱白臉。你這個小白臉唱得好。」

伍紹榮頭一次聽林則徐誇獎，懷疑自己是否聽錯了，不敢回話。

鄧廷楨接過話頭，「對付夷商，林大人主張嚴而不惡，既要讓他們畏威，又要讓他們懷德。要是嚴過頭，就沒人敢來天朝做生意；要是寬過頭，就會有人置朝廷的禁令於不顧。總而言之，既要禁煙，又不能啟釁。蘇東坡有句名詞道『江山如畫，一時多少豪傑』。要是鬧出邊釁來，就成了『江山不寧，一時多少兵匪』了。」

林則徐端起茶杯飲了一口，轉入正題，「義律還不肯具結？」

伍紹榮回道：「是的。他說，不把『人即正法，貨即沒官』之類的話刪掉，不能具結[38]。還說英中兩國風俗兩歧，法理依據大相徑庭。《大清律》包含太多乖戾和悖理的條款，是為鞏固皇權制定的，缺少化解、疏導和調節衝突的法條。這種法律不僅不能懷柔衝突，還會把小事件激發成大毀滅和大破壞，尤其是連坐法，勢必殃及大量無辜。

「在歐美等國，立法的目的在於威懾與教化，死刑與教化的目的完全相左，廢除死刑乃大勢所趨，如英國法律便規定只有謀殺等十種罪行才能判死刑。走私鴉片固然有罪，但罪不

38　一七六四年，義大利法學家切薩雷．貝卡利亞在《論犯罪與刑罰》中提出刑法的功能在於威懾、改造和教育，應當以人道方式對待囚犯，廢除死刑。歐美法律界立即回應。十八世紀晚期，奧地利和俄羅斯先後廢除死刑，而後，美國的賓夕法尼亞州和密西根州也廢除了死刑。一八一九年以前，英國有兩百二十三種死刑法條，一八二三年開始司法改革，大幅度削減，一八三五年減為二十七種，一八三七年減為十六種，一八三九年減為十種，一九六九年廢除死刑。清初頒佈的《大清律》有真犯死罪三百三十九種，雜犯死罪三十六種，以後逐年增加，清末擴大至八百四十種。故而，在死刑問題上，英中兩國始終談不攏。

當誅。而《大清律》設定的死刑法條多達三百多條，種類之多，世界罕見。他說他是英國職官，必須恪守英國法律，因此，他不會允許英國商人在甘結上簽字。」

豫堃皺起眉頭，「入鄉問俗，入境問禁，在大清，就得按照《大清律》辦事。」

伍紹榮解釋：「義律還說，英國有句格言為『My word is my bond』，意思是具結無戲言。他們恪守信條，字字珠璣，不像咱們國家的某些無良商販，視具結為兒戲，過後翻臉不認帳。」

林則徐把茶杯往桌上一蹾，「奸夷貪婪狡猾，外表桀驁誇飾，內裡心虛多疑，稍縱即驕，唯嚴乃肅！既然義律說具結無戲言，那麼，他越不肯具結，就越要讓他具結！為了簡便起見，讓他替全體夷商具結。廣州是天下第一大碼頭，三倍利市之下，哪國商人不心動？義律不具結，本大臣就不許英國商人貿易！」

鄧廷楨點頭，「茶葉、大黃、生絲等物乃天朝獨產，為各國所需，英國商人購買它們不僅自用，還分售南洋各國。他們不僅謀我國之利，還謀各國之利，就不信義律看著別國商人把白花花的銀子賺走還能無動於衷。就按林大人所說，他越不肯具結，越要讓他具結，不具結就不能恢復通商！」

伍家三代人與夷商交往，耳濡目染，對英中兩國的法律和制度差異略知一二。伍紹榮進一步解釋：「義律說，在大清，官憲有權代表民人簽署甘結，族長有權代表族人簽訂人身合同，但在英國則不然。依照他們的法律，事涉別人的生命和財產時，當事人沒授權，任何人皆不能代理，官員代商人簽署甘結更是於法無據。」

林則徐語氣依舊堅定，「其言大謬。入境問禁，入鄉問俗是各國公認的大道至理，在大清，就得按《大清律》辦事。」

伍紹榮生怕惹怒林則徐，再受責罰，趕緊垂下腦袋，小心翼翼地道：「卑職辦差不力，請欽差大人寬恕。」

英商貿易額占廣州貿易額的七成，要是停止英商貿易，粵海關的稅收勢必大減。豫堃擔心完不成朝廷核定的稅額，從搖椅裡坐起身來，「伍總商，你要想方設法勸說義律具結。早日具結，早日開倉貿易，這是對華夷雙方都有裨益的，對他們的裨益更大。」

林則徐十分有自信地說：「商人重利，利之所在，誰不爭趨？即使此國不來，彼國也會來，今年來船少，來年勢必多。內地商民見夷商獲利豐厚，無不垂涎歆羨，無奈朝廷有定則，不准本國商人赴外國貿易，才使厚利為夷商獨得。我就不信英國商人不為厚利所動。這種事，我們不必急，到了開艙貿易那一天，他們比我們還急。」

鄧廷楨道：「這個話題有點兒嚴肅了，咱們換個輕鬆的。坊間盛傳英國人嗜茶如命，離了茶葉就活不了，伍總商，這個說法有來歷嗎？」這個說法究竟出自何處，誰也說不清，但口口相傳，傳得滿天下都是這種見識。

伍紹榮怯生生道：「有這種說法。我自幼就聽說茶水能助消化，夷人以肉食為主，沒有茶葉會大便乾燥，日久天長要生大病。」

林則徐問道：「夷人買什麼茶？」

伍紹榮回：「武夷紅茶居多，其次是青茶，再次是綠茶。」

林則徐常飲綠茶，詫異地問：「夷人為什麼買綠茶少？」

伍紹榮躬著身子道：「回欽差大人話，綠茶是不發酵的茶，青茶是微發酵的茶，紅茶是發酵的茶。武夷紅茶經過殺青、揉撚、渥堆、乾燥四道工序，能保存較長時間，用開水沖泡後，葉色黑潤，滋味醇和，茶湯呈透亮的琥珀色，為夷人所喜歡。

「綠茶則不同。喝綠茶講究明前茶，剛採的春茶最珍貴。用茶銚子烹煮後，在陽光下靜觀，能看見每片葉子徐徐展開、鬱久而發，嫋嫋綿香，久久不散，令人回味無窮。但綠茶不耐存放，存久了沒有味道。英國遠在數萬里之外，每年借信風往返一次，再好的綠茶運到英國也寡然無味。

「發酵茶則不然，它既可以製成散裝茶，也可以製成緊壓茶，既可以壓製成茶磚、茶餅，也可以壓製成小如銅錢的茶幣，還可以製成更小的顆粒香。」這番講解雖答得十分詳細，他心裡卻不甚爽快。在他看來，人世間最痛苦的，莫過於笑臉相迎心裡懼怕又憎恨的人。

豫堃道：「我聽說最近兩年武夷茶不夠銷售，你們怡和行準備試銷黑茶，是嗎？」

「是，但僅是試銷。黑茶有兩種，一種產自武夷，數量少，另一種產自湖南安化。」

鄧廷楨沒喝過安化茶，問道：「唔，安化茶有什麼特點？」

伍紹榮不愧是茶葉大王，侃侃而談：「安化茶長在湖南資江和柘溪一帶。兩岸茶林密佈，一面臨水，霧氣騰騰，一面靠山，陽光充沛。安化茶長在紅壤中，與竹林為伍，竹林有蓄水功效，還能用竹葉的清香薰陶茶葉。前明萬曆年間，朝廷把它御定為官茶，又分為天尖、貢尖和生尖三等，天尖供宮廷，貢尖供官員，生尖供民用。」

林則徐對鄧廷楨道：「我喝茶向來是開水沖泡，並不細品，解渴而已。前幾年，一個朋友送我一筒茶，說是貢茶，僅一兩，極難得的仙毫，據說一棵正宗的仙毫樹一年只出二斤茶。這麼一說，誰還敢喝？我當寶貝似的收藏了。去年才想起，打開蓋子一看，深碧的葉子，白茸茸的細毛，捏了一撮，放入杯中沖泡，卻沒品出滋味。莫非放少了？我又捏了一撮，泡了半天，才覺得有點兒滋味，卻極清淡，不像朋友說得那麼好。沒準是朋友矇了我，也許是我不識貨。總之，人家品茶是享受，我品茶是附庸風雅。」

豫堃被勾起好奇心，「伍總商，說起貢茶我是半吊子，似懂非懂。究竟哪兒的茶是貢茶？」

伍紹榮道：「貢茶是皇帝喜歡喝的茶。歷代皇帝的口味大相徑庭，貢茶的名號也跟著風水輪流轉。比方說，唐朝的貢茶院設在江南的顧渚，宋朝的貢茶出自福建的建州，元朝皇上推崇武夷山的四曲溪茶，明朝洪武皇帝喜歡安徽的祁門紅茶，萬曆皇帝喜歡湖南安化的天尖，當今皇上喜歡杭州的西湖龍井。這些茶都有貢茶之稱。」

鄧廷楨道：「去年你對我說，大紅袍乃天下之寶。」

伍紹榮點頭，「是的。但茶水無言，其中滋味全憑飲者的感覺。真正的好茶，是深山迷霧裡的輕靈仙子，靈動而寂寞，無人可識。」說起茶葉，他剛才的緊張感漸漸舒緩，腰身也略微挺直了。

鄧廷楨比較懂茶，「光茶葉好不行，還得水好。最好喝的茶水是用竹瀝水燒的。」

林則徐一臉困惑，「唔，何為竹瀝水？」

鄧廷楨解釋：「嶺南的深山老林裡有很多大竹盤根錯節，將地下水汲到竹竿裡，使竹竿裡飽浸竹液。遇到濕潤無風的天氣，你只要在大竹上鑿個小眼，就會有清水從洞中涓涓滲出。一枝大竹，一夜工夫可以滲出七八斤水，用這種水烹茶，能烹出極品茶來。」

林則徐吊起眉梢，「有這麼神奇？」

鄧廷楨有考據癖好，「有。沈括的《夢溪筆談》有記載，說當地人在山中行走時剖竹取水解渴。有個叫王彥祖的官員去雷州上任，用竹水解決了路途中的全部炊飯烹飲問題。」

「廣州的竹竿行不行？」

鄧廷楨搖搖頭，「不行。」

林則徐歎了口氣，「看來是廣陵音絕了，我沒這種福氣呀。」

當天傍晚，船隊抵達虎門，關天培率領水師官弁到碼頭迎迓，掛號口的稅官書吏，十三行的家人、通事、引水、買辦等也一起前來，二百多帶刀弁兵挺胸凹肚站成兩列，排釘似的齊整，碼頭周匝圍著好幾百位看熱鬧的百姓。

林則徐、鄧廷楨依次走下樓船，三聲禮炮後，海螺嗚嗚長鳴金鑼鏘鏘作響。兩人在關天培的陪同下檢閱了儀仗隊。

豫堃雖然官居二品，卻沒有軍權，看完檢閱後在稅官和書吏們的陪同下，與伍紹榮一起去了掛號口。

拾捌 虎門—金鎖銅關

靖遠炮臺是關天培親自督造的，從勘測到打樣，從採石到壘建，歷時一年多，雖然還沒有竣工，卻已呈現出蔚然大觀。二百多工匠赤著膀子壘磚砌石，鐵錘鑿石的叮噹聲、木匠拉鋸的唰唰聲和「嘿喲嘿喲」的號子聲交相雜錯，呈現出一片忙忙碌碌的景象。

這座炮臺高兩丈，底層用厚三尺、長四尺半的花崗岩大條石壘砌，頂層用三合土夯實，覆蓋花崗岩石版。此處共有五十六個炮洞和四個露天炮位，每個炮洞裡有儲蓄室和藏兵室，一條兩丈多寬的巷道把所有炮洞連為一體，巷道後面是三尺厚的護牆，牆上開有槍眼，槍眼後面架著抬槍。

靖遠炮臺附設一座官廳、三間神廟、十六間兵房和兩個火藥庫，炮臺下面還有座小碼頭。二百六十丈長的堞牆把靖遠炮臺與北面的鎮遠炮臺、南面的威遠炮臺連在一起。三座炮臺背山面水，結構嚴謹，險要壯觀。

關天培引著林則徐和鄧廷楨登上靖遠炮臺，一個工匠正在炮臺入口處鑿石刻字。每個字二尺見方，字已鑿好，還沒鑿刻落款。

虎門九臺，金鎖銅關，入來不易，出去更難。

林則徐問道：「這幾個字顏筋柳骨、拙樸勁道，誰寫的？」

關天培笑著說：「我寫的。一介武夫，只能寫成這個樣子，讓你們見笑了。」

鄧廷楨讚道：「這幾個字遒勁有力，換個文人，就沒這麼剛健雄強了。」

幾個人一面說話一面進了官廳。

官廳是新建的，牆面和頂棚是粗糲的花崗石，禁得起百年風雨的侵蝕和炮火的轟擊。官廳西側有個二尺寬、五尺長的瞭望孔，透過瞭望孔可以看見風騰浪湧的浩漫珠江，聽見湯湯江水注入海口的激流聲，還能看見江中央的上橫檔炮臺。

林則徐和鄧廷楨背著手站在木圖（沙盤）旁，關天培手執竹竿在木圖上指指點點，講解虎門的三重門防禦工事。水師營參將李賢和分守各臺的遊擊、都司和守備[39]們在一旁奉陪。

39 清軍以「營」為基本單位，營有大營和小營之分，大營可達兩千人以上，小營只有數百人，主管營的軍官統稱「營將」，分為參將、遊擊、都司、守備四級，分別為武職三品、從三品、四品和五品。

木圖很大，山嶺、海口、江灣、炮臺、兵營、汛地、船塢、碼頭……做得十分精緻，像幅精美的立體圖畫。關天培一面指點一面解說：「廣東水師下轄五鎮，共有官兵兩萬六千餘人，分佈在虎門、潮州、南澳、瓊州、高廉、英德和惠州。虎門的駐兵最多，共有五營四千九百二十名，其中水師營九百二十有七，領有大號海船六條、巡哨船八條，還有若干條扒龍船和快蟹船。

「虎門是廣東中路的咽喉，險要天成，共有九座炮臺，分為三層火力網，我稱之為三重門。從伶仃洋的龍穴島往北有兩座小山，東面的叫沙角，西面的叫大角，兩角各設一座炮臺，叫沙角炮臺和大角炮臺，兩臺相隔一千數百丈。它們雖然安有八千斤海防巨炮，炮力卻不足以封堵水面，故而主要用作信臺，遇有應行防堵的敵船闖關時放炮報信。

「進口七里，有一座小島峙立在水中央，叫上橫檔山，山前有一巨石，叫飯蘿排，南面有一座小島叫

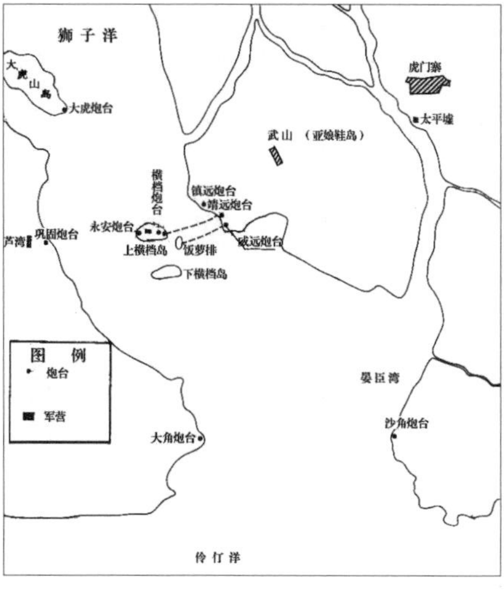

虎門九台示意圖。原圖出自茅海建的《天朝的崩潰》，作者略作簡化。

下橫檔。它們將海水一分為二，右側水道有暗沙，左側水道依武山為岸。上橫檔炮臺是康熙五十六年建的。武山下的三座炮臺依次叫威遠炮臺、靖遠炮臺和鎮遠炮臺，威、鎮兩臺各設炮四十位，靖遠安炮六十位。三座炮臺與上橫檔山相隔三百丈，炮火交叉得力。

「四年前，我從吳淞調任廣東水師提督，當時虎門只有六座炮臺，我在威遠和鎮遠之間增建了靖遠炮臺，在橫檔山西面新建了永安炮臺，在蘆灣增建了鞏固炮臺。永安炮臺設炮四十位，鞏固炮臺設炮二十位，意在封鎖西水道。威遠、靖遠、鎮遠、橫檔、永安和鞏固六臺形成第二重門戶。從橫檔向北五里是大虎山，其西是小虎山，再西是獅子洋，那裡是進入內陸的必經水道。大虎山炮臺安炮三十二位，是為第三重門。」

關天培叫親兵拿來幾副千里眼，分別遞給林則徐和鄧廷楨，自己也端起一副，引領他們朝瞭望孔走去。三個人用千里眼掃視著江面和江中的上橫檔山，半清半濁的江水滿載著漂浮物朝大海奔流。

橫檔炮臺分上下兩層，兩層之間有石築的炮巷溝通，炮臺上大纛高聳，旌旗招展，炮位森嚴，與靖遠、威遠和鎮遠三臺形成抵角之勢，各臺之間鉦鐸相聞，旗鼓應答。在對岸的岩石旁和壁縫間，高大的樹木姹紫嫣紅，金紅色、猩紅色、橘紅色、胭紅色、粉紅色延綿數里，攢攢擠擠，密密連連，比肩爭頭，綻蕾怒放，為金鎖銅關增添幾分嫵媚。

林則徐放下千里眼，好奇問道：「那是什麼花？開得如此洶湧澎湃。」

關天培回答：「是木棉花。」

李賢插話道：「這種花是強盜花，不開則已，一開就是漫山遍野，像群發情的母狗，狺狺亂吼，又像結夥出行的惡狼，強梁霸道，勢壓群芳。」

作陪的軍官們聽這生動譬喻，發出哄堂大笑。

林則徐頭一次聽人把花比作發情的母狗和惡狼，瞥了李賢一眼，「哦，這麼漂亮的漫山紅，要是讓多情遊子看見，能吟出一首曼妙的詩來。在你眼中，怎麼成了母狗和惡狼？」

李賢答道：「木棉花的確有狼性。樹幹和枝條上有皮刺，像狼牙棒，只可遠觀，不可近玩。誰要是攏過去採摘，一不小心就能被扎出血來。」

鄧廷楨說：「木棉花原本生長在海南島，不知誰把它移到內地來。它還有一個名字，叫烽火花。」

林則徐點了點頭，「這個名字好。虎門就是大清南疆的烽火臺，要是有敵人來犯，虎門首先要點燃烽火警報。」

關天培指著江面的飯蘿排，「二位大人請看，上橫檔島與靖遠炮臺間隔最近，我在這裡設了兩道攔江排鍊。排鍊的西北端安根在武山腳下，東南第一道安根在飯蘿排的巨石上，第二道安根在上橫檔島的山腳下。那兩處各鑿一個深石槽，把八千斤重的廢炮橫放在槽底，炮身外面加了四道鐵箍，上面扣四條鐵鍊，由四並為二，由二並為一，中間扭合，兩頭貫以八條大鐵鍊，用鐵鎖接扣兩邊，以便開合。木排是用大木頭截齊，合四根為一排，四小排連成一大排，底下夾以橫木六道。第一道鐵鍊長三百零九丈，安放大排三十六排。第二道鐵鍊長三百七十二丈，安放大排四十四排。兩道排鍊相隔九十丈，配鐵錨、棕纜二百四十副，船艇四條，弁兵一百二十名。有事橫絕中流，以通出入，無事分披兩岸，如關門、開門一樣開合。」

林則徐用千里眼仔細觀看江中排鍊和兩岸的棕纜轆轤，「好，有了九座炮臺和兩道排鍊，虎門就是龍蛇不能侵、虎豹不能入的金鎖銅關！」

關天培接著道：「威遠炮臺是靖遠炮臺的前沿，可以封鎖整個水面，但位置低、視界小，不便觀察。靖遠則高出許多，可以打擊越過威遠火網的敵船，前後呼應。靖、威、鎮三臺與橫檔炮臺都是用石灰、沙石調和糯米與紅糖建成的。威遠炮臺原有二十二個炮洞，我到任後增加了十四個炮洞和兩個露天炮位。」

林則徐又問：「九座炮臺共有多少火炮？」

「三百零六位。」

「能否阻擋連檣而來的敵船？」

關天培仔細回稟：「這要看有多少敵船。海防大炮炮體沉重，移動艱難，只能直擊。施放後重新填入火藥和炮子耗時一分多鐘，故而必須將三百零六位火炮布成陣式，相互搭配，形成參差錯落的火網。虎門九臺是按照三條敵船同時闖關設計的。假如有三條夷船闖關，進有排鍊羈絆，退則風水不容，九臺大炮連環轟擊，再用火船下壓，兵船繼往開來，敵船即使堅如鐵石，也難逃噩運！」

林則徐思考一會兒後問：「廣東水師能否出擊洋面，驅趕外海之敵？」

一說出擊洋面，關天培頓時沒了底氣，「林大人，廣東洋面有三千里之廣，夷船海盜蹤漂不定，水師兵分勢單，在海上與敵寇奔逐並無成效，故而，歷任水師提督都主張有海防，無海戰，水師專力防守海口，不在汪洋巨浸與夷船爭鬥。廣東水師號稱水師，實際是以岸防炮兵為主，戰船為輔。」

林則徐又問：「這麼大的工程，耗資不菲，銀子從哪兒來？」

關天培道：「我初任廣東水師提督時，就想在上橫檔島與武山之間的狹窄處安放攔江排鍊，但苦於沒有銀子。鄧大人也同意了，還給戶部寫了諮文，但戶部說沒錢，沒批。」

鄧廷楨笑說：「戶部是天下最吝嗇的衙門，讓它出錢，不等三年五載是辦不成的。」

關天培進一步解釋：「擴建炮臺用了五萬二千多兩銀子，由十三行捐助。」

林則徐詳細詢問細項，「攔江排鍊用了多少銀子？」

「八萬六千兩。」

「出自何處？」

「還是十三行。」

「他們肯嗎？」

李賢插話道：「哪裡肯，讓他們出錢就像拔雞毛，一拔就疼。」

軍官們又是一片哄笑。

林則徐看了他一眼，「如此說來，你們是拔毛籌款？」

李賢向前邁了一步，「這種事兒本來應當由戶部撥款，但戶部是個摳門兒衙門，跟它要錢，如同與虎謀皮。但海防不能鬆懈，要是英國兵船闖關入境，大家的頂戴花翎就全報銷了。沒辦法，只能就地籌措。但不能向農戶攤派，不然就會雞飛狗跳、怨聲四起，罵咱們勞民於奔走，累民於科派，誰受得了？我們只好請富戶捐輸。

「廣東富戶有兩大支，一支是十三行，一支是高州、廉州和瓊州的鹽商。關軍門猶豫，怕背上敲詐勒索的惡名，我就毛遂自薦當大鉚釘，攬下這檔子壞名聲的糗事。

「十三行公所在虎門有辦事房，行商們每年要來巡視幾次，我趁他們巡視時在我的參將衙門擺了一桌酒席，請他們赴宴。他們張口一個『李大人』，閉口一個『李將軍』地說奉承話，說得我肉皮發麻，吃到半截，我一抹嘴，亮出兵家本相，要他們捐資助軍。行商們一聽要錢，立馬容顏慘澹、咂口皺眉，臉色也張惶了，呼吸也緊蹙了，話語也結巴了，滿臉苦相，聲聲叫難，那副德行，要多難看有多難看。」

李賢越說越興奮，唾沫星子亂濺，麻殼臉微微放光，「誰不知道十三行富甲天下，這幫闊佬在我面前裝窮，像瓷公雞、鐵仙鶴、玻璃耗子琉璃貓似的，一毛不拔。我是武夫，沒這麼多講究，關軍門說缺八萬六，我想多弄點兒，就挑了四個長相兇狠的兵丁佈置在門口，告訴他們，對付行商要嚴而不惡，不許打、不許罵，只要他們承諾捐資九萬兩銀子助軍。那幾個傢伙心領神會，張牙舞爪，橫眉怒目，跟四大天王似的守著門口，佩刀拍得叭叭響，明白曉諭行商，捐不夠十萬兩銀子不許出門，茅房也不許去！」

軍官們再次哄笑，就像水泊梁山的綠林好漢打劫了生辰綱，興奮得嗷嗷叫：「八萬六成了九萬，九萬成了十萬！」

「層層加碼，一點兒也不含糊！」

「還是李大人有辦法！」

鄧廷楨笑道：「少穆啊，看來『嚴而不惡』不是咱們首創，李賢也會搞『嚴而不惡』呢。」

林則徐卻慢慢斂了笑容，「誰認捐最多？」

李賢道：「當然是伍紹榮。他一人就認捐五萬。」

林則徐聞言，吃了一驚，不由得暗歎，伍紹榮手面如此闊大，形同廣東的財神爺，難怪鄧廷楨和豫堃都替他說話。

李賢意猶未盡地道：「林大人，你別憐惜那些行商，他們肥馬輕裘、錦衣玉食，日子過得珠圓玉潤，無人可比，北京的王爺們加起來也富不過伍家。他們不為公捐輸，誰為公捐輸？

還好，伍紹榮識相，帶頭捐了，半個時辰後，行商們議出一個分攤章程，簽字畫押，承諾一個月內籌銀十萬兩。」

林則徐半挑起眉，「李賢，沒想到你有這麼一手，把水師營的參將衙門辦成打劫富豪的霸王寨。新炮何人承造？」

關天培回：「是佛山匠人李陳霍承造。我把一些舊炮廢炮折銀二千兩，另加一萬四千八百兩銀子交給李陳霍，限令他一年內分批鑄造六十位新炮，重量分別在六千至八千斤之間，每位炮使用期限三十年。若三十年內炮身炸裂，悉數由該匠賠錢另造。」

林則徐點頭讚許，「這麼浩大的工程合計用了十幾萬兩子，算是精打細算了。哦，關軍門，排鍊實用八萬六，行商捐了十萬，多餘的款項如何處置？」

「鐵錨鐵鍊會有鏽蝕，木排棕纜會有壞損，多餘的銀子留作維修經費了。」

林則徐點了點頭。

關天培又道：「知曉二位大人要來視察，我安排了一場實彈演練，請。」他一展手，引著林、鄧二人去往觀禮臺。

靖遠炮臺的五十六個炮洞和四個露天炮位已經準備好了，炮兵和抬槍兵們手持盾牌各就各位，鼓號兵和信兵站到發令臺上。關天培在露天炮位附近為林則徐和鄧廷楨設了座位。

幾個親兵拿來長方形盾牌，每個盾牌寬二尺、長四尺，用牛皮和藤條製成，很輕，但很結實。

關天培說明：「演練大炮時容易炸膛，這兒離炮位只有十丈遠，請二位大人當心，聽到開炮的號令後用藤牌護住身子，以免被飛鐵打傷。」

待一切準備就緒，關天培用手旗發出放筏的命令，信兵迅速升起信旗。大虎山炮臺的弁兵們看見信旗後依次放出兩隻木筏，每隻木筏插著一面紅旗，一前一後，相隔百丈，順流而下。震遠、靖遠和威遠炮臺的弁兵們聽到鼓號後立即跑步進入戰位，從火藥庫提取炮子，拔去炮口的防雨木塞，裝入火藥，用撞錘搗實，填入炮子，動作嫻熟，忙而不亂。不一會兒，第一隻木筏被滔滔江水沖到震遠炮臺附近。震遠炮臺的守將一揮手旗，下令開炮。

林、鄧二位透過千里眼朝震遠炮臺看去，在露天炮位上，一個炮兵用火煤子點燃炮撚，迅速轉身後撤，其他炮兵用藤牌護住身子。炮撚冒著黑煙，嗞嗞作響，隨即砰的一聲，炮子射出炮口，拖著火光飛向木筏。震遠炮臺的四十位火炮依次開炮，隆隆的炮聲驚天動地，在江心打出一串串浪柱。有兩發炮子打中了第一隻木筏，把它炸碎，炮弁們發出一陣歡呼聲。

不一會兒，第二隻木筏漂過來，進入靖遠炮臺與橫檔山之間的狹窄水道，在煙靄、浪柱之間顛簸起伏。橫檔山和飯蘿排的弁兵們喊著號子、搖動轆轤，拉起二百多丈長的鐵鍊棕纜，擋住木筏的去路，接著，靖遠炮臺的六十位火炮次第開火，打成一片火網。一顆炮子打中它，筏上的紅旗墜落水中，破碎的木片飛起一丈多高。弁兵們再次發出一片歡呼聲，林則徐和鄧廷楨也禁不住擊掌叫好。

關天培一臉興奮，對林、鄧二位道：「木筏只有三丈長，一丈多寬，比夷船小得多，不容易打中。小號夷船十幾丈長，大號夷船二十多丈長，它們要是從這裡駛過，至少得挨七八炮！」

鄧廷楨伸出拇指誇讚道：「關軍門，虎門九臺果然有一種『砥柱奠中流，炮城屯勁旅』的架勢，好！」

林、鄧二人在虎門巡視兩天，登臨了九座炮臺，觀看實彈操練，還巡視過虎門掛號口和十三行辦事房、查看夷商繳煙的現場。第三天，林則徐、鄧廷楨、豫堃和伍紹榮等一起乘船返回廣州。

逆水上行耗時兩天，直到第五天下午申時，林、鄧等人才在天字碼頭上岸。

粵海關衙門在五仙門內，林則徐和鄧廷楨想去粵海關衙門巡視，便沒進靖海門，而是繞到五仙門進城。一行人剛轉過街角，就見道旁石階上支著一個算命攤，攤主是靠測字占卜為生的瞎子，他的辮子綰成道士髮髻，身披一件陰陽八卦灰布袍，鼻樑上架著一副墨鏡，墨鏡的一條腿斷了，用條細繩拴著，掛在左耳上，墨鏡呈左高右低之態，看上去有點兒滑稽。

瞎子左手扶著長幡，幡面上有「六神算命」四個大字，另一隻手打竹板，口中念念有詞，引來了不少看客。

南來北往走西東，看得浮生總是空，
天也空，地也空，人生沓沓在其中，
日也空，月也空，來來往往有何功，
田也空，地也空，換了多少主人翁，
金也空，銀也空，死後何曾在手中，
情也空，愛也空，癡迷一場快如風，
妻也空，子也空，黃泉路上不相逢，
緣也空，債也空，緣了債償各西東，
《大藏經》中空是色，《般若經》中色是空，
朝走西來暮走東，人生恰是採花蜂，
採得百花成蜜後，到頭辛苦一場空，
夜深聽得三更鼓，翻身不覺五更中，
從頭仔細思量看，便是南柯一夢中。

豫堃經常出入海關衙門，認得附近居民的臉，卻沒見過這個瞎子。朝廷實行戶籍管制，

民人出行必須有各縣衙門開具的路引，否則會被拘押。奇怪的是，此人身穿道士袍，卻說起佛家的《大藏經》和《般若經》，似道非道，似佛非佛，有點兒可疑。

豫堃走到攤位前，「你是哪裡人？」

瞎子停了竹板，話音沙啞，「福建武夷人。」

「有路引嗎？」

「有，沒有路引怎敢行千里路？」說著，從口袋裡摸出路引，遞給豫堃。

豫堃不再盤問，看了一眼幡上的字，「我聽說過五行算命、八字算命、天干地支算命，沒聽說過六神算命。什麼叫六神？」

瞎子的無神眼珠在眼鏡片後面轉了轉，「六神乃青龍、白虎、朱雀、玄武、勾陳、騰蛇是也。青龍、白虎、朱雀、玄武是四方星宿，代表東西南北，勾陳是北極星，位於天庭正中，騰蛇乃騰雲駕霧，沒有固定方位的遊神。」

「算得準嗎？」

「準！客官不妨試一試。」瞎子說得十分肯定。

豫堃道：「你要是猜中我是幹什麼的，我就要你算。」

瞎子立即回答：「您是官，一品之下，三品之上。」

豫堃官居二品，竟然被準確猜中，他頗感驚訝，連林則徐和鄧廷楨也暗暗稱奇，不由得朝測字攤挪近幾步。

豫堃點頭，「既然你猜中了，就請你算一算。」

「請客官在我手心上寫一個字。」

「你能看見？」

「看不見。」瞎子遞上一支筆，沒蘸墨，問道：「算什麼？」

「算流年運程。」

「三人一起算？」

「你如何知道有三人？」

「我雖然看不見，卻聽見有三人在我面前。」

豫堃更驚詫，林、鄧二人站在一丈開外，身邊還有幾個隨員，瞎子卻說聽見了三個人。

豫堃與林、鄧二人對視一笑。

鄧廷楨又朝前挪了幾步，「既然你說聽見了三個人，那就請你一起算。」

瞎子點了點頭，「請三位客官在我的掌心合寫一字。」

豫堃拿起筆，蘸了墨，思索片刻，在瞎子的掌心寫了一撇，把筆遞鄧廷楨。鄧廷楨在撇上添了幾筆，寫成「烏」字，但沒寫下面四點。豫堃以為林則徐要寫「鳥」或「島」，沒想到林則徐添了一個「衣」，寫成「裊」。

攤主攥著手掌閉眼對天，思索片刻，緩緩道：「算命者不因客官位高權重而忌言，也不因客官位卑身賤而亂語。恕我直言，乙、乞、撇、乂是騰蛇之形，彎、勾、斜、月是勾陳之形。『裊』字，梟神頭，白虎腳，勾陳身，騰蛇尾，四凶齊犯，是凶兆！三位大人的仕宦之途恐怕有大蹉跌。」

瞎子雙唇一碰，吐出「凶兆」二字，聽得豫堃的臉色陡變，剛才還盛氣凌人，突然覺得腿腳發軟，差一點兒坐在地上。林則徐和鄧廷楨的面色也不好看。

林則徐打量著瞎子，覺得他像巫，舉止飄忽，輕捷有風，帶有一股山野邪氣，那邪氣是種詭異的力量，無影無形、囂張擴散，說不準什麼時候會突然發作，置人於苦絕之境，任何抵抗和掙扎都徒勞無益。

過了半晌，豫堃才從口袋裡摸出一枚老頭幣，放在瞎子掌中，「先生無戲言？」

瞎子摸了摸那枚外國錢，講了一句禪語：「誠信則靈，丟了誠信，就丟了靈性。」

瞎子把三位高官算得灰眉土眼一身晦氣，伍紹榮在一旁看得清爽，內心裡幸災樂禍，臉面上不著痕跡。

拾玖 揚州驛

春闈放榜後，錢江、張官正、孫建功和吳筱晴四個江蘇舉人沒有一個及第的，只好灰溜溜地打道回府。錢江哪裡知道，他的考卷曾被第六房閱卷官薦為二甲第五十七名，還在卷上批了「筆力清剛，精彩煥發」的考語。但穆彰阿是本年春闈的主考，他在居庸關偶遇四個江蘇舉子，隔牆聽見錢江苛評考官，說他是寫彌縫文章、做彌縫事的彌縫相爺，便把錢江的大名牢牢記在心間。閱卷官把錢江的考卷呈報給穆彰阿，無異於將其推入火坑。

當時穆彰阿大筆一揮，在卷尾批了一行字：

韻語典麗炯煌，策對千言滂沛，空言無物，胥吏之才耳！

有了這行考語，錢江的仕途立馬黯然無光，註定躍不過龍門。多虧林則徐有言在先，落榜後去廣州找他，依然做知事。

全國舉人入京會試是三年一次的掄才大典，所有舉子不論貧富，一律由各省學政衙門派馬車送往北京，沿途住官辦的驛站，食宿由朝廷一體開銷。考完再由公車送回原籍，故而應試舉人也叫「公車舉人」。

錢江與張官正、孫建功、吳筱晴四人一起乘公車返回原籍。進了江蘇地界後，其他三人陸續回家，到揚州驛時，只剩下錢江一人。他下了馬車，走進驛站，向櫃上吏役出示勘合。

役吏見他穿著九品練雀補服，卻乘應試公車而來，猜出他是參加會試的落榜小官，「客官，您去廣州？」

「是。」

「住幾天？」

「明天就走。」

驛站是接待來往官員和公差的地方，也是傳遞公文邸報的中間環節。揚州驛是位於水陸要衝的大驛站，過客如雨，規模形制如同衙門，由驛亭、轅門、廳房、神殿、戲臺、客房、伙房、馬棚等構成。依照清吏司的章程，像錢江這樣的佐貳雜官只能住大間。

役吏拿出號牌和飯牌，「西六號有一個廣州來的，您和他住一間吧。伙房在後院，早點去，天快黑了，去晚就沒飯了。」

錢江拿了號牌，提著行李來到西六號。西六號裡坐著一個身體微胖的中年人，四十六七歲的模樣，長著一張討喜的臉，同樣穿著練雀補服，光著月亮頭，正在小桌旁吃獨食。

他見錢江推門進來，吧唧著嘴，張嘴就是口廣東腔，「喲，小兄弟，新來的？」他的嘴巴左側有一顆黑痣，說話時微微動彈。

錢江點了點頭。

胖子站起身來，幫助錢江把行李放到對面的木床上，「來，一塊兒吃。」

錢江攥著號牌和飯牌，拱手行禮，「謝謝，我還是去大伙房吧。」

胖子道：「大伙房沒什麼好吃的。你既不是欽差大臣，又不是封疆大吏，大伙房只會給你一碗糊塗粥、兩碗糙米飯，外加一盤炒芹菜。來，一塊兒吃。」

錢江低頭一看，小桌上有半包細巧點心、一隻鹽水鴨，還有個小酒罈，酒罈的紅框標籤上印有「邯溝大麴榮泰燒鍋」八個小字。

他再仔細打量胖子一眼，只見他兩道柔眉，一雙細眼，面皮白淨，嘴巴上油光鋥亮，扣眼上墜著一條精工細做的銀鍊子。錢江一眼辨識出那是西洋打簧錶的錶鍊，不由得詫異起來。九品官的年俸只有三十多兩，外加三十一斗米，要是沒有家室的單身漢，這筆銀子足夠花銷，但是，四十多的人必是拖家帶口，日子強不過小康之家。驛站供應的雖不是佳餚，也說得過去，這位老兄卻是一臉富態相，不肯屈尊飲粗茶、吃淡飯，獨自上街買酒買肉自酌自飲。

胖子見錢江不動彈，露出一口細牙，「請問小兄弟尊姓大名？」

「姓布，叫布德乙。」錢江心情不好，不想多說話，順口瞎編了一個名字。

胖子嘿嘿一笑，「你真會開玩笑，天下哪有叫『不得已』的。」

錢江繃著臉皮，一本正經，「布匹的布，品德的德，甲乙的乙。」

「布德乙……嗯，這個名字有意思。」

錢江反問：「請問兄台尊姓大名？」

「我姓梅，叫梅斑發。梅花的梅，斑紋的斑，發財的發。」

錢江咧嘴樂了，「這可真是倜儻人碰上風流客。我叫『不得已』，你叫『沒辦法』。就憑這名字，又碰巧住在一間客房，也算萍水相逢了。」說罷，撩衽坐在小桌旁。

「梅斑發」不是別人，正是廣州的牙商鮑鵬。廣東省的禁煙風聲一陣緊過一陣，各營各汛張開大網，四處搜捕開設窨口、倒賣煙土和吸食鴉片的不法之徒，街衢碼頭到處都有犯禁的戴枷囚徒，僥倖的漏網之徒像縮頭烏龜似的躲入犄角旮旯，決然不敢出來，搞得鮑鵬的掮客生意淡如清湯寡如水。

他有個親戚叫招子庸，在山東濰縣當知縣。鮑鵬思來想去，置辦了價值二萬元的西洋絨布、嗶嘰、火石、南洋紫檀木、玻璃鏡、五金器具，外加少許音樂盒、剃鬚刀之類的精巧玩意兒，雇了兩條烏篷船和幾個挑夫，準備去內地販賣。

又因他與蔣大彪、王振高等官弁十分熟稔，就讓蔣大彪給他辦了張廣東布政使衙門的勘合，寫明他押送的是官貨。鮑鵬是紅頂商人，沿途驛站不辨真偽，全都把他當過境官員接待。

鮑鵬給錢江斟了一盅邯溝大麯，「小兄弟，萍水相逢都是他鄉之客，來，喝一盅。」他斟酒的姿態非常講究，抬肘，雙指捏盅，斟完後用中指一彈，像戲劇人物的姿態。

錢江笑說：「初次見面就喝酒，總得有個理由吧？」

鮑鵬一哂，「理由？貴人登門要喝酒，朋友相聚要喝酒，高興要喝酒，鬱悶要喝酒，紅白喜事要喝酒。喝酒有千般理由，其實最不需要理由。」他用油膩膩的手指撕下一隻鴨腿，塞到錢江手中，「酒君子肉丈夫，白菜蘿蔔沒稱呼——我這兒沒有青菜。」

錢江道：「其實，白菜蘿蔔也有稱呼。」

「哦，什麼稱呼？」

錢江打趣道：「白菜是嬌妻，蘿蔔是愛妾。酒君子配嬌妻，肉丈夫配愛妾，那才叫葷素鹹宜呢。」

鮑鵬呵呵一笑，眼睛笑成一對月牙，像年畫上的胖娃娃，「有意思，我還是頭一次聽說。你雖然穿著官服，卻是公車會試的舉人。我沒猜錯吧？」公車舉人的馬車上插有「奉旨會試」的小旗，錢江乘車進驛站時，鮑鵬正在隔窗觀景，一說即中。

錢江道：「兄台，你的眼力不錯。小弟我確是公車舉人，不幸落榜了。」

鮑鵬講了幾句寬心話，「落榜也罷，上榜也罷，都是一種歷練。俗話說，讀萬卷書不如行萬里路，行萬里路不如閱人無數。到北京參加會試，既走了萬里路，又見識各種人，上榜、落榜都不虛此行。布賢弟，你在哪個衙門當差？」

「布」與「不」同音不同義，有點兒像「不賢弟」，錢江聽著彆扭，但既然自稱「布德乙」，只能應承下去。他啜了一口酒，「在湖廣總督林則徐大人的衙門當差。芝麻小官，跑腿的營生。」

鮑鵬像被馬蜂蜇了一下，頓時謹慎起來，岔開話頭，「今年春闈有多少人赴京會試？」

「三千五百多。」

「取多少名額？」

「一甲八十六，二甲一百二十八。三年一次的掄才大典，這麼窄的獨木橋，天下讀書人都想過。擠，擠破頭，難，難上難！」說起「擠」、「難」二字，可謂道盡困於科場的無奈與艱辛，錢江不由得大發感慨：「什麼叫不得已？就是做不能不做之事，走不得不走之路，應不得不應之試，但依然倒楣，依然命運不逮，依然馬失前蹄，依然紅光不照天靈蓋。」

他順口背出一首打油詩，彷彿在回味考試的艱澀，「闈房磨人不自由，英雄便向彀中求。一名科舉三分幸，九日場期萬種愁。」

鮑鵬啃了一口鴨掌，「哦，要考九天？」

錢江道：「是啊，整整九天。你沒考過？」

「我哪有你的學問大，你是舉人，我只是個粗秀才。」鮑鵬在編瞎話，其實他連秀才的功名也沒有。

錢江又飲一盅，「九天考期，你只能待在考棚裡，哪兒也不能去。為了防止作弊，考棚四周佈滿兵丁，如臨大敵，三千多考生提著考籃排著長龍，等待過堂唱號進考場。考官們點名唱號如同呼喚囚徒，進門檻後，人人都得開懷解襟讓當兵的搜一搜，連破帽子、臭鞋子、爛襪子也得脫下來，讓他們翻檢一遍，甚至褲襠也得讓他們摸一摸。碰上哪個壞心術的傢伙，找碴兒讓你當眾脫下褲衩，掰屁股吹風刁難你，讀書人的斯文蕩然無存。我當時就有一種君子受胯下之辱的感覺。今年春闈我運氣不好，分了一個臭號。」

「什麼叫臭號？」

「就是緊挨茅房的考棚。你想呀，三千五百舉人，五百監考弁員和兵丁，只有十幾個茅坑，那真是你方蹲罷我入場，沒完沒了的屙屎屙尿。茅房沒有頂棚，太陽一曬，臭氣蒸騰、蒼蠅亂飛。我在考棚裡守了九天九夜茅房，熏得頭疼腦脹、心氣敗壞，靈性全無。算了，別提了，一提它我就心裡犯堵。」

鮑鵬沒有功名卻見多識廣，他不僅與各國夷商交往，在廣州官場和商賈圈子裡也旋轉自如，知道什麼場合說什麼話，「世間三百六十行，行行有難言之處。你要是仕宦之命，幾歷挫跌，遲早也會登堂入室。你要是商賈之命，即使窮蹙末路，早晚也會發財，只是時候未到，時候一到，就會時來運轉。來，不管君有幾多愁，只要有壺二鍋頭。來一盅。」說罷，給錢江斟上，念了句酒令：「感情深，一口悶；感情淺，舔一舔。」

錢江一愣，初次相逢就被人將了一軍。淺啜一口不合適，索性來個「感情深」，他一仰脖子，把酒倒進喉嚨，放下酒盅，嘖嘖地咂了咂嘴巴，「這酒有勁頭，什麼酒？」

鮑鵬道：「清風一吹全城醉，叫清風醉。」邊說邊遞上一塊鴨肉，「來，我這兒沒筷子，食客無形，五爪金龍比筷子利索。」

錢江接了過來，順口問：「梅兄台，請問你在哪個衙門做事？」

鮑鵬脫口就是瞎話，「在廣州巡撫衙門。」

「真的？」

鮑鵬油滑得像條大泥鰍，「信不信由你。這世道有點兒邪乎，誰看見別人都心存三分猜疑，你看我非我，我看你非你，人裝啥人就像啥人，誰裝誰誰就像誰。」說罷嘿嘿一笑。

錢江也笑了，「梅兄台，你這『誰裝誰誰就像誰』的妙語可傳天下。全國禁煙，廣州府首當其衝，兄台來自廣州衙門，必知廣州事，給小弟我說一說。」

鮑鵬見天色漸暗，打火點燃一支蠟燭。酒過三巡後，他的耳朵根子已有點兒發熱，話口閘門漸漸打開，「廣州的禁煙風口緊，鄧督憲原本是主張弛禁的，但皇上向廣州派了欽差大臣，他立即觀風轉向，憲命之下，拘捕抄抓、犁庭掃穴，抓得人人噤若寒蟬，誰也不敢說『鴉片』二字。廣州城裡的大牢人滿為患，一間兩丈見方的牢房塞進二十個人，依然關不下，只好囚在院子裡。

「牢頭獄卒哪個是省油燈？要是犯人的家屬曉事，給點兒碎銀子，他們給你找個陰涼地，至於沒人通關節的犯人，統統用鐵鍊一鎖、木枷一套，趕到太陽地裡暴曬，就像曬黃魚，沒幾天工夫就能把你曬成人乾兒。慘哪，慘哪！」說到這裡，端起酒盅一仰脖兒，乾了。

寥寥幾句同情話，鮑鵬露出少許鴉片掮客的蛛絲馬跡，但錢江喝得肚腸發熱，沒往別處想，順著話茬道：「是有點兒慘。一副木枷三寸厚，二尺四見方，少說也有二十斤，要是晚上不給摘去，睡覺時腦袋就不能沾地，那罪就受大了。」

鮑鵬冷哼一聲，「摘？嘿，除非家人使了銀子，否則，哪個牢頭有菩薩心？等枷號期滿把你放出來，早他娘的折磨成人乾兒了。」

說到這裡，他壓低嗓音，「哎，我說句關門話。聽說朝廷要修改《大清律》，把吸鴉片的人往死裡整。吸鴉片的人不害別人，憑什麼要殺？嚴刑峻法之下，受罪的還不是小魚小蝦小百姓。真正有錢的，上下一活動，早跑了，你能抓住？」這是明裡發牢騷，暗裡吹噓自己有能耐。

錢江把鴨肉塞到嘴裡，慢慢嚼碎，咽下，「梅兄台，依你看，林大人去廣東禁煙，能不能根除淨盡？」

「根除淨盡？那是官場上的說法，矇朝廷的。廣東有首民謠唱道『全粵民人皆私商，共同矇騙大皇上；欽差來了我溜走，天涯海角把身藏』。咱們不說陸上的販私團夥，就說海上蜑戶，廣州府下轄十三個縣，在冊的蜑戶有兩萬，按一戶五口算，有十萬，更別說不在冊的蜑民，至少有六十萬。他們是賤民，世世代代風裡來，浪裡去，生老病死在船上，朝廷給過他們什麼恩惠？沒有，只有追逐和驅趕！他們憑什麼對朝廷感恩戴德？

「蜑戶貌似散沙，實際上各有幫主。本朝海疆盜匪雲集，風起浪湧，二百年來沒有平息過。蜑戶看上去像不起眼的小魚小蝦，匯成一股巨流就了不得了。幫主是蜑戶的宗族首領，如同海上蛟龍，有槍有炮有銀子，來無影，去無蹤，道行大得很。他們與沿海協營連著線、通著氣，傍岸是蜑戶，離岸是海匪，他們才是真正的鴉片慣犯。鄧督憲在明處，只能收拾內地的煙犯，對海上蜑戶一點兒辦法都沒有。

「現在風聲緊，大小幫主們早就揚帆起碇，把鴉片運到呂宋、爪哇和馬尼拉去了。朝廷以官憲治理地方，一官一種治法，人存政舉，人去政息。風聲一過，大小幫主繞個彎子就轉回來，該販私的照樣販私。所以呀，根除淨盡，鬼才相信！」他端起酒杯，啜了一口。

兩人越說越投機。錢江道：「梅兄台，這麼喝沒意思。有句古話，花時同醉破春愁，醉折花枝當酒籌。行個酒令如何？」

「行什麼酒令？」

「當然行雅令。」錢江以為梅斑發有秀才功名，作對子、編打油詩肯定沒問題。

鮑鵬道：「你不能矇我。」

錢江講一口吳儂軟語，「矇你？君子坦蕩蕩，小人長戚戚，我向來光明磊落。」

鮑鵬聽歪了，「什麼？君子坦蛋蛋，小人藏雞雞？」

錢江笑得差點把酒噴出來，「梅兄台啊梅兄台，這是《論語》裡的聖人言，讓你糟蹋成妓院裡的下流話了。」

鮑鵬哈哈大笑，搖著筷子道：「行雅令不行，不行。路遇俠客不逞劍，不是才人不鬥詩。你是公車舉人，我是粗秀才，沒有你那兩下子，要行酒令，只能來接龍。」

這回換錢江問：「什麼叫接龍？」

鮑鵬嘿嘿一笑，「就是你說上半句，我對下半句。」

錢江似乎明白一點兒，「你的意思是，我說『舉頭望明月』，你對『低頭思故鄉』？這樣豈不是太簡單？」

鮑鵬搖搖頭，「不是這個意思。我說上半句，你接的下半句不能與原句一模一樣。比如，你說『床前明月光』，我對『心情冷如霜』。」

錢江覺得滿新鮮，點頭答應，「好，那我出上半句，『床前明月光』。」

鮑鵬道：「小兄弟，我說不鬥詩不鬥詩，還是被你拉到鬥詩的路子上。我對下半句，『李白睡得香』！」

錢江笑得肚皮直顫，「好，好！歪對，歪對！不過，滿有意思。我再出一句，『葡萄美酒夜光杯』。」

鮑鵬雖然沒有錢江的學問大，卻是見多識廣的機敏人，急轉彎的肚腸倚馬可待，立即對上，「金錢美女一大堆！」

有了這個開頭，兩個人擄拳奮臂叫號喧爭起來。

眾裡尋她千百度，女人不知在何處！
天若有情天亦老，人若有情死得早！
兩情若是長久時，該是進入洞房時！
洛陽親友如相問，請你不要告訴他！
踏破鐵鞋無覓處，女人就在燈火闌珊處！
大風起兮雲飛揚……

鮑鵬懵了，「這是誰的詩？怎麼沒聽說過？《千家詩》裡沒有。」

錢江道：「這是漢高祖劉邦的詩，共三句。前兩句是『大風起兮雲飛揚，安得猛士兮歸故鄉』。你接第三句，接不上喝酒，接上，我喝！」

鮑鵬摸了摸後腦勺，「有了！『西楚霸王上房梁』！」

錢江哈哈一笑，抿了一口酒。

鮑鵬嬉笑道：「不行，咱們換一換，我說前半句，你對後半句。」

錢江喝得耳朵根子發熱，「行！」

鮑鵬用筷子一敲酒盅，「問君能有幾多愁。」

錢江歪對，「恰似一壺二鍋頭！」

鮑鵬又拿起一支筷子，「三個臭皮匠！」

錢江愣住了，「你這是矇人吧，這不是詩，是諺語。」

鮑鵬說：「諺語也算。」

「算嗎？」

「算！」

「算就算，重來！」

三個臭皮匠，味道都一樣！

亂世出英雄，清水出芙蓉！

窮則獨善其身，富則妻妾成群！
書到用時方恨少，錢到年關不夠花！
三更燈火五更雞，正是男女同床時！
想當年金戈鐵馬，看今朝溫香軟玉！

鮑鵬是走江湖的買賣人，山南海北的飯桶酒槽都經歷過，食量大，酒量更大，賭起酒來豪情滿懷、揮灑自如，兩隻手左右開弓、上下翻轉，舞龍般花哨，不一會兒就把錢江玩暈了。

錢江連喝六七杯酒後開始暈頭脹腦、舌頭僵澀，「跟……跟你賭酒，有……有意思。」

鮑鵬又給他斟了一盅，「早二兩晚半斤足矣夠矣，日三餐夜一夢優哉游哉。還得及時行樂，對吧？」

「對……對。」錢江打了一個飽嗝，一仰脖兒，乾了。

鮑鵬問道：「兄弟，你準備去哪兒？」

「換船，走……贛江，去……去廣州，投奔……林大人。」

酒桌上有三語，先是輕聲細語，再是高聲粗語，最後無聲無語。喝到這個田地，酒也醉，飯也醉，茶也醉，人也醉，連燈都醉了。燭芯輕搖輕晃，照得牆上的人影大搖大晃。

鮑鵬見錢江迷迷糊糊、身子發軟，自己也頭重腳輕，嘟囔一句：「不喝了，吹燈睡覺。」

廿　閒話清福

錢江離開揚州後，又走了一個月才到達廣州。驛船攏近天字碼頭時，突然下起瓢潑大雨，雨水撞擊在街道兩側的灰瓦屋頂上，激起繚亂的水花，發出爆豆般的聲響。

他在臨街小鋪買了一把油傘，問清道路，冒雨朝越華書院走去。廣州的初夏常下雷陣雨，雷公電母的喉嚨又粗又大，稀里嘩啦聲勢嚇人，但過不了多久就偃旗息鼓，草草收兵，就像個衝動莽撞的小孩兒，來也匆匆，去也匆匆。

天色漸晚，傾盆大雨成了淅瀝小雨。錢江找到越華書院的大門，透過雨柵仰頭看，只見門楣上掛著「欽差大臣行轅」的横幅，它被雨水澆得透濕，在陣風的吹拂下微微抖動。

他覺得有點兒奇怪，欽差大臣行轅理應警備森嚴，起碼該在大門口設一崗哨，但櫺星門旁怎麼沒有哨兵？

撇開疑問，錢江撐著雨傘進入行轅，院子裡靜無一人，只有細細的小雨聲。繞過泮池，向東踅了一個彎兒，瞥見東廂房前有爐火，窗櫺裡有燈光，走近一看，寬大的出水簷下架著一只銅爐，爐膛裡炭火微紅，爐子上懸著一只茶銚子。

人們煮茶大都把茶壺坐在火爐上，用銚子懸壺煮茶是一種雅趣，只有很講究的人才這麼做。

廂房的門敞著，錢江直接一腳邁過門檻，只見一個人左手拿著放大鏡，右手握著一支筆，在燈下寫字。那人聽見腳步聲，沒抬頭，蹦出一句莫名其妙的話，「稍等，等我把這幾個字寫完，陪我喝杯茶。」

錢江以為碰到舊相識了，仔細一看卻不認識。那人四十多歲，穿一件竹布長衫，脖子上套著一條皮繩，皮繩繫著一柄放大鏡，腳上穿雙麻鞋，十個腳趾從鞋眼裡探出，像十個鬼頭鬼腦的小木偶。此人顯然是個近視眼，頭俯得極低。

錢江一面收起油傘一面問：「您認識我？」

寫字的人是梁廷枏。他發覺聲音不對，一抬頭，知道認錯人了，卻沒起身，瞇著眼睛打量，只見來者二十多歲，穿九品官服，靴子和褲腳都濕透了。梁廷枏的公雞嗓子一挑，「咦，您是哪個衙門的？」

「湖廣總督衙門的。」

「找林大人？」

「對，找林大人。」

梁廷枏收了筆，「既然是湖廣總督衙門的，就是一家人。來，坐。」

錢江問道：「請問林大人在行轅嗎？」

「不在，去虎門了。」

「什麼時候回來？」

「起碼也得七八天。我是留守的，有事兒跟我說。」

梁廷枏只講了一半實話，他不回家屬另有苦衷。他老婆像一個周身芒刺的扎手蒺藜，嫌他經常弄一些破石頭、爛紙片回家，既不能吃又不能喝，把家弄得像個雜貨鋪，二人經常為那些破爛拌嘴。別看梁廷枏在外面光鮮快活，一回家就難以支絀，鬱悶至極，因而喜歡在書院裡消磨時光。

他請錢江坐下，「不過我得告訴你，林大人已經不是湖廣總督，改任兩江總督了。」

「哦，什麼時候改的？」

「三天前接到廷寄，皇上要林大人銷毀鴉片煙後去南京。欽差大臣畢竟是臨時差委嘛。」

「請問先生台甫？」

「敝人姓梁名廷枏，當過澄海縣訓導，在家丁憂，為林大人料理文案。」如此一番自我介紹，無異於告訴錢江他不是師爺，是有九品頂戴的在籍官員，與錢江身分對等，無須給他行禮。

錢江拱手作揖，「久仰久仰。在下姓錢名江，是林大人麾下的知事。」

談話間，錢江左顧右盼，掃視著房中佈置，目光遊移片刻，盯在條案上。條案上有一張宣紙，上面寫著一團字：

五百兩煙泥，賒來手中。價廉貨美，喜洋洋興致無窮。看粵誇黑土，楚重紅壤，黔尚青山，滇崇白水。估辨成色，不妨請客閒評。趁火旺爐燃，煮就了血泡蟹眼。正更長夜詠，安排些雪藕冷桃。莫辜負四棱響鬥，萬字香盤，九節老槍，三鑲玉嘴。

這是一篇嘲諷鴉片食客的長短句。不知是因為梁廷枬天性節儉還是秉性緊湊，一筆鍾王小楷寫得密密麻麻，不留氣、不透風，還有幾處勾抹和修改的地方。

「我是以在籍之身思考公卿之事。認得嗎？」梁廷枬把自己比作大國公卿，眼神裡帶著幾分矜持。

錢江見梁廷枬的第四指關節有一個硬繭，像樹枝的節瘤，只有常年寫字的人才能硌出這種節瘤，梁廷枬顯然是個飽讀詩書、經常寫作的人。他自己也是個風流倜儻的讀書人，悠悠答道：「當然認得。乾隆朝的布衣孫髯翁為昆明大觀樓題寫了一百八十字的長聯。您套用他的格式，但只寫了上半闋，沒寫下半闋。小弟不才，替您擬出下半闋，如何？」

梁廷枬不信，因為如此長的對聯不可能一氣呵成，需要反覆琢磨、仔細推敲。他把筆遞過去，目光裡透著懷疑，「試試看。」

錢江一點兒也不客氣，接了筆，思索片刻，醞釀情緒，就像氣功大師準備發功，不一會兒就覺得五內鼎沸、激情飛揚，在靈感的牽引下筆走龍蛇，顏體歐筋裡透著三分懷素狂草，清麗流放裡帶著飄逸暢朗，一口氣呵成了下半闋。

數十年家業，忘卻心頭。癮發神疲，歎滾滾錢財何用。想名類巴菰，膏珍福壽，種傳罌粟，花號芙蓉。橫枕開燈，足盡平生樂事。為朝吹暮吸，哪怕它日烈風寒。縱妻怨兒啼，全裝作天聾地啞。只剩下幾寸逑毛，半身病軀，兩行清涕，一身惡習。

梁廷枬生活在史料和掌故中，在舞文弄墨中活得滋味純醇、情趣盎然，唯獨缺少知音，眼前突然冒出一個舞弄文字的高手，他不由得興奮起來，伸出拇指誇道：「了得，了得！胸中沒有萬卷書，續不出這九十個字！當今天下強人輩出，君子稀遇，我這個人冰雪冷寂，無人欣賞，沒想到遇上高人了。你的下半闋炳炳烺烺、沉博絕麗，比我的上半闋好！」

他換上張熱臉，轉身走到滴水簷下提回茶銚子，倒了一杯茶，「常言『揮毫萬字一飲千盅』。可惜我這兒沒酒，只有茶。有兩句古詩道『寒夜客來茶當酒，竹爐湯沸火初紅』，我就用清茶一杯換你的半闋雄文。」梁廷枬的迎客詞裡帶了兩個引語，開口閉口吞吐著書卷氣。

茶水剛從火上取下，滾燙，得涼一會兒才能喝。錢江吹了吹浮茶，一眼瞥見桌上有一大摞書，上面印有《華英字典》四個漢字，下面一串燙金夷文「A Dictionary of the Chinese Language」。錢江不識夷文，「梁兄，這是何國文字？」

梁廷枏倚老賣老地道：「年輕人，以兄弟相稱，江湖氣太重，叫我梁夫子吧。」夫子是對學貫古今的讀書人的尊稱，此公居然要人稱他「夫子」，即使不算孤狂，也算自視甚高。

錢江笑了笑，「也好，也好。梁夫子，這是何國文字？」

梁廷枏回答：「這是英國文字，是位叫馬禮遜的英國人編撰的字典。」

錢江道：「朝廷嚴禁夷人學習漢字，教夷人識漢字乃是背國背宗的罪行。」

「話雖如此，但終歸夷人要學中國話、識中國字，擋是擋不住的。這本字典很有用處。」

「如此說來，您識夷文？」

「粗識一二。」

「您怎麼想起學夷語？」

梁廷枏搖頭晃腦道：「我第一次聽英國人講話，覺得像鳥語一樣動聽，來了興趣，想瞭解一下鳥語之邦是什麼樣的。」梁廷枏的解釋十分離奇，別人學夷語是為了做買賣和謀生計，這位學究是出於好奇心。

錢江不由得問道：「好學嗎？」

「不好學。人學鳥語，總有難處。」

錢江見《華英字典》下面壓著一張印有夷文的紙，上面有「Canton Register」的字樣，「哦，這是什麼？」

梁廷枬的眼神裡透出一種無所不知的神采，「這是英夷在商館裡辦的新聞紙，叫《廣州報》，天文地理、政務商情，無所不載。哦，英國的船梢水腳有時挾帶外國新聞紙入境，看完後隨意丟棄。林大人想瞭解夷情，準備辦一個翻譯房，把新聞紙上的消息擇要譯成漢字。」梁廷枬是個多話人，錢江問一句，他能答上三句。

錢江頭一次看見外國印刷物，頗覺新奇，拿在手中翻了翻。《廣州報》的紙張又白又厚，可以兩面印刷，中國邸報則印在黃色的宣紙上，紙張較薄，只能單面印刷，此外，夷字比中國字小，字形比中國字形精緻，印刷之亮麗更是讓人驚歎。可惜他一個字都不認識，「新聞紙上有什麼消息？」

「既有誇讚義律急公好義的，也有罵他多管閒事、自取其辱的。」

錢江一進廣東省界就聽說過義律其人，對此他大惑不解，「我聽說義律是專管外國商人和水艄的夷官，夷人居然敢在新聞紙上罵他？」中國商民從來不敢在公開場合罵朝廷命官，即使有怨氣，也得關起門來私下議論。

梁廷枬道：「夷俗與本朝風俗大不一樣。林大人收繳兩萬多箱鴉片，給夷商放了一腔血，放得他們痛心疾首。義律是夷目，他下令繳煙，夷商還不罵他？」

「他們的新聞紙沒有刊載罵皇帝、罵林大人、罵官府的文章？」

梁廷枏面露狡黠，壓低聲音，神秘兮兮地說：「有，但這種新聞是不能翻譯的，譯出來豈不是替夷人散佈妖言？搞不好還會……」說著，一抬手，作了個誇張的砍頭動作，意思是這種話題不宜再說。

錢江順從地換了話題，「聽說林大人派兵圍了商館？」

「是。林大人有魄力，敢想敢幹，不僅圍了商館，還斷水斷糧，逼得夷商不得不繳煙。這種事辦得痛快，我是要把它記入史冊的！」

「你是史官？」

梁廷枏向來以史家自詡，「算是史官。我受海關衙門之命，撰寫《粵海關志》。史書和志書大同小異，史書記國家大事，志書記地方大事，都是天地間的大帳本。士子們沒做官時是算帳的人，做官後是管帳的人，史官是記帳的人。算得明白，管得明白，記得明白，天下事才能講清楚。」說到這裡，他一轉口風，「你既然是湖廣總督衙門的，認得彭鳳池和班格爾馬辛嗎？」

「認得。彭鳳池是漢陽縣丞，林大人讓他來廣州為一樁案子取證，班格爾馬辛原本是湖廣督標的遊擊。」

「這兩個人是林大人從湖廣帶來的，一直在各營各縣微服私訪，昨天才回來，要去虎門見林大人。今天下午，驛站送來一批邸報和廷寄，還有新頒發的《欽定嚴禁鴉片煙條例》。我為他們安排了一條船，明天一早就走。怡和行的伍元菘和粵海關的書吏明天一早也要去虎門掛號口辦事，你不妨搭便船與他們同去，順便把邸報和廷寄給林大人捎去。」

「那太好了。」

梁廷枏突然想起什麼，「你既然是林大人麾下的知事，為什麼不與林大人一起來？」

錢江這才把參加春闈的事簡述一遍，講完後，想飲茶，一摸茶杯，依然有點兒燙，又放下杯子，「自古以來，君侯爭霸，臣子爭寵，士人爭用，士人要是沒人用，就應了『百無一用是書生』的民諺了。我兩次參加會試，兩次鎩羽而歸，心裡灰溜溜的，只是仗著年輕，還想再試一次。哦，林大人也是三次會試才躍過龍門的嘛。」

梁廷枏參加過鄉試，考取副貢後，對科場和八股文深惡痛絕，過了而立之年就放棄了，改為著書立說，「科舉考的是四書五經，四書五經既是精糧，也是苦藥，七分有用，三分有毒，善讀可以治愚，反之則讓人變癡。我是不想在四書五經裡皓首窮經、變愚變癡，所以放棄了。」他不想就科舉的議題鋪陳開，指著茶杯道：「喝茶，這茶有潤喉悅目和提神的功效。」

錢江啜了一口，有清苦味。咂了咂舌頭，漸生一種生津止渴、消乏提神之感，「嗯，這茶與眾不同，妙味無窮。」

梁廷枬道：「這是幾種清熱解毒的草藥和茶葉煎熬出來的，清肺潤喉。好茶如好酒，飲一杯，所有煩人惱人的瑣事雜事都淡如雲煙。民諺說『每天開門七件事，柴米油鹽醬醋茶』。茶非必需之物，在七件事中叨陪末座，卻是最耐人尋味、最有講究的雅事，堪稱人間清福。」

錢江把杯中茶一飲而盡，「哦，什麼叫清福？」

梁廷枬用食指彈了彈茶杯，「人活一世，無非求一個『福』字。什麼叫『福』？不同人有不同的見識，有登仕之福、長壽之福、功名之福、利祿之福，還有口福、豔福、聲色福、犬馬福，林林總總不下百種。但是，那些福都是招搖之福，須臾而來，須臾而去，並不可靠。可靠的是清福，也就是躬自執勞、燒水烹茶、燈下品茗、讀書閒談之福，是夏日聽蟬鳴、黑夜聽雨聲之福。這種福無須求人，故謂清福，也是神仙才能享的福。」

錢江拊掌一笑，「如此說來，你我二人在享受神仙之福？」

「正是。眼觀瀟瀟夜雨，耳聽瀝瀝天籟，這不是天宮御宇之清福是什麼福？」

錢江呵呵笑道：「梁夫子，您的妙語可以傳天下呀。」

梁廷枬突然問：「你懂茶嗎？」

「略知一二，不甚精通。」

「古人把茶叫什麼？」

「叫苦茶。」

梁廷枏是在古書和經典裡找樂趣的人，糾正道：「叫檟。郭璞為《爾雅．釋木》作注時說『檟，苦荼也』。苦荼又稱『荼毗』。荼這個字古代沒有，唐代才有。大唐德宗貞元二十一年，徐浩書寫《不空和尚碑》時依然把荼寫作『荼毗』。唐文宗時，鄭因撰寫《白岩太師碑》和《懷惲碑》，才給『荼』字減去一橫，寫作『茶』。唐朝以前人們不飲茶，視茶為藥，唐朝名醫孟詵寫過一本《食療本草》，說茶葉可以『治療熱毒下痢，腰痛難轉』。」

梁廷枏有考據癖，引經據典毫不費力，說起古字古物、古人古事時有源有流，其源幽幽，其流涓涓，滔滔不絕。錢江不得不佩服，請教道：「愚弟有個疑問。據說英夷每年在廣州購買上百船茶，既然他們嗜茶如命，為什麼自己不種植，非要跑到六萬里外的中國買？」

「是呀，我也百思不得其解，只能揣測茶有助消化的功效，英夷是海上牛馬，以醃肉為食，要是沒茶，他們可能消化不良，鬧肚子、拉痢疾。」

錢江哈哈大笑，「有意思，有意思！」

梁廷枏學究氣十足，再次引經據典，「笑什麼？李時珍的《本草綱目》說『飲茶時加茱萸和蔥薑，能破熱氣、除瘴氣，利大小腸，清頭目』。茶是有藥性的上佳飲料，英夷常年在海上行舟，既品茗又防痢，何樂而不為？」說罷莞爾一笑。

錢江讀書雖多，卻沒讀醫書，說不出多少道理，只有點頭的份兒。他換了話題，「梁夫子，您在林大人麾下效力，還算得意吧？」

梁廷枬嘿嘿一笑，「官位好，有多少人鑽穴打洞必欲得之，得到後才知曉當官並不愜意。我是九品之命，民首官尾，沒什麼好得意的，編過一首誇讚九品官的打油詩，叫《十得歌》。」接著，搖頭晃腦地背誦出來。

一命之榮稱得，兩個皂吏跟得，
三十俸銀領得，四鄉保甲傳得，
五下嘴巴打得，六角文書發得，
七品堂官靠得，八字衙門開得，
九品頂子戴得，十分滿意不得。

錢江又是一陣笑，「惟妙惟肖，惟妙惟肖，編得好！」

梁廷枬念得津津有味，「其實呢，官尾民首是個不錯的位置，有了九品之命，就不是小民，宵小無賴就不敢欺負你。林大人和鄧大人官至一品，享盡登仕之福，威風倒是威風，但哪一天不忙得四腳朝天？他們是大福大貴、大命大任之人，難得有閒暇，享受不到我們這種清福。清福就是『談笑有鴻儒，往來無白丁』，清茶潤喉，濁酒助興，拂清風，聽細雨，賞明月，析時政，其樂融融也。」

話到此，門外傳來「吱——」的長聲，如撕帛裂錦一般，驚得梁廷枏猛然想起滴水簷下的茶爐。他在茶銚子下面安了一道機關，水一開就能發出風吹竹林的哨聲。

他跳著腳朝門外奔去，沸水已經滾出，把下面的炭火澆滅大半。梁廷枏搖了搖頭，「可惜可惜，這麼好的茶，糟蹋了。」

舉目一望，院子裡寂然無聲，一個人影都沒有，雨停了，卻沒有巡夜更夫的梆子聲。他這時才想此地不再是越華書院，而是欽差大臣行轅，自己不再是書院山長，而是負有留守之責的幕賓。他轉臉問錢江：「咦，小兄弟，你是怎麼進來的？」

錢江詫異道：「我嗎？欞星門外沒人值守，我直接進來了。」

梁廷枏一拍腦門，「壞了！」他一蹦而起，蹚著潦水，三步並兩步朝門房跑去。錢江不知出了什麼事，捯著碎步跟在後面。

梁廷枏急拉房門，只見地上倒著一只酒壺、兩只酒盅，一個當值的哨兵和一個下夜的更夫醉得不省人事，軟泥似的趴在桌子底下，酩酊大睡，鼾聲如雷，享受著另一種清福。

要是換了錢江查夜，早把那兩個傢伙一腳踹醒，劈面給個漏風大嘴巴。梁廷枏卻俯下身子，輕輕搖動兩個醉鬼，口中呢喃如父母呼喚小兒，「喂，醒醒，醒醒。」

錢江這才意識到，林則徐把留守行轅的差事交給了一個十足的書呆子。

廿壹 舊部歸來

第二天吃早飯時，錢江才在大伙房見到彭鳳池和班格爾馬辛。三個人都是湖北來的，相見如故，說了一番高興話。這時錢江才知曉，林則徐派兵包圍商館已經快五十天了，夷商上繳鴉片超過四分之三，黃埔碼頭已經開艙貿易。林則徐逼著馬地臣、顛地等十六名鴉片販子簽下永不來華貿易的甘結後，派兵押運他們出境。

彭、馬二人奉命暗查廣東員弁營私舞弊的行徑，連鄧廷楨也在調查之內，他們曉得這是頭等皇差，不能走漏一點風聲，故而守口如瓶，只聽錢江講述科場奇聞。

吃罷飯，梁廷枏叫人牽來一輛馬車，準備送彭鳳池、班格爾馬辛和錢江去天字碼頭，但車夫病了，臨時換了一個小夥子替他。梁廷枏把廷寄和邸報用桑皮紙包裹好，寫上「欽差林部堂大人親啟」，交給彭鳳池。

新來的車夫大約十六七歲，是個半大孩子。彭、馬、錢三人剛上車，他就甩動鞭子一抽，叫了一聲：「駕——！」那匹馬猛然一驚，尥起蹶子，差點兒把彭、馬、錢三人給掀下車。

梁廷枏發起脾氣來，厲聲喝道：「你算什麼車把式，哪有這麼下鞭子的！」話未落，一把奪過鞭子，俯身把馬肚下的皮帶抽緊，動作嫻熟得像個老把式，接著一蹁腿坐在車轅上，對車夫道：「你這個三腳貓的把式不配趕車，回去請老行家教一教你。」

就見他熟練地揚鞭一甩，喝了聲：「駕——！」馬聽到鞭子的脆響，四條腿一起使勁，脖子下的鈴鐺叮叮作響，棗木輪子在石板道上壓出軋軋的滾動聲。

錢江看呆了，豎起拇指誇讚道：「梁夫子，沒想到你的馭馬之術十分了得。」

梁廷枏是個隨意舒展一腔情懷的人，嘿嘿笑道：「士大夫不僅要通五經，還得貫六藝，對吧？什麼叫六藝？禮、樂、射、御、書、數也。何為『御』？御車之術也。孔夫子當年周遊列國就是親自駕車，但凡孔門弟子都得精通御術，不通御術者，配得上孔門弟子的名號乎？」

梁廷枏用「之乎者也」把趕車之術抬舉得比天高，惹得錢江、彭鳳池和班格爾馬辛捧腹大笑。

班格爾馬辛道：「梁夫子，你的射藝如何？」

梁廷枏看不起赳赳武夫卻不明言，斜瞟他一眼，搬弄出一段古話顯示自己的優越，「君子無所爭，必也射乎。揖讓而升，下而飲，其爭也君子[40]。」這是二千多年前的聖人言，沒讀過四書的人根本不知所云。梁廷枏只管揚揚得意地賣弄，並不在乎有沒有知音，也不在乎別人懂不懂。

沒想到班格爾馬辛接口道：「那是國君之射、諸侯之爭，不是尋常百姓的射藝。」

梁廷枏心弦一動，沒想到這個虎背熊腰的武夫能夠聽懂，「哦，你讀過四書？」

班格爾馬辛不答反問：「此話出自《論語．八佾》。對不對，梁夫子？」

錢江呵呵大笑，「梁夫子，你小看班格爾馬辛了，人家是有功名的，地地道道的武舉人出身。」

入仕分文武兩途。武舉科場不僅考弓馬技勇，還考武經和孔孟，武經試題出自武經七書，孔孟試題出自《論語》和《孟子》。考孔孟不要求闡述解釋，只要求默寫三百字，但是，不把《論語》和《孟子》背得滾瓜爛熟是過不了關的。

梁廷枏這才知道小看班格爾馬辛了，連聲說：「失敬失敬。少年時我也曾想彎弓鳴鏑，練一練馬射和步射，但天生的近視眼，看不清靶心，只好作罷，不然的話，我也是能弄個守

40　意思是：君子不與人爭，如果爭，就比賽射術，相互作揖謙讓，然後登堂，射完下堂，相互敬酒。這才是君子之爭。

備、遊擊之類的武官當當。駕——！」他出身於有馬有車的富裕大戶，御術確實有模有樣，要不是穿竹布長衫、胸前掛一柄放大鏡，人們肯定認為他是地地道道的車把式。

錢江好奇問：「梁夫子，你如何知道那個車把式不行？」

梁廷枏道：「馬有靈性，是聰明和忠誠的動物，有時狡猾，有時調皮，但你不能亂抽牠，否則牠要反抗。好馭手的能耐都在鞭梢上，不僅能甩出漂亮的鞭花，打出脆亮的聲響，而且能抽中馬的任何部位。但是，好馭手懂馬的心性，不抽馬，只用鞭子與馬說話，馬懂你的意思，你的吆喝、口令和眼神，牠都懂，不論是前行還是倒車，你不用大呼小叫，晃一晃鞭梢牠就明白。剛才那傢伙一鞭子就把馬打驚了，因為他不懂馬。好馭手調教馬，跟馬做朋友，所以，這匹馬聽我的話。」

說著，又喊了一聲：「駕——！」鞭梢在空中打出一聲脆響。那馬果然懂他的話，加快腳步。趕個車卻像炫技表演，梁廷枏臉上掛著得意的笑容。

恢復通商後，行商們全都忙起來。伍元菘正在天字碼頭的棧橋上調度茶船。林則徐曾經許諾每交一箱鴉片賞五斤茶葉，伍秉鑒懼怕林則徐，情願花錢免災，主動承諾捐贈報效。夷商繳了二萬零二百九十一箱鴉片，應賞十萬零一千四百五十五斤茶葉。林則徐說茶葉不能以次充好，否則會被夷人小瞧。伍家人不敢違令，選了上好的武夷茶，貨值達一萬數千元。十萬多斤茶葉不是小數，分盛一千餘箱，裝了滿滿三條茶船，幾十個役夫正在裝貨，狹窄的棧橋上壅壅塞塞。

伍元菘見梁廷枏趕著馬車來到棧橋旁，轉身迎上去行弟子禮，「老師來了。」

梁廷枏道：「元菘啊，這三位是林部堂從湖廣帶來的屬官，要去虎門，搭你的順風船，可好？」

林則徐甫一上任就把行商們訓得鼻子不是鼻子，臉不是臉，還把伍紹榮和盧文蔚關進大牢，以致於一提「林部堂」或「林欽差」，行商們就不寒而慄，要不是梁廷枏親自送他們來，伍元菘絕不願捎帶林則徐的下屬。他強顏一笑，「老師送來的人，當然歡迎。」

一個穿七品官服的人居然向梁廷枏施弟子禮，錢江越發看清梁廷枏在廣州是很有面子的人。

怡和行的樓船雕樑畫棟，華麗得像水上行宮，船披上有「外洋行公所怡和行」字樣，船艉掛著一面官銜旗，旗面上繡著「大清七品官商內閣中書[41]伍」。伍家人富比王侯，但懂得樹大招風的道理，伍元菘只捐了從七品銜。內閣中書的官銜旗形同護身符和通行船牌，在江

41 內閣中書是從七品文官。

面上巡邏的哨船不敢輕易盤查，因為水師弁兵們都曉得，十三行經理的是皇家生意。

伍元菘對錢江、彭鳳池和班格爾馬辛不冷不熱，寒暄幾句後，引著他們上了樓船，安置在客艙裡，自己和幾個行商進入前艙。

彭鳳池和班格爾馬辛一直在沿海各縣暗訪，對珠江兩岸的景色司空見慣，上船後說了幾句閒話就打起瞌睡來。錢江頭一次到廣州，隔窗觀景，津津有味。兩岸長滿了帶鬚子的榕樹和闊葉芭蕉，江面上茶船、漁船、擺渡船、西瓜船穿梭往來，熱鬧得像水上商街。不時有烏篷船向樓船攏來，船上的女人短褲短衫、袒胸露腿，乳溝分明，狐媚妖冶，嬌嗔嗔地浪笑哆叫，一看就是招攬生意的水上妓女。

半清半濁的江水擦著樓船兩舷汩汩作響，聽得久了，響聲便似有似無。

錢江觀賞江景半個時辰後，也漸漸覺得單調乏味。他把頭依在木板牆上，瞇著眼睛打算休息片刻，不想板牆縫裡傳來隔壁的說話聲，很輕，但很真切。原來客艙與前艙只有一板之隔，牆板上有一條細縫。錢江不由得貼著縫隙，豎起耳朵仔細靜聽。

一個聲音淒淒慘慘，「今年賠定了，我再也沒有回天之力。」

另一個聲音泄泄沓沓，「給觀音菩薩燒香吧，或許能緩一口氣。」

原來興泰行的嚴啟昌、天寶行的梁承禧、同順行的吳天垣與伍家人是兒女親家，也搭乘這條樓船去虎門，大家正在裡頭憂心忡忡地閒嗑牙、發牢騷。

吳天垣幽幽說道：「不販運鴉片，只做正經生意，同樣利市三倍。奇怪的是，義律與林欽差針尖對麥芒，為『一旦查出，人即正法』八個字互不相讓。義律矯情，林欽差不鬆口，一紙甘結貴賤簽不成，不然的話，也不至於把十六個夷商驅逐了。」

伍元菘歎了口氣，「這裡面的名堂你沒看清，林欽差、鄧督憲和豫關部只驅逐馬地臣和顛地等十六個販煙夷商，卻不驅逐他們的商行，這齣戲與當年驅逐九大夷商是一個調子，就是不想讓廣州貿易損失太大。粵海關的稅收半數歸內務府，半數歸廣東的督撫衙門，官府與夷商，一損俱損，所以我才說，恢復通商後咱們能緩一口氣。」

嚴啟昌長年負債經營，一肚皮委屈，嗟歎道：「十三行的商人哪，都他娘的是無家可歸的人，因為無家可歸，才想方設法積財壘巢，但咱們的巢就像四壁大開的漏桶，誰都想削尖腦袋往裡鑽，弄點兒東西走。小偷小盜咱們還能提防，官府卻是明火執仗，強攤強派、強索強要，碰上什麼事都要我們擔當。」

梁承禧的商欠高達九十多萬，同樣是滿腹苦水，「我本想藉今年的生意減些虧損，多進幾千擔茶葉，沒想到運交華蓋，與朝廷的禁煙令撞個滿懷，撞得滿眼冒金星。封港封艙這麼多天，我們天寶行有五百多雇工，裁也不對，不裁也不對，只好養著。這麼多張嘴要吃要喝，鐘鳴鼎食之家也耗不起，何況我是虧損大戶！義律和英商們認死理，挺屍似的僵硬，就是不肯具結，伍老爺和盧老爺輪番勸說，就是勸不動。哎，我這場減虧夢是作不成了。」

吳天垣的話音有點兒刻薄，「你以為賺的銀子是自家的？普天之下莫非王土，率土之濱莫非王臣，自古如此。商民的財富是皇家的，咱們只是保管人，哪天一不小心出了事兒，官憲找個藉口就能封家抄產，有多少銀子都得給人家抬走！想開了，就不煩了。」

嚴啟昌無奈地長吐一口氣，「活到這個田地，我寧願轉世投胎當個縮頭烏龜，背負一只硬殼，沉浮於汪洋大海，也不願當行商。」

錢江隔牆偷聽，話語雖斷斷續續、朦朦朧朧，卻也依稀聽出十三行金玉其外，敗絮其中，富麗堂皇的外表，掩飾著深不及底的大窟窿！

廿貳 虎門銷煙

二百工役耗時二十天，在虎門寨附近的臨海坡地上挖了兩個銷煙池，每個池子長寬各十五丈，池上架了木板，池底鋪了石版，四周加上欄杆。他們還在銷煙池旁搭一座看臺，看臺中央供著海神像。神像四周有十幾頂牛皮帳篷，帳篷裡鋪著氈毹、掛著麒麟帳，帳篷前豎立一根三丈多高的大纛，纛上有「奉旨查辦海口大臣」與「節制水師各營總督部堂林」兩行小字。

兩萬多箱鴉片不是十天八天就能銷毀的，欽差大臣、兩廣總督、廣州將軍、廣東巡撫、海關監督、布政使、按察使、鹽運使，以及廣州府和南海縣的掌印官都被調動起來，按日輪值，致使銷煙池畔車轔轔、馬蕭蕭，華蓋林林，旌旗飄飄，引得當地百姓扶老攜幼前來觀瞻。一隊水師弁兵收腹挺胸、橫跨腰刀，築起人柵欄，把圍觀的百姓隔在數丈以遠。

兩個銷煙池之間有座篷場，是供文武員弁就近巡視的。銷煙池前有個涵洞，連接一條水溝，直通大海。十幾個工役用腳踏水車把海水引入池中，幾十個工役打開箱子，把鴉片球劈成碎片，投入池中攪拌浸泡，撒鹽成鹵。浸泡半天後，又將燒透的石灰拋入池中，鹵水立即像熱湯似的翻滾沸騰，還有一群工役站在跳板上，用鐵鏟木耙來回翻戳，讓鴉片碎塊徹底消融在鹵水中。廣東的夏天很熱，他們各個袒胸露背，赤膊上陣。

退潮時，工役們便開啟涵洞，借潮水之力，把汙濁的鴉片殘液排入大海。整個銷煙池煙氣瀰漫，怪氣充盈。

每日散工後，兵弁們會對工役們挨個搜查，偷帶一丁點兒鴉片，都有殺頭之虞。

收繳的鴉片數額巨大，價值連城，中外商民謠言四起。有人說，林則徐以執法為名，強逼夷商繳出鴉片，為的是巧取豪奪，變賣圖利。還有人說林則徐假借大義竊取美名，不可能把兩萬多箱鴉片悉數銷毀，充其量故作姿態銷毀一部分，留一部分謀私利。

為了彰顯天朝禁煙的決心，洗刷無中生有的謠言，林則徐特意給道光皇帝發了一道奏折，請求允准夷商到虎門觀瞻，以正視聽。

道光立即頒下諭旨：「准令在粵夷人共見共聞，咸知震讋。」

於是，林則徐派余保純和伍紹榮去澳門，請義律和各國夷商前來觀瞻，時間定在今天。此時此刻，林則徐正在中軍大帳等候夷商的到來。

今天當值的是副都統英隆。因為夷商還沒到，英隆坐在大帳裡與林則徐說閒話。林則徐不喜歡他，但他有愛新覺羅氏的血統，不宜得罪，只得一面輕搖折扇，一面聽他山南海北地胡侃。

英隆的左手握著一對山核桃，轉得咯咯響，講一口流利的京腔，「林部堂，您別小看這兩個小玩意兒，有大名堂。太醫院的吳士襄您知道吧？」

林則徐點了點頭，「知道。」吳士襄是道光朝最負盛名的太醫，不僅給皇上看病，也給親王和二品以上京官看病。

英隆繼續往下講：「吳士襄說，山核桃的核尖扎在手上有針灸的療效，可以治百病。肅親王的偏頭疼、豫親王的膝腿腫，還有禮親王的後腰疼，就是揉搓山核桃揉搓好的。京城裡的人講究手中有個抓撓物件。有錢人抓撓瑪瑙玉石，沒錢人把玩大銅錢。經吳士襄提倡，幾個王爺附會，山核桃成了把玩之物，揉搓的人與日俱增，從王府蔓延到民間，導致山核桃的身價與日漸增。

「京城裡有句順口溜說『貝勒爺，有三寶，扳指、核桃、籠中鳥』。既然成了把玩之物，就得講求品相，分出上中下三品來。不用我說，下品是剛從山裡採摘的；中品經過多年揉搓，形成一層包漿，呈棕黃色；上品的包漿潤澤如玉，呈棕紅色。又按形狀分為獅子頭、官帽和雞心三類，價格也有天壤之別。你瞧，我這對山核桃就是正宗的獅子頭，在琉璃廠標價三兩銀子，你拿去揉搓兩個月，保管治好你的疝氣症。」

林則徐接了，拿到手中仔細端詳，「如此說來，掌上乾坤大，指間樂趣多呀。」他捏了捏，在掌中揉兩下，換隻手又揉兩下，沒覺得有多麼神奇，但英隆好心好意贈送一對山核桃，不要有不禮貌之嫌，於是最後他說了聲謝，還是接了。等英隆走後，他隨手把兩顆山核桃往旮旯裡一扔，就像扔掉一對廢物。

大清禁煙，英國不禁煙，鴉片不可能根除淨盡。林則徐一直想給英國女王發一份公文，申明大清的立場，輔以道德教諭，要求英國女王給予配合，但他百事纏身，靜不下心來，現在美國夷商還未到，正好借這段空閒草擬一份致英國女王的公文。他思索一會兒，濡筆蘸墨寫起來。

伍紹榮和余保純專程去澳門通知義律和各國商人到虎門寨觀瞻銷煙，可義律和全體英商一口回絕，只有美國商人同意前來，但提了兩個條件，一是見中國官憲時不行跪拜禮，二是要求攜帶眷屬。經過磋商後，林則徐同意夷商行脫帽鞠躬禮，但鑒於《防範外夷規條》規定，夷婦不得登岸，便諭令美國眷屬在船上觀看，不得下船。在水師哨船的監護下，十幾個美國商人及其眷屬搭乘奧立芬商行的「馬禮遜號」來到虎門寨旁的小碼頭。

余保純與伍紹榮下船後立即去林則徐處稟報，美國商人和眷屬留在甲板上等待，端著長短不一的千里眼向岸上眺望。

林則徐坐在大帳裡，神情嚴肅地聽余保純和伍紹榮稟報澳門之行。伍紹榮是十三行總商，鄧廷楨主政時，他與夷人交往，無人監視，現在多了一個余保純如影隨形地與他黏在一起。余保純不懂夷語、不懂貿易，但官銜比伍紹榮高。伍紹榮察覺出林則徐不信任自己，派余保純監視他，故而說話辦事極為小心。

林則徐問道：「義律和英國商人為什麼不肯來？」

伍紹榮謙恭得像一隻彎腰蝦，「義律說，您以威脅身家性命的方法剝奪了英國臣民的財產，再要他們觀看銷煙，無異於搶了一個瓷器商人的貨物，再讓他親眼觀看砸碎瓷器的過程。他說，他不會允許英國商人去觀看一場讓他們痛心疾首的表演。還表示，假如您言行一致，將鴉片悉數銷毀，他很欽佩您的魄力，只怕您約束不了關津胥吏，跑冒滴漏，涓涓不塞，杜絕不了鴉片走私。」說罷，偷窺了一眼林則徐的表情。

林則徐的赫赫權柄令人生畏，那張臉就像塊生冷的鐵板，「義律依然不肯具結嗎？」

伍紹榮生怕受到責罵，緊張得食指和拇指捏在一起，因為用力過度，指尖微微打顫，「卑職愚笨，雖然百般勸說、曉以利害，但白費唇舌。義律說，除非將『一經查出，人即正法』等字樣刪除，否則不能具結。卑職只說服美國商人具結。」

林則徐口氣堅定，「不用死刑震懾不法夷商，他們敢把大清的海疆捅個大窟窿！『一經查出，貨即沒官，人即正法』是制夷的根本，不可更改！」

余保純插口：「林大人，義律是個很難對付的人，事事處處忤逆您的意願。他還說，如若強逼，該國商船只能啟碇回國。卑職揣測其意，或許是因為英國商人良莠不齊，而海道遙遠，難保有在途夷船挾帶鴉片，一經入境查獲，不但犯事者罹於重法，義律也不能置身於事外，所以他心存遲疑，並非敢於違逆天朝法律。

「夷務與內務大不一樣，用對付內地刁商劣賈的方法對付夷商，恐怕行不通。據下官揣測，義律不敢具結另有原因，英國與中國相隔六萬里，往返一次耗時大半年。本朝禁煙，英國國主尚不知曉，英國夷商在印度和新加坡等地貯存的鴉片較多，源源不斷運到老萬山。義律自揣人疏職小，如果遵照我國樣式具結，後來的夷船要是貨被沒收、人被正法，英國國主怕會指責他辦差不力。」英中兩國的制度法律風俗習慣大不相同，余保純只是憑心揣測。

與義律打交道雖然不用刀槍，一來一往不亞於戰爭上的短兵相接，林則徐咄咄逼人、辣手出擊，卻不想搞到無法貿易的田地。他站起身來，用扇骨敲著掌心，踱了幾步，「義律還說什麼？」

伍紹榮回答：「義律拒絕接受您恩賞的十萬斤茶葉。」說到此，心裡有些酸溜溜的，因為十萬斤茶葉出自伍家，卻以官憲的名義賞出。

林則徐把紙扇啪的一聲合上，「好，不食嗟來之食，替你們怡和行省下一萬多元錢。英夷來粵貿易二百年，往返一次，利市三倍。有人說，本大臣對夷商嚴查嚴禁，使夷商損失的貨值達千萬之巨，致令各國夷商裹足不前，殊不思利之所在，誰不爭趨？本大臣確信，英國商人斷然不肯捨棄廣州碼頭，所謂回國，不過是憚於具結強顏說話，未必是真心。」

林則徐明白，英夷的貿易額巨大，占廣州買賣七成，要是他們不來，粵海關和廣東省的稅賦將大受損失，賴越洋貿易為生的廣州勢必百業蕭條。他之所以驅逐十六名煙梟，卻不驅逐他們的商行，就是擔心一損俱損。義律應該也是看清這點，才以起碇回國相威脅。

林則徐對伍紹榮道：「與英夷打交道很難，我是一忍再忍、一讓再讓。為了全面恢復貿易，你再與義律協商，告訴他，只要他肯具結，從英屬印度來的商船可以展期四個月執行禁令，從英國來的商船可以展期十個月執行禁令，但是，夷船入口前必須交出船上挾帶的所有鴉片。」

余保純提醒：「林大人，美國商人應邀前來觀瞻，要不要接見？」

美國商人不肯下跪，林則徐差一點取消觀瞻，不過反覆思量後還是退讓了一步，為的是化謠言為烏有，「讓他們選派幾個人前來見我，其餘的人，除了番婦，可以登岸觀瞻，但不能亂跑亂動，本地村夫村婦也不得圍觀指辱。」

余保純道了一聲「遵命」，與伍紹榮一起轉身離去。

虎門掛號口是夷船登記驗貨的地方，虎門附近的村民村婦常見夷船，卻很少近距離看見夷人，聽說夷人要到虎門來，他們像觀看稀有動物一樣朝小碼頭跑去。「馬禮遜號」上有六七個美國女人，濃妝豔抹，蜂腰長裙，袒胸露背，花枝招展，比塗了花臉的戲子還招惹人眼，她們衣裙飄飄地站在船舷旁遙望銷煙池，就像一排臨風而立的奇花異草。

村夫村婦和一群光屁股小孩蜂擁衝上棧橋看西洋景，要不是弁兵們攔阻，說不準能衝到船上去。但這樣仍阻止不了村民們一面指手畫腳一面議論。

「嘿喲，那個小夷妞好靚麗喲！」

「靚麗？金髮碧眼凹眼窩，跟鬼似的！」

「你看她的屁股，跟奶牛屁股差不多大！」

「皮膚好白喲！」

查理·京和裨治文等人下了船，沿棧橋朝銷煙池走來。

一百多赤膊赤腳的工役揮動砍刀劈開鴉片球，拋入池中，另外幾十個工役用木耒鐵鍬攪和鴉片、石灰跟鹵水。池子裡汩汩作響，濃油上湧，渣滓下沉，成串的氣泡接連不斷地發出叭叭叭的爆裂聲，施放出濃烈的異味，就像有人打碎了上百萬顆臭雞蛋，臭穢熏騰，不可向邇，美國商人們不得不掏出手帕捂住鼻子。

余保純和伍紹榮引著幾個美國人進入林則徐的中軍大帳。美國人脫帽後向林則徐行三鞠躬禮。林則徐第一次近距離觀看夷人，仔細打量他們的容貌和服飾，看得他們有點不自在。

伍紹榮依次介紹了他們姓名，並充當翻譯。

林則徐並不賞座，對為首的查理·京道：「你就是那個給我上稟帖，自稱從不挾帶鴉片的夷商？」

查理·京手拿黑色圓筒禮帽，神色坦然，「正是。」

林則徐點頭道：「夷商有良莠之分。你是遵從《大清律》的良夷，從不販賣鴉片，其情可嘉，其志可勉。你們美國商人率先具結，承諾永不挾帶鴉片，本大臣深表讚賞。」

查理·京說：「鴉片與煙草一樣，是有害之物，本人是虔誠的基督徒，不僅自己不做鴉片生意，也勸說同胞們不要從事鴉片貿易。」

「本大臣讚賞你這種俯首輸誠，傾心向化的態度。」

查理·京不卑不亢，以美國人的爽快方式直言不諱道：「不過，我對閣下的辦事方式有所不解。既然閣下認為夷商有良莠之分，為什麼把我們與販賣鴉片的投機商人軟禁在一起？」

林則徐呵呵一笑，身子向前一俯，「問得好！本大臣到廣州後依法辦事，捕捉了數百名內地人犯，依律處置，對夷商則網開一面，只讓顛地和馬地臣等十六名煙梟簽下永不來華貿易的具結，交夷官義律處置，不是他們罪不當誅，而是《大清律》有寬待夷人的法條。《大清律》是講究連坐的法律，你雖然沒有興販鴉片，卻也有奉勸各國夷商守法貿易的責任。本大臣恪遵法條，不能網開一面，讓你單獨開艙貿易，但對你的委屈，本大臣慈悲為懷，可以給予補償。來人，賞美國良商查理·京一箱上好茶葉，給他直接送到船上。」

「遵命！」幾個親兵奉命抬茶葉去了。

中外法律差若天壤，一箱茶葉的補償遠比不上奧立芬商行耽擱五十餘天的生意。查理．京不喜歡林則徐的解釋，也不喜歡他那種以大清為天朝上國的姿態，但恪於禮節，還是收下了，「謝欽差大人閣下。」

林則徐問第二個美國人：「你叫什麼名字，從事何種職業？」

那人用中文回答：「我叫裨治文，是澳門新聞紙《中國叢報》的訪事。」

林則徐目露驚異，「哦，你會講中國話？」

「是的。」

林則徐不由得再次打量他。只見他身材瘦高，留著偏分頭，儀態穩重，目光深沉，翻領西裝下露出白色的高領襯衫，腳上穿無腰皮鞋。

裨治文畢業於安多弗神學院，是美國基督教會派往中國的第一位傳教士，在澳門工作了九年。

林則徐聽梁廷枏說夷人在澳門辦了多種新聞紙，他準備成立一個翻譯房，摘要翻譯新聞紙上的消息，故而特別關注這位會講中國話的美國人，「《中國叢報》是何人所辦？」

裨治文回答：「是美國基督教會所辦，旨在傳播上帝的福音，報導貴國的物理人情、制度風俗。」

林則徐對外國宗教十分警覺，平靜告誡：「大清以孔孟學說為正統國學，有佛、道兩種宗教教化民人，並不需要外國宗教。」

在清廷的嚴厲抵制下，基督教很難進入中國。裨治文緊緊抓住機會為教會辯解：「我們的基督教會對貴國的禁煙舉措深表讚賞。《中國叢報》刊載過多篇支持禁煙的文章，我認為，不論從道德和仁愛的角度還是從商業角度看，都應當把鴉片肅清。《中國叢報》不僅傳播上帝的福音，還介紹歐美各國的文明成果和發明，比如量天尺、熱氣球、蒸汽機、火輪船、風磨、風琴、風鋸、顯微鏡、自來水，還有義大利國新近發明的伏打電池、避雷針等。」

這些聞所未聞的東西，林則徐聽得怦然心動，但他不肯在夷人面前流露出過多的好奇心，更不肯表現得無知無識。他牢牢控制著話題，義正詞嚴道：「大清國乃是黃道樂土，地大物博，人民勤勞，無所不有，並不需要外國的奇巧之物，更不需要鴉片。據說，有些夷商懷疑本大臣假公濟私，將沒收的鴉片發賣圖利。既然你是《中國叢報》的訪事，本大臣請你仔細觀瞻兩萬多箱鴉片是否全行銷毀，並請你據實撰寫文章，載於《中國叢報》上，公告各國夷商，鴉片流毒於天下，大皇帝痛下決心為民除害，法在必行，聖德天威感孚中外。本大臣誓除餘孽永杜來源，凡是來中國貿易的各國商人都應當恪守天朝禁例，專做正經買賣，不得甘冒禁令自投法網，而應力戒欺蒙，俯首輸誠，傾心向化。」

裨治文對「俯首輸誠，傾心向化」的說法不能苟同，但沒有反駁，「本人對欽差大人禁煙的決心深表讚賞。」

林則徐指著案上的紙稿，「我有一事想問。中國禁煙，英國若不禁，煙毒不可能根除淨盡。我草擬了一份致英國女王的公函，奉勸她配合禁煙，但不知道通過什麼途徑才能送達？」

裨治文道：「查理．義律是英國領事，可以通過他將公函轉遞英國女王。」

林則徐與義律鬧得勢不兩立，擔心他拒不轉遞，「還有別的途徑嗎？」

裨治文想了想，「您還可以採用間接方式，由我代轉。」

「你如何代轉？」

「您可以將公函的底稿交給我，由我譯成英文，刊登於《中國叢報》上。《中國叢報》在澳門、美國、英國、英屬印度、南非、澳大利亞和新加坡等國家和地區有八百多訂戶，包括英國政府和美國政府的多個部門。我們與多家新聞社有業務往來，《中國叢報》可以轉載它們的消息和文章，它們也可以轉載本報的消息和文章。刊登在《中國叢報》上的公函，必然會轉載在英國的新聞紙上，英國女王就會知道您的要求。」

林則徐大為興奮，「本大臣能否叫人抄寫一份送你，請你代勞譯成英文，刊登在《中國叢報》上？本大臣會支付合理的翻譯酬金。」

「本人願意效勞。」

這是一個意外的收穫，林則徐十分高興，「本大臣對英國和貴國知之不多，想辦一個翻譯房，聘請幾個人擔任通事，瞭解各國國情和消息，不知你能否薦舉幾名合格的通事？」

裨治文點頭，「本人願意推薦幾名懂英語的澳門人，並贈送您一本有關美國和世界各國的書籍。」

裨治文在澳門羈留了九年，卻始終沒有越過關閘一步，如果能推薦幾名皈依基督教、粗通英語的教徒為欽差大臣效力，等於替基督教傳入中國找到一條縫隙，更重要的是，他可以通過那些基督徒獲取有關廣東官憲的消息，為《中國叢報》錦上添花。想到這，他有種天降機遇的幸運感。

林則徐立即將撰寫的底稿遞給裨治文。裨治文低頭細讀。

兵部尚書兩廣總督部堂鄧，欽差大臣兵部尚書兩江總督部堂林，兵部侍郎廣東巡撫部院怡，照會英吉利國王公文：

大皇帝撫綏中外一視同仁……貴國王累世相傳，皆稱恭順……天道無私，不容害人以利己，人情不遠，孰非惡殺而好生……

裨治文一眼就看出林則徐對歐洲和美洲的外交慣例一無所知，這種寫法將會惹出天大的麻煩。「兵部尚書」和「兵部侍郎」將被譯成「a director of the Board of War」和「a vice-director of the Board of War」，「大皇帝撫綏中外」將被譯成「The great emperor's heavenly-like benevolence—there is none whom it does not overshadow」。這種把大清皇帝凌駕於萬國之上，以中國軍事長官名義發給英國女王的公函肯定會激怒英國人。

林則徐性本嚴厲、措辭鏗鏘，以教化口吻訓導英國女王如同訓導黃口小兒，英國政府將會視之為對英國女王的侮辱和軍事挑釁。他提醒道：「欽差大人閣下，貴國不能以平等姿態致函英國女王嗎？」

這是一種委婉的勸說，林則徐卻沒有領會他的意思，明白曉諭：「天朝大皇帝撫有萬邦，懷柔天下，依照本朝慣例，外國國王致大皇帝的公函一律稱『表』，大皇帝致各國國王的公函一律稱『諭』或『旨』。各國國王的地位相當於本朝的封疆大吏，互換公函時稱『照會』。外國職官和商民致本朝職官的公函只能稱『稟』或『稟帖』。」

裨治文明白這種妄自尊大的觀念深入中國人的心脾，絕不是寥寥幾句勸說就能改變的，「閣下是想把這份公函一絲不苟地譯成英文，對嗎？」

「正是，要義正詞嚴，不能有損大清天威。」

談話進行了兩個小時，裨治文第一次接觸中國封疆大吏，獲得了推薦通事的機會，林則徐也有意想不到的收穫，雙方各得其所，交談愜意。

臨結束時，林則徐關照道：「余大人、伍總商，裨治文和查理·京是對本朝友善的良夷，你們二人親自陪同他們觀瞻銷煙，並安排伙食，禮送他們返回澳門。」

觀瞻完後，裨治文和查理．京返回「馬禮遜號」商船，撫舷交談。裨治文問道：「你對欽差大臣的印象如何？」

「他是一個精彩的人，一個敢於冒大險、辦大事的人，他銷毀的鴉片價值不菲，亙古未有。但是，他也是一個自負的人，不知曉天外有天。」

裨治文同意，「是的，我讚賞他的禁煙措施，不過，他不懂愛鄰如己的基督教教義，不懂歐美國家的物理人情和法律制度，不懂如何與其他國家建立平等的關係。他擺出一副居高臨下的姿態，要我們『俯首輸誠，傾心向化』，卻不知曉歐洲文明和美國文明比中國文明優越，國力比中國強大。」

查理．京也說：「他銷毀鴉片的勇氣令人嘆服，但是，他缺乏策略、手段粗糙，竟然動用軍隊把鴉片販子和無辜者們軟禁在一起，涉及多國人員！這種事情要是發生在歐洲或美洲，必然引起一場滔天巨瀾，甚至一場戰爭。我將致信我國政府，強烈要求派兵保護僑商的安全，我國政府不會對公民在海外遭受的磨難等閒視之。」

裨治文嗟歎道：「這要歸咎於大清國的制度。這個國家自以為是中央之花，把其他國家視為蠻夷，只肯與它們建立封貢關係，一俟出現糾紛和爭議，無法通過外交途徑化解，只好訴諸蠻力。英國商人損失巨大，他們強烈要求查理．義律向英國政府報告，請求進行軍事干預。」

查理．京有些幸災樂禍，「是的。我們等著看好戲吧！」

裨治文道：「法國政府早就想介入中國事務，它正好借機在中國沿海增加威懾力量。」

「是的，不難想像，中國海疆將要戰艦密佈，至於能否化解危機，那就得看中國人的智慧了。」

廿參 觀風試

美國人走後，一個親兵進來稟報：「林大人，有三個人求見。」

「誰？」

「一個叫彭鳳池，一個叫錢江，還有個叫班格爾馬辛。」

林則徐的眼神透露出一絲興奮，「立刻把他們召進來！」

彭鳳池、錢江和班格爾馬辛魚貫走進大帳，依次行禮。

林則徐道：「你們來得正好，要是再晚幾天，所有鴉片銷毀得一乾二淨，就看不到這場奇觀了。」

彭鳳池說：「林大人，聽說皇上調您出任兩江總督，卑職恭賀您。」

林則徐擺了擺手，像要把什麼東西從眼前拂去，「實有其事，但本部堂不能一走了之。皇上低估了禁煙的難度，以為銷毀鴉片之後萬事大吉，殊不知廣東官弁和沿海營汛查私縱私的惡習成性，要是不能辣手根治，很快就會死灰復燃。我接到諭旨後當即奏報皇上，本部堂誓與禁煙相始終，不能半途而廢，請皇上另擇妥員出任兩江總督。」解釋完後，林則徐問錢江：「你又沒躍過龍門？」

錢江赧顏回道：「卑職不才，又讓您見笑了。」

「今年的策論是什麼題目？」

「君子和而不同，小人同而不和。」這個題目出自《論語．子路》，意思是君子心和，然而所見各異；小人嗜好相近，然而各爭其利。

林則徐很少與下屬開玩笑，但對錢江經常是另一張面孔，不時講幾句諧趣話。他展眉一笑，「你沒在斷句上獨出心裁？比如斷成『君子和而不？同小人，同而不和』嗎？」

彭鳳池和班格爾馬辛笑得像咧嘴葫蘆。

錢江滿臉羞紅，「卑職上次自作聰明，誤了前程，這次不敢再荒唐。」

彭鳳池畢恭畢敬遞上一只桑皮大紙袋，「越秀書院的梁夫子託我們捎來了廷寄和邸報。」

林則徐接過紙袋，用一把小剪子挑去火漆，剪開封口，抽出厚厚一沓紙。第一頁上印著道光皇帝的上諭：

朕因鴉片流毒傳染日深，已成錮習，若不及早為民除害，伊于胡底？現在廷臣遵旨會議嚴禁章程，已頒發各直省遵行矣。該官民人等，凜遵王章，遷善改過，自新不難，湔洗舊積，革除前非，共用生前之樂，藉免刑戮之加。……尚該地方官姑息養奸，鋤鏟不盡，朕亦斷不寬恕也，凜之！將此通諭知之，欽此。

隨上諭同時送達的是兩份新頒條例。一份是《欽定嚴禁鴉片煙條例》，一份是《夷人治罪專條》。《欽定嚴禁鴉片煙條例》洋洋灑灑四千言，共計三十九條。《夷人治罪專條》篇幅較短，只有百餘字，顯示出皇上批准了林則徐的「貨即沒官，人即正法」的提議。

林則徐一頁頁地翻看，錢江等三人在一旁靜靜等著。

過了半晌，林則徐才抬起頭來，「我來廣州前與潘閣老、王閣老和刑部尚書阿勒清阿議論過如何修訂禁煙條例。我提了三條建議，第一，給吸食者一年戒煙期，過期不改者，殺！第二，強化里甲制，賞告奸，罰連坐，利用民眾之眼相互監督。第三，對中外煙販一視同仁，對內地煙販論死，對夷人不能網開一面。」

彭鳳池問：「新條例怎麼說？」

林則徐把《欽定嚴禁鴉片煙條例》遞給他，「給吸食者一年半戒煙期，過期不改者，殺。這條規定多給了半年戒煙期，比我的主張寬緩，但畢竟把砍頭刀懸在吸食者的腦袋上，有震懾作用。但『賞告奸，罰連坐』一條，朝廷沒有採納，卻採納了琦善的建議。」

錢江好奇，「哦，琦爵閣有什麼建議？」

林則徐說：「琦爵閣不贊成賞告奸罰連坐，他認為，要是鼓勵民人相互告奸，奸猾之徒就可能利用法律的漏洞誣陷良民，搞得良莠難分，官弁胥吏就可能趁機漁利，處置不當，將激起民變，故而新法規定，只許官府訪查，嚴禁民人告奸。看來，朝中大臣們的爭議頗大，要不是皇上態度堅決，恐怕連吸食者論死也難以寫入法條。」

錢江又問：「如何給外國煙販定罪？」

林則徐把《夷人治罪專條》遞給他，「這份專條載明，此後夷人若攜帶鴉片入口圖賣，即照開設窨口之例，斬立決，從犯絞立決。這個專條立得好！可惜遲來一步。要不是法律不追究既往，我真想把顛地和馬地臣等十六名煙梟扣住，拿他們祭旗！錢江，我這裡諸事繁忙，你車馬舟楫一路走來，不要休息了，明天一早回廣州去，把這兩份條例送到粵惠堂印務所。《欽定嚴禁鴉片煙條例》刻板印刷五千份，分發全省所有府縣營訊，在大小村鎮、城門、街衢、碼頭廣為佈告。《夷人治罪專條》刻印五百份，分發粵海關的所有緝查口、掛號口和附近營汛，要他們參照執行。」

「是。」

銷毀鴉片的任務即將完成，下一步該收拾貪官汙吏和軍隊裡的蠹蟲。林則徐輕輕搖著扇子，對彭鳳池和班格爾馬辛道：「你們二人一走就是兩個月，去了哪些地方？差事辦得如何？」

彭鳳池報告：「在下去了黃埔、順德、新會、東莞、香山、大鵬、南澳等十餘處水陸營汛和炮臺。」

「有什麼收穫？」

彭鳳池和班格爾馬辛辦的是頭等機密要差，林則徐關照過，這種事絕不能外洩。他們看了錢江一眼，似乎在問能不能當著錢江的面稟報。

林則徐意會過來，「錢江與你們一樣，是我信賴的人，不妨讓他也聽一聽。」

彭鳳池這才說：「巡疆御史袁玉麟和周春祺分別給道光皇帝上的密折圈定六十多名官弁和胥吏，指控他們與鴉片有染。我們二人按照密折的附黏名單一一追蹤查實，沒想到在珠江南岸的海幢寺又抄下了一首匿名牆頭詩，涉及鄧大人。」說著，從桑皮紙袋裡抽出匿名詩抄件，遞給林則徐。

禹城雖廣地欲（卻）貧，鄧公仗戎東海濱，
終日縱吏勤捕網，不分良莠皆成擒，
名為聖主袪秕政，實行聚斂肥私門，
行看鶯（罌）粟禁絕日，天網恢恢早及君。

詩寫得馬虎，還有錯字，但意思明白清楚——鄧廷楨打著禁煙旗號斂財自肥。

林則徐不動聲色，只有額角微微一動。錢江是個聰明人，把抄件讀了一遍，立馬意識到林則徐是在一個逼仄狹窄的空間裡輾轉騰挪，難度之大，絕非常人所能想像。

班格爾馬辛道：「近兩個月，我與彭大人微服私訪，仔細打探沿海營汛的情況，收集了不少證據。巡疆御史袁玉麟大人和周春祺大人揭發的人事不僅屬實，而且有過之而無不及。」

林則徐用扇骨敲著掌心，「去年黃爵滋大人在《嚴塞漏卮以培國本折》中說廣東查煙員弁聯手舞弊，每年數千萬元的交易額，分潤一厘，即有百萬之巨。利之所在，無人認真辦差，所謂『查拿興販，嚴禁煙館』的禁令，有其名而無其實。如此看來，並非虛言。」

彭鳳池拿出一沓紙，上面用蠅頭小楷密密麻麻記了幾十名官弁的姓名、職務、家庭住址和涉私事蹟，「這是我和班格爾馬辛共同整理的，請您過目。」

林則徐戴上老花眼鏡，慢慢展讀。

蔣大彪，廣州協水師營守備，順德人，廣州協副將韓肇慶姻親，多次指使手下巡船掛「鄧」字旗橫行省河，勒索商民，派船護私，收取贓銀。

捐職千總王振高，番禺市橋鄉人，先與同縣徐廣私鑄犯案，後充任廣州協營兵，升外委，緣事斥革，復與徐廣等同開快蟹窯口，販賣鴉片致富，交通水師營兵、府縣差役。道光十四年捐納千總。嗣後經管駕巡船，包庇走私。他與一羅姓人在廣州城外開東昌牙行。在該行管事的馮亞臨，是前開窯口已被破案之奸徒餘黨。

倫朝光，順德協水師營守備，與蔣大彪勾結聯手，庇護走私，另與煙販文四丁等在順德開景記窖口。

近兩年來，蔣大彪、倫朝光、王振高以及外委把總梁恩升等往來外海內河巡查緝捕，先後查獲載運紋銀出洋販運鴉片的煙梟土盜二百六十五名，起獲紋銀六萬二千六百餘兩，煙土六百餘箱，受到鄧督憲保舉，兵部照準，題諮在案。但他們合夥用師船護，是廣州協武弁中包攬最甚之人。

保安太，原是新會縣弓兵，道光六年和十年兩次被控飭拿，捏報病故，換名後充任靖海營營兵，捐買外委，為販賣鴉片屯宿之所。

鮑亞聰，又名鮑鵬，廣東南海縣人，捐職從九品，開辦牙行，為人說合生意，兩月前不知去向……

班格爾馬辛道：「據在下暗訪，廣州協直轄於鄧大人。韓肇慶所轄水師營有四條船常年懸掛『鄧』字旗往來於內河和外洋，名為查私，實為護私。沿途各炮臺和巡船見到『鄧』字旗，沒人敢攔阻盤查。您到廣州前，廣州協水師營守備蔣大彪派了一條師船為泉州某家窖口護航，一次收受賄賂五千元。這種事不能說天天有，但月月有。至於鄧大人本人是否參與，在下沒有證據。不過據在下推斷，鄧大人不必參與，僅各級官弁的報效就夠他享用。」

他點到為止，不再深說。雖如今是廢員，班格爾馬辛卻是在官場的池子裡浸泡過的，知曉官場裡暗流湧動，政以賄成，各級官員普遍借三大節等事由給上司送節敬、壽敬、冰敬、炭敬。你要是自守清高，不送禮亦不奉迎，在仕途上就會寸步難行。至於屬官們送的規禮來自何方，與鴉片有沒有關係，旁人是說不清的。最令人驚異的是，名單中有多人是捐納買官者，他們得了官就上下聯手，變本加厲地撈回本錢。

林則徐摘去老花眼鏡，臉上就像掛了一層嚴霜，「是否查出十三行走私鴉片的證據？」

班格爾馬辛搖頭，「沒有。開窨口的人，多半是東莞、新會和香山等地的奸民，煙土匯總多在虎門、澳門和黃埔，散發多在肇慶和潮州，那些地方是廣東水師的轄區，水師弁兵在沿海各地巡船梭織，只要認真緝查，大鬼小鬼難以潛逃。」

彭鳳池接口：「廣東水師及沿海營汛幾乎全都參與走私，他們呼朋引伴，群起效尤，已成痼習。搜獲煙土後並不全數繳官，反而朋比為奸，匿不舉報，假公濟私，售賣得錢。還有一些人吸食鴉片，雖名為守衛海疆的健卒，實際上是精力疲憊的病夫，不堪任用。」

班格爾馬辛補充，「弁兵們的收入大部分來自查私分肥，薪俸不及收入的十分之一。沿江炮臺也借機盈利，想方設法攔截過往的中外商船，編織各種理由收取陋規，花樣之繁雜，藉口之多端，達到聞者不驚，聽者不諱的地步，搞得中外商賈怨聲載道。」

彭鳳池歎氣，「一個水兵月銀只有一兩五，外加幾斗糧食。放私一條快蟹船就能得幾百兩銀子，一個月下來能收多少黑心錢？一個船主護私，足以帶壞一船水兵。當官的大口大口地吃肉，當兵的跟著喝又濃又香的肉湯，全船上下穿一條褲子，口風緊得就像上了鎖。」

兩人你一句我一句，把廣東局勢描述得又黑又重。

林則徐越聽目光越幽暗，「如此看來，廣東海防竟然是腐爛透頂、佈滿窟窿眼的篩子！蔣大彪、倫朝光之流官居守備，亦官亦商，亦官亦盜，亦公亦私。巡疆御史們說他們明裡緝私，暗開窯口，鬼鬼祟祟，形跡可疑，但廣州協副將韓肇慶卻說他們查私有功，為他們開脫，左遮右攔，致使巡疆御史們查不到實據。韓肇慶負有鎮守一城之責，卻養癰遺患，把一池水攪得汙濁不清，生出一堆混帳王八來！我要是把韓肇慶、蔣大彪之流抓起來，你們敢不敢出庭作證？」

一聽出庭作證，彭鳳池和班格爾馬辛對視一眼，沒說話。林則徐看出他們有顧忌，沉默片刻，轉過臉對錢江道：「說說你的想法。」

錢江不像彭、馬二人那樣謹慎，直言快語，「卑職沒有參與查訪，不瞭解情況。廣東文武官場就像一顆爛透的蘋果，要鏟掉潰爛之處，就得鏟掉百分之九十。這是眾人犯法的大案，它像一個巨大的馬蜂窩，裡面有多少暗道機關，牽連有多廣，背後有什麼人物支撐，都搞不清楚。林大人，您要是毫釐不爽地把名單上的人捕獲歸案、詳加刑訊，表面上抓的是王八烏龜、臭魚爛蝦，一用大刑就可能拔出蘿蔔帶出泥，牽扯出一大堆人物來。」

錢江官小，卻洞若觀火，一語道破辦案的風險和擔憂。林則徐深知，拿各級官弁開刀等於向整個廣東官場宣戰，難度之大、風險之高，不言而喻，一旦涉及生死存亡，告訕狀的、砸黑磚的、使絆子的就會層出不窮，甚至危及自己的性命。

林則徐的眉頭擰成一個亂線團。這起案子涉及韓肇慶等大批官弁，背後可能有鄧廷楨的影子。韓肇慶親自指揮營兵包圍商館和扶胥碼頭，為逼迫夷商繳煙立了大功，鄧廷楨那時便欲拉上林則徐聯銜保舉他晉升湖南永安鎮總兵。鄧廷楨還單銜奏報朝廷，保舉蔣大彪、王振高等有功人員。

抓蔣大彪、王振高、保安太之流不難，難的是如何審。只要一上刑，他們就可能供出背後的人物，順藤摸瓜，層層遞進，勢必追得更寬、更深、更遠、更高。

鴉片浸染中華，廣東烏煙瘴氣，要說鄧廷楨沒責任、關天培沒責任，鬼才相信！但是，鄧廷楨位高權重，樹大根深，而關天培掌控沿海兵權，追查他們，勢必引發一場官場大地震，甚至龍虎鬥。要是不顧深淺，大張旗鼓地大清大查，稍一不慎就可能四面楚歌、八方樹敵，達不到目的，還會被別人的鐵嘴鋼牙反咬一口。小題大做還是大題小做？此事頗費思量。

錢江道：「林大人，出庭作證，最好用本地人，除非萬不得已，別用我們自己人。」說出了彭鳳池和班格爾馬辛想說卻不便說的話。

班格爾馬辛連忙點頭，彭鳳池也隨聲附會：「是這麼個道理，要庭審，最好用本地人作證。」

林則徐踱著步子，口中喃喃道：「用本地人作證……但如何用本地人？」大帳裡陷入一片沉寂。

過了半晌，錢江突然靈機一動，「搞場觀風試如何？」

林則徐額頭上的亂線團立馬解開，「好主意！銷完鴉片後，搞它一場觀風試！」

十天之後，卯時整，越華書院、越秀書院和羊城書院的全體廩生奉命來廣東貢院參加觀風試。袁德輝在門口拿著花名冊高聲點名，廩生們一個接一個答有，而後魚貫進入考棚。林則徐擬好了考題，開考前一天晚上才傳諭工匠製版，三更印刷，印完後留在行轅，待考生們入場後才讓工匠們回家。林則徐在余保純、彭鳳池、錢江、班格爾馬辛等人的陪同下步入儀門，登上明遠樓，撫欄觀望廣州貢院的景色。

廣東貢院位於學政衙門東側，是府試和鄉試的場所，一人多高的龍虎牆圈起五十丈寬、七十餘丈長的寬大地面。明遠樓位於貢院中央，是登高眺望監臨考場的地方，其後依次是致公堂、戒慎堂和聚奎堂。聚奎堂是考官們的辦公處，致公堂是批閱考卷的地方，戒慎堂是掌卷、受卷、謄錄、對讀、評定名次的場所。中軸線兩側的五千間考棚按《千字文》編號，剔除了「皇」、「軻」、「荒」、「吊」等應當避諱和不吉利的字，像蜂房似的一間挨一間密密麻麻。考棚之間的甬道鋪著大石條，巷道和號舍鋪著青磚。

林則徐拍著扶欄，「彭鳳池，你是從這裡考出去的吧？」

彭鳳池回答：「是的，十幾年前，卑職在這兒參加過府試和鄉試。」

林則徐道：「貢院是明經取士為國選才的學政中心，是百萬學子心儀的地方。我是從福建貢院步入仕途的，我以為廣東貢院比福建貢院大，沒想到比福建貢院小。我參加鄉試那年，王建州大人任福建學政，他信佛，因此開考前，特意請僧人在明遠樓上設壇打醮立祭旗，向上界和陰間祈禱，搞了整整三晝夜。考試期間，他還別出心裁，命令士兵早晚兩次搖旗吶喊『有恩報恩，有仇報仇』，告誡考生們平日行善禁惡，不然在考場上要得報應，喊得考生們頭皮發麻、心裡發怵。」

余保純哧哧地笑起來，「廣東科考也要士兵吶喊，但不喊『有恩報恩，有仇報仇』，喊『法紀森嚴，作弊必究』。」

三大書院的考生們只佔用六百多間考棚。辰時整，書吏掄起錘子，敲響靜場鐘，兵弁們立即鎖上大門。不一會兒，錢江夾著十幾份空白考卷上了明遠樓。

林則徐問道：「實到多少人？」

「三大書院共有六百四十五人，有十二名因病因事未到。」說話間，錢江把空白卷子分給眾人。大家才看到卷子上印著一道策論題和一道觀風問俗題，都是林則徐親自擬定的，並要求考生們不寫姓名。策論題是「小人懷土，君子懷刑」。觀風問俗題是「就耳目所及，寫出窨口所在地、開窨者姓名、零星販戶的姓名、對查禁鴉片有何建議」。

余保純說：「這道策論題出得好，既考德行，也考文采。」

林則徐言道：「我是醉翁之意不在酒。策論為障人耳目，觀風問俗才是本意。本次觀風試只考一個時辰，收卷後諸位不必多費心思評閱策論，只看觀風問俗部分，把有檢舉揭發文字的試卷抽出，詳加審視推究。」

林則徐辦事謹慎，為了防止洩漏消息，他沒請廣東本地的官員參與閱卷，出題、刻印、評閱全由欽差大臣行轅的隨員們辦理，連梁廷枏都沒叫。

一個時辰後，所有考生按時交卷。余保純、錢江、彭鳳池、袁德輝、班格爾馬辛等人進入致公堂，審閱所有試卷，不看策論，只看檢舉揭發的內容。酉時一刻，所有試卷梳理完畢。待林則徐從外面進來時，余保純已把名單匯總出來，「林大人，這次考試不經廣東僚吏之手，考生們放膽檢舉，揭發水師縱賄、報獲獻功、欺矇大吏者一百零六人。其中八十八人已被廣州府所屬各縣收監，另有十八人的名字頭一次出現，其中有廣州協副將韓肇慶及其屬官、虎門協和順德協的官兵，還有潛逃外地的嫌疑犯。不過……」言至此，囁嚅了一下。

林則徐目光一閃，「不過什麼？」

余保純這才往下說：「有一份試卷揭發鄧督憲……哦，不，是編造歌謠，惡毒汙蔑鄧督憲。」

林則徐依然不動聲色，「拿來我看。」

余保純畢恭畢敬呈上一份試卷，林則徐戴上老花眼鏡默讀。

兩廣何不幸，廷楨節鉞臨，
昨聞介沙新得寵，今見陸臣升青雲，
兩廣師船皆私有，月入三萬六千金。
哀哉何老金，竟致罹絞刑，
無錢滿慾壑，遂以喪其身，
潘海官，伍浩官，備受朘削苦難言，
蘇張幾逢死，壽祿臨九泉，
鄧某若不去，難得享平安，

彼若留穗再一年，廣州行將沉九淵[42]。

詩中提到的何老金、（馮）蘇張、（劉）壽祿等人，都是因為販賣鴉片被判處死刑的人。這首詩說他們被殺是因為交不起賄賂銀，言外之意是有錢有勢者可以買通關節，安然過關。

詩中提到的「潘海官」和「伍浩官」是十三行中的潘有仁家族和伍秉鑒家族。潘有仁的家僕瞞著主人鼓搗鴉片，被弁兵們查獲，各級衙門像聞到有裂縫的臭雞蛋，群蠅似的飛來吮汁吸血，借用十戶連保五人連坐的法條逼著潘有仁花大錢消災禳禍。伍秉鑒家族多次被迫捐資助軍，尤其是擴建虎門炮臺和設置攔江鐵鍊時，水師官弁訛詐了大筆銀子。該考生公然為鴻商巨賈鳴冤叫屈，說他們「備受朘削」，也就是說，他們的所有捐款都是迫不得已。最令人驚駭的是，該考生居然直言不諱抨擊鄧廷楨！

廣東官場髒汙狼藉，呈現出全域潰爛之態，該如何收拾，非得動一番腦筋不可。林則徐思忖片刻，抬頭掃視在場的閱卷官，「諸位都讀過這份卷子？」

奇文共欣賞，余保純、彭鳳池、袁德輝、錢江和班格爾馬辛皆點頭。

---

42 該詩出自英國軍官賓漢所著《英軍在華作戰記》中文選譯本，收在《中國近代史資料叢刊．鴉片戰爭》第五卷第十八頁，是齊思和先生的譯文。

林則徐拿過一個大信套，將試卷插進去，一字一頓道：「在我手下辦差，要切記一個『密』字。請諸位嚴守口風，誰要是把試卷的內容說出去，我就摘了他的頂戴！」

五個人覿面對視，相繼承諾絕不透露一個字。

林則徐坐下，把兩份檢舉韓肇慶的試卷讀了一遍，一張卷子寫得簡明，說他指使手下人以緝私之名漁利煙販，每放行一批鴉片就收取一筆賄賂款，並扣下若干箱鴉片作為贓物，送到上司衙門報功請賞，但沒有說明具體的時間、地點、人物和涉案金額。另一份試卷寫得較為詳細，說某年某月某日，韓肇慶命令某人乘某船護私，收取了上千銀圓。

林則徐問：「除了韓肇慶，考生們還檢舉哪些官弁？」

余保純遞上第三摞卷宗，「有廣州協水師後營守備蔣大彪、捐職都司王振高、外委保安太，還有順德協守備倫朝光、外委梁恩升等人。其中，檢舉王振高的試卷有五份之多，我已經把它們單獨歸檔，放在這裡了。」

這些人的名字不僅出現在巡疆御史的密折中，也出現在彭鳳池和班格爾馬辛的密查名錄裡，還出現在考生的試卷上，可謂劣跡斑斑，臭名昭著。

「還有什麼人？」

「還有幾個。有一個隆興牙行的行東，叫鮑鵬，捐了從九品頂戴。還有兩個海關書吏，一個衙門差役，其餘的是地痞無賴。試卷上寫明了他們的住址、姓名和年齡。」

林則徐厲聲道：「請諸位嚴加分辨，仔細推究，防止不良之徒匿名誣告。在傳令拘捕人犯之前，任何人不得走漏半點風聲！」

「明白。」

「散班，諸位回去吃晚飯吧。彭鳳池，你留下。」

余保純等人離去後，林則徐對彭鳳池道：「有件密差派你去辦。」

彭鳳池的短髯鬚聳動了一下，「什麼密差？」

「皇上有旨，要我們將少量鴉片送京查驗，其餘的一律就地銷毀。我留了八箱，你親自押送到京城交軍機處。」

彭鳳池有點兒疑惑，「從廣州到北京有四千八百里之遙，沿途營汛盤查極嚴。」

林則徐道：「鴉片九害一利，是上好的止痛藥。你帶上蓋有欽差大臣關防的文書，沒人敢查你。」這八箱鴉片，自然是林則徐給孝和睿皇太后準備的，但他口風極嚴，一個字也不吐露。

彭鳳池頷首，「遵命！」

「你是漢陽縣丞，湖北的在冊官員，在我這裡是臨時辦差。送完鴉片後，你直接返回湖北。我會給湖北巡撫寫一封褒揚信。」

「是！」

廿肆 水至清則無魚

鄧廷楨興沖沖來到欽差大臣行轅，晃著一紙廷寄對林則徐道：「少穆，我保舉了一批有功官弁加官晉級，朝廷允准了。我欲辦一場慶功會，慶祝銷煙大功告成，想請你蒞臨賞光。」

林則徐接過廷寄粗讀一遍。朝廷批准了幾十名官弁加官晉級，其中有韓肇慶、蔣大彪、王振高、倫朝光、保安太、梁恩升六人，他們既是巡疆御史揭發的嫌疑人，也是彭、馬二人暗查屬實的人，更是觀風試卷匿名舉報的人。

林則徐斟了一杯茶，雙手捧上，「嶰筠兄，這個會，你想怎麼開？」

鄧廷楨道：「要大張旗鼓地開，以收獎功罰過、獎勤罰懶之效。」

林則徐坐在對面的加官椅上，語氣緩和，「嶰筠兄，有件事我不得不說。去年有人在海幢寺寫了首匿名詩，誣衊你『月收三萬六千金』。」

林則徐的話音未落，鄧廷楨已如聞旱天雷，身子發僵，眸子裡透著震驚和惱火，銀髮銀鬚微微發顫，「少穆，你如何知道這件事？」

林則徐把聲音壓得低低的，「巡疆御史觀風查俗、聞言奏事，並不需要什麼證據。有人把誣衊你的匿名詩捅到天頂上，皇上讓我借禁煙之機查一查。我查了，想還你清白。」他刻意把「還你清白」四字說得極重。

鄧廷楨聽其話中意，稍稍安心。

林則徐從抽屜裡取出一份卷宗，抽出兩首匿名詩遞給鄧廷楨。它們出現在海幢寺牆壁上，不僅被巡疆御史探知，也被鄧廷楨的屬官發現，稟報給他。

鄧廷楨臉生慍怒，「這是無中生有的誹謗！」他轉動腦筋回憶往事，扳著指頭道：「從去年中秋到現在，先後有三位御史來過廣州——周春祺、袁玉麟和黃樂之。少穆，你可知道誰告了我的黑狀？」

林則徐明知是周春祺和袁玉麟奏報的，卻不便明說：「皇上沒說。皇上是當今聖主，觀人察事燭照明鑒。他說，你是國家大臣，代朝廷治理兩省，他不會因為一首匿名詩懷疑你的忠心與清白。但既然有御史參奏，就得查一查，愚弟只好銜命而來，請你體諒我的難處。」

鄧廷楨心生警惕，「你如何知曉我是清白的？」

林則徐從書架上取下一份卷宗，「前幾天，我借學政衙門的考棚搞了一場觀風試，要越華、越秀和羊城三大書院的全體廩生匿名揭發誰與鴉片有染，有人借機誣陷你，反倒證明了你的清白。」說著，把一份匿名試卷遞給鄧廷楨。

鄧廷楨蹙著眉頭品讀那首抨擊他的歪詩。

林則徐估計他讀完了才說：「這份匿名卷居然為販私受刑者鳴不平！關天培曾要行商捐輸銀子修築炮臺和排鍊，水師營參將李賢讓他們捐輸一筆銀子，手段有點兒粗蠻，但本意良好。這首匿名詩卻替行商鳴不平，胡說什麼行商『備受朘削苦難言』，無非是指責官府巧立名目訛詐行商。」

鄧廷楨見林則徐如此講話，鬆了口氣，「天下太大，什麼鳥都有啊！自從海幢寺出了誣衊詩後，我就派人暗查暗訪暗追蹤，至今沒有查出線索，沒想到此人藏在三大書院裡。少穆，你可知道此卷出自哪個考棚？」

林則徐搖搖頭，「因為是匿名考試，卷子上沒有姓名，出自哪個考棚，無法追查了。」

鄧廷楨盯著匿名試卷上的字體，彷彿要把它刻在心中，咬牙切齒地說：「此卷出在三大書院的廩生，有這個線索也好，省得我大海撈針。我就是挖地三尺，也要把這個製造謠諑、惡毒咒我的壞蛋查出來！」

林則徐接著道：「巡疆御史懷疑廣州協與廣東水師將弁有查私縱私之嫌，點出了韓肇慶、蔣大彪、王振高、保安太、梁恩升、倫朝光六人的名字，但證據不足，故皇上叫我來廣州密查。這次的觀風試，三大書院諸生匿名揭發了一批人，又有他們的名字，韓肇慶恐怕責有攸歸。」

聽聞韓肇慶的名字，鄧廷楨的臉色暗了下來。皇上派欽差大臣到廣東禁煙，隱含著對他的不信任。林則徐口銜天命，全體廣東官弁的仕宦前程、生死榮辱都在其鐵筆之下，連他自己也不例外。

過了半晌，鄧廷楨抬起頭來，說話卻差了底氣，「少穆，你準備如何處置？」

林則徐語氣誠懇，「嶰筠兄，我來廣東禁煙，沒有你鼎力相助，只會一事無成。我想與你商議商議，拿捏出個分寸來，既要殺一儆百，以儆效尤，又不能讓廣東官場人人自危——水至清則無魚嘛。」

鄧廷楨掂量著「水至清則無魚」的意味，謹慎探問：「廣東的水的確不清，烏龜王八水蛭泥鰍如鬼如魅、如魍如魎。你想把這池汙淖清理到何種田地？」

林則徐思慮多日才想出一個辦法，徵求鄧廷楨的意見，「懲辦一撮，威撫一大片，刑不上高官，三品以上文官、二品以上武官即使參革罷黜，也要保全體面。」

鄧廷楨狐疑道：「如何才能刑不上高官？」

林則徐明言刑不上高官，是想換取鄧廷楨和廣東大員的全力支持，「在廣東禁煙，沒有你和廣東將軍阿精阿、巡撫怡良、粵海關部堂豫堃、水師提督關天培等人的鼎力相助，愚弟我寸步難行。巡疆御史的名單上有幾十人，匿名試卷上也有幾十人，我建議鞫訊兩個名單上共有的人，有罪嚴行查辦，無罪還以清白。

「韓肇慶是二品武官，你我二人曾聯銜保舉他出任永安鎮總兵，兵部的批文剛剛發下，要說保舉不當，我也責有攸歸。此人由你來審訊，我只審訊守備以下的官弁。」

這回，林則徐把姿態放得極低，隻字不提彭鳳池和班格爾馬辛的密查名單，以免讓鄧廷楨懷疑自己暗中調查他。如此大題小做，給廣東高官們留下充分的迴旋餘地，避免拔出蘿蔔帶出泥。

鄧廷楨聽出弦外之音，長長吐了一口氣，「少穆啊，廣東煙毒氾濫成災，我是有責任的，但如何治理卻是道天大的難題。重利之下，人心貪盛，哪個封疆大吏能做到弊絕風清？廣東的海岸線曲曲折折延綿千里，煙販毒梟巧於收藏，巡海官弁善於諱匿，他們在犄角旮旯裡藏幾箱鴉片，你就是折騰得天昏地暗也找不到。

「皇上要禁煙，我也心急，連發憲令、嚴打嚴查，下邊的人卻萬變不離其宗地敷衍你。逼急了，他們就抓幾個小雞小鴨應付你，真正的虎豹豺狼大毒梟卻一個也抓不到。我有時也想懲辦幾個徇私舞弊的官弁，但廣東事務繁雜，總得有人去辦，海防總得有人去管，賊盜總得有人去緝拿，你就是把通省文武官員都彈劾了、罷黜了、懲辦了，換一批人來，不出三個月，照樣烏煙瘴氣。」

林則徐娓娓而談，如對老友，「你的苦衷我理解。我只帶了幾個隨員來廣州，生怕辦砸差事，辜負皇上的重託。這次收繳鴉片，規模之大、數量之多，前所未有。我不能貪天之功為己有，沒有你和豫關部、關軍門等人的鼎力相助，我什麼事兒都辦不成，但是，要是不抓幾條大大小小的魚，皇上那兒恐怕交代不了。」

鄧廷楨明白了林則徐的意思，「皇上派你專辦禁煙，從接到廷寄那天起，我就疑心皇上聽說什麼風言風語。福生於微，禍起於疏。你一到廣州就萬眾矚目，販私縱私之徒全都收攝心神，躲在旮旯裡盯著你的一舉一動。廣東的問題雖然很多，驟下猛藥卻可能適得其反。你的主意好，刑不上高官，罷黜的人要保存體面，這樣才可以減輕官場震盪。你說要懲辦幾個人，以收敲山震虎之效，我贊同。但是，韓肇慶晉升永安鎮總兵的諭令已經下來，只差宣佈，他位列提鎮大員，處置他得先奏報皇上允准。」

聽出來鄧廷楨不想對韓肇慶下重手，所謂打狗不能不看主人的臉，林則徐道：「嶰筠兄，韓肇慶是你的得力幹將，但我們不能只抓小魚小蝦，總得抓一兩條大魚吧？」

鄧廷楨與林則徐對視了片刻，林則徐的目光堅定不移，似乎不可再退。鄧廷楨只能再歎了口氣，「國事與家事，國事為重；國情與私情，國情為重。韓肇慶位高權重，要說他親自駕船護私，沒人相信，他的下屬護私漁利，送些冰敬壽敬分潤，就夠他受用了。不過，此人是立過功的，對這個人，最好高高舉起，輕輕放下，作出摔的姿態卻不摔。依我看，定個失察罪，免職回家吧。」言畢，眸子裡閃著探詢的微光望向林則徐。

「免職」與「革職」僅一字之差，含義卻大相徑庭。

林則徐不願搞得人人自危，魚死網破，終於點頭，「愚弟所說的保存體面，就是這個意思。哦，我也有一件事相求，我手下有個叫班格爾馬辛的，原本是湖北撫標的遊擊，因為家丁收受賄賂，被巡疆御史告發，皇上沒有細查，一怒之下罷黜了他。此人忠誠可靠、辦事精勤，因為小疵棄之不用就可惜了。我想讓他官復原職，在廣東水師當個遊擊。不知你願不願意代我出面，寫個折奏保舉他？」

鄧廷楨立即悟出這是一種交換、一種暗示、一種讓步、一種安撫，潛臺詞是「韓肇慶是鄧廷楨的股肱，保存韓肇慶的體面就是保存鄧廷楨的體面；班格爾馬辛是林則徐的得力助手，讓他官復原職就是給林則徐面子」。

鄧廷楨點了點頭，「你想保舉的人，我豈能阻攔。」

林則徐也點點頭，「好，那就一言為定！」

鄧廷楨心領神會，「就這麼定！」

幾天後，廣州府縣的文官、水陸協營的武官、粵海關的稅官等穿戴一新，陸續來到總督衙署開慶功會。

韓肇慶騎著一匹豹花驄，剛繞過大照壁，就見蔣大彪和順德協守備倫朝光站在大石獅旁邊，一個比手畫腳，一個眉開眼笑，不知在說什麼。

韓肇慶把馬韁交給隨行親兵，高聲道：「你們有什麼喜事？也讓我聽一耳朵。」

朝廷的任命書送達廣州後，消息不脛而走。倫朝光一見韓肇慶就慶賀道：「喲，說曹操，曹操到。聽說您只等朝廷派人接替您的副將之職，就去湖南當總兵官了。」

倫朝光五十多歲，雖不是韓肇慶的屬官，卻與他熟稔，「恭喜恭喜，下官恭喜您晉升總兵，您得賞杯酒喝吧？」

蔣大彪笑顏巴結，「韓大人，立功受獎，升官發財，您老準是頭一份兒。」

周邊幾個軍官看見韓肇慶也過來打哈哈說恭維話。

一個賀：「韓大人吉慶有餘。」

另一個說：「韓大人好運。」

第三個吹捧道：「那是當然，韓大人率領水陸各營封鎖商館和黃埔島，把一千好幾百夷商和水艄整治得服服貼貼，肯定有封賞。」

在眾人的吹捧和恭維下，韓肇慶樂得喜笑顏開。

總督衙門裡傳來叮叮噹噹的金鑼聲，大家立即腳步雜沓朝院裡走去。

大堂的臺階上擺了一溜長桌，鄧廷楨、林則徐、阿精阿、怡良、豫堃和關天培坐在臺上。一百多名文武官員站成六行，每行前有幾個杌子，是為七品以上文官和三品以上武官設的。

八旗兵副督統英隆、廣州協副將韓肇慶，順德協、三江協、大鵬營、水師營的副將和參將們依次坐在左側。候補知府佘保純、南海知縣劉師陸、番禺知縣張熙宇、香山知縣梁星源等文官坐在右側。

但大家很快發現有點兒不對頭，鄧廷楨通知各協營軍官來開慶功會，事先散出風，要晉升和獎賞一批官員，但會場佈置得不像慶功會，而像獎懲會。臺階的左側有一張桌子，上面擺著一溜嶄新的頂戴，水晶頂子、硨磲頂子、素金頂子、陰紋鏤花頂子等。桌子旁有兩只錢櫃，櫃上有大紅綢紮成的彩花，顯然是準備授給有功人員的。但臺階右側擺了五副木枷，為會議平添幾分殺氣，顯然有人要受到懲罰。

蔣大彪心裡犯嘀咕，與幾個軍官交頭接耳，「今天不是慶功會嗎，怎麼有點像賞罰會？」

「恐怕有人犯案了。」

「不只一副木枷，五副呢。」

「看來有人要倒楣。」

「不知誰犯事了。」

林則徐咳嗽一聲，對錢江道：「點名。」

錢江拿起花名冊，站在臺階上高聲唱名：「八旗兵漢軍副都統英隆！」

林則徐立即叫停，糾正道：「點名不帶官銜。」

錢江的臉色一窘，重新點名，「英隆！」

英隆左手原本托著兩只山核桃，轉得咯咯響，見這場面不是喜慶模樣，收了核桃，一本正經地答道：「有！」

「韓肇慶！」

「有！」

「李賢！」

「有！」

「倫朝光！」

「有！」

「蔣大彪！」

「有！」

錢江用了一盞茶的工夫念了一百多人的名字，最後念道：「班格爾馬辛！」

「有！」

大家的目光全都轉向班格爾馬辛。他是外省人，沒穿官服，廣州官員們不認得他，只見他長著一顆豹子頭，一雙老虎眼，腳穿抓地虎快靴，身穿灰市布短衣，與普通百姓沒有差別。站在佇列的後面，就像隻花斑豹擠到狼群裡，有點兒不倫不類。

錢江稟道：「啟稟林部堂和鄧部堂，點名完畢。應到武官六十二名，實到六十一名；應到文官三十二名，實到三十一名；應到稅官七名，實到七名。未到者一個請病假，一個出差在外，尚未歸來。」

鄧廷楨的臉色毫無喜氣，繃著臉皮站起身，「現在開始會議！自從林部堂到廣州禁煙以來，三個月過去了，諸位官弁率領所部官兵嚴查嚴防，收繳鴉片兩萬零二百八十三箱，悉數銷毀，完成了一件大功業。本部堂會同林部堂向朝廷奏保有功人員加官晉級，經吏部與兵部分別審核，均獲允准。現在，請巡撫怡良宣佈受獎者和晉級者名單。」

官弁們全都豎起耳朵聆聽。

「上諭……」怡良抖開一張黃綾裱紙，清了清嗓子，「欽差大臣林則徐、兩廣總督鄧廷楨、粵海關監督豫堃、督率廣東官弁和海關弁員禁煙有方，收繳夷商兩萬餘箱鴉片，悉數銷毀。拿獲內地人犯一千六百餘名，收繳煙土煙膏四十六萬一千五百餘兩，煙槍四萬兩千七百四十一支，煙鍋二百一十二口。經朝廷審核，特予獎賞。賞林則徐御筆親題『福』字一幅，賞鄧廷楨御筆親題『壽』字一幅，賞豫堃御筆親題『祿』字一幅。」

林、鄧、豫三人依次起身，打下馬蹄袖，行三拜九叩大禮，從怡良手中接下道光皇帝的御賞。

保安太等幾個八品九品的雞毛小軍官站在隊尾，一面鼓掌一面交頭接耳，「加官晉爵實惠，賞銀子也實惠！賞一幅字，這算什麼恩賞？」

邊上的人道：「你懂個屁！就認錢。你寫個『福』字沒人稀罕，只能當擦屁股紙，皇上寫的『福』字掛在家裡是榮耀，拿到文津街的字畫店裡寄賣，照樣是一大筆銀子！」

怡良接著念：「水師提督關天培率領弁兵收繳鴉片，冒風涉濤，不辭勞苦，成效顯著，著賞穿黃馬褂！八旗兵漢軍副督統英隆，督率弁兵查煙銷煙，宵旰操勞，卓有成效，著加一級，賞雙眼花翎一支，翡翠如意一件。」

關天培和英隆下了臺階，行禮領賞。

保安太等人又咬耳朵，「英副都統憑什麼晉級？他在虎門燒了兩天鴉片，熏得唉聲歎氣，沒幹什麼事兒。」

邊上的人道：「人家是宗室，你眼紅？你能跟他比？」

「怎麼沒賞怡大人？」

「怡大人負責日常政務，不管禁煙。」

「噢，原來如此。」

怡良接著念：「原廣東省南雄州知州候補知府余保純辦差得力，忠誠勤勉，著接任廣州知府，晉升為四品。原廣州知府朱爾杭阿，著晉京敘職，另有任命。廣州協中軍副將韓肇慶勤奮趨公，查私有功，著晉升為湖南永安鎮總兵。虎門水師營參將李賢督收蔓船鴉片，白天臨池督促，夜晚宿場巡查，備極辛勞，毫無鬆懈，加一級。南海知縣劉師陸，督率衙役和在籍士紳，編查保甲，報獲煙案一百一十起，捕獲販賣煎熬吸食人犯一百二十六名，繳獲煙土八千二百兩，煙膏一百六十二兩，煙槍一千三百一十三支，煙鍋二十一口，加一級……」念到最後，「原湖北省撫標右營遊擊班格爾馬辛署理廣東水師威遠炮臺遊擊，待朝廷允准後轉正。」

受獎文武官員們喜氣洋洋。蔣大彪一直豎著耳朵靜聽，但怡良一直沒念他的名字，不由得漸生不祥之感。他回頭看了一眼王振高，對方也有點兒坐立不安。

念完晉升授獎名單後，鄧廷楨站起身來，指著右面的錢櫃，又指了指左面的木枷，「廣東省地處海濱，各國夷船絡繹不絕，水師官弁違法營私比鄰省容易。有人膽大包天，明為巡查，實為放私，還欺矇本部堂，令人言之切齒，思之寒心！尤其可惡的是，當本部堂與林部堂查辦煙毒之時，廣州協水師營守備蔣大彪知情故縱，千總王振高得賄放私，順德協守備倫朝光內外勾結，靖海營外委保安太與海關書吏等人陸續為暗開窖口者通風報信，外委把總梁恩升等人查私縱私，鐵證如山。此等蠹蟲貪贓縱煙、賄放鴉片，既無肺腑又無天良，實乃海防之大患，不除掉他們無以清理軍風。來人！」話音剛落，十幾個親兵突然從廂房裡竄出，每人手中都拿著繩索和鐵鍊，齊齊發出一聲殺威喝。

林則徐啪地一拍驚堂木，眉毛一橫，「把蔣大彪、王振高、倫朝光、保安太、梁恩升五人拿下！」

天井裡頓生殺氣，在場的文武官員們悚然一驚，目光齊刷刷地轉了過去。

蔣大彪急了，高聲喊：「冤枉啊，鄧督憲，我冤枉啊！」

不待他喊完，三個弁兵一擁而上，擰麻花似的把他的兩隻胳膊反擰到背後，將木枷套在他脖子上，連拖帶拽地拉出門外。隔著儀門，人們依然能夠聽到他聲嘶力竭的哀號，「鄧大人鄧制台……我冤枉啊……鄧老爺，鄧總憲……我冤屈呀……」

王振高則是另一副神情，他哆嗦著身子，雙手合十，「阿彌陀佛，觀音菩薩保佑！阿彌陀佛！」

林則徐的臉色冷煞，「閉住你的臭嘴，你不配求觀音菩薩保佑！觀音菩薩是不可輕狎、不可瀆的！求菩薩就得信菩薩，不能懷著一顆卑劣僥倖之心，覥著臉向菩薩要骯髒錢，更不能指望菩薩媚富厭貧、好愚惡賢。要是那樣的話，菩薩就不是菩薩了。」

其他三人像被抽去了脊樑骨，軟軟地癱坐，憬然相顧，聽憑弁兵們擰麻布似的擰走了。

待五人全被押出儀門，鄧廷楨才稍稍放緩語氣，眸子裡卻依舊冷冰冰的，悠著調子對韓肇慶道：「韓大人，你看看，這五人中有三個是你的下屬——他們有罪，你是否責有攸歸？」

剛剛宣佈他晉升為永安鎮總兵，高興得他心花怒放，轉眼就是冰雪嚴霜。喜怒哀樂悲恐驚乃是人生七情，韓肇慶轉瞬之間經歷了一遍，大起大落、大熱大寒、大喜大悲、大恐大懼讓他猝不及防，額頭上沁出一層油汗，臉色由紅而黯，就像剛剛撈出鍋的水煮鵝肝。

鄧廷楨的話語雖然生冷，可似乎留著餘地，「本部堂看重你，才與林部堂聯銜保舉你晉升永安鎮總兵。不過，除非你將自己洗刷乾淨，否則，無法走馬上任！」

林則徐站起身來，「我再講幾句。俗話說『要想人不知，除非己莫為』，今天拘拿的人犯都是巡疆御史聞風奏報、本大臣奉旨查明的。朝廷一年的歲入只有四千多萬兩銀子，虎門銷煙的貨值竟達千萬之巨，可見鴉片煙毒熾盛到何種田地！沿海營汛本應是國家干城，它要是固若金湯，就不會跑冒滴漏，但是，有人不知廉恥、唯利是圖，在海防大堤上經年累月地挖鼠洞，挖得大堤滿目瘡痍。

「前些天，朝廷頒發了新版《欽定嚴禁鴉片煙條例》，法條更嚴、懲罰更重，要是有人膽敢藐法，本大臣將依照新律，嚴懲不貸！本大臣與鄧部堂、阿將軍、豫關部和關軍門一起奉告諸位，有些事情可以自己開始，卻不能自己收場，請諸位好自為之！」

・更多精彩內容，請看《鴉片戰爭　肆之貳：威撫痛剿費思量》

鴉片戰爭　肆之壹：山雨欲來風滿樓

作　　者	王曉秦
發 行 人	林敬彬
主　　編	楊安瑜
編　　輯	盧琬萱
內頁編排	盧琬萱
封面設計	蔡致傑
編輯協力	陳于雯、丁顯維
出　　版	大旗出版社
發　　行	大都會文化事業有限公司
	11051臺北市信義區基隆路一段432號4樓之9
	讀者服務專線：(02) 27235216
	讀者服務傳真：(02) 27235220
	電子郵件信箱：metro@ms21.hinet.net
	網　　　址：www.metrobook.com.tw
郵政劃撥	14050529 大都會文化事業有限公司
出版日期	2018年07月初版一刷
定　　價	420元
I S B N	978-986-95983-9-2
書　　號	Story-30

◎本書由四川文藝出版社有限公司授權繁體字版之出版發行。

國家圖書館出版品預行編目（CIP）資料

鴉片戰爭　肆之壹：山雨欲來風滿樓 / 王曉秦著 . -- 初版 .
-- 臺北市：大旗出版：大都會文化發行, 2018.07
304 面；　14.8×21 公分 . -- (Story)

ISBN 978-986-95983-9-2(平裝)

857.7　　　　107008104

大都會文化　讀者服務卡

書名：鴉片戰爭　肆之壹：山雨欲來風滿樓

謝謝您選擇了這本書！期待您的支持與建議，讓我們能有更多聯繫與互動的機會。

A. 您在何時購得本書：______年______月______日

B. 您在何處購得本書：___________書店，位於___________(市、縣)

C. 您從哪裡得知本書的消息：
1.□書店　2.□報章雜誌　3.□電臺活動　4.□網路資訊
5.□書籤宣傳品等　6.□親友介紹　7.□書評　8.□其他

D. 您購買本書的動機：（可複選）
1.□對主題或內容感興趣　2.□工作需要　3.□生活需要
4.□自我進修　5.□內容為流行熱門話題　6.□其他

E. 您最喜歡本書的：（可複選）
1.□內容題材　2.□字體大小　3.□翻譯文筆　4.□封面　5.□編排方式
6.□其他

F. 您認為本書的封面：1.□非常出色　2.□普通　3.□毫不起眼　4.□其他

G. 您認為本書的編排：1.□非常出色　2.□普通　3.□毫不起眼　4.□其他

H. 您通常以哪些方式購書：(可複選)
1.□逛書店　2.□書展　3.□劃撥郵購　4.□團體訂購　5.□網路購書
6.□其他

I. 您希望我們出版哪類書籍：（可複選）
1.□旅遊　2.□流行文化　3.□生活休閒　4.□美容保養　5.□散文小品
6.□科學新知　7.□藝術音樂　8.□致富理財　9.□工商企管
10.□科幻推理　11.□史地類　12.□勵志傳記　13.□電影小說
14.□語言學習（_____語）　15.□幽默諧趣　16.□其他

J. 您對本書(系)的建議：

K. 您對本出版社的建議：

讀者小檔案

姓名：_____________ 性別：□男 □女　生日：____年____月____日

年齡：□20歲以下 □21～30歲 □31～40歲 □41～50歲 □51歲以上

職業：1.□學生 2.□軍公教 3.□大眾傳播 4.□服務業 5.□金融業 6.□製造業
7.□資訊業 8.□自由業 9.□家管 10.□退休 11.□其他

學歷：□國小或以下 □國中 □高中／高職 □大學／大專 □研究所以上

通訊地址：______________________________

電話：（H）______________（O）______________ 傳真：______________

行動電話：______________ E-Mail：______________

◎謝謝您購買本書，歡迎您上大都會文化網站（www.metrobook.com.tw）登錄會員，或至Facebook（www.facebook.com/metrobook2）為我們按個讚，您將不定期收到最新的圖書訊息與電子報。

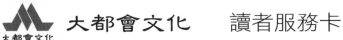

鴉片戰爭

肆之壹 山雨欲來風滿樓

王曉秦 著

北區郵政管理局
登記證北臺
字第9125號
免貼郵票

大都會文化事業有限公司
讀者服務部 收

11051臺北市基隆路
一段432號4樓之9

寄回這張服務卡〔免貼郵票〕
您可以：
◎不定期收到最新出版訊息
◎參加各項回饋優惠活動